Durch das Meer der Zeit

JUTTA OLTMANNS

Durch das Meer der Zeit

Die Autorin ist Mitglied bei DeLiA, der ersten Vereinigung deutschsprachiger Liebesromanautorinnen und -autoren:
http://www.delia-online.de

Besuchen Sie auch die Homepage von Jutta Oltmanns:
http://www.jutta-oltmanns.de

Jutta Oltmanns: Durch das Meer der Zeit

Einbandgestaltung: agilmedien, Köln
Einbandabbildungen: Getty Images
Satz & Layout: Andreas Paqué, Ramstein
Druck und Bindung: Ueberreuter GesmbH, Korneuburg
Printed in Austria 2004
ISBN 3-89996-118-8

Für meinen früh verstorbenen Vater

In Gedachten up Reis gahn.
Kieken na dat güstern,
up Antwoorden lüstern,
um dat Vandaag to verstahn.

Du büst gahn

In mien Kinnertied
weerst du de Stönpahl
sünner di
was ik mien Worden quiet
leep tegen Müren an
verkroop sük mien Mood
Vandaag
hebb ik to leven lehrt
man dien Stön
fehlt mi jümmers.

Personen der Handlung

Folgende Aufstellung beinhaltet die wichtigsten Personen. Die historischen Persönlichkeiten sind mit einem * gekennzeichnet.

Inse ter Fehn, *Heldin des Romans*
Sarah Kuper, *ihre Freundin*
Derk Raveling, *Goldschmied*
Marie, *ist wie eine Mutter für ihn*
Josef, *ihr blinder Sohn*
Joost van Hoorn, *Goldschmied*
Wilke Boyens, *hält Gänse und Enten*
Gräfin Anna*, *offizielle Regentin bis 1558*
Graf Edzard II*, *regierte ab 1558*
Gräfin Katharina*, *seine Gemahlin*
Graf Johann*, *Mitregent seit 1558*
Petrus Methmann*, *Bürgermeister von Emden*
Unico Manninga*, *Häuptling auf Lütetsburg und Drost zu Emden*
Hyma Manninga*, *seine Gemahlin*
Almeth von Oldenbokum*, *ihre Schwester*
Johann von Oldenbokum*, *ihr Gatte, Häuptling von Goedens*
Tetta von Oldenbokum, *seine vermeintliche Tochter*
Ludwig von Nassau*, *Widerstandskämpfer*
Bruder Bruno und Bruder Thomas, *Mönche des Faldernklosters*
Hardenberg*, *Emder Prediger*
Claus Pels*, *Drost in Pewsum*
Diedrich Spranger*, *Pewsumer Prediger*
Tjabbe Benen*, *vermeintliche Hexe*
Baldur und die Zirkusleute, *fahrendes Volk*
Tetiana Freese, *Wissenschaftlerin*

Prolog

Wir Ostfriesen nennen die sonderbare Gabe, Ereignisse vorauszusehen, „Vörloop“ (Vorgesicht). Den Menschen, denen es möglich ist, Unglückfälle vorauszusehen, ohne jemals in das zukünftige Geschehen eingreifen zu können, muss es wie eine Plage erscheinen. Dem Vörloopkieker oder der Vörloopkiekerin ist es möglich, die Zukunft wie durch eine spaltbreit geöffnete Tür zu sehen, für einen zumeist sehr kurzen Moment. Bei den Betroffenen handelt es sich oftmals um Menschen, die in stadtfernen Dörfern leben, ganz allein mit sich und der Natur, um sensible, feinfühlige Menschen.

Die Mehrzahl der Wissenschaftler siedelt diese Gabe im Bereich des Aberglaubens an. Einige wenige Gelehrte jedoch wissen um „Dinge zwischen Himmel und Erde, die die Wissenschaft vor Rätsel stellt“, und geben der Gabe den Namen „Psi“. Sie ordnen das Vorhersehen von zukünftigen Ereignissen dem Bereich der Psychologie zu und nennen es Parapsychologie. Die Erscheinungen kann man sich nur so erklären, dass das Auge der Seele in die Zukunft schaut und das dieses Ahnungsvermögen so extrem ist, das der „Vörloopkieker“ gleichsam meint, die Dinge mit den Augen zu sehen.

Unsere ostfriesische Geschichte weiß von sehr vielen bedeutenden „Vörloops“ zu berichten. Einer davon soll hier als Beispiel aufgezeigt werden:

Vollständig bewahrheitet hat sich der Vörloop des Heuermanns Hinrich Peters auf Dornumergrode. Er hatte 4 Jahre vorher die schreckliche Weihnachtsflut des Jahres 1717 unter Angabe vieler Einzelheiten vorausgesagt. Voller Entsetzen warnte er seine Mitmenschen (wie es eher ungewöhnlich für einen „Vörloopkieker“ ist) und wurde vor Gericht geladen. Bei dem gerichtlichen Verhör schilderte er den Abend, als er durch seine Ländereien spazierte, um nach den Tieren zu schauen. Das ganze Land sei auf einmal voller Wasser gewesen und auf seinem Misthaufen habe ein Gaffelschiff festgesessen.

Ein Schiff auf einem Dunghaufen – wie haben ihn seine Mitmenschen ausgelacht! Das Lachen wich dem Erstaunen und Entsetzen der Menschen, als bei der grauenhaften „Mannstränke“ sich die Aussagen alle bewahrheiteten und tatsächlich ein Schiff auf dem Misthaufen hängen blieb.

Diese Flutkatastrophe soll auch von etlichen anderen vorausgesehen worden sein.

„Psi“ scheint, wenn man dem vorliegenden Bericht nachgeht, den eher wortkargen Ostfriesen und anderen Bewohnern der Küstenländer vorbehalten zu sein. Vielleicht haben auch die Moorlandschaft, der häufige Nebel, die Einsamkeit und Erdverbundenheit damit zu tun. Grüblerische, oftmals auch schwermütige, schweigsame Menschen, deren Seele auf der Suche nach dem wahren Sinn des Lebens ist, scheinen in besonders hohem Maße unter dem „Vörloop“ zu leiden.

Erstes Kapitel

Die Vergangenheit wird lebendig

Das Vorgesicht

Langsam dämmerte der Morgen herauf. In der hohen Birke neben dem Fehnhaus ließ sich eine Meise nieder. Zögerlich, als habe sie Angst, den Tag zu wecken, stimmte sie ihr Morgenlied an. Ein Spatz vergnügte sich im Vogelbad und verspritzte genüsslich ein paar Tropfen. Eine letzte nächtliche Brise brachte die Blätter der Birke noch einmal zum Rauschen.

Der Wind wirbelte – wie um sich zu verabschieden – neckend durch Inses Haar. Diese streckte ihren schlanken Körper der aufgehenden Sonne entgegen, um die letzte Müdigkeit zu vertreiben. Sie war auf eine natürliche Art schön, machte um ihr Äußeres aber nicht viel Aufhebens. Das lang gezogene, ebenmäßige Gesicht hatte schon jetzt, im März, eine dunkle Tönung angenommen, die verriet, dass Inse sich viel in der Sonne aufhielt. Wenn sie nicht so gut geschlafen hatte wie heute Nacht, zeigten sich Ringe unter ihren Augen, die ihrem Gesicht einen Anstrich von Melancholie verlieh. Von Natur aus war sie jedoch, wie ihr häufiges Lächeln bewies, nicht melancholisch, eher schon bedächtig. Lieber einmal zu viel nachdenken, als eine falsche Entscheidung treffen.

Inse mochte diese Zeit vor Tau und Tag. Sie blickte über die Ländereien, an die sich ein kleiner Wald anschloss. Betrachtete das flache Land und die schönen alten Fehnhäuser. Der schmale Kanal, an dem ihr Haus lag, war ein Überbleibsel aus der Zeit der Moorkolonisierung, früher genutzt zum Transport des abgebauten Torfes.

Inse liebte dieses flache Land, und die Menschen, die hier lebten, mochte sie auch. Seit mehreren Generationen schon lebten die ter Fehns hier in Ostfriesland, Inse selbst seit vierundzwanzig Jahren. Der kleine Bioladen, den Inse nach dem Tod ihrer Mutter weiterführte, war ihr Stolz und die Sicherung ihres Lebensunterhalts. Es hatte sich ein fester Kundenstamm aufgebaut, der die Frische und die Qualität der Produkte schätzte.

Trotz der vielen Menschen, die zu ihr in den Bioladen kamen, war Inse eher eine Einzelgängerin. Sie fühlte sich nicht unwohl dabei. Nur manchmal überkam sie ein Anflug von Einsamkeit. Sie konnte selbst nicht sagen, was es war. Ihr fehlte einfach ein Mensch, mit dem sie sich innerlich verbunden fühlen konnte.

Aber heute wollte sie keine trüben Gedanken aufkommen lassen. Es war Sonntag, ihr freier Tag, und Frühling lag in der Luft. Die jetzt schon wärmenden Strahlen der Sonne streichelten ihr Gesicht und gaben ihrem langen braunen Haar einen kupfernen Glanz. Sie erreichten nicht nur ihre Haut und ihr Haar, sondern auch ihre Seele.

Inse ließ sich auf der Holzbank vor dem Haus nieder und folgte mit den Augen den Wolken, die ein leichter Wind trieb. Vögel zogen über sie hinweg. Welche Beweglichkeit bot der Himmel! Die Wolken veränderten ständig ihre Form, sie waren frei, ließen sich nicht in eine Gestalt pressen; ständig in Bewegung, stetige Veränderung, niemals gleich.

Inse bemühte sich ihren Kopf frei zu machen von störenden Gedanken. Einfach nur genießen! Den Frühlingsduft, die morgendliche Stille, das angenehme Gefühl, nichts tun zu müssen. Da war keine Uhr, die sie antrieb. Eine tiefe Zufriedenheit mit der Schöpfung um sie herum überkam sie.

Plötzlich, als ob sie eine Feder wäre, die man gespannt hätte, setzte sie sich kerzengerade auf. Ein Gefühl von Panik breitete sich in ihr aus. Ihre Hände verkrampften sich um das Holz der Bank. Sie wollte nicht! Nicht schon wieder!

Die Landschaft hatte sich verändert, neue Häuser und andere Menschen, kranke Menschen! Ein Mann lief so nahe an ihr vorbei, dass sie seine Hände hätte berühren können. Der Schreck lähmte sie. Menschen in weißen Anzügen mit Masken vor dem Gesicht schoben Erkrankte in Rollstühlen nach draußen. Inse konnte sogar ein Gespräch zwischen zwei Frauen verfolgen.

„Sie geben uns noch zehn Tage; wenn es bis dahin kein Gegenmittel gibt, ist die Grönlandseuche nicht mehr zu stoppen."

So plötzlich wie die Bilder gekommen waren, verschwanden sie auch wieder. Inse spürte das raue Holz der Bank. Sie wurde sich ihrer tatsächlichen Umgebung wieder bewusst. Ein drückender Kopfschmerz setzte ein, der sie für den Rest des Tages auf das Sofa verbannen würde. Welch ein Fluch! Welch eine Last diese Fähigkeit war. Und nie wusste man, ob die gezeigten Bilder morgen oder in fünf Jahren Wirklichkeit wurden. Es war auch nicht entscheidend zu wissen, wann das Vorgesicht eintrat. Entscheidend war, dass sich das Gesehene nie, aber auch in keinem Fall verhindern oder ändern ließ.

Resigniert wankte Inse in die Küche. Als sie sich auf die Eckbank fallen ließ, fiel ihr Blick auf die Pinnwand. Dort hatte sie die Anzeige angeheftet. Bevor sie es sich anders überlegen konnte, griff sie nach dem Handy und wählte die angegebene Nummer. Während die Verbindung hergestellt wurde, überflog sie noch mal den Text der Anzeige:

„Heilpraktikerin bittet Personen, die über das so genannte zweite Gesicht verfügen und in letzter Zeit davon betroffen waren, sich zu melden. Eine vertrauliche Behandlung wird zugesichert. Bitte helfen Sie mir, indem Sie den Mut haben, mich anzurufen!"

Der Aufruf schien ihr recht eindringlich zu sein. Jetzt nahm jemand den Hörer ab.

„Sarah Kuper", meldete sich eine sympathische Stimme.

„Inse ter Fehn. Ich rufe aufgrund Ihrer Anzeige an."

Inses Stimme klang auch in ihren eigenen Ohren sehr zaghaft und unsicher. Stockend fuhr sie fort:

„Innerhalb der letzten Monate hatte ich drei Vorgesichte mit immer gleichem oder vergleichbarem Inhalt. Diese Visionen machen mich vollkommen fertig. Ich träume sogar schon nachts davon. Ich habe immer den Eindruck, mir soll etwas Wichtiges mitgeteilt werden, ich sollte eingreifen."

Die etwas atemlose Stimme der Frau am anderen Ende der Leitung unterbrach sie.

„Was sehen Sie, Inse?" Inse beschrieb ihr die Einzelheiten.

„Ich glaube, dass Sie der Mensch sind, den ich seit einiger Zeit suche. Inse, Sie sind wichtig. Die Vorgesichte wollen Ihnen tatsächlich etwas mitteilen. Kann ich Sie besuchen?" Jetzt klang die Stimme der Frau sehr aufgeregt.

Nachdem sie für den nächsten Tag einen Termin vereinbart hatten, legte sich Inse seufzend aufs Sofa. Eigentlich waren die Visionen bis vor kurzem keine so schlimme Sache gewesen. Einmal hatte sie bei einem Spaziergang einen Leichenzug gesehen. Sie war sogar zur Seite getreten, um den Trauernden Platz zu machen. Als sie ihrer Mutter davon erzählte, hatte diese nur traurig den Kopf geschüttelt. Ein Erbe ihres Großvaters sei diese unschöne Fähigkeit. Einige Wochen später starb ein alter Nachbar. Inse war im selben Leichenzug mitgelaufen, den sie geschaut hatte.

Einmal sah sie voraus, wie eine alte Frau von einem Auto überfahren wurde. Tage später konnte sie in der Zeitung von dem Unfall lesen. So war es immer.

Doch diese kranken Menschen hatte sie schon dreimal gesehen. Und mit jedem Mal schienen die Bilder eindringlicher zu sein. Es schien auch ein Blick in eine nicht allzu nahe Zukunft zu sein. Die Landschaft hatte sich stark verändert.

Während Inse noch darüber grübelte, ob sie die Veränderungen mochte, fiel sie in einen leichten Schlaf.

Sarah

Pünktlich um zehn Uhr hielt ein gelber VW Beetle vor der Tür. Inse konnte nicht sagen, wie sie sich Sarah Kuper vorstellt hatte, aber so bestimmt nicht. Sie trug schwarze, enge Jeans und eine locker fallende weiße Bluse im Folklorestil. Dazu eine schwarze Jeansweste. Ihr rabenschwarzes glänzendes Haar war kurz geschnitten. Das brachte die an Indianerschmuck erinnernden Ohrringe sehr gut zur Geltung. Inse schätzte Sarahs Alter auf Mitte vierzig. Resolut schritt die zierliche Frau auf die Eingangstür zu.

„Also, noch mal offiziell: Ich bin Sarah Kuper."

Inse reichte ihr die Hand. „Inse ter Fehn. Ich freue mich, Sie kennen zu lernen."

„Wollen wir uns vielleicht duzen? Ich glaube, dass würde uns bei dem, was wir miteinander auszutauschen haben, behilflich sein."

Inse nickte. Die erste Tasse Tee tranken sie schweigend. Sie schauten einander an und Sarah sah sich in dem alten Wohnzimmer um. Es gefiel ihr ausgesprochen gut. Die alten restaurierten Möbel vermittelten das Gefühl, sich in einer völlig anderen Welt zu befinden. Das Schweigen zwischen den beiden Frauen war eine wohl tuende Stille. Jede billigte der anderen zu, sich zuerst einmal ein Urteil, ein äußeres Urteil zu bilden.

Nach einiger Zeit gab Inse sich einen Ruck. „Du sagtest gestern am Telefon etwas über eine Person, die du suchst und die ich sein könnte."

Sarah lehnte sich zurück und schaute Inse prüfend an:

„Was ich zu erzählen habe ist, gelinde gesagt, der Gipfel des Ungewöhnlichen. Eine absolut unrealistische Geschichte, suspekt und sehr merkwürdig. Ob du mich danach als Spinnerin abstempelst und rausschmeißt, kommt darauf an, ob du meine Story glauben kannst. Ich versichere dir, dass ich nie offener und ehrlicher sein werde als hier und jetzt."

„Leg los."

Sarah verschränkte die Arme hinter den Kopf, ließ sich gegen die Rücklehne des alten Ostfriesensofas sinken und begann.

„Also – ich arbeite in der Stadt Oldenburg in einer Klinik. Meine Aufgabe besteht darin, psychisch kranken Menschen mittels Hypnose zu helfen. Vor vier Wochen bekam ich eine Patientin zugewiesen, 55 Jahre alt, mit der ich deren Vergangenheit aufarbeiten sollte. Ich beginne zumeist damit, dass die Patienten einige Jahre zurückgehen und aus ihrer damaligen Lebenssituation etwas erzählen.

In diesem Fall war alles ganz normal. Ich gewöhnte mich schon an den Stil der Erzählung und die Stimme der Patientin, als plötzlich durch meine Patientin eine andere, eine dritte Person zu mir sprach. Die Frau, die mit mir redete, war aufgeregt, fast schon hysterisch. Sie sage wörtlich:

‚Bitte erschreckt nicht. Ich muss Euch etwas Wichtiges mitteilen, und einen anderen Weg gibt es nicht. Mein Name ist Hyma Manninga und ich bin seit mehr als 400 Jahren tot. Ermordet wurde ich. Ein weiterer Mord soll geschehen. Er will das Kind loswerden. Mein Mörder hat eine weitere Tat geplant, die nicht ausgeführt werden darf. Tetta muss leben! Eine aus ihrer Sippe wird die Menschen der zukünftigen Zeit retten. Es liegt an Euch, den Mord zu hindern, an Euch und an der Frau, die sieht, was sein wird. Dieses Weib hat Gesichte, Gesichte über ein Leiden, welches das Ende, den Tod für viele Menschen bedeutet – vielleicht für alle!'

Ich war ganz allein mit der Patientin und völlig verwirrt. Was mir erzählt wurde von dieser Hyma hatte nichts mit der kranken Frau zu tun. Auch ihre Sprache passte nicht zu meiner Patientin. Hyma sprach mit mir Plattdeutsch! Glücklicherweise kann ich es verstehen – sprechen aber nicht. Leider hatte ich das Aufnahmeband nicht eingeschaltet.

Ich bat Hyma, mir mehr zu erzählen. Sie klang aufgeregt, ja völlig aufgelöst. Sie könne nicht lange sprechen. Der Name des

Mädchens sei Tetta. Sie sei ein Kind ihrer Schwester Almeth. Deren Ehemann hätte sie, Hyma, umgebracht um an das Erbteil zu kommen. Er habe zwar sein Ziel erreicht, aber das Kind sei ihm ein Dorn im Auge, und er wolle es loswerden, so oder so. Dann wurde die Stimme lauter, flehender: ‚Ihr müsst Tetta helfen! Um Euretwillen, um Eurer Kinder und Kindeskinder willen. Ihr müsst sie beschützen. Sie darf nicht 1568 auf dem Scheiterhaufen verbrennen. Unico muss Euch helfen. Geht zu ihm. Erzählt ihm von dem, was Tetta droht. Er muss Euch einfach glauben. Unico hat ein besonderes Mal, ein Feuermal unter dem Bauchnabel. Es hat die Form einer aufblühenden Rose. Sollte er Euch nicht glauben, sagt ihm dies Geheimnis, als Beweis der Wahrhaftigkeit Eurer Botschaft und als Zeichen, dass diese von mir stammt‘.

Ich habe verständnislos gefragt: ‚Wir sollen ein Kind retten, dass vor vierhundert Jahren gelebt hat? Das ist doch gänzlich unmöglich!‘ Die Stimme wurde schwächer, dünner, leiser, und ich konnte sie kaum noch verstehen: ‚… müsst sie retten. Tetta muss leben. Mische eine Trunk aus Holunderblüten und Schlafmohn und …‘ Nein“, Sarah unterbrach sich, „ich werde dir nicht die Zutaten verraten. Es ist vielleicht auch ein Fluch, sie zu kennen, wie deine Gabe, Gesichte zu haben.

Also, Hyma verriet mir ein Rezept, das ich mischen könnte, um in die Vergangenheit zu gelangen. Diese Kräutermixtur wirkt, wenn ich Hyma richtig verstanden habe, im Zusammenhang mit einem Lauf. Ich habe das zuerst nicht begriffen. Hyma sagte: ‚Der Trunk muss genommen werden, bevor der Lauf beginnt. Doch nicht Ihr seid es, die laufen soll, laufen in eine frühere Zeit, sondern eine andere. Diese Frau sieht, was noch nicht ist. Findet sie, bevor es zu spät ist. Und sie, diese andere Frau, wird Tetta finden und ihr helfen. Sie ist von ihrem Blut.‘

Dann war die Stimme nicht mehr zu verstehen. Während die alte Frau noch in Trance lag, holte ich mir ein Blatt und schrieb die Zutaten des Getränks auf. Später habe ich mir Gedanken gemacht, wie ich dich finden sollte. Jemanden, der die Zukunft sieht. Ich habe alles an vorhandener Literatur gelesen über Hellseher und Wahrsager. Irgendwann bin ich dann zum zweiten Gesicht gekommen und wusste sofort, dass ich hier richtig lag.

Du bist die erste Anruferin, die in letzter Zeit so oft Vorgesichte hatte. Das, was du siehst, scheint mit der Beschreibung von Hyma übereinzustimmen. Ansonsten hatte ich noch viele anonyme Anrufe. Leute, die sich über mich lustig gemacht haben. Zwei Männer dachten, es handle sich um die Kontaktanzeige einer verheirateten Frau und das „zweite Gesicht" sei auf eine zweite Beziehung neben der Ehe gemünzt." Sarah grinste. „Nachforschungen über Hyma habe ich noch nicht angestellt. Ich habe ihr irgendwie die ganze Geschichte abgenommen und habe sofort angefangen, nach dir zu suchen."

Inse schaute sie betroffen und fassungslos an. Welch eine fantastische Geschichte! Absolut unglaubwürdig! Unheimlich! Eine Stimme, die durch ein Medium sprach. Eine Aufgabe, die sich stellte, die eigentlich nicht ausführbar war. Sie war zu sehr Realistin, um solch eine Geschichte zu glauben. Und doch – in ihrem Inneren hatte sie die Echtheit von Sarahs Geschichte schon akzeptiert. Dies war einfach zu unglaubwürdig um nicht wahr zu sein. Welchen Grund hätte Sarah gehabt, ihr solch eine Lüge aufzutischen? Und, wenn sie diese Art von Kontaktaufnahme durch eine hypnotisierte Person für Humbug hielt, was würde dann wohl ein anderer zu ihren Vorgesichten sagen?

Inse fühlte Sarahs Blick auf sich ruhen. Gespannt wartete diese ihre Reaktion ab. Mit den Augen flehte sie Inse an, ihr doch zu glauben und zu helfen.

Als Inse schwieg, griff Sarah seufzend nach ihrer kalt gewordenen Tasse Tee. Inse schaute sie immer noch in Gedanken versunken an. Eine Flut von Überlegungen gingen ihr durch den Kopf. Sollte sie wirklich so etwas wie eine Bestimmung haben?

Endlich beschloss sie, die erst Frage zu stellen, die ihr in den Sinn gekommen war.

„Wenn ich dieses Getränk eingenommen habe, was tue ich dann? Wie ist das mit dem Lauf gemeint?“

Sarah legte beide Hände um ihr Gesicht. „Darüber habe ich mir zwei Nächte lang Gedanken gemacht. Ich habe sogar die alte Frau noch einmal mit laufendem Aufnahmeband hypnotisiert – ohne Erfolg. Doch ich glaube, ich weiß die Antwort auch so. Bist du jemals gelaufen, ich meine lange Strecken gelaufen?“

Inse war durch ihre Frage etwas irritiert. „Ja, doch – ich laufe eigentlich immer noch zweimal die Woche durch den nahe gelegenen Wald.“

Sarah nickte zufrieden. „Das ist gut. Es erleichtert die Sache ungemein. Es ist wohl so, dass die Einnahme des Getränks die erste Voraussetzung ist. Die zweite ist ein Lauf, so denke ich, ein Lauf über eine längere Zeit und Strecke. Ich habe in letzter Zeit auch über das Laufen viel gelesen. Dort stand, während einer längeren Strecke verliere man das Gefühl für sich selbst und für die Welt um sich herum, als ob man schwerelos dahingleite. Vielleicht führt dieses Gleiten mittels der Kräutermischung dazu, dass man sich am Ende des Laufes in einer anderen Zeit wieder findet.“

Inse dachte nach. Es stimmte schon. Sie selbst hatte nach einigen Kilometern immer das Gefühl gehabt, als ob man noch ewig so weiterlaufen könnte. Es war fast wie eine Art Meditation, eine absolute Entspannung, ein Abheben von der irdischen Welt mit ihren Problemen und Alltagsgeschehnissen. Wenn der Kräutertrank dieses „Abheben“ oder „Loslösen“ noch verstärken würde, konnte sie sich einen Laufbeginn im Jetzt und ein Laufende in der Vergangenheit gut vorstellen.

Sie schaute Sarah lange an. „Ich glaube dir und ich bin bereit, alles, was getan werden muss, zu versuchen, obwohl ich vieles noch nicht verstehe.“

Erleichtert atmete Sarah auf.

„Hast du eigentlich eine Ahnentafel?“ fragte sie, und Inse erinnerte sich an die Aussage der Frau aus der Vergangenheit, dass sie mit dem zu rettenden Kind verwandt sei. „Sie ist von Ihrem Blute", hatte doch diese Hyma behauptet.

Inse führte Sarah in die Diele und sie schauten sich die Ahnentafel, die noch Inses Großvater erstellt hatte, an. Zurückverfolgen ließen sich jedoch die vergangenen Generationen nur bis zum Jahr 1798.

„Meine Großmutter erzählte uns immer, dass eine unserer Urahninnen aus Schweden kam. Sie soll mit einem ostfriesischen Seemann durchgebrannt sein", erzählte Inse, aber das brachte sie auch nicht weiter.

Sarah berichtete über ihr Leben. Das sie allein stehend sei und sich dabei eigentlich ganz wohl fühle. Nach einer Ausbildung zur Heilpraktikerin habe sie sich im Bereich der Hypnose ausbilden lassen. Die Arbeit mit den kranken Menschen sei ihr Lebensinhalt. Sie sprach über das Glücksgefühl, dass sie jedes Mal durchströmte, wenn sie dabei mithelfen konnte, dass ein psychisch kranker Mensch wieder Freude am Leben gewann und die Ursache seiner Erkrankung gefunden wurde.

Inse erzählte von ihrer Arbeit und von der Freude, den Pflanzen beim Wachsen zuzuschauen, darüber, dass sie den Kontakt mit anderen Menschen im Rahmen ihrer Arbeit und ihres Verkaufs mochte.

Sie lernten einander an diesem einen Tag näher kennen als andere Menschen sich manchmal in zwanzig Jahren, und sie entdeckten, dass sie sich mochten. Sarah blieb auch noch am Abend. Sie sprachen über viele Dinge, aber das Thema, das die beiden besonders bewegte und das ihrer beider Zukunft nachhaltig verändern sollte, klammerten sie für den Rest des Tages aus.

Als Sarah wieder in ihren VW Beetle stieg, beschloss sie für sich, bald ihren Urlaub zu nehmen. Wenn sie die Aufgaben, die im kleinen Naturkostladen anfielen, übernehmen würde, dann könnte Inse in die Vergangenheit reisen.

Sarah hatte sich vorgenommen, in den nächsten Tagen möglichst viel über Hyma herauszufinden. Sie wusste instinktiv, dass ihr bei der Aufgabe, die gestellt war, nur die Rolle einer Randfigur blieb und dass die wichtigere Aufgabe bei Inse lag. Vielleicht stimmte es wirklich, dass jeder im Leben für etwas Bestimmtes vorgesehen ist, und in der Rettung dieses Kindes vor dem Tod lag vielleicht der Sinn ihrer beider Leben. Sie würde ihr Bestes tun, um die Sache ins Rollen zu bringen.

Geschichtliche Daten

Inse beschloss, den nächsten Tag ausnahmsweise mit einem Lauf zu beginnen. Die Geschichte, die Sarah erzählt hatte, gab den Ausschlag dazu. Nach einigen Kilometern achtete sie besonders auf ihre Sinne, auf die Gefühle, die sich ihr mitteilten, und darauf, wie sie ihre Umgebung empfand. Konnte man durch bloßes Laufen in eine andere Zeit gelangen? Wohl kaum! Aber unter Einnahme von Kräuter, von Drogen, die das Bewusstsein veränderten? Es ging eine einzigartige Leichtigkeit von einem aus. Man hatte den Eindruck, als wäre ein Schweben, ein Abheben möglich. Aber, wenn es wahr wäre und der Lauf die Verbindung zur Vergangenheit darstellte, wie sollte es dann gelingen, genau in dem Jahr anzukommen, in dem ihre Hilfe gebraucht wurde?

Trotz der vielen ungelösten Fragen fühlte sie sich nach dem Lauf wie ein neuer Mensch. Alle Poren des Körpers schienen geöffnet und die anschließende Dusche war das i-Tüpfelchen.

Pünktlich um neun Uhr öffnete sie die Tür ihres kleinen Bioladens. Heute lief das Geschäft gut. Als die Frau des Pastors die Tür hinter sich zu machte, kam Inse die Idee, am Nachmittag in der Bücherei, die von der Pastorenfrau ins Leben gerufen worden war, nach geschichtlichen Büchern über die Zeit um 1568 zu suchen. Sie hatte Sarah versprochen, in den nächsten Tagen die geschichtliche Entwicklung Ostfrieslands zu durchleuchten. Sarah wollte versuchen, etwas über die geheimnisvolle Hyma herauszubekommen.

Fast zwei Stunden verbrachte sie in der relativ großen Bücherei. Es war schier unglaublich, wie viel Lektüre es über das Mittelalter hier gab. Sie fand heraus, dass in Ostfriesland alles ein bisschen anders gewesen war als im übrigen damaligem Europa. Die Ostfriesen waren wohl von jeher ein wenig starrsinniger und schwerer zu verknechten gewesen als Menschen andernorts.

Inse nahm sich die interessantesten Bücher mit nach Hause und am Abend hatte sie schon einen kleinen Überblick der geschichtlichen Entwicklung bis hin zum Jahre 1568 gewonnen. Sie beschloss, einen kleinen Abriss zu erstellen, der sich am Ende des Abends folgendermaßen darstellte:

Schon im frühen Mittelalter war die „Freiheit der Friesen" äußerstes Gebot und Ziel gewesen. Im 13. Jahrhundert war das gesamte Gebiet zwischen Jade und Ems ein Land von freien Bauern. Zu dieser Zeit gab es in Ostfriesland keine Ritter und Lehnsleute mehr und keine Unfreien. Jeder Ostfriese war frei und vor dem Gesetz waren alle Ostfriesen gleich. Reiche Grundbesitzer begannen im 13. Jahrhundert, ihre Häuser aus Stein zu bauen, und gewährten den Mitanwohnern gegen kleine Verbindlichkeiten Schutz. Sie nannten sich Häuptlinge, griffen aber nicht mindernd in das Recht der einzelnen Bauern ein. Die Bauern betrieben häufig Viehzucht.

Einer der bedeutendsten Häuptlinge, Ulrich Cirksena, wurde am 23.12.1464 im Namen von Kaiser Friedrich III mit der Grafschaft Ostfriesland belehnt und zum Ritter geschlagen. Mit Ulrich Cirsena hatte Ostfriesland ihren ersten Grafen erhalten. Ein Enkel Ulrich Cirksenas ragte besonders hervor. Er hieß Edzard und hatte den Beinamen „der Große" erhalten. Er hatte eine besondere Ausstrahlung und brachte die Bauern dazu, an Feldzügen außerhalb des Landes teilzunehmen. Zudem war er ein begabter Politiker, seine Sorge galt stets dem Lande und er war duldsam gegenüber Andersdenkenden. Er starb 1528 und Nachfolger wurde sein Sohn Enno.

Während sein Vater trotz des Übertritts des Großteils seiner Landeskinder zum evangelischen Glauben den katholischen Geistlichen ihre Einkünfte beließ und sie nicht an der Ausübung ihres Berufes hinderte, ließ Enno gleich nach Regierungsantritt alles, was an katholischem Vermögen und an Wertgegenständen vorhanden war, konfiszieren. Alle Kirchen und Klöster wurden ihrer Kostbarkeiten beraubt. Von den Klöstern in Ostfriesland blieb keine Spur. Die Bauten wurden abgebrochen, Bibliotheken und Archive vernichtet. Graf Enno hing der Lehre des Reformators Luther an.

Sein Vater, Edzard der Große, hatte zu Lebzeiten eine Heirat zwischen einem seiner beiden Söhne und einer der „Edelfräuleins von Jever" ausgemacht. Dies nicht beachtend heiratete Enno 1530 Anna von Oldenburg, was ihm zeitlebens die Feindschaft mit den „Fräuleins" einbrachte. Aus der Ehe mit Anna von Oldenburg gingen drei Söhne und drei Töchter hervor.

Gräfin Anna übernahm nach dem Tode ihres Mannes 1542 die vormundschaftliche Regierung. Zu dieser Zeit begannen auch in Ostfriesland Schauspiele, wie sie überall im Kaiserreich üblich waren – die Hexenverbrennungen.

Gräfin Anna war um das Wohl ihrer Untertanen besorgt und ließ eine Polizeiverordnung verkünden, in der bereits Vorschriften vorzufinden waren, die Jahrhunderte später erst in die deutsche Rechtsgeschichte eingingen, z. B. die Schulpflicht. Gotteslästerungen wurden untersagt und mit Geldstrafen belegt. Die Geistlichen und Kirchendiener bekamen den Auftrag, sich um diejenigen zu kümmern, denen es an Kleidung, Speise und Trank fehlt. Zu diesem Zweck seien die eingezogenen Strafgelder der Gotteslästerer zu verwenden. Paaren, die zusammen lebten, wurde die Ehepflicht auferlegt, Arbeitslöhne für handwerkliche Berufe festgelegt und viele andere Dinge geregelt, vielfach zugunsten der Bevölkerung – allerdings dachte die Gräfin auch an die Sicherung ihrer eigenen Rechte. Das Recht der Bürger, ihre Obrigkeit selbst zu wählen, ging mit der Verordnung verloren.

Diese Polizeiverordnung lässt den besonderen Charakter dieser Frau erahnen, die die Geschicke eines kämpferischen Landes in ihre Hände nahm und meisterte.

Gräfin Anna durchbrach 1558 das Erstgeburtsrecht und ließ ihre drei Söhne Edzard, Johann und Christoph zu gleichen Teilen mit der Reichsgrafschaft belehnen. Früh verstarb Graf Christoph, so dass die Grafen Edzard II. und Johann gemeinsam regierten.

Graf Edzard II., der älteste Sohn, bereiste nach der Belehnung Stockholm, um seine ausgesuchte Braut „in Augenschein zu nehmen". Er ehelichte 1559 Katharina von Schweden. Seiner Frau zuliebe trat Edzard zum lutherischen Glauben über. Sein Bruder hingegen blieb reformiert.

Delikat an der zweiten Reise nach Stockholm, die zur Ehelichung stattfand, war, dass der jüngere Bruder Johann leidenschaftlich für die Schwester Katharinas, Cäcilie, entbrannte. Sie ließen sich wohl zu Unbesonnenheiten hinreißen und Graf Johann erklomm zu nächtlicher Stunde das Schlafgemach von Cäcilie. Dies wurde entdeckt und dem Halbbruder der Prinzessin gemeldet. Graf Johann wurde verhaftet und eingesperrt. Damit war das Vergehen publik gemacht, was den Vater der Prinzessin, Gustav Wasa, sehr erzürnte. Edzard versuchte sich für seinen Bruder zu verwenden, doch ohne Erfolg. Er wollte Schweden nicht ohne Johann verlassen. Erst 1561, nachdem Gräfin Anna alle Hebel in Bewegung gesetzt hatte, kehrten die beiden Brüder und Katharina zurück. Eigenartigerweise soll ein zur Befreiung aus der Haft gemachter Vorschlag einer Ehe zwischen Graf Johann und Prinzessin Cäcilie vom Grafen Johann abgelehnt worden sein.

Solange sie lebte, blieb Gräfin Anna die eigentliche Herrscherin in Ostfriesland. Die Brüder Johann und Edzard waren sich spinnefeind. 1561 verlagerte Graf Edzard seine Hofhaltung in die Auricher Burg und löste sich somit örtlich von der reformierten Stadt Emden, die eher seinem Bruder zugetan war.

Es waren verworrene Regierungsverhältnisse, unter denen die Grafschaft in der zweiten Hälfte des sechzehnten Jahrhunderts entgegensah. Dabei sollte Ostfriesland gerade in dieser Zeit an den Rand der Weltgeschichte geraten.

Karl V. übertrug 1555 die Nachfolge in den Niederlanden seinem Sohn Philip II. von Spanien. Fortan wurden die Niederlande politisch, finanziell und religiös unterdrückt. Bei jeder Reformationsbewegung floss Blut. Schwer war auch der wirtschaftliche Druck auf die Niederlande. Handel und Verkehr wurden fast lahm gelegt. Tausende verließen daraufhin das Land und große Scharen wandten sich der Stadt Emden zu. Durch seine geographische Lage war Emden besonders geeignet, ihnen eine neue Heimat zu bieten.

Angesehene und wohlhabende Leute aller Stände kamen auf dem Seeweg nach Emden. Sie verhalfen der Stadt durch ihr Vermögen und ihre Schiffe zu ungeahntem Aufschwung. Emden wurde zu einer der bedeutendsten Reedereistädte Europas, weil infolge der Kriegswirren sich nunmehr ein großer Teil des niederländischen Handels dorthin verlagerte. Die Emder Handelsflotte soll aus mehr als fünfhundert Schiffen bestanden haben. Von 1554 bis 1568 hielt der Zustrom von Flüchtlingen an.

Inse ließ die Blätter sinken. Angestrengt blickte sie auf einen nicht vorhandenen Fleck auf dem Teppich.

Welch eine chaotische Zeit! Hexenverbrennungen und in gleichem Zuge die Reformationsbewegung. Tiefstes Mittelalterdenken und neuzeitliche Züge? Doppelregierung zweier feindlicher Brüder, Emden eine der größten Handelsstädte, Kriege zwischen den Niederlanden und Spanien, religiöse Spaltungen in Ostfriesland und der Welt. Irgendwo hatte sie auch etwas über die Pest gelesen, die zu der Zeit in Ostfriesland grassierte.

Über diese Frau, diese Hyma, war nichts herauszufinden. Vielleicht hatte Sarah mehr Erfolg. Morgen Abend wollte sie zu Besuch kommen. Vielleicht würde es ihnen gemeinsam gelingen, Antworten auf die vielen noch offenen Fragen zu finden, Fragen beispielsweise nach der damaligen Kleidung oder der geltenden Währung sowie nach dem, was gegessen und getrunken wurde.

Immer wieder stellte sich für Inse die Frage, wie sie wohl mit dem Kind, dieser Tetta, verwandt sei. Würde sie bei dieser Reise in die Vergangenheit auch etwas über ihre eigene Herkunft, über ihre Wurzeln herausfinden? Würde sie sogar mit einem ihrer Urahnen sprechen können? War es nicht der helle Wahnsinn, über so etwas überhaupt nachzudenken?

Die Manningas

Obwohl schon März war, hatte es in der vorherigen Nacht noch gefroren. Am Morgen lag Raureif über den Feldern und der Tag hätte besser in den Monat November gepasst als zum Frühling.

Inse hatte sich ein Mittagsschläfchen gegönnt und am Nachmittag war ihr Laden geöffnet gewesen. Als Inse die Tür um sechs Uhr schloss, kam sie in Hochstimmung. Sie freute sich auf den Abend mit Sarah. Im Wohnzimmer machte sie sich daran, den Kamin zu entzünden. An diesem kalten Tag konnte man es gut aushalten bei einem wärmenden Feuer.

Sarah mühte sich mit einem voll gepackten Wäschekorb bis vor Inses Haustür. Diese öffnete auf ihr Klingeln und fasste mit an. Bücher konnten ganz schön schwer sein! Sie blickte in Sarahs triumphierendes Gesicht.

„Ich habe eine ganze Menge herausgefunden über unsere Hyma. Mit Hilfe des Internets bin ich auf die entsprechende Literatur gestoßen. Eigentlich interessant ist der Ehemann von Hyma. Er war eine große Berühmtheit zur damaligen Zeit und hieß Unico Manninga – sagt dir der Name was?“ Sarah schaute in Inses verwirrtes Gesicht und lachte laut. „Entschuldige bitte, ich habe ja noch nicht einmal hallo gesagt. Aber ich bin so begeistert und begierig darauf, dir alles zu erzählen.“

Inse lachte auch. „Komm, setz dich erst mal ans Feuer und wärm dich auf. Wie mir scheint, wird es ein langer Abend werden."

Während Inse den Glühwein servierte, hatte Sarah auf dem Tisch eine wahre Flut von Büchern und Bildbänden ausgebreitet.

„Wir könnten erst mal den weniger aufregenden Teil des Abends bestreiten, indem ich dir die Geschichte Ostfrieslands bis zum Jahre 1568 im Groben darstelle", überlegte Inse und holte ihre Kladde des vorherigen Abends hervor.

Trotz der vielen trockenen Geschichtsdaten war Sarah doch beeindruckt von der damaligen Lage in Ostfriesland.

„Jetzt kann ich mir auch ein besseres Bild machen über das Leben, dass Unico und Hyma geführt haben", bemerkte sie zum Abschluss. „Also – hast du schon von Unico Manninga gehört?" wiederholte sie die Frage, mit der sie ins Haus gefallen war.

„Doch." Inse überlegte. „Das war doch derjenige, der in einer Art Hausbuch die Trachten der damaligen Zeit abgebildet hat."

„Richtig – aber er hat noch viel mehr gemacht. Unico und Hyma waren wirklich ganz besondere Menschen und ich werde dir alles erzählen, was ich über sie herausgefunden habe. Unico kam 1529 als Kind von Dodo und Sophia Manninga zur Welt. Er lebte mit seiner Familie auf der Lütetsburg in Norden. Seine ersten Lebensjahre standen unter keinem guten Stern. Als er 4 Jahre alt war, starb sein Vater und ein Jahr später erlebte seine Mutter die dritte Verwüstung der Lütetsburg. Die Geldernschen Truppen fielen über die Burg her. Die Vormundschaft für ihn und seine zahlreichen Geschwister übernahm Graf Enno II."

„Halt", mischte sich Inse ein, „dieser Graf Enno, das war doch der Vater von den beiden Grafen Edzard und Johann, die sich die Regentschaft über Ostfriesland teilen mussten und in ihren Einstellungen so verschieden waren?"

„Richtig. Wir können sogar davon ausgehen, dass die beiden Grafen als Kinder gemeinsam mit Unico gespielt haben beziehungsweise unterrichtet worden sind. Zumindest müssen sie sich sehr gut gekannt haben, denn er wurde in späteren Jahren zum Statthalter des Landesherrn und Drost von Emden ernannt. Aber davon später. Unico studierte als junger Mann an der Universität Wittenberg – geriet also mitten ins Zentrum der Religionsstreitigkeiten. Unico war ein überzeugter Anhänger des Reformators Calvin. Er führte das Bekenntnis in Lütetsburg ein und wurde somit zum Begründer der reformierten Gemeinde in Norden. Sein älterer Bruder Hajo überließ ihm 1561 für 11.500 goldene Rheinische Gulden die Lütetsburg. Zu Unicos weiterem Besitz gehörte aus der Erbteilung auch Visquard. Unico fand die große Liebe seines Lebens. Für die damalige Zeit eher ungewöhnlich, da Ehen normalerweise aufgrund von Verträgen geschlossen wurden. 1553 heiratete er Hyma von Oldersum. Das Paar wurde von den Bauern geliebt und verehrt und verbrachte die längste Zeit seiner kurzen Ehe in Goedens. Eine lateinische Inschrift, die noch erhalten und an einem Kamin im heutigen Lütetsburger Schloss eingemauert ist, deutet das tragische Ende der glücklichen Ehe an. Dort steht Folgendes: ‚Unico Manninga hat mit seiner ersten Gemahlin Hyma, Erbtochter von Oldersum und nach ihres Bruders Verfügung Herrin der ganzen Herrschaft Goedens, die 1557 an Gift starb, diesen Sitz seiner Ahnen, der, von Sachsen ausgebrannt, fast gänzlich eingestürzt war, wiederherzustellen begonnen und mit seiner zweiten Gattin Aleyda von Brakel, ihn vollendet.‘*“ (*Inschrift an einem Kamin im heutigen Lütetsburger Schloss.)

Inse unterbrach Sarah erneut aufgeregt. „Du hast also tatsächlich Hinweise darauf gefunden, dass Hyma ermordet wurde?“

Sarah nickte.

„Steht denn auch irgendwo etwas über einen vermeintlichen Täter?“ Gespannt schaute Inse auf Sarahs Bücherberg.

„Nein.“ Sarah blickte ins Feuer und schüttelte den Kopf. „Über den Täter schweigt sich Unico Manninga aus. Er war achtundzwanzig Jahre alt, als diese Tragödie über ihn hereinbrach. Kinder sind aus dieser Ehe nicht hervorgegangen. Der Tod muss ihn außerordentlich mitgenommen haben. Auch in dem von dir erwähnten Hausbuch schreibt er sich seinen Kummer von der Seele. Der Mord an Hyma wurde wohl nie aufgeklärt."

In das folgende Schweigen stellte Inse die Frage, ob von dem Schwager, den Hyma als Täter nannte, irgendwo die Rede sei.

„Von dem Schwager ist wenig die Rede, eher noch von Hymas Schwester Almeth, die nach deren Tod das Erbe antrat. Wenig später sei sie dann ebenfalls verschieden – so geht es aus den Büchern hervor."

„Ob ich, wenn meine Zeitreise klappen sollte, wohl mehr über den Mord herausfinde?" Inse überlegte laut. „Sag mal Sarah, was ist denn nun mit dem Kind, um das es geht? Wird irgendwo ein Kind aus der Ehe von Almeth erwähnt?"

Sarah grübelte. „Nein, das Kind wird nicht erwähnt."

„Wie ging es denn mit Unico weiter? Was trieb er zu der Zeit, die uns interessiert?" Fragend schaute Inse Sarah an.

„Unico gab sich keinem Selbstmitleid hin", erzählte Sarah, „sondern suchte Vergessen, indem er sich in tausenderlei Aktivitäten stürzte. Er baute zum Beispiel seinen zerstörten Häuptlingssitz wieder auf und erweiterte ihn beträchtlich. 1562 heiratete Unico zum zweitenmal. Seine Ehefrau Aleyda von Brakel aus Geldern schenkte ihm ein Jahr später die heiß geliebte Tochter, die er im Gedenken an seine erste Frau Hyma nannte. 1565 wurde er, wie ich schon erwähnt habe, zum Drost von Emden und zum Statthalter ernannt. Er zog in die gräfliche Burg, die am damaligen Emsufer neben der Großen Kirche lag. Unico war wirklich ein bemerkenswerter Mann, ein glänzender Staatsmann und Wissenschaftler, Bauherr, Historiker und Sammler. Unico gewährte im Untergeschoss des Rathauses einer Widerstandsbewegung Schutz. Religiöse Kampf- und Erbauungsschriften wurden in niederländischer Sprache gedruckt und heimlich in die bedrängten Länder geschafft. Siebenundzwanzig Jahre lang nahm er Flüchtlingsfamilien in Lütetsburg auf."

„Was für ein Mann!“ Inse seufzte. „Davon könnte sich noch heute mancher eine Scheibe abschneiden.“

„Ja“, nickte Sarah, „er hat wohl auch erheblich über seine Zeit hinaus gedacht. Das wäre auch eine Erklärung für das von ihm eingeführte Lütetsburger Hausbuch. Dort finden sich geschichtliche Aufzeichnungen und farbige Abbildungen friesischer Trachten des Mittelalters. Er ließ auch Kleidung abbilden, die zu seiner Zeit schon nicht mehr modern war. Es wird davon ausgegangen, dass die Federzeichnungen von talentierten Flüchtlingen während der Zeit des Aufenthalts auf Lütetsburg angefertigt wurden.

Auch über den Schmuck der friesischen Frauen, der wohl besonders auffällig und wertvoll war, und über den besonderen Haarschmuck ist im Hausbuch einiges zu lesen. Die Stoffe der Kleider waren zumeist rot oder grün.“

Inse schaute sich den Bildband mit den Trachten genauer an. „Faszinierend, was die Leute damals so trugen. Jetzt habe ich ja zumindest eine Vorstellung davon, was mich an Mode erwartet“, grinste sie.

„Wenn ich mir die Aktivitäten und die Vielseitigkeit der Menschen so betrachte, mit denen wir uns bis jetzt beschäftigt haben, dann muss ich das Bild, das mir im Zusammenhang mit dem Mittelalter vor Augen stand, gewaltig revidieren“, bekannte Sarah. „Die Menschen waren in vielen Bereichen doch schon außerordentlich aufgeschlossen.“

„Ja, aber denke auch an die Hexenverbrennungen und die Ketzerverfolgung“, gab Inse zu bedenken. „Es war wohl tatsächlich eine Zeit, die gewaltige Umbrüche, auch im Denken, zu verzeichnen hatte.“

Sarah stippte ihre Schuhe über den Teppich und zog die Beine zu sich heran aufs Ostfriesensofa. „Lassen wir das Thema Vergangenheit einmal beiseite. Erzähl mir etwas von dir. Warum bist du noch alleine?“

Diese direkte Frage – für Sarah so typisch – trieb Inse die Röte ins Gesicht.

„Ich glaube, der Mann, zu dem ich passe, muss erst noch geboren werden. Nein, im Ernst, ich hatte während meiner Ausbildung schon eine – wenn auch relativ kurze – Beziehung mit einem Landwirt.“

Sarah lachte auf: „Mit einem Bauern?“

„Ja, doch. Ich habe bei einem Tierarzt eine Ausbildung zur Tierpflegerin gemacht und bei einem der ‚Außeneinsätze‘ dann Claas kennen gelernt. Letztendlich passten wir wohl doch nicht so gut zusammen. Claas war froh, eine Ehekandidatin gefunden zu haben. Er hatte vor, mich recht bald vor den Standesbeamten zu schleppen. Ich war nicht abgeneigt, wollte aber meine Arbeit hier bei meiner Mutter fortsetzen. Ich habe, nachdem mein Vater vor einigen Jahren gestorben ist, immer hier geholfen. Das kam für ihn nicht in Frage. Nach der Hochzeit hätte ich natürlich auch genug auf dem Hof zu tun gehabt. Da habe ich dann den Rückzug angetreten. Er hat relativ schnell eine andere gefunden und die beiden haben jetzt schon zwei Kinder.“

Inse schaute Sarah an. Sie konnte ohne Bitterkeit über dieses eher traurige Kapitel ihres Lebens sprechen und das empfand sie als positiv. Der stechende Schmerz darüber, dass es Claas so schnell gelungen war, sie zu ersetzten, war verschwunden.

„Hast du eine Leidenschaft für ihn empfunden, hast du dir gewünscht, ihn immer wieder zu berühren, ihm ständig nahe zu sein?“

Inse errötete wieder bei dieser sehr persönlichen Frage. Ausweichend antwortete sie:

„Wir haben uns gut verstanden, uns in vielerlei Hinsicht ergänzt. Wir hatten die gleiche Meinung zu vielen Dingen und unternahmen gern etwas gemeinsam.“

„Pah“, Sarah winkte ab, „du bist der Liebe noch nicht begegnet! Das war ja Sympathie, was euch verbunden hat.“

„Bist du jemals verheiratet gewesen?“ Inse schaute sie fragend an.

„Nein“, Sarah schüttelte den Kopf, „aber ich habe acht Jahre lang mit einem Maler zusammen gewohnt. Es war eine sehr gute Beziehung. Wir haben uns viel gegeben und viel voneinander gelernt. Er hat mich sehr unterstützt, damals, als ich mich entschloss, mich der Hypnose als Heilmethode zuzuwenden. Irgendwann hat dann wohl der Alltag unsere Beziehung zerstört. Es kam mehr und mehr dazu, dass wir nur noch nebeneinander, statt miteinander gelebt haben. Jeder hatte seine Schwerpunkte im Leben, die bald wichtiger waren als wir uns beide. So haben wir uns dann freundschaftlich getrennt. Das war vor fünf Jahren.“ Sarah fuhr sich mit den Händen durchs Haar. „Jetzt bin ich eigentlich ganz zufrieden mit meinem Leben – so wie es ist. Ich kann tun und lassen was ich möchte. Einkaufen gehen, solange ich möchte. Musik hören, die mir gefällt. Und Gerichte kochen, die ich gerne mag. Was mich noch interessiert: Hast du in deinen Vorgesichten jemals dich selbst gesehen und wie vielleicht deine Zukunft aussieht?“

„Nein, niemals. Es sind immer Dinge, die anderen passieren.“ Sie fröstelte. „Lass uns am Ende des Abends nicht von Vorgesichten reden.“ Inse streckte sich und gähnte.

„Na, macht sich so langsam die Bettschwere bei dir bemerkbar?“ Sarah selbst hatte sich auf dem Ostfriesensofa mittlerweile lang ausgestreckt. Seufzend erhob sie sich. „Ich werde mich auf den Weg machen. Wenn wir es tatsächlich schaffen, dich auf die Reise zu schicken, habe ich eigentlich vor, den Bioladen in der Zeit zu übernehmen. Wie findest du die Idee?“

„Sehr gut, damit wäre zumindest ein Problem gelöst.“

„Es bleiben allerdings noch Probleme genug übrig“, dachte sie bei sich.

Vorbereitungen

In den nächsten Wochen entwickelten die beiden Frauen eine schon fast hektische Betriebsamkeit. Sarah nahm ihren Urlaub und Inse verbrachte jede freie Minute mit Nachforschungen und mit der Einarbeitung ihrer neuen Freundin. Beide wussten, dass ihnen nicht unbegrenzt Zeit blieb. Es gab so viel, was sie noch über das sechzehnte Jahrhundert herausfinden mussten. Inse sollte sich dort so gut zurechtfinden, als ob sie in der Zeit zu Hause wäre.

An einem warmen Frühlingstag lenkte Inse ihr Auto Richtung Oldenburg. Sie freute sich auf den Tag mit Sarah. Heute wollten sie ihr „Outfit“ gestalten. Sarah hatte dazu zwei Kleider nach dem Manninga-Buch fertigen lassen. Die Schuhe dazu hatte Inse selbst erstanden, im benachbarten Wittmund auf einer historischen Veranstaltung. Die Haartracht stellte kein Problem dar. Sie hatte sich eine Frisur ausgewählt, die auch im Hausbuch des Manninga abgebildet war. Dazu wurde das ganze Haupthaar geflochten und ab und zu mit Kugeln und Knöpfen verziert. Es würde wie ein geflochtener, geschmückter Zopf den Rücken herunterhängen. Dem Hausbuch nach zu urteilen trugen die älteren Frauen zusätzlich ein Netz oder eine Haube. Inse würde dagegen, wie es wohl früher für die jungen Frauen üblich war, den Kopf selbst nicht bedecken.

Inse bremste abrupt. Sie war so in Gedanken versunken, dass sie fast an der Wohnung vorbeigefahren wäre. Sarahs Zuhause war klein, aber gemütlich. Der Blick vom Wohnzimmerfenster fiel auf einen Park.

Nachdem sie sich begrüßt und eine Tasse Kaffee getrunken hatten, kam Inse gleich zur Sache.

„Lass mich zuerst mal das Kleid sehen, ich bin ja so furchtbar neugierig.“

Sarah nahm sie mit ins Schlafzimmer und an der Schranktür hing das ungewöhnlichste Kleid, das Inse je gesehen hatte. Der Stoff war dunkelrot. Das Kleid war lang und reichte vom Hals bis zu den Füßen. Besonders auffällig waren die vielen Längsnähte. Die nicht allzu weiten Ärmel hatten am Handgelenk eine Krause. Auf den Schultern waren jeweils zwei vergoldete Glöckchen angebracht. Die Glöckchen verzierten zwei breite goldfarbene Bänder, die hosenträgerartig bis zur Taille fielen und von dort – nur durch den breiten Gürtel unterbrochen – bis zu den Füßen reichten.

Inse zog das Kleid über. Größe 38 hatte sie bestellt – und es passte wie angegossen. Im Spiegel schaute ihr eine völlig Fremde entgegen. Sie wirkte schlank und edel. Es schien, als habe sie niemals etwas anderes getragen, als sei es diese Kleidung, die jede positive Seite ihrer Erscheinung noch unterstrich.

„Tja", räusperte sich Sarah, „sieht toll aus! So sahen also die Frauen ‚mittleren Standes' zur damaligen Zeit aus. Steht dir ausgezeichnet, du solltest nur so herumlaufen. Lass uns sehen, wie wir dein Haar verändern können."

Es dauerte keine zehn Minuten und der lange dicke Zopf hing Inses Rücken herunter. Sarah hatte allen Schmuck eingearbeitet. Die Holzschuhe vervollständigten das Bild.

„Aber ich kann doch in dieser Kleidung unmöglich den Lauf, der mich ins sechzehnte Jahrhundert bringen soll, durchführen", überlegte Inse laut.

Sarah lachte: „Nein, das sieht nicht so aus. Vielleicht solltest du das Kleid und alle anderen Utensilien, die du mitnehmen musst, in einem Leinensack, eine Art Rucksack, der zur damaligen Zeit von Reisenden benutzt wurde, transportieren. Das zweite Kleid habe ich übrigens in Grün herstellen lassen. Bei den Kleidern habe ich mich an das Hausbuch gehalten. Du brauchst ja auch Unterwäsche und etwas Proviant. Den Sack, der alles beinhaltet, könntest du auf dem Rücken tragen, so dass du die Hände frei hast."

„Das ist eine gute Idee. Strümpfe brauche ich auch noch. Vielleicht rote Seidenstrümpfe?"

Nach der Anprobe warf sich Inse seufzend aufs Sofa. Sarahs Wohnung strahlte Behaglichkeit und Wärme aus. An den Wänden standen zwei Glasvitrinen aus Holz. Alles wirkte hell und freundlich.

Inses Gesichtsausdruck war ernst. „Wir haben ja schon einiges herausgefunden, aber es gibt noch so viele Fragen, die mir durch den Sinn gehen – besonders nachts", bekannte sie.

„Ich weiß." Sarah seufzte. „In was für ein Abenteuer habe ich dich da nur hereingerissen. Manchmal wache ich auf und meine, das kann ja alles nur ein Traum sein."

„Wenn wir den Traum realisieren wollen, dann lass uns jetzt Nägel mit Köpfen machen." Energisch unterbrach Inse sie. „Wir schmeißen unser gesamtes Wissen der letzten Wochen zusammen und machen dann eine Liste über die offenen Fragen."

„Gute Idee."

Schnell wurden Blatt und Stift geholt. Sarah fing an.

„Wir wissen: Die Menschen sprechen Plattdeutsch. Anhand des Manninga-Buches sind uns Kleidung, Schmuck und Frisuren bekannt. Speisen und Getränke können wir in etwa erahnen. Gereist wird zu der Zeit entweder zu Fuß, mittels Pferd oder Kutsche. Das Ziel deiner Reise ist Emden, dein Ansprechpartner Unico Manninga. Du musst versuchen, Tetta zu finden, die mit Unico verwandt ist, und sie irgendwie davor bewahren, einem Mordanschlag zum Opfer zu fallen. In der Stadt wird mächtig was los sein. Viele Vertriebene und Flüchtlinge werden sich dort aufhalten. Die benachbarten Niederlande haben eine kriegerische Auseinandersetzung mit Spanien. Es wird eine Schlacht bei Jemgum, mit Herzog Alba als Gegner, geben. Wenn du in der Stadt übernachten musst, hältst du dich am besten an einen der Gasthöfe. Auch deine Mahlzeiten kannst du dort einnehmen. Die Menschen haben sich an eine ‚Polizeiverordnung' zu halten, die von der Regentschaft aufgestellt worden ist. Das Regierungsverhältnis ist zweigeteilt, eigentlich sogar dreigeteilt, wenn man die Gräfin Anna mit einbezieht. Wir wissen, welche Währungen gehandelt werden, welche Berufe es gibt und wie die Menschen ihr Geld verdienen. Die religiösen Gegebenheiten sind denkbar chaotisch. Es ist die Zeit nach der Reformation, Klöster existieren kaum noch. Die Christen sind in viele verschiedenen Konfessionen gespalten.“ Sarah legte die Stirn in Falten und überlegte.

Inse fügte eher zögern hinzu: „Es gibt zu der Zeit Hexenverbrennungen, viele Giftmorde und ein ausgeprägtes Moralverhalten. Ende des Jahres grassiert die Pest in Emden.“

„Wir wissen noch nicht genau, wo die Zeitreise beginnen soll. Wenn wir einen Ausgangspunkt gefunden haben, müssen wir überlegen, wie du auf dem schnellsten Weg von dort nach Emden kommen kannst, um mit Unico Manninga zu sprechen. Hoffentlich hat sich die plattdeutsche Sprache im Laufe der Zeit nicht verändert.“ Sarah seufzte: „Wieder einmal denke ich, dass es der helle Wahnsinn ist, dich in diese Zeit gehen zu lassen. Wie können wir so etwas überhaupt nur andenken?“

Inse nickte. „Aber ich muss und werde es tun. Das weißt du und daher brauchen wir über dieses Thema überhaupt nicht mehr diskutieren! Die praktische Frage nach dem Geld steht noch offen. Wie soll es uns gelingen, an gültige Währung heranzukommen? Dann bleibt noch die alles entscheidende Frage zu klären, wie es mir gelingen soll, durch den Lauf tatsächlich in das Jahr 1568 zu gelangen!“

„Die letzte Frage scheint mir nicht die unwichtigste zu sein“, überlegte Sarah. „Willst du wirklich mit all diesen Ungewissheiten auf diese Reise gehen?“

„Ich bin innerlich davon überzeugt, dass ich es tun muss“, nickte Inse. Es kam Inse vor, als ob sie eine Urlaubsreise organisierten. Sie beschloss, als Kleidung für den Lauf einen Umhang in Lodengrün mit einer Kordel zu tragen. Später würde sie den Umhang gegen das Kleid tauschen.

Die Route für den Lauf legten sie auch fest. Inse würde im Ihlower Wald joggen. Der Wald bestand nach alten Karten auch schon zur damaligen Zeit. Er lag nicht weit von Emden entfernt. Nach ihren Berechungen könnte sie vielleicht sogar die Stadt, wenn sie einer Abzweigung des Heerweges folgten würde, am selben Tag oder doch zumindest am zweiten erreichen. Vom

Wald aus ging es Richtung Riepe, dann passierte man die Ortschaften Uphusen und Wolthusen und wäre danach schon in Emden.

Beide beschlossen, nicht mehr lange mit ihrem Vorhaben zu warten – es sei denn, sie fänden keine Möglichkeit, das Ankunftsjahr zu bestimmen.

„Lass uns ein konkretes Datum festsetzen“, schlug Inse Sarah energisch vor.

„Ja, lass uns jetzt den Stier bei den Hörnern packen. Wer nicht wagt, der nicht gewinnt. Wer weiß, in welcher Situation das arme Kind steckt. Ich habe eigentlich nur Bedenken bezüglich des richtigen Ankunftsjahres. Vielleicht finde ich morgen ja das fehlende Puzzleteil zu unserer Geschichte. Übrigens will ich morgen auch die Kollegen aufsuchen, um mich dort noch mal zu verabschieden – ich fahre ja für einige Wochen zu einer Freundin und helfe dort aus“, witzelte Sarah trocken.

Zu Hause angekommen setzte sich Inse erst einmal mit einer Tasse Tee und angezogen Beinen auf ihr gemütliches Sofa und ließ die Gedanken kreisen. Sie hatte eigentlich ein gutes Gefühl. Mittlerweile war ihr im Innersten bewusst, dass es ihre Lebensaufgabe war, dieses Kind zu finden und zu retten.

Eine unerwartete Entdeckung

Gänzlich unerwartet sah Inse am nächsten Tag den Beetle von Sarah vorfahren. Es war gegen fünf Uhr und in einer Stunde hatte sie Feierabend. Sarah, das Energiebündel, sprang, nein, flog förmlich aus dem Wagen und lief mit großen Schritten Richtung Ladentür. Sie wedelte dabei mit einer Akte herum. Frau Behrends packte gerade ihren Einkauf in einen Leinenbeutel und Inse machte die beiden miteinander bekannt. Die resolute, schon auf die siebzig zugehende Nachbarin schüttelte Sarah die Hand.

„Ach, Sie sind die junge Frau, die unserer lieben Inse den lang verdienten Urlaub ermöglichen will. Das wurde auch nötig mal Zeit. Wir freuen uns alle für Inse." Dann fasste sie Sarah beim Arm und flüsterte hinter vorgehaltener Hand: „Vielleicht findet sie da ja auch den passenden Deckel." Kichernd verließ sie den Laden.

Inse schaute ihr kopfschüttelnd nach. „Sie wollen mich hier schon seit längerem verkuppeln. Irgendwie habe ich ein schlechtes Gewissen, die Nachbarn und Freunde anzulügen. Ich habe erzählt, dass ich einige Zeit verreise. Aber eine richtige Lüge ist es eigentlich ja auch nicht – oder?"

„Mach dir über solche Kleinigkeiten bloß keine Gedanken." Sarah lief aufgeregt hin und her. „Du ahnst ja nicht, was ich herausgefunden habe. Das ist der absolute Hammer! Was für ein Glück, dass ich heute meine Kollegen besucht habe."

„Beruhige dich erst mal", Inse ergriff ihre Hände und zwang sie dadurch zum Stehenbleiben. „Ich schließe jetzt den Laden und dann wirst du mir in Ruhe alle Neuigkeiten erzählen können."

Sie klebte einen Zettel an die Tür: „Bin in der Küche – bitte an die Scheibe klopfen."

Nachdem Inse den Tee aufgegossen hatte, schaute sie Sarah erwartungsvoll an. „So, jetzt kannst du loslegen."

„Ich bin heute mit einer Schwarzwälder Kirschtorte losgezogen und die habe ich mit den lieben Kollegen – die mich angeblich jetzt schon vermissen – vertilgt. Den neusten Klatsch erfuhr ich beim Kaffee. Die berühmte Geschichtsprofessorin Dr. Martens ist vor einer Woche gestorben. Du hast sicherlich schon über ihre Arbeiten in der Zeitung gelesen. Ihr Verdienst ist es, dass wir heute sehr viel wissen über die speziellen Goldschmiedearbeiten, die in Ostfriesland im Laufe der vergangenen Jahrhunderte gefertigt wurden. Ein über Jahrhunderte verschwundenes Schmuckstück der ostfriesischen Grafenfamilie wurde von ihr wieder entdeckt. Der Ostfriesenreport brachte es sogar auf der ersten Seite. Einige Juweliere haben jetzt nach ihren Anweisungen wieder damit begonnen, neu entdeckten ostfriesischen Filigranschmuck herzustellen. Sie hat es geschafft, dass ihr Gelder zur Verfügung gestellt wurden, um jahrhundertealten, seltenen Erbschmuck zu erwerben und damit die Museen zu bereichern. Und – stell dir vor – nun hat sie sich das Leben genommen! Die letzten fünf Jahre lag sie auf der Psychiatrie. Immer wieder hat sie behauptet, einen Menschen in die Vergangenheit befördert zu haben! Merkst du, worauf ich hinauswill, was das für uns bedeuten könnte? Natürlich hat ihr kein Mensch geglaubt. Sie ist wohl auch immer ziemlich hysterisch geworden, hat sich die Haare gerauft und geschrieen, sie müsse ihn zurückholen. Und: ‚Das Rezept, das Rezept, ich habe es verbrannt.' Behauptet hat sie konkret, einen Mann, der einige Zeit mit ihr zusammen gearbeitet hat, aus Eifersucht ins Mittelalter befördert zu haben. Um dies zu bewerkstelligen, habe sie den Mann zu einem gemeinsamen Lauf eingeladen und ihm zuvor ein spezielles Kräutergetränk verabreicht. Der angeblich Verschwundene hatte im Bekanntenkreis berichtet, dass er eine mehrwöchige, vielleicht sogar mehrjährige Reise zu archäologischen Forschungszwecken antreten wolle. Der Mann ist ein berühmter Autor und verfasst historische Romane. Er hatte sich schon des Öfteren jahrelang verkrochen, quasi an den Orten, wo sein jeweiliger Roman spielte, um dann mit dem fertigen Manuskript wieder aufzutauchen. Dem Team von Frau Dr. Martens hat er sich auch nur angeschlossen, um Recherchen für seinen neuen Roman anzustellen. Familie hat er angeblich keine und seine Freunde hätten über die Äußerungen von Dr. Martens nur gelacht. Es wäre typisch für ihn, kurzfristig zu verschwinden ohne Lebenszeichen. Ihre Mitarbeiter haben ausgesagt, sie habe ihn ständig angeschmachtet und wohl sein Verschwinden als Verlassen aufgefasst. Damit sei sie dann nicht fertiggeworden. Ich denke allerdings nach dem, was wir wissen, dass er tatsächlich in der Vergangenheit zu suchen ist – oder?"

Inse saß senkrecht auf ihrem Stuhl und hatte atemlos gelauscht. Ihre Hände hatten sich um die Stuhllehnen verkrampft.

„Die arme Frau – niemand hat ihr geglaubt. Sie muss verzweifelt gewesen sein. Warum hat sie das nur getan? Es hat ihr Leben zerstört. Es bestätigt uns natürlich in unserer Annahme, dass eine Reise möglich ist. Aber, bringt uns diese Geschichte denn überhaupt einen Schritt weiter?"

„Und ob", Sarah nickte bestätigend, „es geht ja noch weiter! Sie hat also behauptet, den Schriftsteller ins Mittelalter befördert zu haben. Dazu will sie ihm einen Kräutertrank verabreicht haben, deren Rezeptur sie in einem Buch über Hypnose gefunden hat. Dem blauäugigen Schriftsteller drückte sie angeblich eine Perle in die Hand, mit dem Hinweis, er möge diese beim Lauf in einer zur Faust geballten Hand tragen, dies würde ihm Glück bringen. Danach folgte dann das Joggen. Doktor Martens beschwor die Ärzte, das nicht wieder auffindbare Rezept der Kräutermischung zu besorgen, damit sie auf gleichem Wege auch in die Vergangenheit reisen könne, um den Mann zurückzuholen."

Inse unterbrach sie. „Warte! Was ist das denn nun für eine verrückte Geschichte mit der Perle?"

Sarah lachte trocken auf. „Ja, stell dir nur vor, Doktor Martens behauptet, zur Zeitreise sei außer dem Getränk und dem Lauf ein aus dem Jahr, in das man sich zurückversetzen lassen wolle, stammendes Kleinod wichtig. Dieser spezielle Gegenstand müsse beim Lauf mit einer Hand gehalten werden. Die Perle wird sie sicherlich bei ihren Forschungsarbeiten einem Schmuckstück der Vergangenheit entnommen haben. Du siehst, da haben wir die Information, die uns noch gefehlt hat."

Inse hatte mit angehaltenem Atem gelauscht. „Das bedeutet also, ich benötige einen Gegenstand, der im Jahre 1568 gefertigt wurde. Diesen Gegenstand muss ich beim Start in der Hand halten."

Sarah bestätigte dies. „Ist gar nicht so abwegig, oder?"

Inse wiegte den Kopf hin und her. „Wie man's nimmt! Woher wollen wir einen Gegenstand, noch dazu einen kleinen, den ich auch in einer Hand tragen kann, nehmen? Und wenn wir, zum Beispiel, ein Schmuckstück auftreiben, wer garantiert uns dann, dass dieses auch tatsächlich aus dem Jahre 1568 stammt?"

Sarah war zuversichtlich. „Wir haben bislang eigentlich doch schon eine Menge herausgefunden. Wir werden auch für dieses Problem noch eine Lösung finden. Lass mich nur machen! Mir wird schon noch etwas einfallen."

„Hat diese Person berichtet, in welches Jahrhundert sie den Schriftsteller verfrachtet haben will?" fragte Inse.

„Nein, darüber sagt die Akte nichts aus. Die nette Kollegin aus der Psychiatrie hat mich übrigens heimlich und unter dem Siegel der strengsten Verschwiegenheit diese Kopien machen lassen. Darin sind alle Aussagen, die Dr. Martens zu dieser Angelegenheit gemacht hat, enthalten." Sarah nahm die Akte noch einmal zur Hand.

„Mir tut dieser Mensch, der sich jetzt ungewollt im Mittelalter befindet, unwahrscheinlich Leid. Was für ein Schock das gewesen sein muss. Ich weiß ja, worauf ich mich einlasse. Aber so gänzlich unvorbereitet in eine andere Zeit hinein zu laufen – das muss ja ein Horror sein! Wo der sich wohl heute befindet und ob er noch lebt? Müssen wir eigentlich in dieser Angelegenheit mit dem Wissen, das wir haben, noch etwas unternehmen?" Fragend schaute Inse Sarah an.

„Ich glaube, du solltest erst versuchen, dein Problem zu lösen." Sarah war nicht so am Schicksal des Mannes interessiert. „Dieser Mensch befindet sich jetzt wahrscheinlich schon über fünf Jahre in einer anderen Zeit, da wird es auf einige Wochen mehr oder weniger auch nicht mehr ankommen."

„Du magst Recht haben. Wir können auch keinen anderen mehr in die Sache hineinziehen oder befragen. Ich habe den Verdacht, jeder, der von unserem Vorhaben hört, würde versuchen, uns die Geschichte auszureden oder uns für verrückt erklären. Man würde uns wahrscheinlich sowieso nicht glauben! War es jetzt Zufall, dass du dies heute herausgefunden hast", sinnierte Inse laut, „oder ist dies wieder unter ‚es sollte wohl so sein' zu verbuchen? Na egal. Hauptsache ist, wir haben eine Lösung für das Problem gefunden. Jetzt kann es ja losgehen – oder?"

Das Überschreiten der Zeit

Es war im Morgengrauen. Die ersten Vögel hatten ihre Lieder angestimmt. Inse und Sarah standen auf einer Lichtung im Wald. Inse war in den letzten Tagen mehrfach hier gelaufen, um eine gute Strecke auszukundschaften. Der Wald wirkte etwas bedrohlich, als ob auch er die dunklen Träume der Nacht noch abschütteln müsse.

Inse fühlte die Angst in ihrem Inneren brennen. Sie wusste, jetzt war kein Schritt zurück mehr möglich. Im Vorfeld war ihr alles ab und zu noch wie ein Spiel, wie die Aufführung eines Theaterstücks erschienen, doch jetzt wurde es ernst. Ein Gefühl von Panik machte sich in ihr breit. Aber hatte sie nicht von Anfang an gefühlt, dass es ihre Bestimmung war, ihre Aufgabe, diesen Weg in die Ungewissheit zu gehen? Wie kam sie dann dazu, Angst zu haben, in Panik zu verfallen? Was sie selbst, Sarah und Inse, tun konnten, war getan. Sie hatten alles wieder und wieder durchgesprochen und für – wie sie beide meinten – alle Eventualitäten Vorsorge getroffen.

Sarah hatte etliche schlaflose Nächte damit zugebracht, sich vorzustellen, dass Inse nie wieder auftauchen würde. Zuletzt hatte sie sich damit beruhigt, dass sie ja immer noch selbst nach Inse suchen könnte. Sie hatte ja die Möglichkeit dazu.

Sarah hatte bei einem Antiquitätenhändler „unter der Hand" gültige Münzen erstanden, die dem damaligen Wert eines Wochenlohnes entsprachen. Sie hatte dafür mehr als einen Monatslohn hingeblättert!

Kleidung war im Rucksack – der wirklich ein Sack war – verstaut. Desgleichen ein kleines Buch, das alles Wissenswerte über die damalige Zeit im Kurzformat enthielt, und ihr Asthmaspray für den Notfall. Inse war Asthmatikerin. Seit ihrem sechzehnten Lebensjahr hatte sie allerdings keine Anfälle mehr gehabt. Ferner waren im Rucksack noch Streichhölzer, Verpflegung für zwei Tage, eine Karte von Ostfriesland, eine Telefonkarte, damit sie Sarah nach ihrer Rückkehr benachrichtigen konnte, und – in einer Art doppeltem Boden unauffällig eingenäht – eine kleine runde Kunststoffflasche mit einer reichlichen Menge der Kräutermixtur für die Rückkehr. Die gleiche Art Flasche mit Inhalt trug sie unter der Kleidung. Da sie bei dem Lauf zurück in die Gegenwart auch ein entsprechendes Kleinod in der Hand halten musste, hatte Inse sich vor einer Woche einen Ring fertigen lassen. Er lag auch im Geheimversteck des Rucksacks. Diesen würde Inse hüten müssen wie ihren Augapfel.

Ein Perlenhaarschmuck in ähnlicher Form, wie er auch im späten Mittelalter getragen wurde, war vor ihren eigenen Augen hergestellt worden. Sie hatte diese Perlen im Nacken am Haaransatz angebracht. Sie waren also nicht zu sehen, konnten jedoch im Notfall mit einem Ruck aus dem Haar gezogen werden. Ein Rezept des berauschenden Getränkes war auf der Innenseite des größten und schönsten Haarschmuckteils angebracht. So hatte Inse die Möglichkeit, eine neue Kräutermixtur herzustellen, auch wenn ihr die vorbereiteten Getränke genommen werden würden.

„Irgendwie sehe ich ein bisschen wie Zorro aus mit seinem ewig wehenden Umhang", witzelte Inse nervös, „hoffentlich hat uns niemand gesehen."

Die beiden Frauen standen voreinander und sahen sich an. Ein besonderes Vertrauensverhältnis verband sie. Ohne Worte wussten sie um die geheimen Sorgen und Nöte der jeweils anderen. Sie kannten sich erst so kurze Zeit und doch war innerhalb dieser Zeitspanne so viel geschehen, was ihrer beider Leben verändert hatte und noch verändern würde.

Sarah umarmte Inse kurz und ungestüm. „Du siehst so verloren aus. Eigentlich möchte ich nicht, dass du gehst, aber ich glaube, es gibt jetzt kein Zurück mehr."

Inse nickte: „Ich werde es jetzt hinter mich bringen. Wenn ich es nicht schaffe, stehe ich in spätestens einer Stunde wieder hier und wir sind wahrscheinlich auch nicht glücklicher als jetzt."

„Alles, alles Gute! Ich werde dich dann also alleine loslaufen lassen, wie besprochen. Bist du dir wirklich sicher, dass ich dich nicht ein Stück begleiten soll?"

Inse schüttelte den Kopf. „Ich kann mich besser konzentrieren, wenn ich alleine bin."

„Gut. Dann werde ich also hier im Auto eine Stunde auf dich warten und dann zu deinem Haus zurückfahren."

Inse bezweifelte noch, ob ein guter und entspannter Lauf mit den Schuhen, die sie trug, möglich war – aber daran war nun nichts mehr zu ändern.

Bei dem Gegenstand, der ihre Ankunft im Jahre 1568 gewährleisten sollte, handelte es sich um eine Glasscherbe. Sarah hatte sie besorgt. Sie hatte einen Museumswärter, wie auch immer, dazu gebracht, ihr ein kleines Stückchen einer Glasscheibe zu überlassen. Diese Scheibe war tatsächlich im Jahre 1568 hergestellt worden. Durch sie war das Licht in eine Kirche gefallen.

Inse nahm dann von Sarah das Glas mit der Mixtur entgegen und in kleinen Schlückchen rann sie durch ihre Kehle.

„Hat irgendwie überhaupt keine Geschmack", dachte sie und fing mit einem langsamen Schritttempo an. Sie blickte nicht zurück, sah nicht, dass Sarah ihr fröstelnd hinterherschaute, den Mund lautlos geöffnet, um sie zurückzurufen.

Inse wusste, dass sie in Kürze „ihr Tempo", die Geschwindigkeit, in der sie immer lief, erreicht haben würde. Sie hatte schon einige Male diesen Wald zum Joggen genutzt und sich sich dabei einen idealen Wanderweg zu eigen gemacht. Nach einer Weile hatte sie das Gefühl, schon stundenlang zu laufen. Inse horchte in sich hinein und bemerkte eine Veränderung in ihrem

Bewusstsein. Es musste das Gebräu sein, das ihr das Gefühl gab, eine tiefe, fast mystische Erfahrung zu machen.

Ihr Bewusstsein öffnete sich. Sie war nicht mehr sie selbst, sondern nur noch präsent im Schritt ihrer Füße. Es zählte nur noch dieser Schritt, dieser Schritt, dieser Schritt. Alles andere war gleichsam abgeschnitten. Wohltuende Leere machte sich in ihrem Kopf breit. Das eigene „Ich" verlor zusehends an Bedeutung. Der Schritt allein war die Fülle des Seins, jegliche Erfahrung. Es war, als ob sie in diesem, in jedem Schritt eins wurde mit allem, eins mit der gesamten Schöpfung um sie herum. Ihr eigenes „Ich" trat völlig zurück.

Sie bemerkte, dass sie die Kontrolle verlor über sich und auch über das Hier und Jetzt. Inse verspürte keinerlei Angst dabei – im Gegenteil, es war eine derart überwältigende Erfahrung, dass sie diese niemals in ihrem Leben vergessen würde. Sie hatte das Gefühl, nicht nur eins zu sein mit der Schöpfung, sondern – für einen Moment nur – etwas vom Schöpfer selbst verstehen zu können.

Am Ende dieser Erfahrung, in der ihr „Ich" die Kontrolle über alles verloren hatte, war es, als ob sie einen Durchgang beschritt. Sie fühlte eine totale innere Leere, schwankend, als ob sie auf einem Schiff wäre, ohne festen Boden unter den Füßen. Äußere Ereignisse erreichten sie hier nicht. Inse war jedem Raum fern. Sie lebte – für einen Augenblick – frei, in der Zeit selbst. Nichts hatte mehr Bedeutung außer diesem Einssein mit allem. Gleichsam schwebte sie über die Wirklichkeit, über die Realität hinweg und spürte, dass es, auch nachdem die Grenze überschritten war, in dieser neuen Wirklichkeit einen Halt gab.

Hätte Sarah sie begleitet, wäre ihre Beobachtung dahingehend gewesen, dass Inse äußerlich einen völlig entrückten Eindruck machte, tatsächlich wie unter Drogen stehend – die sie ja auch genommen hatte. Je weiter der Übergang in die Vergangenheit voranschritt, desto mehr verblasste Inse. Es war nicht ein abruptes Verschwinden, sondern ihre sichtbaren Gliedmaßen wurden irgendwie durchsichtig, durchscheinend. Es war, als ob man einen Menschen verabschiedet, ihm noch lange nachschaut und ihn am Ende nicht mehr sehen kann. Der Mensch wird kleiner und kleiner und verschwindet zum Schluss am Horizont. Nur, dass Inse nicht weniger sichtbar wurde, je weiter sie sich entfernte, sondern Inse verblasste, bis ihr Körper eine Moment durchscheinend zu sein schien – wie aus Glas geformt – und dann verschwand.

Genauso verhielt es sich mit ihrem „Auftauchen", das zum Glück niemand beobachtete. Denn vor sechs Uhr am Morgen war im Wald noch kein Mensch unterwegs – auch nicht im Jahr 1568.

Zweites Kapitel

Ankunft in einer gänzlich anderen Welt

Falkenbeiz

Die Wirkung der Kräutermixtur ließ nach. Inse wusste nicht, wie lange sie schon lief. Dieses wundervolle Gefühl, die überwältigende Erfahrung verblasste und war nicht zurückzuholen. Wie ein Traum, aus dem man erwacht. Inse spürte die Wirklichkeit am meisten an den Füßen. Die Schuhe waren zum Laufen doch nicht sehr geeignet!

Obwohl sie nicht sagen konnte warum, war ihr vollkommen bewusst, dass sie sich in einer anderen Zeit befand. Ihr „Ich" war zwar ausgeschaltet gewesen, aber ihr „Sein" hatte den Übergang, das Hindurchgleiten, wahrgenommen.

Inse lehnte sich schwer atmend gegen einen Baumstamm. Ängstlich schaute sie sich um. Der Wald mutete urwaldartig an. Einige schmale Pfade bezeichneten, wo Wanderer sich einen Weg geschlagen hatte. Als Inse merkte, dass selbst durch diesen dichten Wald die ersten Sonnenstrahlen schon ihren Weg fanden, beruhigte sie sich ein wenig.

Dem Rucksack entnahm sie das grüne Kleid und tauschte es gegen den Mantel. Erst einmal würde sie dem Wald den Rücken kehren. Dann galt es festzustellen, welche Richtung sie einschlagen musste, um nach Emden zu kommen.

Während sie kurz darauf nachdenklich am Waldrand stehen blieb, bemerkte sie einen halbwüchsigen Jungen, der Vieh auf eine große Weidefläche trieb. Er schaute ihr entgegen. Sie versteckte sich hinter einem der mächtigen Baumstämme. Ihr grünes Kleid war eine gute Tarnung.

Der Junge trieb wohl das Vieh eines nahe gelegenen Dorfes auf die gemeinsame Weidefläche. Hinter ihm schritt ein älterer Hirte schwungvoll aus und schimpfte lautstark mit dem Halbwüchsigen. Inse überlegte, was sie an den beiden so erschreckte – und auf einmal wusste sie es. Es war nicht die Andersartigkeit der Kleidung oder der barsche Umgangston der beiden miteinander. Es war die Sprache! Sie reden miteinander in einer Sprache, die sie nicht verstand. Es musste wohl das Friesische der alten Zeit sein.

Der Hütejunge trug das Haar bis auf die Schultern. Es war nach Prinz-Eisenherz-Manier rundherum gerade abgeschnitten. Er hatte zerlumpte braune Hosen an, über die er eine Tunika mit Kapuze trug. Der Hirte, der gemeinsam mit dem Jungen Ziegen, Schafe und Kühe vor sich her trieb, trug längeres, ungepflegtes Haar und einen Bart. Die Kleidung war der des Kindes ähnlich.

Die große Weidefläche des Dorfes konnte Inse vom Wald aus sehen. Sie war auf eine besondere Art eingezäunt. Rundherum steckten Holzpfähle in der Erde, die mit einem Weidengeflecht umwickelt waren. Es sah von weitem aus, wie ein riesiger flacher Korb.

Einige Zeit verharrte Inse in ihrem Versteck. Als sie zum Himmel schaute, sah sie einen Falken kreisen, der Sekunden später wie ein Stein herunterfiel. Mit einem Hasen in den Fängen erhob er sich wieder in die Lüfte. Inse hörte Stimmen in ihrer Nähe und Pferde. Die Geräusche kamen näher. Ein Jagdhorn war zu hören.

„Eine Falkenbeiz also“, dachte Inse, „vielleicht rauschen sie ja an mir vorbei, ohne mich zu bemerken.“

Die fröhlich plaudernde Reiterschar kam jetzt in Sicht. Inse sah ein Holzgestell, auf dem sich eine Anzahl behäubter und gefesselter Falken befand. Einer der Reiter reichte einzelnen Teilnehmern der Gesellschaft einen Falken auf die durch einen Lederhandschuh geschützte Hand. Langsam bewegte sich der

Zug wieder vorwärts. Sie ritten direkt auf Inse zu. Der Reiter an der Spitze war genau in Inses Blickfeld. Sie versuchte, sich noch tiefer im Gebüsch zu verkriechen. Der Anführer der Gruppe trug einen Hut aus rotem Filz auf dem Kopf. Die Füße steckten in Lederstiefeln und die Beine werden von eng anliegenden dunklen Hosen umschlossen. Eine lange, bis zu den Knien reichende rote Jacke rundete das Bild des stattlichen Reiters ab.

Sechs Männer zu Pferd ritten dicht an Inse vorbei, um dann abrupt anzuhalten. In einiger Entfernung des Waldes, an einer Wasserstelle, sah Inse einen Reiher. Auf einem Bein stehend und den Hals eingezogen, sah es aus, als ob er sich ausruhte. Er schien sich sorglos einem kurzen Schlaf hinzugeben. Plötzlich erwachte der Vogel, als ob er die Gefahr erkannt hätte. Er erhob sich mit einigen wuchtigen Sprüngen und versuchte mit weit ausholenden Flügelschlägen zu entfliehen. Im selben Augenblick löste der letzte der Reiter seinem Falken die Haube von den Augen und warf ihn in die Luft. Dieser jagte dem Reiher nach. Ein zweiter Falke wurde losgelassen. Der zu Tode geängstigte Reiher stieg höher und höher, aber die Falken waren schnell und gewandt. Abwechselnd von oben und unten versuchten sie ihn zu packen. Den langen Hals hatte der Reiher auf den Rücken gelegt, den gewaltigen spitzen Schnabel aufgerecht gerichtet um jetzt den von oben auf ihn stoßenden Falken aufzuspießen. Fasziniert beobachtete Inse das Geschehen. Sie wusste nicht, ob sie Mitleid mit dem Reiher haben oder die Kunst der Falken bewundern sollte.

Das Aufspießmanöver hatte nicht geklappt. Federn wirbeln herum und dann sauste der verwundete Reiher auf die Erde.

Ein Schrei entfuhr Inse. Der letzte Reiter wandte sich um.

„Entdeckt“, schoss es ihr durch den Sinn und das Herz klopfte ihr bis zum Hals.

Ihr war nicht bewusst, welch reizvollen Anblick sie im Licht der aufgehenden Sonne, dass durch die Zweige brach, bot. Es umhüllte sie förmlich wie ein goldener Mantel. Auf ihrem braunen Haar lag ein kupferner Schimmer. Ihr goldener Haarschmuck glitzerte. Die aufrechte, stolze Haltung war untypisch für die Frauen der damaligen Zeit. Stolz und Selbstsicherheit stand nur den Ehefrauen und Töchtern reicher und mächtiger Männer zu.

Daher war die Anrede des jungen Mannes zu Pferd respektvoll: „Werte Dame, habt ihr Euch verirrt?"

Auf seiner Hand saß jetzt wieder der Falke, der wohl gerade seine Belohnung in Form von Fleischbrocken verspeiste. Inse gab sich einen Ruck und löste sich vom Stamm des Baumes, an dem sie gelehnt hatte.

„Ihr habt Recht", antwortete sie zögern, „ich irre schon geraume Zeit durch diesen Wald und finde nicht den Weg, der mich ins nächste Kirchspiel führt." Sie hoffte, dass der Wald groß genug war, um darin „geraume Zeit" herumzuirren.

Die anderen Reiter hatten sich mittlerweile auch umgewandt und der Anführer der Gruppe schaute ihr misstrauisch ins Gesicht. „Woher kommt Ihr zu dieser frühen Stunde?"

Fieberhaft überlegte Inse und stellte sich in Gedanken die historische Karte vor. „Ich habe die Nacht in einer Schenke in der Nähe verbracht", antwortete sie schließlich, „ganz zeitig bin ich heute früh aufgebrochen in der Hoffnung, noch vor dem Abend Emden zu erreichen. Jetzt suche ich den richtigen Weg, der mich zuerst einmal nach Riepe führt." Sie hoffte, dass ihre Antwort die Zweifel der Männer zerstreuen würden.

„Wie ungewöhnlich", äußerte sich einer der Männer misstrauisch, „dass ein junges Weib ohne Begleitung um diese Zeit unterwegs ist."

Jetzt war es an der Zeit ihre „Geschichte" aufzutischen. Inse hoffte, das sie glaubwürdig genug war. Sie berichtete davon, dass ein Feuer ihr Heimathaus, eine Mühle, zerstört hätte und ihr Vater, der Müller, bei dem Brand ums Leben gekommen sei. Ihren einzigen noch lebenden Verwandten hoffte sie in Emden zu finden. Nachdem der Nachlass geregelt sei, habe sich Inse für einen Teil des Geldes mittels Kutsche zuerst nach Aurich und dann weiter Richtung Emden fahren lassen. Der Sparsamkeit halber hatte sie beschlossen, den Rest des Weges zu Fuß zu bestreiten, damit ihr noch ein klein wenig Vermögen bleiben würde. Vor Tau und Tag sei sie aufgebrochen und habe im Wald Ihlow eine Pause einlegen wollen. Dabei hätte sie sich verirrt.

Sarah hatte sich die Geschichte mit dem Mühlenbrand überlegt. Tatsächlich war im Februar 1568 in der Nähe von Aurich eine Mühle abgebrannt.

Die Blicke der Männer wurden freundlicher. Einer hatte sogar vom Brand der Mühle gehört. Während einige Männer sie mitleidig anschauten, bemerkte Inse den Blick eines Mannes auf sich ruhen, den sie als eher berechnend, ja fast lüstern einstufte. Er dachte an das geringe Ansehen, das Müller gemeinhin genossen. Sie galten von jeher als Diebe und Betrüger. Mit einem Müller und seiner Familie hatte niemand Umgang. Es lag in der Macht eines Müllers zu betrügen – also tat er es auch! So stufte das gemeine Volk die Müller ein. So vornehm, wie dieses Weib tat, konnte sie gar nicht sein!

Er war es auch, der ihr eine Stellung in seinem Anwesen anbot. Bei sich dachte er, dass diese junge Dame sich gut fürs Konkubinat eignen würde – ohne die Rache eines Vaters oder Bruders fürchten zu müssen. Inse lehnte dankend ab, mit der Begründung, dass ihre Verwandten in Emden sie sicherlich aufnehmen würden.

Einige Mitglieder der Falkenbeiz wurden langsam ungeduldig. Die Jagd sollte weitergehen, bevor der Morgen zu weit vorgeschritten war. Der Anführer berichtete, dass er Hero von Oldersum sei und seine Freunde zurzeit auf der Burg zu Gast weilten. Er zögerte kurz und befahl dann einem seiner Freunde, das Pferd für die Dame frei zu machen. Trotz der Tatsache, dass sie „nur“ Müllerstochter war, hatten ihr Stolz und ihre Schönheit ihn wohl dazu bewogen. Inses Natürlichkeit und Ursprünglichkeit kamen hier, im 16. Jahrhundert, weitaus besser zur Geltung als im Ostfriesland des 21. Jahrhunderts, wo Schönheit nur nach ewig jugendlichem Aussehen und dem Entsprechen des jeweiligen Schönheitsideals beurteilt wurde. Noch vor vierundzwanzig Stunden würde wohl niemand sie als „Schönheit“ bezeichnet haben.

Inses Blick richtete sich auf das Pferd. Der Reiter machte Bestrebungen abzusteigen. Inse hatte noch nie auf einem Pferd gesessen und geriet in Panik. Sie sah, dass hinter einem der Pferde eine kleine Karre gespannt war. Eilig ließ sie sich nieder und bedeutete dem Reiter, sitzen zu bleiben.

„Ich würde es vorziehen, nicht zu reiten“, erklärte sie dem Anführer der Beiz, „es würde Euch nur zu lange aufhalten, wenn Ihr später noch auf Euren Freund“, hier zeigte sie auf den Reiter der sein Pferd räumen sollte, „warten müsstet.“

Die Gesellschaft setzte sich jetzt in Gang und Inse seufzte auf. Es hatte geklappt. Die erste Hürde war genommen. Sie würde auf den richtigen Weg gebracht werden. Aber, was noch viel besser war, sie sprachen Plattdeutsch und nicht Friesisch! Später sollte sie erfahren, dass das Friesische vielfach noch in den unteren Ständen und Schichten gesprochen wurde, dass aber die Angehörigen der höheren Stände das Plattdeutsch sehr schnell als neue, moderne Sprache angenommen hatten.

Nachdem ihr Hero von Oldersum gezeigt hatte, in welche Richtung sie zu gehen habe, um das nächste Kirchspiel, Riepe, zu erreichen, verabschiedete sich Inse von den Männern. Hero hatte ihr empfohlen, ab Riepe unbedingt wieder mit der Kutsche zu reisen. Die Wege bis vor die Stadttore von Emden seien unwegsam und morastig.

Der Lauf und der Zeitsprung am frühen Morgen waren anstrengender gewesen, als Inse gedacht hatte. Sie erreichte, nach einigen Pausen, zur Mittagszeit das Dorf und ihr wurde bewusst, dass sie es nicht schaffen würde, an diesem Tag bis nach Emden zu wandern. Inse beschloss sich eine Unterkunft zu suchen und vor allen Dingen etwas zu essen. Ihre letzte Mahlzeit hatte sie mitten in der Nacht und in einer anderen Zeit zu sich genommen.

Zufall ist der gebräuchlichste Deckname des Schicksals!

Der Heerweg, den die Männer ihr gewiesen hatten, gabelte sich. Die Ortschaften und Städte lagen nie direkt am Heerweg. In weiser Voraussicht hatten die Menschen davon entfernt gesiedelt, um nicht eventuell in direkter Angriffslinie feindlicher Kriegsheere zu liegen. Inse folgte dem schmalen Pfad, an dessen Ende sie den Ort ausmachen konnte.

Bei dem Weg, den Inse ging, schien es sich nicht um eine besonders häufig genutzte Straße zu handeln, denn es kam ihr kein Wanderer entgegen. Der Weg war schmal und oft dicht bewachsen. Alles war sehr schlammig. In kürzester Zeit hatte Inse nasse Füße. Ihr eigentlich leichter Leinensack kam ihr mit jedem Schritt schwerer vor.

Der kleine Ort Riepe, den sie nach längerer Zeit erreichte, war nicht von einer Befestigung umgeben. Schon von weitem konnte Inse die verstreut liegenden Bauernhöfe und Katen der Landarbeiter erkennen. Am auffälligsten aber war der eigenartige Kirchturm, der die Form einer Teebüchse hatte. Ihr fiel ein, dass Riepe ja zum Herrschaftsbereich von Oldersum gehörte und somit wohl keine eigene Burg besaß. Rechts und links von ihr erstreckten sich, soweit das Auge reichte, Weide- und vor allen Dingen Ackerflächen.

Inse sah viele Landarbeiter bei der Einsaat. Einige pflügten mit Ochsengespannen lange Felder. Die Ochsen zogen eine schmale Karre mit zwei großen Holzrädern. Zwischen Rädern und Ochsen befand sich ein Pflug aus Eisen. Der Ochsenpflug wurde wie ein Schlitten von einem Arbeiter hinten geschoben. Er teilte die Erde in Fugen, in denen andere Arbeiter die Saat einbrachten.

Im Dorf selbst war keine Menschenseele zu sehen. Doch dann erspähte Inse ein etwa zehnjähriges Mädchen beim Ausmisten eines Stalles. Es sah kaum hoch, als sie an ihr vorbeispazierte. Aus dem angrenzenden Hühnerstall kam ein kleiner Junge mit einem Flechtkorb voller Eier.

Inse lief weiter. Die Katen und größeren Bauernhäuser waren wie ausgestorben. Aus einigen Katen stieg ihr ein derber Räuchergeruch entgegen und sie vermutete, dass hier – in Küstennähe – Fischer wohnten, die ihren Fang räucherten und vor Ort verkauften.

Sie hatte die kleine Ortschaft schon fast durchlaufen, als sie am Ende endlich auf eine Gaststube stieß. An einen Holzpfahl vor dem Gebäude war ein Pferd angebunden, das eine schmale Karre zog. Erleichtert stieß Inse die Tür auf und betrat die Gaststube. Hinter einem Tresen stand der Wirt. Er trug dunkle Hosen und ein dunkles Leinenhemd. Darüber hatte er sich eine Schürze aus weißem glattem Stoff gebunden. Inse grüßte und ließ sich dann an einem der Holztische nieder. Ihr gegenüber saßen eine ältere Frau und ein junger Mann und ließen sich eine Suppe schmecken. Der Mann schlürfte genussvoll.

Der Wirt kam, um ihre Bestellung aufzunehmen. Inse hielt sich an das, was auch die anderen Gäste tranken und bestellte einen Humpen Bier. Die Suppe schien den Gästen zu schmecken, und so beschloss Inse, auch davon zu kosten.

Die Alte schaute sie einen Moment taxierend an und kam wohl, nach dem Gesichtsausdruck zu urteilen, zu keinem Ergebnis. Die Kleidung der älteren Frau bestand aus einem verwaschenen, aber sauberen grauen Kleid mit langen Ärmeln. An den Füßen trug sie Holzschuhe. Ihre Haare waren bedeckt von einer Haube aus weißem Leinen. Etwas Vertrauen Einflößendes ging von der älteren Frau aus. Sie schien das Leben im Griff zu haben und machte einen energischen Eindruck, ganz im Gegensatz zu dem jungen Mann, der neben ihr saß.

Inse fiel auf, dass dieser immerzu vor sich hin stierte. Etliches seiner Suppe war schon auf seinen Kleidern gelandet. Der junge Mann summte eine lebhafte Melodie. Als die Frau ihn ansprach, gab der eine geknurrte Antwort. Sie wandte sich daraufhin mit einem belustigten Lächeln wieder ihrer Suppe zu. Auf einmal ging Inse ein Licht auf. Er war blind! Die Augen blickten leblos. Sie legte betroffen die Hand an den Mund und begegnete in diesem Moment dem Blick der älteren Frau. Diese zog einen Mundwinkel nach unten und nickte kaum merklich.

Als ihre Suppe kam, wurde Inse von den beiden abgelenkt. Sie konzentrierte sich aufs Essen und tunkte die Brotkanten in die Suppe, wie sie es bei ihren Tischnachbarn beobachtet hatte. Ihr Blick schweifte durch die Gaststube. Diese war spartanisch eingerichtet, die Fenster mit milchigen Butzenscheiben verglast. In einer Ecke standen zusammengerollt Strohmatten. Mit halbem Ohr lauschte sie dem Geplänkel der Frau, die nur selten eine Antwort von dem neben ihr Sitzenden erhielt.

Nachdem die beiden ihre Mahlzeit beendet hatten, kam der Wirt auf die Frau zu. „So, Marie“, polterte seine Stimme durch den Raum, „wollen wir mal sehen, was Ihr mir heute anzubieten habt.“

„Ich hole die Körbe vom Wagen“, nickte die Frau und ging mit festen Schritten in Richtung Tür.

Kurze Zeit später erschien sie mit einem der sehr schweren Körbe. Er enthielt, soweit Inse es erkennen konnte, Käselaibe. Es folgten weitere mit Broten, Töpferware, Krügen und Flaschen, Kerzenständern und Öllämpchen. Marie wuchtete die Körbe auf den langen Holztisch. Der Wirt machte keine Anstalten mit anzufassen. Als sie wieder zur Tür hereinkam, hielt sie zwei Holzbottiche in der Hand.

„Ah“, grunzte der Wirt zufrieden, „Fässer. Scheinen gut gelungen zu sein. Die nehme ich.“

„Was Ihr bei Marie bestellt, steht zwei Wochen später vor Eurer Tür.“ Zufrieden ließ sich Marie am Tisch nieder. „Ich habe noch weitere Fässer auf dem Karren, für Harm Schmidt, den Heringsfischer."

Der Wirt befühlte und beroch die Waren und taxierte noch etliches, was Inse nicht erkennen konnte. Die Frau schien eine umherziehende Händlerin zu sein.

„Erstaunlich", dachte Inse, „für so fortschrittlich, dass Frauen einem eigenen Gewerbe nachgehen können, hätte ich diese Zeit nicht gehalten."

Der Wirt langte unter seine Schürze und verhandelte mit der Frau über den jeweiligen Preis. Der junge Mann – wie Inse annahm, der Sohn der Alten – saß die ganze Zeit unbeteiligt dabei und summte vor sich hin.

Die Stimmen der beiden wurden wieder lauter und Inse ungewollt Zeuge einer Auseinandersetzung.

„Was ich nicht bestellt habe, nehme ich nicht ab", wetterte der Wirt.

„Ich meine es doch nur gut mit Euch", besänftigte ihn Marie, „wenn Ihr nicht bald etwas gegen Euren hartnäckigen Husten tun werdet, verliere ich noch einen meiner wichtigsten Kunden. Nur deshalb habe ich für Euch dieses Heilmittel aus Huflattich erworben. Eure Genesung muss doch wohl den Preis wert sein?!"

„Weiß ich denn, ob es mir überhaupt hilft?" giftete der Wirt.

Inse hatte erst vor kurzer Zeit etwas über die Heilkraft des Huflattichs gelesen. Entgegen ihrer Art und ohne lange zu überlegen mischte sie sich in das Gespräch ein.

„Die Frau hat Recht. Der Huflattich hilft tatsächlich gegen Husten."

Nach ihren Worten herrschte atemlose Stille in der Gaststube. Inse bemerkte den verwunderten Blick der Händlerin und den grimmigen des Wirtes. Sogar der junge Mann hatte aufgehört zu summen.

„Es geziemt sich nicht für ein Weib, ihre Ansichten gegenüber Älteren zu äußern. Wenn die Frau Marie für ihren Sohn Josef Geschäfte macht und sie in dieser Angelegenheit in seinem Namen mit mir feilscht, ist das eine andere Sache", polterte der Wirt los.

Inse lief rot an und wunderte sich. Nichts mit einer Frau als fahrender Händlerin und eigenem Geschäft. Sie wurde nur akzeptiert, weil sie einen Mann – ihren Sohn – dabeihatte. Während sie noch, beschämt über die Reaktion des Wirtes, überlegte, ob sie überhaupt hier ihr Nachtquartier aufschlagen sollte, flog mit einem Krachen die Tür auf.

Der Mann, der fast die ganze Türöffnung ausfüllte, war so groß und kräftig, dass kein Sonnenstrahl mehr in die Schankstube fiel. Inse riss den Kopf herum und war sich bewusst, dass sie den Fremden mit offenem Mund anstarrte. Er starrte zurück. Für einen Moment nur schien es, als ob die Welt um sie herum den Atem anhielt.

Dann war der Moment vorbei. Inse war sich nicht sicher, ob dieser besondere Augenblick den anderen in der Gaststube überhaupt aufgefallen war. Wie lange hatten sie sich angeschaut, angestarrt, dieser Fremde und sie?

Der Blick des Fremden fiel auf die ältere Frau. Er stieß einen Jubelschrei aus, riss sie hoch und drückte sie an seine Brust. Dann wirbelte er sie herum.

„Marie", seine Stimme klang kraftvoll durch den Schankraum, „ich freue mich, dass ich Euch hier finde. Wie geht es Euch?"

„Besser, seit Ihr da seid. Aber noch besser, wenn ich weiß, dass Ihr nicht wieder irgendetwas Ungewöhnliches verbrochen habt", antwortete sie spöttisch, aber das Strahlen in ihren Augen und auf ihrem Gesicht bewies, wie froh sie war, den Fremden zu sehen, und strafte ihre Worte Lügen.

Der Riese wandte sich wieder Inse zu. Jetzt erst löste sie ihren Blick von seinem Gesicht und nahm seine Erscheinung in sich auf. Er trug enge dunkle Hosen und ein helles Leinenhemd. Das Hemd war mit Bändern geschnürt. Der tiefe Ausschnitt ließ seine dunklen Brusthaare erkennen. Über dem Hemd und der Hose trug er einen weinroten offenen Samtumhang. Sein Haar war rabenschwarz und fiel in wilden Locken bis auf die Schultern. Sein Gesicht hatte markant männliche Züge. Der gesunden Hautfarbe nach zu urteilen hielt er sich viel an der frischen Luft auf. Die Augen waren von einem intensiven Blau. Sein Mund, jetzt spöttisch verzogen, zog ihre Blicke wie magisch an und sie fragte sich, wie es wohl wäre, von diesen vollen Lippen geküsst zu werden. Auf dem Kopf trug er ein Barret, das er jetzt abnahm. An seinem linken Ohr funkelte eine mit einem Diamanten besetzte Kreole.

Insgesamt wirkte er wie ein Seeräuber, der sich verirrt hatte, wie ein Pirat, der reiche Beute gemacht hatte. Seine Erscheinung wollte nicht so recht in diese einfache Schankstube passen. Seiner Kleidung nach zu urteilen gehörte er einer anderen Schicht an als die meisten Bewohner dieses Dorfes.

Er selbst schien nicht der Meinung, fehl am Platz zu sein. Sein Benehmen jedenfalls ließ nicht darauf schließen, dass er sich unwohl fühlte. Dem Wirt schien sein Auftauchen Freude zu bereiten. Geschäftstüchtig eilte er herbei, fragte nach den Wünschen des Fremden und zog zufrieden ab.

Der „Pirat" schaute Inse direkt in die Augen. „Nun?" Seine Frage galt wohl ihrer intensiven Musterung.

Inse errötete und senkte den Blick. Wie konnte dieser Mann sie nur so verunsichern?

„Und wen haben wir da?" Seine Hand griff unter ihr Kinn und er hob ihren Kopf langsam hoch, bis sie ihm direkt in die Augen schaute. Inse erschauderte. Diese Stimme! Selten hatte Inse eine Stimme gehört, die einem so unter die Haut ging. Inse errötete noch mehr.

„Ihr macht die Jungfer verlegen", stellte sich die Alte entrüstet auf Inses Seite, „das junge Ding hat mir gerade tapfer zur Seite gestanden und ist vom Wirt dafür gescholten worden. Nun kommt auch noch Ihr alter Tunichtgut und bringt sie in Verlegenheit."

Sie wandte sich an Inse. „Dieser Mann heißt Derk Raveling und verdreht allen hoch gestellten Fräuleins und wohlverheirateten Frauen den Kopf. Er bearbeitet sie so lange, bis sie seinen wirklich wunderschönen Schmuck kaufen."

Der Schwarzhaarige lachte laut und dröhnend. Es war ein irritierend erotisches Lachen. In Inses Innerem vibrierte etwas, von dem Inse bislang nicht gewusst hatte, das sie es besaß.

„Diese Worte von einer Frau, die ich fast so sehr liebe wie meine Mutter." Gespielt gekränkt ließ der „Pirat" sich auf der Holzbank nieder.

Zu ihrem eigenen Erstaunen erzählte Inse dem Fremden unaufgefordert „ihre Geschichte". Mittlerweile glaubte sie schon selbst ein wenig daran. Dass sie Unico Manninga aufsuchen wollte, verschwieg sie allerdings. Ihre Rede war von Verwandten, die sie sicherlich aufnehmen würden.

Das Grinsen ihres Zuhörers verschwand und machte Betroffenheit Platz. „Bei uns ist Eure Geschichte in guten Händen, aber erzählt lieber nicht zu vielen Leuten davon. Wie Ihr sicherlich wisst, genießen Müllersleute nicht gerade den besten Ruf. Ich will damit nicht andeuten, dass Euer Vater ein Betrüger war, doch gemeinhin werden sie als solche angesehen. Die übrigen Leute haben, wie Ihr ja sicherlich erfahren musstet, nur den notwendigsten Umgang mit ihnen."

Inse blickte bedrückt zu Boden, um nicht antworten zu müssen. Das hatte sie nicht gewusst! War ihre Geschichte also doch nicht so ideal?

Marie nahm ihr Schweigen als Zustimmung. „Seht Ihr mein liebes Kind, ich weiß sehr wohl, wie es ist, wenn niemand etwas mit einem zu tun haben möchte. Erzählt von dem Brand, doch nicht von dem Handwerk Eures Herrn Vaters."

Inse fühlte den Blick des Fremden nachdenklich auf sich ruhen. Er weckte etwas in ihrem Inneren. Inse merkte betroffen, dass sie sich von diesem Fremden angezogen fühlte. Sie wollte diesem Mann nahe sein, körperlich nahe. Was war nur an ihm, dass sie ihn immer wieder anschauen musste? Morgen würde es Zeit werden zu verschwinden!

Währenddessen erzählte Marie, dass Derk Goldschmied sei und für die Reichen Schmuckstücke von atemberaubender Schönheit herstelle. Mit dem Geld, das er dabei verdiente, lasse er es sich nicht nur selbst gut gehen, sondern unterstütze auch die Armen und Kranken. Inse bemerkte, dass Derk sich wand wie eine Schlange unter den Lobeshymnen von Marie.

„Erzählt lieber, dass Ihr mich aufgenommen und wie einen Sohn gepflegt habt, als es mir schlecht ging", gab er dem Gespräch eine andere Richtung. Bei sich dachte er, dass dieses außergewöhnliche Menschenkind ihn an irgendjemanden erinnerte. Er zermarterte sich den Kopf und schaute sie immer wieder an, nahm ihre Bewegungen und die Art, sich zu geben, in sich auf – ohne Erfolg. Dieses Weib berührte etwas in ihm, das lange unberührt gewesen war. Entweder er entschloss sich dazu, sich näher mit ihr zu beschäftigen, oder er musste zusehen, dass er Abstand zu ihr gewann!

Dann wandte Derk sich dem jungen Mann zu und schubste ihr leicht an. „He, Josef, wollen wir beide heute Abend dem Landvolk etwas Besonderes bieten? Welchen Vorschlag macht Ihr?" Inse staunte, dass Derk den – wie sie bislang angenommen hatte, etwas beschränkten – Josef nach seiner Meinung fragte.

Josef lebte förmlich auf. Er griff nach der Hand des Schwarzgelockten. „Wollt Ihr heute Abend mit mir singen?"

„Ja, natürlich. Das ist doch einer der Gründe, die mich in dieses gottverlassene Kaff führen. Ihr wisst doch, dass es mir eine Freude ist, mit Euch zu singen, Josef. Es muss nur etwas sein, was ich kenne."

Josef überlegte. Dann entschied er sich für ein Vortragsstück mit Namen „Die Böttchersfrau".

Derk grinste. „Da können wir nur hoffen, dass keine Böttchersfrau unter den Zuhörerinnen ist", meinte er.

Es stellte sich heraus, dass die Bauern und Tagelöhner immer an den Samstagabenden die Schenke besuchten und heute Abend nun Josef und Derk einige musikalische Einlagen zum Besten geben wollten. Inse merkte, dass sie sich wohl fühlte unter diesen Menschen, die sich, wie es den Anschein hatte, sehr mochten. Sie bemerkte außerdem, dass Marie sie beobachtete. Ihr Blick schweifte wohlwollend von Inse zu Derk und zurück.

Inse fragte den Wirt nach einer Kammer für die Nacht und er führte sie in einen der hinteren Räume. Es war eigentlich nur ein winziges Loch, durch eine dünne Wand von den anderen Schlafplätzen getrennt. Das Bett bestand aus einer Holzpritsche. Inse fühlte das Stroh, über das ein Laken gebreitet war. Die Zudecke bestand aus dickem Leinenstoff. Der Raum hatte ein winziges Glasfenster und in der Ecke standen ein getöpferter Krug mit Wasser und eine Schüssel.

Die Übernachtung verschlang einen Großteil ihres Geldes. Inse wusste, dass sie am nächsten Tag unbedingt Unico Manninga erreichen und mit ihm sprechen musste. Aber zuerst einmal würde sie sich einen Moment ausruhen. Sie legte sich auf die Strohmatratze und war sofort eingeschlafen.

„Der Böttcher“

Das Zuschlagen der Wirtshaustür weckte Inse und im ersten Moment wusste sie nicht mehr, wo sie sich befand. Stimmen und Gelächter wurden lauter. Der Wirt klopfte an ihre Tür und fragte, ob sie an der Abendmahlzeit teilnehmen wolle. Inse bejahte. Sie machte sich etwas frisch und betrat unsicher den Schankraum.

Viele Leute hatten sich eingefunden. Es schien sich schnell herumgesprochen zu haben, dass an diesem Abend für Kurzweil gesorgt werden sollte. Frauen und Männer aller Altersgruppen, Kinder und sogar Säuglinge, in Tüchern vor die Brüste der Frauen gewickelt, waren da. Obwohl das Abendlicht noch für Helligkeit sorgte, hatte der dicke Wirt einige Talglampen angezündet.

Das Abendessen, das auch etliche andere verzehrten, bestand aus einer Milchsuppe, die im Topf auf den Tisch gestellt wurde. Eine dicke Fliege summte über dem Topf und wurde von derben Händen weggescheucht. Die Männer nahmen, wie selbstverständlich, zuerst von der Suppe und dann tauchten die älteren Frauen ihre Holzlöffel tief hinein. So ging es reihum und jeder am Tisch nahm sich aus dem großen Topf einen Löffel voll. Es war ein wenig unappetitlich, denn einige, besonders die älteren Männer, schlürften erbärmlich. Inse fischte mit ihrem Löffel einen Brotbrocken aus der Suppe. Es fröstelte sie ein wenig. Kühle Luft drang durch die geöffnete Tür hinein. Immer noch füllte sich die Schankstube mit Menschen.

Inse hatte sich gleich neben Marie und ihrem Sohn niedergelassen. Sie war froh, dass sie wenigstens diese beiden Gesichter kannte. Nachdem der Topf leer war, leckten alle die Holzlöffel gründlich ab und wischten sie an ihrer Kleidung trocken. Der Wirt sammelte Löffel und Topf ein.

Inse lehnte sich zurück und beobachtete die Menschen. Manche, besonders der älteren Frauen, waren sehr ärmlich gekleidet. Vielleicht waren sie Witwen, die nur schwer ihr Auskommen fanden? Andere Frauen trugen ähnliche Kleidung wie Inse. Sie sah Kinder, die nicht einmal Schuhe besaßen. Die älteren Frauen trugen auf dem Kopf gehäkelte Netze. Die jungen Mädchen waren ohne Kopfbedeckung. Auch die Männer trugen derbe bäuerliche Kleidung.

Ein junger Bursche allerdings befand sich im Schankraum, der sich durch seine Kleidung von den anderen unterschied. Er trug hautenge Hosen, von denen ein Bein grün und das andere weiß war. Darüber fiel ein Umhang in Grün und Weiß. Auf dem Kopf saß ein grüner Filzhut. Er wirkte wie ein verirrter Paradiesvogel. Etwas abseits sitzend betrachtete er mit verächtlich verzogenem Mund das Treiben um ihn herum. Inse bemerkte, dass er besonders sie beobachtete. Taxierend war sein Blick. Irgendwie unangenehm.

Ein alter Mann, der gutmütig „Ohm“ genannt wurde, erhob sich ächzend und verkündete, er wolle eine „wahre Geschichte“ zum Besten geben, die er von einem weit gereisten Mann gehört habe. Die Leute murrten zustimmend. Er bewegte sich Richtung Theke, wo eine kleine freie Fläche für die Vortragenden geräumt war. Der Wirt eilte geschäftig hin und her und verteilte Humpen mit Dünnbier und saurem Wein.

Die Geschichte des Alten erzählte von einem armen, braven Hirtensohn und einer Grafentochter. Der Hirtensohn, mit dem sich wohl etliche in der Schankstube verglichen, hatte sich unsterblich in die Grafentochter verliebt. Um ihre Aufmerksamkeit zu erringen, ließ er sich als Zeichen seiner Liebe einen Goldfaden, den die Angebetete ihm geschenkt hat, unterhalb des Herzens ins Fleisch einwachsen. So gewann er endlich die Liebe der Grafentochter. Lang und blumig erzählte der Alte.

Die anrührende Geschichte ließ bei vielen der Frauen die Tränen fließen. Besonders als sich der Graf, der Vater des Edelfräuleins, zwischen die Verbindung stellen wollte, brachen einige Frauen laut in Tränen aus. Inse wunderte sich angesichts solcher Gefühlsäußerungen. Diese Geschichte hätte in der modernen Zeit niemanden, wirklich keinen Menschen hinter dem Ofen hervorgelockt. Diese Leute waren anders, unvoreingenommen und leichter zu beeindrucken. Sie waren ohne Argwohn und für alles offen. Jeder Geschichte, sei sie auch noch so unglaubwürdig und verstaubt, hätten sie mit offen Ohren und Herzen gelauscht. Alles Neue und auch alle alten Geschichten wurden begierig aufgenommen.

Als der Ohm geendet hatte, wurde er klatschend zu seinem Platz geleitet. Die Frauen wischten sich angesichts des guten Endes die letzten Tränen aus den Augenwinkeln.

Eine leichte Spannung machte sich bemerkbar. Eine gewisse Vorfreude war spürbar.

Marie stieß Inse mit dem Ellenbogen an. „Jetzt wird Josef das tun, wofür er lebt“, flüsterte sie.

Marie geleitete Josef zu der freien Fläche neben der Theke und stellte ihm einen Stuhl hin. Josef hielt eine Flöte in der Hand. Es war die ungewöhnlichste Flöte, die Inse je gesehen hatte. Ihr vorderes Teil, das einem Kuhhorn ähnelte, war mit Lederbändern an dem Holzkörper dahinter befestigt. Der Holzkörper sah aus wie eine gewöhnliche Flöte. Josef stand auf und spielte eine kleine Melodie vorweg. Es klang sehr gut. Josef ließ das Instrument sinken und fing an zu singen. Inse hatte selten eine so schöne Stimme gehört. So einfühlsam und warm war sie, dass sicherlich jedermann in der Schenke davon berührt wurde.

Inse erkannte, dass sie Josef falsch eingeschätzt hatte. Durch seine Blindheit lebte er in einer völlig anderen Welt. Seine Welt war die Musik. Sie war seine Zuflucht und das, was seinem Leben Sinn und Halt gab.

Josef sang in einer eher eintönigen Melodie von dem reichen Böttcher, der sich eine junge, schöne Frau nahm. In langen Versen ließ er sich über das eitle Weib aus, das sich einige junge Burschen des Dorfes als Liebhaber nahm. Sie machte den alten Böttcher zum Hahnrei und Gespött der Leute. Als dem Böttcher die Geschichte zu Ohren kam, wurde er fuchsteufelswild und sann auf Rache. Er beschloss, seinem Weib einen Denkzettel zu verpassen.

An dieser Stelle öffnete sich die Tür, die in die Schlafkammern führte, und Derk trat ein. Er verkörperte den Böttcher. Und wie er ihn verkörperte! Mit seiner wundervoll kräftigen Bassstimme riss er alle mit. Sie ging einem unter die Haut. Schauer liefen Inse über den Rücken – welch eine Stimme! Gekonnt ließ er sie in seiner Wut anschwellen wie ein Sturm. Sie brachte die Schankstube zum Beben. Die Menschen wichen vor seinem Zorn zurück. Breitbeinig, mit den Händen in den Hüften, stellte er sich vors Publikum. Er rollte eines der Fässer heran, die Marie dem Wirt verkauft hatte, und gab vor, dieses zu bearbeiten. Unsichtbare Latten aus Holz wurden an dem Eisenring des Bodens befestigt. Mit einem Hammer aus Luft klopfte er fest auf die Stahlreifen, die das Holz zusammenhielten. Seine warme, jetzt schwermütige Stimme erzählt dabei von seiner Liebe zu der um so vieles jüngeren Frau und der Enttäuschung, jetzt, da er ihr wahres Gesicht kenne.

Etliche Tränen flossen wieder bei den Zuhörerinnen. Gebannt lauschten die Menschen in der Schenke. Seine Wut war spürbar. Er lebte sie auf der Bühne, die diese Schenke für ihn war, aus. Auf Rache sinnend sang er davon, dass wohl alle Frauen verderbt seien und er als Strafe für ihr Tun seine Ehefrau im Fass durch Dorf rollen wolle, bis sie schwöre, ihm zukünftig treu zu sein. Im Flüsterton und zu den Zuhörern gebeugt bekannte der Böttcher, seiner Frau einen Schlaftrunk verabreicht zu haben. Einen Augenblick später trug er die schlappe Marie, die wie ein Mehlsack über seiner Schulter hing und grinste, zu dem Holzfass. Vorsichtig ließ er sie hineingleiten. Mit unsichtbaren Hammerschlägen verschloss er das Fass. Blitzschnell griff sich Derk den zweiten Bottich, der in der Ecke stand, und hob ihn hoch über seinen Kopf. Sanft ließ er das Fass zu Boden gleiten und rollte es singend aus der Schenke. Dröhnender Applaus begleitete ihn und wohlwollendes Rufen.

Inse saß wie angewachsen. Diese Stimme! Ein Genuss fürs Ohr. Sie schien den Körper und den Geist gleichermaßen zu streicheln. Das Ohr verlangte automatisch nach mehr.

Derk kam herein und setzte sich zu Marie und Inse. Josef spielte wieder auf seiner überdimensionalen Flöte und einige der jungen Leute begannen zu tanzen. Inse saß ergriffen da und schaute Derk an. Derk hatte einen fragenden Blick in den Augen, schien begierig auf ihre Reaktion zu sein.

„Es war wirklich wundervoll“, war das Einzige, was ihr einfiel.

„Ich hatte gehofft, es würde Euch gefallen.“ Seine Stimme war leise und ernst. „Eigentlich habe ich heute Abend nur für Euch gesungen“, fuhr er fort. „Es täte mir Leid, wenn Ihr einen falschen Eindruck von mir gewinnen würdet. Es gibt nicht in jeder

Schenke der Grafschaft eine junge Frau, die ich mit diesem Spruch bezirzen will."

Der Alkohol hatte die Stimmung in der Schenke gehoben. Von Tränen und Rührseligkeit war nichts mehr zu merken. Einige Paare tanzten zur Musik der Flöte miteinander, andere wippten im Takt mit Händen und Füßen. Zwei ältere Frauen erhoben sich und verließen die Gaststube, einen Abschiedsgruß rufend. Sie hielten Öllampen, die sie mitgebracht hatten, in den Händen.

Während Inse noch über Derks Worte nachgrübelte, unterhielten sich Derk und Marie über das Böttcherhandwerk. Marie berichtete, dass in der Stadt Norden die Böttcher eine eigene Zunft hätten. Die Böttcherei war wohl ein wichtiges und ertragreiches Handwerk. Inse erfuhr, dass Regenfässer zum Auffangen von Trinkwasser – und damit lebenswichtig für die Menschen –, Waschzuber, Eimer, Schüsseln und Wannen von Böttchern hergestellt wurden. Derk lachte laut, als Marie ihre Ansichten über das Waschen in großen Holzwannen kundtat. Es sei ja wohl wichtig und richtig, die Kleidung, das Gesicht und die Gliedmaße regelmäßig zu waschen, aber das die Reichen jede Woche den ganzen Körper ins Wasser tunkten und dort auch noch längere Zeit verweilten, hielt sie für übertrieben, wenn nicht gar für ungesund. Derk bestätigte zu Maries Entsetzen, dass auch er ein regelmäßiges Bad genoss und Marie schüttelte ungläubig den Kopf.

„Es wird kein gutes Ende nehmen mit Euch", schloss sie das Gespräch übers Baden. Sie verriet Derk, dass sich auf ihrem Karren noch etliche Holzfässer für einen ansässigen Fischer befanden, der darin die Fische einsalzen und lagern wolle.

Während Inse dem Gespräch lauschte, hatte sich der buntgekleidete geckenhafte Bursche zu ihnen gesellt. Er beobachtete Inse fortwährend, was ihr mittlerweile sehr zuwider war. Sie beschloss, den Abend für sich zu beenden und ihre Schlafkammer aufzusuchen.

„Dürfte ich Euch fragen, was Ihr unter diesem gemeinen Volk zu suchen habt", raunte er ihr hinter der Hand zu.

Der Buntgekleidete hatte irgendwie eine unangenehme Art.

„Ich fühle mich sehr wohl hier „, entgegnete Inse scharf und beschloss, jetzt sofort zu flüchten.

„Würdet Ihr mich auf dem Heimweg begleiten, so dass ich Euch unser schönes Backsteinhaus zeigen kann?"

Seine einschmeichelnde Art ließ keinen Zweifel daran, dass es mehr als eine Begleitung zum Haus werden sollte. Derk hatte sich mittlerweile erhoben und drohte, sich mit dem Gecken anzulegen.

Inse wollte auf keinen Fall einen Streit verursachen. „Vielen Dank für Euren sicherlich ehrenwerten und gut gemeinten Vorschlag", erwiderte sie schließlich, „aber ich bin schrecklich müde und werde mich jetzt zur Ruhe begeben."

Damit erhob sie sich und verließ nach einem Gutenachtgruß die Schänke. Bei Josef hielt sie kurz an und sagte ihm, wie sehr ihr sein Singen und Spielen gefallen habe. Er strahlte bei ihren Worten.

In der Kammer ließ sich Inse auf die Pritsche fallen. „Was für ein Tag", seufzte sie. Voller Staunen fiel ihr auf, dass sie nicht ein einziges Mal an Zuhause gedacht und sich in dieser für sie gänzlich neuen Welt sofort integriert und wohlgefühlt hatte. Das hatte sie natürlich auch diesen drei Menschen zu verdanken, denen sie heute Nachmittag begegnet war.

Damit waren ihre Gedanken wieder bei Derk angelangt. Wenn sie sich nicht noch weiter von ihm und seiner Art fesseln lassen wollte, musste sie morgen unbedingt aus seiner Nähe entkommen. Wieder dachte sie an Sarahs mahnende Worte, keine Verbindung, egal welcher Art, mit den Menschen der Vergangenheit einzugehen. Darin hatte sie bei ihrer Planung eigentlich keine Schwierigkeit gesehen, doch irgendwie war nun alles anders.

Inse beschloss, derartige Gedanken auf morgen zu verschieben. Nachdem sie ihr Kleid gegen ein hier übliches Nachtgewand (es war weiß, mit langen Ärmeln und bis zum Hals hochgeschlossen) aus ihrem Rucksack getauscht hatte, fiel sie innerhalb kürzester Zeit in einen tiefen Schlaf.

Marie

Als sie sich am nächsten Morgen an den Holztisch setzte, hatten Marie, Josef und Derk ihr Frühstück gerade beendet. Bedauernd schaute Derk zu ihr hinüber. Die drei hatten sich wohl über sie unterhalten, denn Maries Kopf nickte in ihre Richtung.

Nachdem sie sich einen guten Morgen gewünscht hatten, kam Derk gleich auf den Punkt. „Inse", er schaute sie eindringlich und ernst an, „ich muss eilen. Eine Nachricht von Graf Johann hat mich heute Morgen erreicht, dass er mich so schnell als irgend möglich sehen möchte. Ungewöhnlich ist sein Wunsch schon daher, dass er an einem Sonntag einen Boten schickt. Es muss sich um etwas Außergewöhnliches handeln. Da es so eilig ist, werde ich reiten. Mit dem Pferd bin ich am schnellsten. Mit Marie habe ich mich dahin gehend unterhalten, dass es für Euch am besten wäre, mit den beiden gemeinsam Richtung Emden zu reisen. Ihr habt ja gestern Abend gemerkt, dass nicht alle Männer die besten Absichten haben. Mich nimmt sogar Wunder, dass Ihr die Wegstrecke mit der Postkutsche geschafft habt, ohne von aufdringlichen Burschen bedrängt worden zu sein. Irgendwie habe ich das Gefühl, für Euch verantwortlich zu sein, fragt nicht warum. Daher bitte ich Euch meinen Rat zu befolgen."

Inse wusste nicht, ob sie über seine Worte gerührt oder empört sein sollte. Da mische sich dieser Kerl doch tatsächlich in ihr Leben ein! Er schien sich aber ernsthaft Gedanken um sie zu machen. Inse beschloss daher, sein Interesse an ihrer Sicherheit positiv zu bewerten.

Kurze Zeit später verließ sie in Begleitung von Josef und Marie das Gasthaus. Ihren Sack hatte sie geschultert. Josef saß auf dem freien Platz, den der Pferdekarren bot. Marie hielt das Pferd am Zaum.

„Damit Ihr unsere ganze Familie kennen lernt, möchte ich Euch jetzt mit Lübbo bekannt machen."

Nach Maries Worten schaute Inse sich suchend um. Marie grinste nur und gab dem Pferd eine Leckerei.

„Lübbo ist dieser nette Vierfüßler hier. Etwas alt schon, aber sehr gutmütig. Wir kommen sehr gut miteinander aus. Manchmal habe ich sogar das Gefühl, er weiß im Voraus, was ich denke, und lenkt schon ohne ein Wort meinerseits die Schritte in die richtige Richtung."

Das Pferd schnaubte in scheinbarer Zustimmung. Inse wusste, wo dass Tier am liebsten gekrault werden wollte, und schon nach kurzer Zeit hatte sie den Eindruck, einen neuen Freund gewonnen zu haben.

„Mit etwas Glück schaffen wir es vielleicht bis Tagesmitte Uphusen zu erreichen", mit diesen Worten riss Marie sie aus der Liebkosung, „wenn nicht der Regen und die dadurch überfluteten Felder den Weg nach Emden unpassierbar gemacht haben. Es bleibt uns nur, auf trockene Wegverhältnisse zu hoffen. Eigentlich hätten wir an diesem Sonntag auch in Riepe verweilen können, aber wenn ich weiß, dass Derk in der Stadt auf uns wartet, habe ich hier keine Ruhe. Es ist auch gut, am morgigen Markttag früh in Emden zu sein, um sich den besten Platz zu ergattern. Daher bin ich gerne bereit, den Ruhetag für die Wanderung in die Stadt zu nutzen. Den Predigern wäre es natürlich lieber, wenn wir heute, wie die meisten der Landbevölkerung, eine Kirche aufgesucht hätten."

In einträchtigem Schweigen wanderten sie nebeneinander auf dem festgetretenen Weg. Lange Zeit begegneten sie keiner Menschenseele und Inse hatte Muße, sich die Beschaffenheit des Weges genauer anzuschauen. War sie gestern auf einem moorigen Boden gewandert, so schien der Weg jetzt eher sandig zu sein. Später veränderte er sich wieder. Nun bestand er eher aus einem Kleiboden. Sie durchforstete ihr Gedächtnis. Es konnte stimmen, denn dies war eine Eigenart Ostfrieslands – diese Vielfalt aus Moorgebieten, Marsch und Geest. Nie zuvor war ihr aufgegangen, was das für die Menschen in den einzelnen Regionen damals bedeutete. Jeder Landstrich verlangte den Menschen eine andere Bearbeitungsweise ab.

Es war sehr warm an diesem Morgen. Ein fast aufdringlicher Blütenduft stieg aus den Wiesenblumen auf, die rechts und links am Wegrand standen. Hunderte von Insekten, vor allem Hummeln, flogen um sie herum. Inse hatten die kleinen Hummeln schon immer gefallen. Jedesmal, wenn sie ein besonders dickes Exemplar erblickte, fragte sie sich, wie diese kleinen Flieger es schaffen konnten, ihr eigenes Körpergewicht in die Luft zu heben.

Inse hatte das Gefühl, auf einem verwunschenen Weg mitten durch eine unberührte Landschaft dahinzuspazieren. Es war beruhigend, Josef auf dem Pferdewagen summen zu hören.

Marie blickte Inse von der Seite wohlwollend an. „Derk gefällt Euch?" Es war mehr eine Feststellung.

„Er ist ein bemerkenswerter Mann und würde sicherlich der Mehrzahl aller Frauen gefallen", erwiderte Inse ein wenig atemlos. Welch eine schamlose Frage!

Marie schnaubte: „Viele Weiber haben schon versucht, Derk Raveling zu beeindrucken, seit ich ihn kenne. Ihr würdet nicht glauben, wie sich die hoch gestellten Damen bemühen, ihm zu gefallen. Er spricht nie darüber, aber ich glaube, so manches Weib bot sich ihm an. Viele Weibsbilder sind hinter ihm her, aber ihre Angebote gleiten an ihm herab wie Wasser an einem Fisch. Aber", nachdenklich runzelte sie die Stirn, „so fasziniert wie gestern Abend habe ich ihn noch nie gesehen. Er hat auch noch nie so gut gesungen! Er sang nur für Euch – falls Ihr es bemerkt habt."

Inse spürte wieder, wie ihr die Röte ins Gesicht stieg. Was war nur mit ihr los?

„Er mischt sich ungefragt in mein Leben ein. Das gefällt mir nicht!“

„Er mischt sich in Euer Leben ein!“ wiederholte Marie. „Vielleicht ist er ein Teil Eures Lebens, von dem Ihr bislang nichts gewusst habt“, lächelte sie weise. „Ich glaube an das Schicksal. Vielleicht war Eure Begegnung gestern Abend kein Zufall.“ Nachdenklich wiegte sie den Kopf.

Marie erzählte Inse, dass sie eine kleine Lehmkate in der Nähe von Aurich besaß. Früher, als ihr Mann noch lebte, hatten sie einen kleinen Hof am Deich ihr Eigen genannt und einige Tiere dort gehalten. Marie habe den Acker bearbeitet und ihr Mann, ein Fischer, den Fang auf dem Hof geräuchert und im Ort verkauft. Dann sei ihr Mann beim Fischfang ertrunken. Sie habe sich redlich bemüht, allen Aufgaben gerecht zu werden, den Hof und die Tiere zu versorgen. Die Räucherei habe sie natürlich aufgegeben. Da sie am Deich wohnten, sei es auch ihre Aufgabe gewesen, den ihnen zugehörigen Teil des Deiches im Interesse der Allgemeinheit in Ordnung zu halten.

Einige Zeit hätte sie dies alles, unter Aufwendung all ihrer Kräfte, allein geschafft. Doch dann, nach zwei Monaten, sei der kleine Josef zur Welt gekommen. Durch dieses von Geburt an blinde Kind sei sie gezwungen gewesen aufzugeben. Sie habe die Arbeit, vor allen Dingen die Instandhaltung des Deiches, nicht mehr geschafft. Sie musste alles verkaufen. Ein entfernter Verwandter habe ihr – unter Preis, denn sie war als Frau natürlich kein gleichwertiger Verhandlungspartner, wie sie verbittert erzählte – den kleinen Hof abgekauft. Der Käufer habe sogar darauf bestanden, dass ein weiterer Verwandter bei Vertragsabschluss dabei war und gegenzeichnete. Er habe nicht mit einem Weib Geschäfte machen wollen. Hätte sie sich geweigert zu verkaufen, wäre das „Spatenrecht“, nachdem derjenige den Hof verlor, der nicht in der Lage war, seinen Deichabschnitt zu unterhalten, in Kraft getreten.

Von dem Geld für den Hof konnte Marie sich in Aurich eine kleine Kate kaufen. Einige Jahre, solange Josef noch zu klein zum Reisen war, habe sie Gemüse angepflanzt und auf dem Markt in Aurich verkauft. Der Erlös habe natürlich vorne und hinten nicht gereicht. Dann, nach einer der vielen schlaflosen Nächte, habe sie sich entschlossen, von nun an als Händlerin über die Dörfer zu ziehen. Bei einem schlitzohrigen Händler erstand sie Lübbo. Seinen Namen verdankte er seinem Vorbesitzer, dessen Vorname Lübbert war und der ihn „einer armen Witfrau", wie Marie sich ausdrückte, „zu einem halunkenmäßigen Preis" verkaufte. Es hatte sie allerdings nicht gereut, das treue Tier in ihren Besitz gebracht zu haben. Lübbo mochte wohl schon alt sein, aber er gab wirklich sein Bestes für diese zwei Menschen, bei denen er ein gutes Zuhause – auch wenn dieses sich täglich änderte – gefunden hatte. Zwei Wochen ließ Marie sich Zeit für ihre Route von Ort zu Ort und zurück nach Hause. Manchmal – vor allem im Winter – verbrachten sie einige Zeit in ihrer Kate.

Über die Jahre hatte sie sich einen festen Kundenstamm aufgebaut. Ihre Zuverlässigkeit und die Qualität ihrer Waren hatten sich herumgesprochen.

Marie seufzte: „Es hat mich nie gereut, auf die Walz gegangen zu sein. Ich bezweifle sogar, dass ich, wenn ich die Möglichkeit hätte, damit aufhören könnte. Ich liebe dieses Leben. Ständig etwas Neues sehen. Ich mag die Menschen, denen ich dabei begegne. Für viele bin ich die einzige Quelle für Neuigkeiten. Manche behandeln mich daher wie einen lieben Gast und sehnen mein Erscheinen herbei. Wer kann das schon von sich behaupten? Ärgerlich sind natürlich einige Handelspartner, die meinen, mich übers Ohr hauen zu können, weil ich ein Weib bin. In der ersten Zeit war es sehr schlimm. Die Männer meinten, ich hätte sowieso nicht genug im Kopf, um handeln und rechnen zu können. Die sind aber bald schlauer geworden! Weil es einfacher ist und die Männer nicht ihr Gesicht verlieren wollen, bin ich dazu übergegangen, im Namen von Josef meine Geschäfte abzuschließen. Irgendwie kommen die Kerle damit besser zurecht. Mir ist es ja egal, ob der Erlös für verkaufte Ware an mich oder an Josef bezahlt wird.“

Der Gedanke an die „Kerle“, ihre Geschäftspartner, schien Marie zu erheitern. Auf Inses Frage, ob sie Unico Manninga kenne, nickte Marie. Als sie hörte, dass er der Verwandte sei, den Inse aufsuchen wollte, ließ sie eine wahre Lobeshymne los.

„Wer kennt ihn nicht, den werten Meister Manninga? Seine Frau wurde geliebt wie eine Königin – seine erste Frau wohlgemerkt. Die zweite ist ein wenig zu ernst und zu streng. Soweit ich weiß, weilt er zurzeit in Emden. Der Graf hat ihn ja als Drosten der Stadt eingesetzt. Es lohnt sich auch, Unico Manninga bei der Stange zu halten, denn er führt sein Amt gut. Graf Johann schätzt ihn derart, dass Unico Manninga sogar seinen Wohnsitz auf der Burg hat. So kann ihn der Graf jederzeit erreichen. Auch die Emder Bürger sind von ihm angetan. Die Kaufleute bewundern sein Verhandlungsgeschick. Wisst Ihr, dass er den gesamten englischen Tuchhandel von Antwerpen nach Emden brachte? Er verhandelte gar als Unterhändler des Grafen mit der englischen Königin. Unico Manninga brachte auch das Danziger Korngeschäft von Amsterdam nach Emden. Momentan bekniet er den Grafen wohl, die Befestigung der Stadt zu verbessern. Mir selbst ist er eigentlich so sympathisch, weil er vielen Verfolgten hilft. Und er ist sich nie zu fein, mit den einfachen Leuten ein Schwätzchen zu halten. Ich bin erleichtert, dass er der Verwandte ist, von dem Ihr spracht. Bei ihm dürftet Ihr in guten Händen sein.“

Sie versprach Inse, mit Derks Hilfe, der den Drosten sehr gut kannte, dafür zu sorgen, dass er sie empfangen würde.

„Was will der Graf Johann eigentlich von Derk?“ Inse stellte die Frage, die ihr seit der Abreise auf der Zunge lag.

„Tja“, Marie schüttelte den Kopf, „manchmal weiß ich selbst nicht, was diese höheren Herren von Derk so wollen. Er ist ein heller Kopf, müsst Ihr wissen. Wenn er seinen Schmuck verkauft, tritt er nicht nur mit den reichen Frauen in Verbindung, sondern spricht auch mit den Männern – die ja schließlich den Tand bezahlen müssen. Mit den Jahren haben viele seiner Ratschläge gute Wirkung gezeigt. Die beiden Grafen – besonders Johann – haben es sich zur Gewohnheit gemacht, viele Dinge zuerst mit Derk zu besprechen. Er ist ein sehr guter Zuhörer und hat das Herz auf dem rechten Fleck."

Nach zwei Stunden strammer Wanderung, bei der kein Mensch ihnen begegnet war, machten sie eine Pause. Marie schubste Josef, der immer noch summte, an und führte ihn zu ihrem Rastplatz. Inse hatte von der Vesper am Morgen noch Brot mitgenommen. Das zauberte sie jetzt aus ihrem Leinensack. Marie überraschte sie mit Schmalz und Honig aus ihren Vorratskörben. Dazu tranken sie stark verdünnten Wein, den Marie mit dem Honig süßte. Es schmeckte einfach köstlich nach dem langen Marsch.

Während sie alle nebeneinander auf einer alten Leinendecke im Gras saßen, stieß Marie Inse an. „Ihr müsst zukünftig vorsichtiger sein mit Euren Worten. Besonders mit einer eigenen Meinung. Es ist gefährlich für ein Weib, zuviel zu sagen. Kein Mann lässt sich gern belehren. Der Mann hat das Sagen und sein Wort zählt."

Empört wollte Inse protestieren, aber Marie unterbrach sie: „Still. Ich weiß natürlich, dass wir mindestens genauso schlau sind wie die Mannsbilder. Glaubt Ihr, mein Sohn habe jemals einen Kauf oder Verkauf bewerkstelligt? Ohne mich und meinen Handel wären wir doch verhungert! Aber ein Weib kann auch ohne Mann ihren Willen durchsetzen. Die Männer müssen nur davon überzeugt werden, dass es ihre Meinung ist, die Ihr äußert und nicht Eure eigene." Sie lachte gackernd. „Einzig Derk hat mich durchschaut. Er ist anders als die anderen Männer. Es ist gefährlich, anders zu sein als die anderen." Den letzten Satz flüsterte sie fast.

Dann berichtete sie von den Ereignissen, die sich vor fünfundzwanzig Jahren, als sie noch eine junge Frau war, zugetragen hatten. Damals waren fünfzehn Weiber in Riepe als Hexen verbrannt worden. Marie lachte kalt, als sie Inse berichtete, dass die Männer, die den Frauen den Prozess machten, eine solche Angst vor ihnen und ihrer Macht zum Bösen hatten, dass sie das Wort „Hexe" nicht einmal in den Mund nahmen. „Zauberinnen" seien sie genannt worden – „Toversschen" auf Plattdeutsch. Sie sollten mit dem Teufel Unzucht getrieben haben und wurden deshalb auf dem Scheiterhaufen verbrannt. Es wären alles Frauen gewesen, die durch ihren Lebenswandel oder andere Ungewöhnlichkeiten aufgefallen seien, entweder durch besondere Fähigkeiten oder durch körperliche Mängel. Einige Weiber hätten etwa mit Kräutern Krankheiten heilen können oder Gebärenden durch ihre Getränke ein wenig Linderung geschenkt. Letzteres wurde sowieso nicht gern gesehen. Die Kirchenmänner behaupteten, es stände sogar in der Bibel, dass ein Weib unter Schmerzen ihre Kinder zur Welt zu bringen habe. Es gab aber auch andere Dinge, die für ein Weib gefährlich waren. Zwei der Frauen etwa seien besondere Schönheiten gewesen, die durch Neid und Missgunst ihrer Mitmenschen auf den Scheiterhaufen gebracht wurden. Andere Frauen hätten äußere Merkmale gehabt, die den Verdacht, Teufelsanbeter zu sein, bestärkten, beispielsweise besonders große Leberflecke an besonderen Stellen des Körpers. Eine Frau habe einen Buckel gehabt, eine weitere eine Hand mit sechs Fingern.

Inse fröstelte. Aus Maries Darstellung konnte sie entnehmen, dass Marie selbst die Frauen keineswegs für Hexen gehalten hatte.

„Mir ist zu Ohren gekommen – und ich höre eine Menge, da ich so viel reise – dass jetzt wieder über Hexen zu Gericht gesessen wird", raunte sie Inse zu.

Sie setzten ihre Wanderung fort. Sobald Josef auf dem Karren Platz genommen hatte, nahm er sein Summen wieder auf. Nach einer Weile machten die Anstrengungen der Reise sich bemerkbar. Auch das Pferd schien durstig zu sein. Beide Frauen waren froh, als sie die ersten Häuser und Gehöfte von Uphusen erblickten.

Während sie der Ortschaft entgegenwanderten, gingen Maries Gedanken zurück zu ihrer ersten Begegnung mit Derk. Es war ein Tag ähnlich dem heutigen gewesen. Vor fünf Jahren im Juni. Sie hatte in der Stadt Aurich ihre Handelsgeschäfte getrieben und war auf dem Weg in die nächste Ortschaft. Josef hatte, wie heute, auf dem Karren gesessen und war eingenickt. Entgegen ihrer sonstigen Gewohnheit hatte sie einen Abstecher vom Heerweg gemacht und war – nur weil es ein so sonniger Tag war, an dem sie gern einmal wieder das frische Grün der Blätter des Waldes vor Augen haben wollte – den Nebenweg über Ihlow gefahren.

Ihre Augen hatten sich an dem aussprießenden Grün der Bäume erfreut, da war ihr Blick auf etwas Blaues gefallen. Dieser blaue Fleck hatte sich am Rande des Waldes befunden. Da kein Mensch in der Nähe war, hatte Marie den Pferdewagen auf dem Weg stehen lassen, den kleinen Graben übersprungen und sich, von Neugier getrieben, dem Wald genähert.

Der blaue Fleck erwies sich als ein Mann, ungewöhnlicherweise vollständig in Blau gewandet. Der Kerl war Derk gewesen, bewusstlos zwischen den Bäumen liegend. Marie hatte noch deutlich vor Augen, wie sie ihm Stirn und Gesicht mit feuchtem, kühlem Gras bestrich.

Stöhnend war Derk erwacht. Und dann seine Geschichte! Er sprach von einem Sturz und dass sein Kopf auf eine Wurzel aufgeschlagen sei. Es ginge ihm schon wieder besser und er wolle den Weg zu nächsten Straße wissen, denn er habe sich wohl verlaufen. Ihr Erscheinungsbild hatte ihn derart verunsichert, dass er sie fragte, ob sie auf dem Weg zu einem „Kostümfest" sei – was immer das auch sein mochte. Es hatte einige Zeit gedauert, bis Derk gemerkt hatte, dass nicht sie, sondern er auf dem falschen Fest war. Erst der Pferdekarren samt Josef überzeugten ihn.

Dann die Sache mit seiner Herkunft. Zuletzt hatte sie ihm geglaubt. Sein Aufzug, seine Kleidung, wurde in der künftigen Zeit benutzt, „um sich zu bewegen“, „um sich anzustrengen“! Die Menschen schliefen nicht etwa länger an den Sonn- und Feiertagen, sondern bewegten sich, rannten nur so zum Spaß. Das hatte sie bis heute nicht begriffen. Was gab es Schöneres, als an einem Sonntag den Kopf noch für eine weitere Stunde aufs Strohlager zu legen.

Es war sehr anstrengend gewesen, Derk zum Pferdekarren zu schleppen. Mit einer Hose und einem Hemd von Josef hatte er schon halbwegs wie ein normaler Mensch ausgesehen. Marie nahm ihn mit – wie einen verletzten Hund, den man auch nicht liegen lässt. Marie würde jedem, ob Menschen oder Tier, helfen, sofern es in ihrer Macht stand.

Diesmal hatte es ihr zum Vorteil gereicht. Mit viel Gutem vergalt Derk es ihr und sie liebte ihn wie einen Sohn. Diesen ungehobelten Bären, der anfangs so völlig fehl in dieser – ihm unbekannten – Welt zu sein schien.

Marie sorgte nach seinem Sturz eine lange Zeit für Derk. Er hatte ihr Einkommen aufgebessert, indem er mit Josef zusammen aufgetreten war. Erst Josef bemerkte, welch eine fantastische Stimme dieser Kerl besaß. Josef, dessen Liebe der Musik gehörte. Sie machte ihm keinen Vorwurf. Seit seiner Geburt war er blind und sie war froh, dass die Musik seinem Leben Inhalt gab. Derk hatte es als seine Schuldigkeit angesehen, ihre Einnahmen zusammen mit Josef aufzubessern. Nach einiger Zeit war dieses Pflichtbewusstsein, das ihn zum Singen getrieben hatte, einer Liebe zur Musik gewichen. Er entdeckte, wie viel Freude er anderen Menschen mit seiner Stimme bereiten konnte, welch ein Genuss es war, ihm zuzuhören! Das hatte ihm sehr geholfen.

Derk war ein Jahr lang mit Marie und Josef durch die Lande gezogen. Während dieser Zeit hatten sie sich auch eine Geschichte zurechtgelegt, die sein plötzliches Auftauchen erklären sollte: Er sei ein Goldschmiedegeselle, der seine Lehre bei einem

Goldschmiedemeister am Rhein abgeschlossen habe. Bei diesem Lehrmeister sei es üblich, dass die Gesellen mehrere Jahre „auf die Walz“ gingen. Sie würden in die verschiedensten Landstriche des Reiches geschickt und sollten bei dortigen Lehrmeistern die jeweils übliche Schmiedekunst erlernen. Derk sei der ostfriesische Landstrich zugewiesen worden.

Derk wusste viel über die Zeit, in die er so ungewollt geraten war. Er war ein „Schreiber“. Sein letztes Buch befasste sich mit dem Schmuck der gegenwärtigen Zeit.

Als ihre Gedanken hier angelangt waren, wurde ihr bewusst, dass Inse sehr schweigsam geworden war. Sie schaute neben sich auf die junge Frau und bemerkte, dass Inse völlig vertieft in den Anblick, den die Landschaft bot, zu sein schien.

Es war auch ein schönes Bild: Die von weitem zu sehende Ortschaft, die Wiesen und Felder voller Blumen. Der Himmel war wolkenlos und von einem einzigartigen Blau.

Inse schwankte leicht und Marie nahm sie beim Arm. „Irgendetwas geschieht mit dem Kind“, dachte sie noch, als Inse abrupt stehenblieb.

Wie in Trance stand sie auf einer Stelle und betrachtete etwas, dass sich nur ihrem Auge zeigte. Sie riss die Augenbrauen hoch und auf ihrem Gesicht malte sich Entsetzen. Bei ihrem Versuch, zur Seite zu treten, zog sie Marie und das Pferd mit sich. Inse stolperte und fiel fast in den schmalen Graben, der sich seitlich des Weges befand. Sie richtete sich auf und schüttelte sich. Marie vermeinte, Tränen in ihren Augen zu sehen.

„Nicht mal hier lässt es mich los“, wisperte Inse, mehr zu sich selbst.

„Ihr sagt mir jetzt sofort, was das zu bedeuten hat! Kind, seid Ihr krank? Ist Euch schwindelig? Erwartet Ihr vielleicht ein Kind und seit eher auf der Flucht vor Eurem Vater als auf der Reise zu Anverwandten?“

Marie hielt dies vielleicht für eine Lösung, die Inses manchmal seltsames Verhalten erklären würde.

„Nein", trotz des Vorgesichtes, dass sie wieder überfallen hatte, musste Inse lachen, „nichts dergleichen. Ich werde ab und zu von Vorgesichten heimgesucht. In Begleitung einer anderen Person ist mir dies allerdings noch nicht vorgekommen."

„Vörloops", Marie schien zu überlegen, „ja, doch. Es gibt sie. Keiner spricht darüber, denn auch sie könnten als Zauberei und Teufelswerk angesehen werden. Eine entfernte Verwandte von mir sah den Auricher Großbrand voraus, aber kein Mensch glaubte ihr. Nur sie selbst und ihre Töchter konnten ihr Hab und Gut retten, weil sie sofort nach dem ‚Vörloop' die Auricher Gegend verließen. Was hat Euch dieses Gesicht gezeigt? Vermutlich nichts Gutes, oder?"

Inse überlegte: „Ich glaube nicht, dass es etwas besonders Erfreuliches war. Männer habe ich gesehen, eine Anzahl von vielleicht dreißig. Ihre Körper hatten sie in weiße Leinenhemden gehüllt und auf die Hemden und auch auf die Hüte waren Kreuze genäht. An der Spitze ging einer mit einer Fahne in der Hand, die das Kreuz zeigte. Die anderen folgten ihm wie bei einer Prozession, immer zwei nebeneinander. Sie hatten Holzstöcken, an deren Ende Peitschen befestigt waren, in den Händen. Einige hielten hölzerne Kreuze hoch. Stellt Euch vor", ihre Hand fuhr an die schmerzende Stirn und ihre Stimme war nur mehr ein Flüstern, „ob Ihr es glaubt oder nicht, ich habe sogar noch das Lied im Ohr, welches sie sangen. Es klang nach: ‚Nun hebt auf Eure Hände, dass Gott das große Sterben wende. Nun hebt auf Eure Arme, dass Gott sich über uns erbarme.'"

Inse musste erst einmal Luft holen. Im Nachhinein erschauderte sie noch. Marie holte auch tief Luft.

„Geißelbrüder", sagte sie schließlich tonlos. „Habt Ihr sie schon einmal erlebt?" Marie bemerkte ihre Unsicherheit und holte aus zu erzählen: „Also, die Geißelbrüder schlagen sich selbst mit Riemen- oder Stockpeitsche den Rücken blutig, um auf diese Weise so gewaltig Buße zu tun, dass Plagen wie Hungersnöte, Heuschrecken und vor allen Dingen der schwarze Tod an ihnen und den Menschen um sie herum vorbeigehen. Sie glauben, man müsse nur ordentlich Buße tun, dann werde der Vater im Himmel schon ein Einsehen mit den Menschen haben und ihnen derartige Leiden ersparen. Sie ziehen von Ort zu Ort. Meiner Ansicht nach", und hier beugte sie sich zu Inse vor, „aber ich sag's Euch nur im Vertrauen, nutzt ihnen die Buße nichts. Der Herrgott im Himmel lässt sich doch nicht kaufen durch eine Peitsche. Das Gefährliche ist allerdings in den letzten Jahren, dass die Geißelbrüder dazu übergegangen sind, nicht nur mehr sich selbst, sondern auch andere gewaltsam zu den Marktplätzen zu treiben und zu geißeln. Leute, von denen sie meinen, dass sie Buße nötig hätten, weil sie von Gott gestraft sind. Ich halte das Zusammentreffen mit den Geißelbrüdern für sehr gefährlich, vor allen Dingen für Josef. Sie könnten ihn mitnehmen wollen, zurück nach Riepe beispielsweise, um ihn dort vorzuführen, wenn sie merken, dass er blind ist."

Marie war richtiggehend außer Atem von ihren langen Ausführungen. „Könnt Ihr sagen, wann das, was ihr gesehen habt, eintreten wird?"

„Nein", Inse schüttelte den Kopf, „es kann in zwei Stunden geschehen, aber auch genauso gut in zwei Jahren. Ich kann nur mit Sicherheit sagen, dass es geschehen wird und dass die Prozession hier, an dieser Stelle, vorbeilaufen wird."

Marie wiegte den Kopf hin und her. „Lasst uns überlegen. Was hat Harm Harmsen mir vor einigen Tagen in Aurich erzählt? Ein berittener Bote aus Emden habe gesehen, dass, als er zum Stadttor hinausritt, die Geißler hineingezogen waren." Einen Moment schaute sie nachdenklich vor sich hin. „Wenn ich das richtig sehe, könnten sie jeden Moment vor uns auftauchen. Josef wird für diese Brüder sicherlich einen geeigneten Prügelknaben darstellen." Marie hatte eine Entscheidung getroffen. „Wir werden ihnen aus dem Weg gehen! Ich kenne einen – allerdings weitaus unwegsameren – Pfad, der uns abseits der Straße nach Emden führen wird." Sie seufzte tief.

Und auch Inse hatte sich schon auf eine längere Pause und eine annähernd bequeme Sitzgelegenheit in einer Schenke oder Gaststube gefreut. Jetzt hätte sie eine Pause besonders gut gebrauchen können, denn die Kopfschmerzen, die mit den Vorgesichten einhergingen, setzten ihr wieder zu.

Marie wirkte sehr besorgt. Bei der nächsten sich bietenden Gelegenheit bog sie in einen Feldweg ein.

Aufstand der Unterdrückten

Hinter dem Pferd flog der Schlamm des morastigen Weges wie eine Fontäne hoch. Derk ritt, so schnell es der Weg zuließ. Er hatte kein Auge für die erblühende Landschaft. Seine Gedanken weilten noch bei der jungen Frau, die er am Abend zuvor kennen gelernt hatte.

Wie war es möglich? Er, der Realist, hätte eine Wahrsagerin, die ihm „Liebe auf den ersten Blick" prophezeite, nur ausgelacht. Das gab es doch nicht wirklich, nicht im wahren Leben! Aber, was war schon das „wahre Leben"? Welches Schicksal hatte ihn denn, den gelernten Goldschmied und späteren Schriftsteller, in das späte Mittelalter verfrachtet? War es vielleicht sogar sein Schicksal, hier zu sein, um hier der Liebe seines Lebens zu begegnen? Und was empfand sie? Was wusste er schon von ihr und ihren Gefühlen? Ihr Blick, ja, den hatte er sicherlich nicht falsch gedeutet. Aber dies konnte auch, wie schon bei vielen Frauen, bloßes Begehren sein. Nein, es hatte mehr darin gelegen.

Derk dachte zurück an die Zeit, an das erste Jahr, das er mit Marie und ihrem Sohn verbrachte. Sie hatten ihm wirklich sehr geholfen. Er wäre andernfalls sicherlich durchgedreht.

„Du joggst mit einer Bekannten und deine Sinne verlassen dich, du stolperst, fällst über eine Baumwurzel, schlägst dir den Kopf auf und, wenn du wieder bei Verstand bist, befindest du dich im Jahre 1563 – wenn das nicht eine unglaubliche Geschichte ist." Bis heute war ihm nicht klar, wie es passieren konnte. Immer wieder hatte Derk sich darüber den Kopf zerbrochen. Er war sich ziemlich sicher, dass eine gewisse Mitschuld bei Petra Martens zu suchen war. Vielleicht war irgendetwas in dem Vitaminsaft gewesen? Auf jeden Fall war die Situation wohl nicht mehr zu ändern.

Im ersten Jahr hatte er ständig das Gefühl gehabt, gefangen zu sein. In seinem Kopf hatte es fortwährend gehämmert: „Du bist gefangen, gefangen, gefangen.“ Es gab kein Entrinnen.

Marie half ihm. In ihrer direkten, aber auch mütterlichen Art hatte sie ihm klargemacht, dass es so schlecht gar nicht sei in dieser Zeit. Vor allen Dingen gewann er eine große Sympathie für viele Menschen, die er kennen lernte. Dieses „sich an andere Menschen anschließen“ war ihm fremd.

Er war immer ein Einzelgänger gewesen. Vielleicht lag der Grund darin, dass er nie ein richtiges Familienleben kennen gelernt hatte. Sein Vater war im diplomatischen Dienst beschäftigt gewesen. Innerhalb von zehn Jahren hatte er in fünf verschiedenen Ländern Dienst getan. Die ersten Jahre war Derk immer mit den Eltern gereist. Seine Mutter, die den Vater vergötterte, ertrug ihrem Ehemann zuliebe jeden Wechsel ohne Murren. Dann, als Derk schulpflichtig wurde, kam die Zeit, die er im Internat verbrachte. In den Ferien holten ihn die Eltern zu sich, aber je älter Derk wurde, desto fremder fühlte er sich bei ihnen. Für seinen Vater zählte nur die Arbeit, für seine Mutter nur der Vater. Er hatte sich irgendwo dazwischen einzufinden.

Im Internat schloss er nur wenige Freundschaften. Seine Interessen hatten sich von jeher nicht mit denen seiner Klassenkameraden gedeckt. Eigentlich war so eine Schulklasse ja auch nur eine Zwangsgemeinschaft. Die Kinder haben sich zu arrangieren. Gelegenheit, sich seine Freunde in anderen Bereichen des Lebens zu suchen, gab es für Derk nicht. Er kannte als Zuhause nur das Internat.

Sobald es möglich war, kehrte er der Schule den Rücken und ging bei einem alten Goldschmied in die Lehre – eigentlich mehr eine Flucht aus der Isolation des Internats. Dabei hatte er allerdings die Herstellung von Schmuckstücken lieben gelernt und zu seinem alten Lehrmeister ein besonderes Verhältnis entwickelt. Die Eltern besuchte Derk kaum noch. Sie schienen ihn auch nicht sonderlich zu vermissen, wussten sie doch mit diesem eigenbrötlerischen Sohn nichts anzufangen.

Dann hatte er mit der Schriftstellerei begonnen. Sein Meister ermutigte ihn dazu. Nach den ersten Erfolgen gab er die Arbeit in der Goldschmiede auf. Der alte Goldschmied war sein einziger Vertrauter gewesen. Erst starben seine Eltern und später dann auch sein alter Lehrmeister. Derk begann frei wie ein Vogel die Welt zu erkunden, ohne jegliche Bindungen an andere Menschen.

Nachdem er in der Vergangenheit gelandet war, hatte sich das allerdings geändert. Marie und Josef waren seine Familie geworden und Freunde fand er genug.

Im zweiten Jahr hier in dieser Zeit fand er sich auch mit seiner Situation ab. Er begann, gemeinsam mit Josef Vorstellungen zu geben und so ein eigenes Einkommen zu erwerben. Als eines Tages einer der Vorsänger der Großen Kirche in Emden erkrankt war, hatte er sich spontan als Ersatz gemeldet. Marie hatte es für gefährlich gehalten. Sie war immer noch der Meinung, er dürfe nicht auffallen. Es war gefährlich, zu viel zu wissen und zu viel zu sagen. Er hatte natürlich, bedingt durch seine Herkunft, auch zu vielen Dingen eine andere Einstellung.

Sein Vorsingen in der Kirche machte großen Eindruck. Derk hatte etwas ganz Neues an sich. Seine Persönlichkeit spiegelte sich im Ausdruck der Musik wieder. Nach dem Kirchgang sprach einer der Regenten, der Graf Johann, ihn an und bat ihn, während einer Festlichkeit auf der Burg zu singen. Er konnte natürlich nicht absagen und so begann die Freundschaft zwischen ihm und Johann.

Er hatte manchen guten Rat zu geben und das sprach sich schnell herum. Zu vielem, was bislang unlösbar schien, fiel ihm etwas ein. Er profitierte dabei von seinem Wissen aus dem 20. Jahrhundert – aber das durfte natürlich niemand erfahren. Es war ihm klar, dass die Freundschaft einen schwankenden Boden hatte. Sollte Johann jemals davon erfahren, dass Derk aus der Zukunft gekommen war, würde er das wohl niemals glauben und ihn als Ketzer bestrafen.

Bei aller Aufgeschlossenheit waren die Menschen in sich selbst gefangen. Sie hatten tief in ihrem Inneren die Reformation und die daraus folgende Aufklärung noch nicht abgeschlossen. Es gab Hexenverbrennungen und Ketzerprozesse, die Menschen glaubten an den bösen Blick und hielten die Verästelungen in den Bäumen für Hexenbesen. Sie glaubten zwar an die Worte der Geistlichen, aber hielten zusätzlich – es konnte ja nicht schaden – noch an vielen heidnischen Bräuchen fest.

Hier bildete auch der Graf keine Ausnahme. Derk wusste sehr gut, wo er stand. Er war vorsichtig – wie er Marie immer wieder versicherte. Nie ein Wort über die Vergangenheit. Nie ein Wort über Dinge, die er wusste und eigentlich nicht wissen konnte. Jedes Wort auf die Goldwaage legen! Darum liebte er auch den Kontakt mit dem einfachen Volk so sehr. Hier brauchte er sich nicht zu verstellen. Hier konnte er sein eigenes „Ich“, dass er eigentlich erst hier, in dieser Zeit kennen gelernt hatte, ausleben. Sie waren von einfachem Gemüt und sehr leicht glücklich zu machen. Es machte ihm Freude, für die Bauern und Handwerker, das Gesinde und sogar für die Bettler und Freudenmädchen zu singen.

Derk dachte wieder an Inse. Sie war anders! Er spürte es. Inse war nicht so eingeengt in ihrem Wesen. Sie war frei! Sie war selbstbewusst aufgetreten und hatte unaufgefordert Marie zur Seite gestanden.

Was er bislang von ihrer Persönlichkeit gesehen hatte, gefiel ihm. Es war etwas Unberührtes, etwas Ergreifendes an ihr. Er fühlte sich wie ein Mann, der eine großartige Entdeckung gemacht hatte. Sie hatte darauf gewartet, ihm zu begegnen.

Er würde sie wieder sehen – und das musste ihm vorerst genügen. Bei Marie war sie in den besten Händen. Er musste versuchen, seinen Kopf frei zu machen für die Entscheidung, zu der Graf Johann ihn hatte rufen lassen – so schwer ihm das auch fiel!

Derk Raveling drängte das Pferd zu einem noch schnelleren Ritt. Er war froh, dass er in Riepe Station gemacht hatte. Es war das erste Anlaufziel des berittenen Boten auf der Suche nach ihm gewesen. Die Nachricht von seinem Freund war kurz und knapp. Es schien, als ob eine Entscheidung darüber gefällt werden müsste, inwieweit sich Emden an den kriegerischen Auseinandersetzungen zwischen den Niederlanden und Spanien beteiligen sollte.

Graf Johann gab viel auf seine Meinung, aber die Entscheidung lag nicht bei ihm. Seine Position könnte höchstens die eines Ratgebers sein. Aber wenn Graf Johann einem seiner Vorschläge zustimmte, konnte man darauf wetten, dass Graf Edzard ihn ablehnte. Derk seufzte. Er richtete seinen Blick auf das Ziel seines Rittes. Von weitem konnte er schon die Stadt ausmachen. Er hatte sie ohne nennenswerte Verzögerungen erreicht.

Umgeben von fruchtbarem und schönen Weideland lag Emden vor ihm. Die südliche Seite war in ganzer Länge von der Ems umspült. Der Fluss schlug sozusagen an die Mauern mit seinen Fluten. Der Dollart, ein gewaltiger Meerbusen, mit dem sich die Ems vereinigte, gewährte der Stadt einen Ausblick weithin über das Wasser. Zwischen dem Meerbusen und der Ems lag, der Stadt gegenüber, eine Insel namens Nesse. Zur Landseite hin und jetzt im Blickfeld von Derk war die Stadt von einem starken Wall umgeben und von einem Graben, der breit und zum Teil doppelt angelegt war.

Kurz vor dem Stadttor überholte Derk einen wandernden Handwerker und einen Hausierer. Am Tor wurde er von den gräflichen Wächtern angehalten. Sie kannten ihn zwar, hatten aber Weisung, jedermann, der Einlass in die Stadt begehrte, nach seinem Grund zu fragen. Derk hielt dem Wächter das Schreiben mit dem gräflichen Wappen entgegen.

Durch die Gassen der Altstadt drängte sich wüstes Gesindel. Es schienen erschreckend viele Geusen in der Stadt zu sein.

Mit der Bezeichnung „Geusen“ wurden jene Männer belegt, die sich im April 1566 als Vertreter des niederländischen Adels für die Freiheit der Niederlande eingesetzt und der Oberstadthalterin Margarethe eine Bittschrift überreicht hatten. Als diese wegen der großen Zahl der Bittsteller ängstlich wurde, soll Graf von Barlaimont, Präsident des Finanzrates, Margarethe zugeflüstert haben, dass sie sich vor den „Gueux“ – den Bettlern – nicht fürchten möge. Von nun an nannten sich diese Freiheitskämpfer Geusen. Später wurde der Begriff für alle, die gegen die spanische Herrschaft zu den Waffen griffen, verwendet. Die Geusen wurden gefürchtet, denn sie waren zwar Verbündete im Kampf gegen die Spanier, liebten aber zumeist Becherklang, wüsten Gesang, Lärm und Schlägereien.

Es waren derbe Gesellen, Kinder einer gewalttätigen Zeit, wie Derk dachte. Oftmals hockten sie in den einschlägigen Geusenkneipen und tranken schon, bevor sich die Dämmerung über den Tag legte. Erkennbar waren sie an ihrer Kleidung, die der der Bettler glich, und oftmals hatten sie auch einen Bettelnapf dabei. So viele wie heute waren ihm lange nicht auf einem Haufen begegnet. Aber abgesehen von der Vielzahl an Geusen konnte er an der Betriebsamkeit in der Stadt nichts Außergewöhnliches ausmachen. Oder doch? Es lag eine Spannung über der Stadt. Die Menschen schienen sich zu rüsten – aber wofür? Wie aufgeschreckte Ameisen kam ihm etliche der Bewohner vor. Als ob sie auf ein Zeichen warteten!

Eiligst ritt er zur Burg. Sie lag in der südwestlichen Ecke der Stadt. Die große Kirche und der Burgturm waren schon von weitem zu sehen. Ein imposantes Gebäude, von Generationen von Cirksenas beständig erweitert, das war die Burg! Sie beherrschte sowohl die Ems als auch das Stadtgebiet. Der Handelsverkehr war durch die Lage am Wasser leicht zu kontrollieren. Die Burg selbst war umgeben von Mauern und einem Wassergraben. Nur eine schmale Brücke stellte den Zugang zur Stadt her. Der Zugang ging vom Langhaus im Norden der Burg aus.

Derk ritt über die heruntergelassene Brücke. Einige Kutschen, mit denen, wie Derk annahm, andere Ratgeber gekommen waren, befanden sich im Hof. Ein Stallbursche nahm sein Pferd in Empfang und Derk eilte in den Versammlungssaal.

Für den Prunk und die Großartigkeit hatte er heute keinen Blick. Dabei war die Burg von außen wie von innen prächtig anzusehen. Sie war aus roten Ziegeln gebaut und hatte drei Geschosse. Im unteren Geschoss waren die Vorratsräume, im zweiten befand sich die Burgwacht und im Obergeschoss die Räume der gräflichen Familie. Viele Torbogen verzierten die Burg und der hohe Turm, erst kürzlich errichtet, machte sie zu einem herausragenden Gebäude. Die Nebengebäude bestanden aus einem kleinen Reitstall, in dem die Pferde der gräflichen Familie untergebracht waren, einer Schlachtkammer, dem gräflichen Küchenhaus und einem Kornspeicher. Seit neuester Zeit waren auch etliche Waffen und Kriegsgeräte in einem der Gebäude untergebracht.

Derk nahm jeweils zwei Stufen auf einmal und eilte nach oben. Im großen Saal, der bei allen offiziellen Anlässen als Treffpunkt gewählt wurde, berieten schon sorgenvoll die Grafen Johann und Edzard Cirksena, ihre Mutter Anna, der Drost Unico Manninga und der Bürgermeister Petrus Methmann.

Als Derk eintrat, bemerkte er sofort, dass sich eine angespannte Stimmung ausgebreitet hatte. An den verbissenen Gesichtern konnte er erkennen, dass wieder ein Streit zwischen Johann und Edzard in der Luft lag.

„Wenn wir uns schon sonntags zu einem Beratungsgespräch treffen, dann lasst uns, die Predigt von heute Morgen vor Augen haltend, achtungsvoll und friedfertig miteinander umgehen. Es ist nun leider nicht mehr zu ändern", die beruhigende Stimme des Bürgermeisters sollte wohl Graf Johann besänftigen, „die Stände sind nicht informiert worden und jetzt ist es zu spät, die Häuptlinge um Mithilfe bei der Entscheidung zu bitten."

Johann war wütend und hilflos. „Irgendwann wird es Euch reuen", er wandte sich seinem Bruder zu, der hochmütig über ihn hinwegschaute. „Irgendwann werdet Ihr auf den Adel angewiesen sein und er wird Euch dann im Stich lassen. Die Entscheidung, was mit dieser Stadt geschehen soll, liegt nicht allein in unserem Ermessen. Wie ich Euch kenne, hättet ihr weder den Drosten noch Derk Raveling hinzugebeten."

Derk konnte erkennen, dass Edzard nicht sonderlich erfreut war, ihn zu sehen. Durch das Streitgespräch gehindert, war es ihm jetzt erst möglich, die Anwesenden zu begrüßen.

Die Gräfin war wie immer in Witwentracht. Er kannte sie nur als ältere Dame im schwarzen, hochgeschlossenen Kleid. Sie trug stets eine weiße Haube und heute auch einen weißen Schal. Ihren Gesichtsausdruck konnte man ohne Übertreibung als verkniffen bezeichnen. Von Gestalt her war sie eher hager. Sie war eine resolute Frau und Derk hatte Respekt vor ihr, aber er mochte sie eigentlich nicht. Vom Wesen her wirkte sie immer so kalt. Vielleicht musste sie so sein. Zu viel Weichherzigkeit waren einem Regenten nicht förderlich. Nach dem frühen Tod ihres Mannes hatte sie jahrelang allein regiert – und das nicht schlecht. Sie hatte viel für die Bevölkerung getan.

Ihre beiden Söhne Edzard und Johann hätten verschiedener nicht sein können. Edzard war sehr auf sein Äußeres bedacht. Er ließ sich leiten von seiner Frau, die eine stolze Fürstentochter war. Nie wäre sie in Verbindung mit ihren einfachen Untergebenen getreten. Sie hatte für alles und jedes ihre Bediensteten. Es war schwer, ihr etwas recht zu machen und viel von ihrer Übellaunigkeit hatte dann ihr Ehegatte auszubaden. Sie war es auch, die ihn dazu bewog, Graf Johann eine Abfindung anzubieten, damit er die Regentschaft ablegte – ohne Erfolg. Sie konnte es nicht verwinden, dass ihr Mann gemeinsam mit seinem Bruder regierte. Auch in Glaubensangelegenheiten hatte sie eine unverrückbare Meinung, der sich ihr Gatte anzuschließen hatte. Sie war lutherisch – und nichts anderes galt. Jegliche andere Glaubensrichtung war ihr ein Dorn im Auge.

Nicht nur im Hinblick auf die jetzt anstehende Entscheidung, sondern auch, weil zum Ende der Woche in der Stadt ein Fest anstand und am Samstagabend Graf Johann ein Bankett gab, waren Katharina und Edzard mit Gefolge nach Emden gekommen.

Graf Johann war im Gegensatz zu seinem Bruder sachlich, vom Wesen her eher gelassen. Nur jetzt war er verständlicherweise erzürnt. Er liebte es nicht, allein oder nur mit Edzard etwas Wichtiges zu beschließen. Gern hörte er die Ansichten anderer, um sich ein vielschichtiges Bild einer Lage machen zu können. Die Mithilfe des Adels bei dieser Entscheidung hatte sein Bruder – sicher wieder auf Anraten seiner Frau – vereitelt.

Drost Manninga schaute sorgenvoll auf die beiden Brüder. Sein vollbärtiges Gesicht hatte eine hohe Stirn und besonders auffällige Augen. Sie blickten stechend scharf und schienen einem auf den Grund der Seele zu schauen. Er war ein kräftiger Mann und man hätte ihn eher für einen Handwerker denn für einen Gelehrten halten können.

Eindrucksvoll war auch seine bedächtige, auf Entspannung der Situation zielende Stimme. „Petrus hat Recht. Wir, die Gräfin und die Männer, die sich hier versammelt haben, werden jetzt gemeinsam eine Entscheidung treffen. Jedem von uns liegt die Stadt Emden am Herzen und jeder von uns wird nach bestem Wissen und Gewissen seine Meinung kundtun. Ich bitte dabei genauestens zu überlegen, was dem Wohle der Stadt und seinen Bürgern dient." Weder die Grafen noch die Gräfin Anna hatten ihn unterbrochen. Er genoss vollstes Vertrauen der gräflichen Familie, was ihn wohl auch dazu berechtigt hatte, im Namen aller zu sprechen.

Derk mochte Unico Manninga. Er war ein gradliniger Mensch. Ihm lagen die Menschen am Herzen, und nicht der eigene Vorteil. Graf Edzard respektierte ihn, aber er mochte ihn nicht. Es lagen Welten zwischen diesen beiden Männern. Graf Johann war Manningas Freund. Derk mochte sich nicht ausmalen, was passieren würde, wenn Johann eines Tages tatsächlich die Regierung seinem Bruder überlassen würde. Würden dann viele Freiheiten der Bürger – nicht nur die Religionsfreiheit – eingeschränkt werden? Würde Edzard sich dann auch dem jeweiligen Willen seiner Frau beugen? Sicherlich! Alles würde nur mehr im Sinne seiner Gattin entschieden werden. Sie würde es auch schaffen, dass die alte Gräfin Anna kein Mitspracherecht mehr hätte. Ihre Engstirnigkeit würde die wirtschaftliche Entwicklung Emdens zur Welthandelsstadt stark beeinträchtigen, wenn nicht gar zum Erlahmen bringen!

Als Derk sich nach diesen düsteren Gedankenspielen umsah, bemerkte er erst jetzt einen Mann, den er weder gesehen noch begrüßt hatte. Er hatte sich im Halbdunkeln des Raumes in einer Nische aufgehalten. Eine eindrucksvolle Persönlichkeit gesellte sich zu den anderen. Er war fast einen Kopf größer als die anderen Männer und von kräftiger Gestalt. Seine Kleidung zeichnete ihn als Soldaten aus. Er wirkte gehetzt und unter Zeitdruck stehend.

Seine Stimme war kräftig und ein wenig verärgert. „Mein Heimatland wird versklavt und Ihr streitet um fehlende Stimmen. Das Unternehmen soll möglichst geheim bleiben und darum hatte ich um schnelle Zusage gebeten. Ich habe den Eindruck, einige der Anwesenden sind noch nicht vertraut mit meinem Anliegen. Also. Mein Name ist Ludwig von Nassau. Mein Bruder Wilhelm und ich wollen mit unseren Truppen versuchen, die Herrschaft und Unterdrückung durch die Spanier in den Niederlanden zu beenden. In vollstem Vertrauen auf die Verschwiegenheit der hier Anwesenden lege ich unseren Plan vor, der dahingehend ist, dass Wilhelms Truppen in Brabant und Artois vorrücken und dass ich versuchen werden, mit einer dritten Truppe von Emden aus mit Schiffen in die Niederlande vorzurücken und die Spanier zu besiegen. Ich bitte hiermit um die Genehmigung, Söldner zu werben und mit diesen den Streich zu wagen."

Nach der Rede des Ludwig von Nassau herrschte betretenes Schweigen. Jeder schien zu überlegen, was zu tun sei. In Derks Kopf ratterten die Gedanken wie Kanonenkugeln. Gesetzt der Fall, die Genehmigung würde erteilt werden, die Rache der Spanier bei einem Sieg über die Truppen der Brüder wäre den Emdern gewiss. Die Spanier würden auf Ostfriesland aufmerksam werden, das sie bislang nicht beachtet hatten. Hoffentlich war Johann schlau und hielt vorerst den Mund, um Edzard nicht zu einer gegenteiligen Meinung hinzureißen.

Bevor Derk oder ein anderer der Anwesenden sich bemerkbar machen konnte, hatte die alte Gräfin Anna sich erhoben. Ihre Stimme klang zwar etwas missmutig, aber ihre Worte waren deutlich und sie machte den Beteiligten unmissverständlich klar, dass sich jeder daran zu halten habe. Sie war immer noch die eigentliche Regentin in Ostfriesland!

„Wir brauchen meines Erachtens in dieser Angelegenheit nicht abzustimmen. Wem die Geschicke Ostfrieslands und vor allen Dingen Emdens wichtig sind, wird sich nur so entscheiden können, dass Euer Heer, werter Ludwig, keine Genehmigung erhalten kann, von See aus die Niederlande zu stürmen. Emden konnte bislang aus den kriegerischen Auseinandersetzungen herausgehalten werden. Wir haben unsere Verdammung der Handlungen der Spanier dahingehend gezeigt, dass wir alle Vertriebenen und Flüchtlinge mit offenen Armen aufgenommen haben. Trotz der strengen Haltung meines älteren Sohnes wurde weder auf Religionszugehörigkeit noch auf die Herkunft der Flüchtlinge Wert gelegt. Jeder – ob reich oder arm – hat bei uns Platz, Beköstigung und eine Fluchtstätte auf unbegrenzte Zeit erhalten. Dies sollte auch zukünftig unser Kampf gegen die Unterdrückung in den Niederlanden sein und bleiben. Wenn wir uns aktiv in die Auseinandersetzungen einmischen, wenn Emden in einen Kampf mit den Spaniern verwickelt wird und die Spanier siegen, was wird mit unseren Bürgern, was mit all den Menschen, denen wir bislang Fluchtstätte waren? Mit diesen würde bei einem Sieg der Spanier kurzer Prozess gemacht werden. Wohin sollten sich in Zukunft die Menschen noch flüchten können, wenn Emden in die Hände der Spanier fallen sollte?"

Derk erkannte, wie sehr der Gräfin die Bevölkerung am Herzen lag, wie ernst sie ihre Aufgabe als Regentin – und so sah sie sich wohl immer noch – nahm.

Ludwig von Nassau war wütend. Er hatte, da die Stadt fast mehr aus niederländischen Flüchtlingen denn aus ursprünglichen Einwohnern bestand, mit einem Einverständnis der Regierung gerechnet. Er sah seine Felle davonschwimmen. Hätte er doch nur den Grafen Edzard als Regenten vor sich gehabt, ihn und seine Frau hätte er gewiss überzeugen können! Es gab noch einige Wortgefechte zwischen Ludwig und den übrigen Teilnehmern der Verhandlung, die sich einstimmig der Meinung der Gräfin angeschlossen hatten. Zum Glück, dachte Derk, siegte diesmal die Vernunft.

Sie gaben dann allerdings doch noch die Erlaubnis, Söldner anzuwerben und von Emden aus sich sammeln zu dürfen. Derk wusste, dass viele Sympathisanten der Widerstandsbewegung in Emden Zuflucht gesucht hatten und dass Ludwig von Nassau gewiss viele Menschen dazu bewegen würde, mit ihm für ihr Vaterland zu kämpfen.

„Das sei ihnen auch gewährt", dachte Derk, „vielleicht warten einige schon lange auf eine solche Gelegenheit. Vielen, die sich durch die Flucht wie Feiglinge gefühlt haben, wird diese Schlacht die Gelegenheit geben, sich wieder ihrem Vaterland zugehörig zu fühlen."

Während Ludwig von Nassau niedergeschlagen anhob zu gehen, öffnete sich die Tür und Eilardus Folcardus, der Sekretär des Grafen Edzard, trat ein. Er berichtete, dass ein Soldat, ein gewisser Johannes Reinerius, Einlass begehre. Er habe eine wichtige

Nachricht für den „Gast der Grafen“, wie er sich ausdrückte. Als der angekündigte Soldat eintrat, musste Derk einen Lachreiz unterdrücken.

„Fürchterlich, wie sich einige aufspielen in ihrer vermeintlichen Wichtigkeit“, dachte er. Johannes Reinerius war ein absolut modischer Soldat. Aufgrund seiner Abstammung konnte er es sich anscheinend leisten, den letzten Schrei einer Soldatenuniform zu tragen. Sie bestand aus gestreiften Ballonhosen, die bis zu den Knien reichten. Das Oberteil war eng anliegend und dunkelblau. Der eintretende Soldat trug einen Schnäuzer und einen recht großen Hut mit Krempe. Er grüßte wichtigtuerisch und begehrte den Herren Ludwig von Nassau zu sprechen.

Das Geständnis

Bis auf Graf Johann und Derk hatten alle Beteiligten den Raum verlassen. Ludwig von Nassau war von dem Soldaten über sich anbahnende Auseinandersetzungen zwischen Geusen und angeworbenen Söldnern informiert worden. Dies hatte Ludwig veranlasst, sofort zu gehen. Es sei ja sowieso hier nichts mehr zu gewinnen, so hatte er sich ausgedrückt, und die Berater ohne einen Gruß verlassen.

Graf Johann hatte Derk gebeten zu bleiben und führte ihn nun in seine eigenen Räumlichkeiten. Aufgebracht lief er im Zimmer hin und her, die Hände hinter dem Rücken verschränkt. Derk überlegte, was ihn nun wohl noch so reizen könnte. Wie er seinen Freund kannte, würde es nicht lange dauern, bis er es ihm mitteilte.

Graf Johann ließ sich auf einem Holzstuhl nieder. „Die Probleme erdrücken mich. Ich kann nicht mehr. Immer dieser Kampf gegen den eigenen Bruder. Immer dieses Gefühl, ein Versager zu sein. Wisst Ihr, Derk, ich bin ein verdammter Feigling. Ich habe mich in den letzten zehn Jahren vor jeglicher Verantwortung gedrückt. Entscheidungen konnte ich nur treffen, wenn ich wusste, dass auch andere meine Meinung teilten. Aber das Problem, die Entscheidung, vor der ich jetzt stehe kann mir kein Mensch abnehmen. Ich bin gezwungen, eine Lösung für ein Problem zu finden, für das es eigentlich keine Lösung gibt."

Derk hatte sich aufgerichtet und schaute ihm fragend ins Gesicht. „Wenn es etwas gibt, was Ihr loswerden wollt, bin ich der richtige Mann dafür. Ihr wisst, ich bin kein Familienmitglied, kein Angehöriger des Adels, kein einfacher Bauer, nicht Bürgermeister, Pfaffe oder Drost. Euer Problem würde ich mir anhören ohne den Vorteil für meine Position zu überlegen, so gut kennt Ihr mich sicherlich. Ich stehe vor Euch als freischaffender Mann. Wenn mir eine Lösung einfällt, würde ich sie Euch vortragen, ohne dass Ihr verpflichtet wäret, diesen Vorschlag anzunehmen."

Johann schüttelte sorgenvoll seinen Kopf mit dem rostroten Haar. Es war ein Erbe seines Großvaters, Edzard des Großen. Viele stießen sich an der auffälligen Farbe, aber Derk mochte sie. „Wenn er eine Frau wäre", schoss es Derk durch den Kopf, „hätte mein Freund in dieser ‚Hexen suchenden Zeit' keine guten Karten mit dieser auffälligen Haarfarbe."

Derks fragender Blick ruhte auf Graf Johann.

„Also gut. Ich werde mich Euch anvertrauen. Aber, um es schon vorweg zu nehmen, es gibt keine Lösung für mein Problem. Am Ende meiner Beichte werde ich sicherlich auch noch einen Freund verloren haben."

Er zog an einer Schnur und kurze Zeit später kam ein Bediensteter mit einem Krug Wein, Obst und bestrichenem Brot.

„Wie Ihr wisst", fing Johann an, „sind mein Bruder und ich zusammen mit den Manninga-Kindern aufgewachsen. Meine Freundschaft mit Unico besteht also schon Zeit meines Lebens. So war ich auch gespannt, als er mir die, wie er sagt, ‚Liebe seines Lebens' vorstellen wollte. Es war Hyma, wie Ihr sicherlich wisst. Während Hyma und Unico in ihrer Verliebtheit nichts merkten, bahnte sich für mich etwas an, was mein Leben gänzlich verändern sollte.

Jedesmal, wenn Hyma bei uns auf der Burg weilte, kam sie in Begleitung ihrer Schwester Almeth. Und diese Almeth war es auch, die mich so faszinierte. Sie hatte nicht die lebhafte, offene Art ihrer Schwester. Aber ihre innere Größe schlug mich in ihren Bann. Vielleicht verwundert es Euch dann nicht, dass ich mich in sie verliebte. Doch ich hatte Angst vor einer Zurückweisung. So schob ich es immer wieder auf, mich ihr zu erklären und um ihre Hand anzuhalten. In der Annahme, dass sie meine Blicke richtig aufgefasst hatte, bewunderte ich sie von ferne, träumte von ihr und ließ mir alle Zeit der Welt.

Meine Studienreisen führten mich für ein halbes Jahr von der Heimat fort und als ich zurückkehrte, war es geschehen. Meine Unentschlossenheit hatte mein Glück mit Almeth zerstört! Während meiner Abwesenheit hatte Unico um die Hand von Hyma angehalten. Daraufhin befand ihr Vater, es sei eine großartige Idee, beide Töchter gemeinsam zu verheiraten. Almeth wurde mit Johann von Oldenbokum vermählt. Als ich wieder in Ostfriesland weilte, war Almeth eine verheiratete Frau. Almeth und ich hätten glücklich werden können. Ich hatte die Chance durch meine Unentschlossenheit verspielt!

Vielleicht hätte ich mich mit der Situation abgefunden, wenn Almeth nicht so offensichtlich unglücklich gewesen wäre. Edzard und ich luden die vier Jungvermählten öfter zu einer Feier ein. Ihr Ehemann stellte sich als arroganter, derber, besserwisserischer Angeber heraus. Almeth durfte sich fortan keinerlei Freiheiten mehr herausnehmen. Ihre Bildung, die die ihres Gatten bei weitem überstieg, war ihm ein beständiger Dorn im Auge. Er erniedrigte sie, wo er nur konnte. Seine einzige Überlegenheit lag im körperlichen Bereich und so fand er an Gewalt und Unterdrückung seine Freude.

Im Laufe der Zeit schenkte sie ihm zwei Söhne. Die Jungen gerieten wohl mehr nach dem Vater. Sie standen wie er auf dem Standpunkt, dass einzig die Männer das Salz der Erde seien.

Schnell nahmen sie die derben Sitten ihres Vaters an und behandelten ihre Mutter nicht besser als eine Magd.

Almeth und Johann weilten oft mit den Kindern in ihrem Stadthaus hier in Emden. Um ihr nicht länger nahe zu sein und auch um mein ständiges Verlangen nach Almeth zu unterdrücken, willigte ich ein, meinen Bruder Edzard auf seiner Brautschau nach Schweden zu begleiten. Ich glaubte meinen Augen nicht zu trauen, als ich die Schwester meiner jetzigen Schwägerin kennen lernte. Sie war das Ebenbild meiner geliebten Almeth. Ich entbrannte zu ihr wie ein Fegefeuer, kaum dass ich sie gesehen hatte. In Gedanken hielt ich sie für Almeth, die ich niemals würde mein Eigen nennen können.

Cäcilie, so hieß die Prinzessin von Schweden, war ebenfalls in Leidenschaft entbrannt. Ich nahm an, dass es sich um Liebe zu mir handelte. In meiner Freude, endlich ein Weib, das ich lieben könnte, kennen gelernt zu haben, kletterte ich eines Abends in ihr Gemach, um mit ihr allein zu sprechen. Tagsüber wurde ihre Tugend bewacht und ich konnte mich ihr nicht nähern. Ich wollte nicht denselben Fehler zweimal machen und zu lange warten. Cäcilie war eine heißblütige Frau und in dieser Nacht blieb es nicht bei einem Gespräch.

Wir wurden von einer Wache verraten. Ich wurde eingesperrt. Erst die Zeit im Gefängnis und die Gespräche mit anderen Mitgefangenen ließen mich meinen Irrtum erkennen. Cäcilie war keineswegs in Liebe zu mir entbrannt. Das hatte ich schon in der Nacht, die sie mit mir verbrachte, bemerkt. Einzig ihre Lüsternheit wollte sie befriedigen. Ich erfuhr, dass ich keineswegs Cäcilies ‚erste große Leidenschaft' war. Mit ihren ständigen Liaisons brachte sie ihren Vater schier zur Verzweiflung.

Im Gefängnis hat sie mich nicht ein einziges Mal besucht noch mir eine Nachricht zukommen lassen. Ich hatte wohl noch einmal Glück gehabt. War nur eine weitere Eroberung. Nicht auszudenken, wenn ich mich mit ihr vermählt hätte! Und das alles nur aufgrund einer Ähnlichkeit mit Almeth!

Den Vorschlag, der Schmach durch eine Ehe abzuhelfen, lehnte ich ab. Lieber schwor ich, dass sie noch Jungfrau sei – sollte doch ein anderer Ahnungsloser die Wahrheit zu spät herausfinden! Und das geschah auch schon bald, denn noch während meiner Gefangenschaft wurde Cäcilie vermählt.

Die ganze Geschichte hat mir sechs Monate Inhaftierung und die Feindschaft meiner Schwägerin nebst Geringschätzung meines Bruders eingebracht.

Als ich auf die Burg zurückkehrte, erfuhr ich vom Tod Hyma Manningas. Mein Freund Unico war ein hart gestrafter Mann. Er hatte Hyma unendlich geliebt und konnte ihren Tod nur schwer verschmerzen.

Als ihre Schwester Hyma 1557 starb, ging eine Veränderung mit Almeth vor. Sie schien in ständiger Angst zu leben, wirkte wie gehetzt. Ich selbst hatte mich all die Jahre von ihr fern gehalten, doch sie so verzweifelt zu sehen, brach mir fast das Herz.

Auf eine List sinnend, durch die ich ihr nahe sein könnte, kam mir der Gedanke, dem verhassten Johann von Oldenbokum anzubieten, seine beiden jungen Söhne in der Degenkunst zu unterrichten. Er nahm das Angebot an und die Jungen kamen zu mir, wenn die von Oldenbokums in der Stadt weilten. Dies geschah oft, denn mit der Verwaltung der Herrlichkeit Goedens hatte Johann von Oldenbokum Untergebene betraut. Er genoss es, in der Stadt den reichen Lebemann zu spielen.

In der Degenkunst habe ich es ja, wie Ihr sicherlich wisst, zu einiger Berühmtheit gebracht. Mit dem Bidenhander, diesem Schwert mit der breiten Klinge und dem wellenförmigen Schliff, verstehe ich ebenfalls zu kämpfen. Auch den Umgang mit einer Randartsche, dem eisernen Rundschild, sollten sie bei mir erlernen. Darauf hoffend, dass Almeth selbst die Knaben zur Burg brächte, da sie ja von ihrem Ehemann keinerlei Dienstboten außer einer Köchin gestellt bekam, fieberte ich dem ersten Unterricht entgegen. Meine Rechnung ging auf. Ich richtete es so ein, dass die Knaben in der ersten Unterrichtsstunde mit mir gemeinsam das Kämpfen in praktischer Übung erlernten, die zweite Stunde wurde von Rittmeister Popken übernommen, der ihnen Unterricht in Waffenkunde und Verteidigung vermitteln sollte.

In dieser Zeit führte ich jeweils Almeth in mein persönliches Dienstzimmer. Schon in der allerersten Stunde, die wir gemeinsam verbrachten, gestand ich ihr meine Liebe. Sie beteuerte, genauso zu empfinden. Niemals, so gestand sie mir, hätte sie einer Ehe mit dem grausamen Johann von Oldenbokum zugestimmt. In vollstem Vertrauen darauf, dass es sich bei dem Johann, der bei ihrem Vater vorgesprochen habe, um mich handele, sei sie nach der Nennung des Vornamens durch ihren Vater in Begeisterungsstürme ausgebrochen. Zu spät habe sie ihren Irrtum bemerkt. Nachdem ihr Vater das Einverständnis erklärt hatte, war eine Umkehr nicht mehr möglich.

Jede Woche trafen Almeth und ich uns. Es war für uns beide die Stunde, für die wir lebten. Entgegen allen guten Vorsätzen war es uns nach kurzer Zeit nicht mehr möglich, unserer Leidenschaft füreinander nicht nachzugeben. Trotz ihres Ehestandes begann ich eine Liebschaft mit ihr. Dieses Jahr war das annähern glücklichste meines Lebens!

Almeth erzählte mir auch von ihrer Angst. Sie wähnte, das Hyma von ihrem Mann vergiftet worden sei. Er habe Kontakt zu einer Frau, die Almeth, wenn es denn Hexen geben solle, für eine solche hielt. Ihr Gatte hatte dieses Weib kurz vor Hymas Tod aufgesucht. Danach habe er triumphierend von einer baldigen Erbschaft gesprochen. Unico hatte später von fortschreitender Lähmung des Körpers seiner Frau, von Erbrechen, Magenbeschwerden und Koliken gesprochen, die dem Tod vorausgegangen seien. Diese Symptome bestätigten Almeths Annahme. Sie habe aber im Interesse ihrer Kinder, den Mund gehalten. Ich war der Einzige, dem sie sich offenbarte. Nach dem Tod von Hyma sei das Erbe der Schwester an sie gefallen, das heißt, wohl mehr an ihren Ehegatten, der von nun an alles verwaltete.

Almeth fürchtete um ihr Leben. Sie war ja Hymas eigentliche Erbin. Ihr Gatte würde sicherlich versuchen, sich auch ihrer zu entledigen. Ich zermarterte mir den Kopf, wie ich ihr helfen könnte. Würde ich sie einfach entführen und wir beide gemeinsam fliehen, dann würde die Regierung des Landes unweigerlich an Edzard fallen. Glaubensfreiheit wie auch viele andere Lockerungen wären dahin. Vielleicht würde er sogar die Aufnahme von Flüchtlingen in Ostfriesland verbieten, vielleicht sich in die Auseinandersetzungen zwischen Spanien und den Niederlanden einmischen und Ostfriesland so in einen Krieg führen. Konnte ich auf diesen Voraussetzungen mein eigenes Glück aufbauen?

Während ich noch auf eine Lösung sann, kündigte sich die nächste Tragödie an. Almeth verriet mir, dass sie ein Kind erwartete. Es müsse von mir sein, da ihr Ehemann schon seit einiger Zeit nicht mehr mit ihr das Bett teile. Er hatte sich eine jüngere Konkubine genommen – wohl auch, um seine Ehefrau zu kränken. Was würde geschehen, wenn der gehörnte Ehemann von Almeths und meinem Verhältnis erfuhr?

Almeth beschwor mich, nichts zu unternehmen. Sie hatte Angst, ihr Ehegatte werde sie und das ungeborene Kind sofort auf die eine oder andere Weise töten. Sie wollte lieber versuchen, ihn erneut in ihr Bett zu locken und ihm das Ungeborene als sein Kind unterzuschieben. Unser gemeinsames Kind würde ihr wieder neuen Lebensmut geben.

Wieder ließ ich mich zum Nichtstun verleiten. Natürlich hatte ich dabei auch die Konsequenzen vor Augen, die eine Regierungsaufgabe meinerseits nach sich zögen. Alles blieb wie es war.

Wir beide hatten nur nicht bedacht, dass uns Gott selbst vielleicht strafen könnte. Und so war es dann auch! Meine geliebte Almeth starb noch im Wochenbett und das arme Kind ähnelt mir in erschreckender Weise. Es hat meine Haarfarbe und meine leidige Sechsfingerhand.“ Hierauf streckte er Derk die Linke entgegen, die, wie es nicht unüblich war, sechs Fingern hatte. „Alle wussten natürlich sofort, dass das Kind nicht vom vermeintlichen Vater stammte.

Für Almeth war es vielleicht ein Glück, dass sie starb – die Wut ihres Ehegatten hätte sie bestimmt nicht überlebt. Ich selbst konnte nichts für das arme Würmchen tun. Johann von Oldenbokum ließ sich durch nichts bewegen, das Kind in meine Obhut zu übergeben. Hämisch bekundete er, nicht zu wissen, was ich meinte, als ich davon sprach, es solle nicht sein Schaden sein, wenn er mir meine Tochter übergeben würde.

Er nutzt seitdem alle Gewalt, die er als Vater hat, und drangsaliert das arme unschuldige Kind, wo er nur kann. Er hasst mich und die Kleine. Sie muss seinen Hass auf mich ausbaden!

Einzig eine alte Vertraute habe ich, ohne dass es ihm bekannt geworden ist, als Kinderfrau dort einsetzen können. Sie passt, soweit es in ihrer Macht steht, auf die Kleine, die Tetta heißt, auf und erstattet mir Bericht. Er scheint sich des Kindes zu schämen, denn sie wird nur sehr selten in der Stadt gesehen. Die meiste Zeit, so berichtet mir Regin, verbringt sie im Stadthaus und wird mit Arbeit überhäuft. Wenn er bemerkt, dass die alte Regin mir bekannt ist, wird auch diese letzte Verbindung zu meiner Tochter abbrechen.

Seit kurzem habe ich, nach den Berichten der alten Regin, den Verdacht, dass er auch das Kind loswerden möchte. Die Erbschaft ist ihm durch Almeths Tod ja zugeflossen. Jetzt ist nur noch die Kleine ihm ein Dorn im Auge. Regin berichtete mir, dass er bei jeder Gelegenheit vorgibt, die Kleine habe unnatürliche Fähigkeiten. Sie könne durch ihren Blick Menschen und Tiere ungewollt zu Untaten anstiften. Dass sie rotes Haar und sechs Finger hat, verschlimmert ihre Lage natürlich drastisch. Das allein würde einem Inquisitionsgericht schon reichen, um sie als Hexe zu erkennen. Wenn den Inquisitoren nur ein Hauch der

Verdächtigungen ihres vermeintlichen Vaters zu Ohren kommt, hat Tetta keine Chance mehr. Vielleicht will Johann von Oldenbokum auf diese Art Rache üben."

Derk schaute nachdenklich in seinen unberührten Becher mit Wein. „Schöner Schlamassel", dachte er. „Dass dieser Bursche auch immer so unentschlossen ist. Warum hat er die Geliebte nicht aufs Pferd gesetzt und ist mit ihr und dem ungeborenem Kind verschwunden. Wo es um mich und die Meinen ginge, wäre mir sogar die Grafschaft egal!" Das Unvermögen, Entscheidungen zu treffen und die Unentschlossenheit zum Handeln hatten ihn das Lebensglück gekostet. Er war zudem gefangen in seiner Verantwortung für das Volk. In gewisser Weise konnte Derk ihn natürlich auch verstehen.

„Bitte Derk", hob Johann wieder an, „was soll jetzt geschehen? Ich kann doch nicht darauf warten, dass irgendjemand, und sei es von Oldenbokum selbst, das Inquisitionsgericht informiert und diese Verrückten meine Tochter als Hexe verbrennen."

„Meint Ihr, dass sie auch Kinder auf den Scheiterhaufen bringen werden?" Derk runzelte ungläubig die Stirn.

„Ja", Johann nickte. Er barg sein Gesicht in den Händen. „Wie erbärmlich muss sich die Kleine fühlen. Streng nach den Grundsätzen Martin Luthers handelt Johann von Oldenbokum ja schon gegen seine Söhne. Zucht und Ordnung sind an der Tagesordnung. Alles, was die Jungs nicht lernen, wird hineingeprügelt. Die Rute war sein erstes Geschenk an die Knaben. ‚Wer seine Rute schont, der hasst seinen Sohn. Wer ihn aber lieb hat, der züchtigt ihn beizeiten.' Almeth stand bleich daneben, als von Oldenbokum Unico, Hyma und mir seine Erziehungsmethoden aufzeigte. Wie mag sich da erst die Tochter gefühlt haben, die nach Regins Aussagen weder Beachtung vom Vater noch Anerkennung von den Brüdern erfährt? Ich habe die Gedanken daran in den letzten Jahren verdrängt. Doch nun, da sie in Todesgefahr ist, kann ich nicht mehr den Kopf in den Sand stecken."

„Es muss uns doch irgendwie gelingen, die Kleine zu retten." Derk schaute Graf Johann mit einem eindringlichen Blick an." Ich werde mir die Sache eine Nacht durch den Kopf gehen lassen. Würdet Ihr das Kind denn anerkennen, wenn das der Preis für ihre Rettung sein sollte?"

„Wenn es denn keinen anderen Weg gibt, werde ich mich zu meiner Vaterschaft bekennen. Es gäbe einen Riesenwirbel, wenn bekannt würde, dass ich eine Tochter habe. Sie wäre nicht sicher bei mir auf der Burg. Vielleicht könnte sie bei einem meiner Vertrauten aufwachsen oder bei ihrem Oheim Unico Manninga. Er hat meines Wissens auch schon versucht, sie in seine Obhut zu bringen – ohne Erfolg."

Derk atmete auf. Vielleicht fiel ihm eine Lösung ein. Am besten wäre es, ein Druckmittel gegen Johann von Oldenbokum zu finden. Freiwillig würde er die Kleine sicherlich nicht herausrücken.

Derk erhob sich abrupt und verabschiedete sich. Auf dem Weg nach unten hörte er eine keifende Stimme aus einem der Räume. Sie schwoll regelrecht zu einem Schreien an. Er identifizierte die Stimme als zu Katharina, der Ehefrau des Grafen Edzard, gehörend. Die Eheleute stritten wieder einmal.

„Ihr meint, Johann hat einen außereheliches Balg, von dem ich nie gewusst habe? Er überlegt, sie als sein eigen Fleisch und Blut anzuerkennen? Das lasse ich nicht zu. Seit unserer Vermählung ist es mein Wunsch, dass Ihr alleiniger Regent seid. Aus diesem Grunde war ich ja schließlich auch nur bereit Euch zu ehelichen. Da Johann ohne Nachkommen ist und unsere Kinder die Grafschaft erben werden, habe ich bislang in dieser beschämenden Situation nicht deutlicher meinen Unwillen gezeigt. Eine Anerkennung eines Bastards werde ich aber zu verhindern wissen und sollte ich auch den Grafen oder den Bastard umbringen müssen, um dies zu erreichen."

Derk erschauerte angesichts des belauschten Gespräches. Mit dem Kopf voller Sorgen verließ er das Schloss.

Die Goldschmiede

Derks erster Weg führte ihn zu seiner Wohnung. Sie lag über der Goldschmiedewerkstatt, die er mit Joost van Hoorn betrieb. Von der Burg aus war er in kürzester Zeit dort. Die Schmiedewerkstatt befand sich in der Nähe des Marktplatzes. Es war ein hohes, schmales Gebäude, das sich an die anderen, zumeist auch Handwerkerhäuser, anreihte.

Derk würde die Wäscherin kommen lassen. Die Taschen, die er bei sich trug, waren prall gefüllt mit der schmutzigen Kleidung. Nachdem die dringendsten Alltäglichkeiten erledigt waren, begab er sich in die Werkstatt.

Joost, ein kräftiger, vollbärtiger Hüne, beugte sich gerade über ein filigranes Goldherz und war damit beschäftigt, die Öse zum Aufhängen anzubringen. Er schaute auf und strahlte, als er Derk erblickte. Joost war ein weiterer Glücksfall in Derks Leben. Nachdem Derk ein Jahr mit Josef und Marie durch die ostfriesischen Dörfer getingelt war, hatte ihn die Unzufriedenheit gepackt. Er war seiner Leidenschaft gefolgt und hatte sich in der größten ostfriesischen Stadt, Emden, bei den Goldschmieden umgeschaut. Joost van Hoorn, ein Niederländer, seit einigen Jahren in Emden ansässig, war erkrankt und hatte Aufträge von Kunden vorliegen, die unbedingt ausgeführt werden mussten.

Als sich Derk anbot, war Joost zuerst skeptisch gewesen. Aber nachdem Derk das erste Schmuckstück hergestellt hatte, stimmte er hoch erfreut einer Mitarbeit in der Goldschmiedewerkstatt zu. Derk hatte ein halbes Jahr für Joost gearbeitet. Später dann, als Joost merkte, dass Derk talentierter war als er selbst, bot er Derk die Teilhaberschaft an. Derk grub seine beim alten Lehrmeister erworbenen Fähigkeiten wieder aus und die Goldschmiede von Derk und Joost war seitdem die gefragteste in der Grafschaft.

Derk verkaufte den Schmuck außerhalb Emdens und holte Aufträge herein. Joost, dem das Präsentieren nicht lag, versorgte den Laden und fertigte den Schmuck, der nicht außerhalb der

Norm lag. Derk war dazu übergegangen, vom Alltäglichen abweichend, besondere Schmuckstücke, Einzelstücke zu fertigen, die ihm von den reichen Adels- und Häuptlingsfrauen sowie von vermögenden Bauersleuten aus den Händen gerissen wurden. Jedes Schmuckstück war ein Unikat. Es galt derzeit als Mode, einen „Raveling" zu tragen. Derk selbst trug niemals Schmuck, außer seiner Kreole. So sehr er auch die Schönheit der Stücke liebte, bewunderte er sie doch lieber am Hals einer Frau oder an deren Arm.

Etliche Männer behängten ihre Frauen regelrecht mit wertvollem Geschmeide. Je wertvoller der Schmuck war, den eine Frau trug, als desto reicher galt ihr Ehegatte. Deshalb kauften die Männer gern Geschmeide für ihre Frauen. Zudem galt es als eine sichere Geldanlage. Gold war unvergänglich.

Sogar die Gräfin Anna hatte in ihrer Polizeiverordnung von 1545 die ostfriesischen Frauen aufgefordert, ihren Reichtum öffentlich zur Schau zu stellen. Joost hatte eigens einen Auszug der Polizeiverordnung in der Schmiede ausgestellt, damit des Lesens Kundige sich den Willen der sonst eher gegen jede Verschwendung und dekadentes Treiben eingestellten Gräfin vor Augen führen konnten:

„Was de Frowen averst up dem Lande an Goldt oder ander Geschmeide laten maken, das scholen se fry aene Schattung dragen un gebruken!"[1]

Außer dem üblichen Geschmeide wurden in der Werkstatt von Joost und Derk auch Escharts, große goldene Broschen, die vor der Brust getragen wurden, und die Scherssoen, Goldplattenbänder, die über die Schultern der Kleider liefen und bis an den Rocksaum reichten, gefertigt. Eine Art Diadem war ferner der Pael, ein begehrter Kopfschmuck für Festlichkeiten und öffentliche Auftritte. Besonders begehrt waren Filigranarbeiten, Anhänger und Blömenbootje – Broschen, mit Saphiren und Rubinen besetzt.

Derk hatte sich zu Beginn seiner Tätigkeit regelmäßig geschüttelt vor Lachen bei der Vorstellung, dass die zumeist kräftigen Adelsfrauen sich wie in einem Panzer fühlen müssten mit all dem harten Goldschmuck um sich herum. Sie sahen aus wie geschmückte Tannenbäume.

Die Friesen hatten schon von Karl dem Großen das Vorrecht erhalten, „Gold von ihren Häuptern, über den Leib bis hin zu den Füßen (soviel sie bezahlen konnten) zu tragen, ohne dafür Steuern zahlen zu müssen."

Kein Wunder also, dass der Handel mit Goldschmuck sehr gut florierte. Bei Festlichkeiten strotzten die prunkvollen Gewänder der betuchten Friesinnen nur so davon. Die Überfülle des Schmuckes machte es möglich, das dadurch steife Gewand aufrecht in die Ecke zu stellen!

Amüsierte sich Derk jedesmal köstlich darüber, dass die Trägerinnen durch den schweren Goldschmuck beim Aufstehen Schwierigkeiten hatten, so musste Joost schmunzeln, wenn er an das An- und Ausziehen dieser „Schmuckrüstung" dachte. Vielleicht lagen sie dabei flach auf dem Boden und sämtliche weiblichen Bediensteten mussten das Gewand mit aller Kraft über den Kopf der Trägerin herunterziehen!

Nicht nur bei Festlichkeiten und Empfängen, nein, auch im Alltag stellten die stolzen Adels- und Häuptlingsfrauen, aber auch Frauen mittleren Standes, ihren Schmuck zur Schau. Als ob es keine Armut gab im Grafentum! Bei jedem Schritt, den sie taten, klingelten viele Goldglöckchen und verkündeten: „Seht her, so reich sind wir."

Derk und Joost konnte das nur recht sein. Auch wenn die Kirchen seit der Reformationsbewegung eine strenge Einstellung zu unnötigem Schmuck und Tand hatten, ließen sich bislang die Reichen dadurch wenig beeinflussen.

Derk setzte sich auf einer Ecke des Werkstatttisches nieder und fragte Joost nach den Neuigkeiten der letzten zwei Wochen.

„Tja“, überlegte dieser, „seit gestern sind viele Geusen in der Stadt. Mir kamen schon Bedenken, ob die raubeinigen Gesellen sich vielleicht an unserem Schmuck vergreifen würden, aber sie scheinen andere Sorgen zu haben.“

Derk nickte.

„Viele der eingewanderten Niederländer haben sich werben lassen, um gegen die Spanier zu kämpfen. Auch viele Sympathisanten unseres Landes“, fuhr Joost fort. „Gestern Abend sind sie mit Fahnen durch die Stadt gezogen, auf denen ‚jetzt oder nie‘ stand. Glaubt Ihr, sie haben eine Chance gegen die Spanier?“

Derk schüttelte den Kopf. „Es sind viele Hitzköpfe dabei. Vielleicht gelingt es ihnen, bei einem Überraschungsangriff einen kurzfristigen Sieg zu erringen, aber ich denke, die Spanier werden danach schnell wieder die Situation im Griff haben, und ich möchte dann nicht in der Haut der Söldner und Soldaten stecken. Es muss etwas geschehen gegen das Treiben im Nachbarland, aber ich bezweifle, dass dies der richtige Weg ist.“

Derk beschloss bezüglich der Entscheidung, die am Vormittag gefallen war, lieber den Mund zu halten. Seine Gedanken wanderten wieder zu den Geständnissen des Grafen Johann. Am besten wäre eine Lösung, die ihm Johann von Oldenbokum in die Hand spielte! Und wenn ihm nichts einfiel, mit dem er von Oldenbokum erpressen könnte? Vielleicht gab es eine Länderei, gegen die der „Häuptling von Goedens“ bereit wäre, die Vormundschaft abzugeben!

Am Abend, so hoffte er, würden Marie und Inse in Emden ankommen. Er konnte es kaum erwarten sie wieder zu sehen. Trotz aller Probleme war sie ihm den ganzen Tag nicht aus dem Kopf gegangen. Er spürte ein brennendes Bedürfnis, sich von ihrer Sicherheit zu überzeugen.

„Es waren auch Geißelbrüder in der Stadt“, ließ sich Joost wieder hören, „sie kamen vor drei Tagen, noch vor den Geusen, und sind gestern gegen Mittag wieder ihrer Wege gezogen.“

Derk stutzte. „Geißelbrüder“, dachte er, „hoffentlich sind ihnen nicht meine drei Schützlinge begegnet. Josef wäre wahrscheinlich ein gefundenes Fressen für die Brüder. Es würde ihnen bestimmt gefallen, einen ‚von Gott mit Blindheit Geschlagenen‘ vorzuführen.“

Da er vollstes Vertrauen in Marie und ihre Fähigkeiten hatte, aus allen ausweglosen Situationen das Beste zu machen, hielten sich seine Sorgen in Grenzen. Sobald Marie in der Stadt war, würde sie sich bei ihm melden. So hatten sie es vereinbart. Er hatte Marie erzählt, wie wichtig ihm Inse war und sie hatte gackernd gelacht.

„Seht Ihr, mein Junge“, sie hatte ihm kräftig in die Rippen gestoßen, „jetzt findet ihr auch im 16. Jahrhundert noch die passende Gefährtin. Wie alt seid Ihr? Fünfunddreißig – dann wird es Zeit, bevor die Kraft Eurer Lenden zu schwach ist, um noch kleine Ravelings zu zeugen. Ich werde acht geben auf dieses erste Frauenzimmer, dass Euer hartes Herz erweicht.“

Er berichtete Joost davon, dass er Marie noch heute in der Stadt erwartete. Joost war begeistert. Er mochte Marie besonders. Seit Derk in seiner Werkstatt arbeitete, war auch Marie, wenn sie in der Stadt war, nicht weit. Joost gefiel das ausnehmend gut. Vielleicht würde er Marie eines Tages doch noch davon überzeugen können, dass er, der „alte schlitzohrige Holländer, der sich Derk an Land gezogen hat“, wie sie behauptete, der Richtige für sie war!

Als am Abend weder Marie noch Inse bei der Goldschmiede auftauchten, wurde Derk unruhig. Spät setzte er sich in die Werkstatt und begann zu arbeiten. Das war sein Mittel gegen Sorgen und quälende Gedanken.

Er fertigte Teile einer ostfriesischen Frauentracht. Bestellt hatte sie Maria von Jever. Der Schmuck bestand aus sieben Goldplatten in Trapezform, verbunden durch Scharniere, die über und über mit kostbaren Steinen besetzt waren. Hinzu kam noch ein weiteres Schmuckstück: eine große Brosche vor der Brust, ein nach außen gewölbter Schild, worin ohne weiteres ein Becher Bier Platz gefunden hätte.

Danach machte er sich noch an einen Pael, einen Kopfschmuck. Es war bestellt in 20-karätigem Gold und sollte mit dunkelroten edlen Granatsteinen und fleischfarbenen Edelsteinen besetzt sein. Dazwischen brachte Derk weiße Perlen von verschiedener Größe an. Das schmale, balkenartige Mittelfeld fertigte er in Form einer schuppigen Drachenfigur mit anliegendem Flügel; zwei Klauen hielt der Drache in Schrittstellung. Deutlich zu erkennen war nach der Fertigstellung sein zurückgebogener Hals, sein Auge und Rachen nebst stumpfer Schnauze.

Derk hatte seine ganzen Sorgen und Ängste in dieses letzte Schmuckstück hineingearbeitet. Der Drache wirkte wild und zum Kampf bereit. Für die Frau, die er liebte, und für ein unschuldiges Kind würde Derk Raveling alles geben, dessen er fähig war!

Ein Umweg

Seit der kurzen Mittagsrast waren Marie und Inse schon auf dem schmalen Weg, der nur aus festgetretenem Lehm bestand, unterwegs. Die Landschaft schien ausschließlich aus vielen kleinen Landseen und kaum überschaubaren Wiesenmooren zu bestehen. Inse hatte völlig die Orientierung verloren. Diese Gegend war sehr sumpfig. Teilweise standen ganze Weideflächen unter Wasser. Sie hatten auch einige Wasserläufe überquert. Bohlenwege führten von einer Seite zur anderen.

Es ging schon auf den Abend zu und Inses Füße baten schmerzend um eine Unterbrechung. Die beiden Frauen konnten nicht nebeneinander gehen und so lief Marie voran, das Pferd mit dem Karren hinter sich her führend. Inse bildete das Schlusslicht.

Wenn es nicht so anstrengend gewesen wäre, hätte Inse die Wanderung sehr genossen. Es gab so viel zu sehen! Beispielsweise war ihr zum ersten Mal ein Sonnentau untergekommen. Sie hatte beobachtet, dass die Pflanze mit ihren klebrigen Tentakeln Insekten fing. Lilien waren ihr aufgefallen, die sie hier in dieser kargen Landschaft nicht vermutet hätte. Auch eine Vielzahl von Schmetterlingen und Libellen tummelten sich hier.

Keiner Menschenseele begegneten sie; nur Enten in allen Ausführungen und vielen kleinen Singvögeln. Kreuzottern gab es in Massen. Inse hatte sich zuerst sehr vor ihnen gefürchtet, doch Marie hatte nur über ihre Angst geschnaubt. Der Biss einer Kreuzotter käme nie ohne eine Warnung durch das Tier. Die Schlangen würden nur angreifen, wenn ihnen Gefahr drohe.

Wusste Marie eigentlich überhaupt noch, wo sie waren? Trotz seiner Unverschämtheit sehnte sich Inse danach, Derks Gesicht zu sehen. Er bedeutete so etwas wie ein Fels in der Brandung. Bei ihm fühlte sie sich sicher.

Marie hielt an und Inse erblickt in absehbarer Nähe eine Kate. Sie hörte, wie Marie aufatmete.

„Hab schon gedacht, wir erreichen die Kate nicht mehr vor der Dämmerung. Hier wohnt der alte Wilke Boyens. Er hält Gänse und Enten. Ab und zu treffe ich ihn in der Stadt, wo er sie verkauft. Er ist zwar ein garstiger alter Knochen, aber eine Ruhestätte für die Nacht wird er uns sicherlich nicht verwehren.“

Zielstrebig steuerte sie auf die Hütte zu. Josef war auf dem schwankenden Karren wohl eingeschlafen. Sei längerem hatte Inse keinen Ton von ihm gehört.

Die Hütte, zu der sie kamen, war mit Schilfrohr gedeckt. Die Wände bestanden aus Flechtwerk, das mit Lehm verputzt war. Als sie vor der fensterlosen Kate angekommen waren, stand ein alter Mann in abgerissenen Kleidern vor dem Eingang. Dutzende von Gänsen schnatterten aufgeregt.

„Ihr beunruhigt meine Tiere.“ Mit neugierigem Gesicht und dieser etwas unfreundlichen Begrüßung kam er ihnen entgegen.

„Diese Gänse werden erfreut sein, mal ein anderes Gesicht als Euer ungewaschenes zu sehen“, gab Marie zurück.

Inse musste trotz ihrer schmerzenden Füße grinsen. Außer dieser Hütte und diesem alten Mann war die Gegend menschenleer.

„Was treibt Euch dazu, die Straße zu verlassen? Wolltet Ihr Eurer Anverwandten meine Gänseschar zeigen?"

Die Stimme des Alten triefte vor Spott. Er fand Inses Erachtens gefallen daran, die Menschen mit seinem bissigen Humor zu erschrecken, schien aber das Herz auf dem rechten Fleck zu haben. Aber Inse glaubte auch eine gewisse Beängstigung aus seiner Frage herauszuhören. Er dachte wohl, Gefahr sei im Verzug.

Marie erzählte ihm, dass die Geißelbrüder wieder auf der Straße durchs Land zogen. Da wäre ihr der Moorweg gerade recht gekommen, um diesen vermeintlichen Gottesdienern nicht begegnen zu müssen.

Der Alte nickte und schnaubte. Das könne er gut verstehen.

„Es wäre nicht nur für Josef gefährlich gewesen", hob er an, „auch das junge Blut", dabei zeigte er auf Inse, „hätte vielleicht herhalten müssen. In den Städten und Dörfern werden ja alle Weibsbilder von ihnen ferngehalten – Ihr wisst, wegen der Versuchung für das Fleisch –, aber auf einsamer Straße wären sie sicherlich alle über so einen süßen Apfel hergefallen. Vielleicht hätte sich auch noch für eine vertrocknete Pflaume wie Euch eine Gelegenheit für fleischliche Vergnügungen ergeben."

Während Marie ihm gespielt drohte, lachte er gackern und bat sie einzutreten.

Alles in diesem dunklen Haus roch nach Rauch, der, wie es schien, ungehindert die beiden bestehenden Räume durchdrang. Wände, Bänke, Truhen und Geräte waren mit Ruß überzogen. Inse musste husten. Der Alte hustete fast ohne Unterlass, sobald sie drinnen waren. Josef hatten sie auf eine Bank geführt. Der Rauch kam von der offenen Herdstelle. Die zweite kleine Kammer stellte wohl die Schlafstätte dar. Inse sah eine Schlafmatte, die auf einer Bank lag. Sie war aufgerollt und mit Hanfschnüren zusammengebunden. Das Geschnatter der Gänse klang schon nicht mehr so aufgeregt.

Wilke, klein und spindeldürr, aber mit wachem Verstand, entfachte das Feuer der Herdstelle. Zuvor war nur noch Glut dagewesen. Er hängte einen großen Topf auf und begann einen Brei zu kochen. Inse hatte hinter der Hütte eine Kuh bemerkt und eine Ziege, die angepflockt waren. Daher stammte wohl die Milch, zu der Wilke grobes Roggenmehl gegeben hatte.

Ab und zu rührte er die Breimasse über dem Feuer. Zwischendurch holte er zwei Tonkrüge mit Dünnbier, aus denen sie abwechselnd tranken.Er stellte zwei Tonteller auf den grob gezimmerten Tisch. Da Wilke nur zwei Teller besaß, aßen sie nacheinander von der Suppe und dem Brot. Es schmeckte köstlich, nach der beschwerlichen Reise.

Nach dem Essen genehmigte sich Wilke seinen einzigen Luxus: Er priemte. Er benutzte zu Inses Erstaunen ganz gewöhnlichen Tabak, der ja, soweit ihr bekannt war, nur zum Rauchen verwendet wurde. Er steckte diesen „achter de Kusen“, wie er es nannte, und kaute genüsslich und seufzend. Als Spucknapf diente ein mit Sand gefüllter kleiner Kasten.

Marie schlug ihm auf die Schulter, als sie sein Laster bemerkte. „Na, haben die Holländer Euch auch diese Unsitte beigebracht? Ich bin fest davon überzeugt, dass es nicht gesund ist, dieses widerliche Zeugs zu kauen. Es reibt zudem die Zähne unnötig ab. Ihr solltet es Euch schleunigst wieder abgewöhnen.“

„Ich habe gehört, der Tabak soll einem den schwarzen Tod vom Leibe halten. Vielleicht solltet Ihr es Euch auch angewöhnen“, erwiderte der Alte sichtlich entspannt vom Kauen, „Ihr wäret dann sicherlich nicht mehr so ein garstiges, zänkisches altes Weib.“

Marie ergriff einen Reisigbesen, der in der Ecke stand, und machte Anstalten, ihn damit zu vertrimmen. Gespielt ängstlich wich der Alte zurück und dann brachen beide in Gelächter aus. Auch Inse konnte sich kaum noch beherrschen. Marie und Wilke kannten sich schon lange und wussten, was sie von einander zu halten hatten.

Inse merkte, dass ihre Augen fast zufielen. Gleich würde sie vornüberkippen. Das ungewohnte Dünnbier tat ein Übriges und immer noch quälten sie Kopfschmerzen. Wilke schien ihre Erschöpfung zu bemerken. Er bewegte sorgenvoll den Kopf von einer Seite zur anderen.

„Wie mir scheint, muss das junge Kücken ins Nest. Ihr Weiber könntet die Nacht auf den zwei Schlafmatten in meiner Nachtkammer verbringen. Dieser junge Geselle und ich", dabei schlug er Josef auf die Schulter, „werden uns mit zwei Decken und einer harten Bank begnügen."

Josef war alles Recht. Er war pflegeleicht und wusste sich bei Marie sicher. Sie würde für alles sorgen. So war es immer gewesen.

Aus einer impulsiven Laune heraus umarmte Inse den Alten und drückte ihm einen Kuss auf die runzelige Wange.

„Vielen Dank! Sie sind der netteste Ohm, den ich kenne."

„Je nun. So was auch." Der Alte brummelte noch eine Weile vor sich hin. Er war etwas verlegen, aber die menschliche Wärme, die von Inse ausging, schien ihm zu gefallen.

„Raue Schale und weicher Kern", dachte Inse noch, bevor sie sich auf die mit Stroh ausgepolsterte Bettstatt legte.

Marie und der alte Wilke unterhielten sich noch lange. Das Feuer brannte wieder herunter und ihre Stimmen klangen mal freudig, mal sorgenvoll zu Inse herüber. Es waren Stimmen von Freunden, Stimmen von Menschen, denen man sein Leben anvertrauen konnte!

Emden

Am nächsten Morgen erwachte Inse erfrischt und ausgeruht. Der Rauch hatte die Schlafkammer, die abseits vom Feuer lag, nicht so sehr erreicht.

Wilke ächzte und stöhnte. „Für meine alten Knochen sind Besucher, die über Nacht bleiben, nicht förderlich." Sein freudiges Mienenspiel, als er Inse erblickte, strafte die derben Worte Lügen.

Er zeigte ihnen Hunderte von Kiebitzeiern, die er tags zuvor gesucht hatte und nun in der Stadt verkaufen wollte. Es war Montag und somit Markttag. Auf seinen Karren hatte er Schilfrohr gebunden, welches für Dächer gebraucht wurde. In einem Korb mit Deckel befanden sich etliche Entenkücken, die ein weiteres Geschäft bilden sollten.

Nach dem Frühstück machten sie sich gemeinsam auf den Weg in die Stadt. Ein schmaler Pfad brachte sie zurück auf den Heerweg. Lange Zeit wanderten die Freunde einträchtig hintereinander her. Sie überquerten ein Tief. Endlich kamen die Stadtmauern von Emden in Sicht. Inse bewunderte die beeindruckende Befestigung der Stadt. Als sie näherrückten, bemerkte sie auch die tiefen Gräben, die Emden zusätzlich umgaben und das große, imposante Stadttor, auf das sie zuliefen.

Den Wächtern wiesen sie sich als Händler aus, und wurde ohne Schwierigkeiten eingelassen. Marie und Inse wollten zuerst Derk in seiner Werkstatt aufsuchen.

„Damit er sieht, dass Ihr noch lebt", wie Marie sich ausdrückte.

Später wäre dann Zeit, mit Unico Manninga zu sprechen.

„Alles Weitere wird von diesem Gespräch abhängen", dachte Inse. „Wenn Unico Manninga mir nicht helfen will, werde ich auf eigene Faust versuchen, dass Kind zu finden."

Sie hatte jetzt Freunde hier. Das machte alles leichter!

Als sie das Stadttor durchquert hatten, kamen sie in ein unglaubliches Durcheinander von Soldaten und Fußvolk. Die Truppe Ludwigs von Nassau machte sich bereit, über Land an der Ems entlang in Richtung Niederlande zu ziehen. Ludwig von Nassau hatte sein Heer beträchtlich vergrößern können. Die Männer waren ausgerüstet mit Piken, Hellebarden und Musketen. Einige hatten barbarisch anmutende Morgensterne und Kettenkugeln dabei. Eine Vielzahl der berittenen Soldaten trug einen Harnisch, eine Eisenrüstung, die über der Kleidung getragen wurde. Elegante Blattrankornamentiere zierten den Brustteil sowie den Arm- und Beinschutz.

Ein Mann an der Spitze der Truppe fiel Inse besonders auf. Sie erfuhr später, dass es sich um Ludwig von Nassau selbst gehandelt habe. Er trug einen blanken Trabharnisch mit geschlossenem Helm und Hals- sowie Nackenreifen, auffallend große Armkacheln und Geschübe über den Händen vervollständigten den beeindruckenden Auftritt. Ludwig von Nassau zog triumphierend mit seiner Truppe noch einmal durch die Emder Straßen.

Marie und Wilke bogen mit ihren Karren in eine Seitengasse, um nicht den Weg der Truppe zu kreuzen. Viele wilde Kerle mit ungepflegten Bärten nahm Inse wahr. Es war eine bunt gewürfelte Schar, die Inse reichlich undiszipliniert vorkam. Unter Jubelrufen und dem Klang von vielen Trompeten verließen sie die Stadt. Der Trompetenklang zog sogar Josefs Interesse auf sich.

Nachdem das Schauspiel beendet war, zog Wilke unter vielen guten Wünschen Richtung Marktplatz, um seine Waren zu verkaufen. Marie würde sich später auch dorthin begeben.

Das Straßennetz der Stadt war äußerst gradlinig. Aus der Vogelperspektive hätten die Häuser und Straßen wie ein Schachbrett gewirkt.

Marie zeigte Inse die Schenke, in der sie immer nächtigte, wenn sie in Emden Handel trieb. Dort setzten sie auch Josef ab. Die Wirtsleute würden sich um ihn kümmern.

Endlich hielt Marie an, und sie standen vor Derks Werkstatt. Die Werkstatt war kein für sich stehendes Haus, sondern bildete mit vielen anderen hohen Häusern zusammen eine Häuserfront. Alle Häuser sahen gleichförmig aus. Neben der Eingangstür waren zu Inses Erstaunen drei hohe Glasfenster angebracht.

Der obere Bereich des Hauses, welcher wohl die Wohnräume barg, hatte vier Fenster. Auffällig waren die Sandsteinbänder, die in unregelmäßigen Abständen die Steinmauer durchzogen.

Inse sah einen ihr fremden Mann, der neugierig aus einem der unteren Fenster schaute. Er rief etwas in den hinteren Raum und herausgeschossen kam Derk. Wieder hob er die streng blickende Marie hoch und wirbelte sie durch die Luft. Ehe Inse seine Absicht erraten konnte, tat er das Gleiche mit ihr.

Entrüstet hämmerte sie mit den Fäusten auf seine Schultern. „Was fällt Euch denn ein?"

„Ich freue mich nur, Euch wohlbehalten vorzufinden."

Sein Lachen ging ihr durch und durch. Wohlige Schauer liefen Inse über den Rücken. Sie konnte es nicht leugnen, sie war heilfroh, ihn zu sehen! Er setzte sie ab und machte sie mit Joost bekannt, der ihr neugierig entgegenblickte.

„Ah, Ihr seid also der Gast, deretwegen Derk schon seit den frühen Morgenstunden in einem fort von einem Ende der Werkstatt zum anderen läuft."

Derk lachte gutmütig.

Inse schaute sich in der Werkstatt um. Sie war beeindruckt von der Goldschmiede und von den Arbeiten, die sie bewundern konnte.

Joost redete unterdessen auf Marie ein. Neugierig blickte Inse zu den beiden herüber. Derk erklärte ihr lachend, dass Joost schon zum x-ten Mal versuche, Marie zu überreden, mit ihm die Ehe einzugehen. Die beiden seien zwar wie Hund und Katz miteinander, aber Joost habe seit jeher einen Narren an Marie gefressen. Sie dagegen behandelte ihn wie ein lästiges Insekt, das man möglichst schnell abschütteln sollte.

„Marie ist kratzbürstig", dachte Inse. „Ob sie seine Werbung tatsächlich als so lästig empfindet? Vielleicht gefällt es ihr nur, ihn noch etwas hinzuhalten."

Marie und Joost befanden sich in einem Wortstreit, der ihnen Spaß zu machen schien.

„Warum wehrt Ihr Euch so sehr dagegen, mein Weib zu werden? Steht nicht schon in der Heiligen Schrift: ‚Wer ein passendes Eheweib gefunden hat, der hat etwas Gutes gefunden und Wohlgefallen erlangt vor dem Herrn.' Ihr passt zu mir und das Wohlgefallen Gottes", Joost wies mit erhobenem Zeigefinger zum Himmel, „sichern wir uns noch zudem."

Marie schnaubte. „Ob ich zu Euch altem Goldesel passe, dessen bin ich mir wahrlich nicht sicher, und ob dem Herrn unsere Vermählung gefallen würde, werden wir wohl in diesem Leben nicht erfahren."

Derk hatte dem Wortwechsel schmunzelnd zugehört. „Ich kenne Marie vielleicht besser als Ihr, Joost. Und die Euch so nahe stehenden Sprüche Salomos habe ich mir auch zu Gemüte geführt. Steht dort nicht auch: ‚Besser in der Wüste wohnen als bei einem zänkischen und zornigen Weibe!' und: ‚Besser im Winkel auf dem Dach sitzen als mit einem zänkischen Weibe zusammen in einem Haus!'? Wollt Ihr Euch das wirklich antun?"

Marie empörte sich über Derks Worte. Sie könne sich nicht vorstellen, dass solche Ratschläge in dem „Heiligen Buch" zu finden seien.

Doch Joost nickte. „Die ‚Sprüche Salomos' halten für alle Wechselfälle des Lebens Ratschläge parat. Doch zu Eurer Beruhigung meine liebe Marie", Joost wollte ihr übers Haar fahren, doch Marie wich geschickt zurück, „es steht auch zu lesen:

‚Wem ein tüchtiges Weib beschert ist, die ist viel edler als die köstlichsten Perlen.
Ihres Mannes Herz darf sich auf sie verlassen, und Nahrung wird ihm nicht mangeln.
Sie tut ihm nur Liebes und kein Leid ihr Leben lang.
Sie geht mit Wolle und Flachs um und arbeitet gern mit ihren Händen.
Sie ist wie ein Kaufmannsschiff, ihren Unterhalt bringt sie von ferne.
Sie steht vor Tage auf und gibt Speise ihrem Haus.

Sie fürchtet für die Ihren nicht den Schnee, denn ihr
ganzes Haus hat wollene Kleider.
Sie tut ihren Mund auf mit Weisheit, und auf ihrer
Zunge ist gütige Weisung.
Sie isst ihr Brot nicht mit Faulheit ...'"

„Haltet ein, haltet ein", stoppte ihn Marie, „das bin aber nicht ich, von der die Rede ist – das muss Euch doch wahrlich klar sein. So selbstlos bin ich nicht und wann ist auf meiner Zunge je ‚gütige Weisung'? Nach dem Weib, das Ihr beschreibt, werdet Ihr noch lange suchen müssen. Mir gefällt es nicht, wie Ihr immer um mich herumscharwenzelt. Jetzt bedient Ihr Euch schon der Heiligen Schrift, um mich zu überzeugen. Doch ich lasse mich nicht beschwatzen", erboste sich Marie. Unter dem Gelächter von Derk und Inse machte sie sich fluchtartig auf den Weg zum Markt.

Anziehungskraft

Inse waren die Blicke sehr wohl bewusst, mit denen Derk jetzt seine Aufmerksamkeit allein auf sie richtete. Sie setzte sich auf eine Bank und betrachtete wunderschöne filigrane Arbeiten und Ringe, so pompös, dass sie sich fragte, an wen Joost und Derk diese wohl verkaufen würden.

Joost hatte ihren Blick bemerkt und setzte sich zu ihr. Er zeigte auf die Ringe.

„Besondere Ringe seht Ihr da vor Euch. Ich glaube wohl, dass solche Euch selten unter die Augen gekommen sind. Nur besonders betuchte Herrschaften geben sie bei uns in Auftrag. Ich kann nicht behaupten, dass mir das Fertigen der Schmuckstücke Freude bereitet. Sie dienen ausschließlich dazu, den Reichtum zu zeigen. Sieben Lot Gold sind sie schwer und bestehen aus verschiedenen ineinander geschlungenen Strängen."

Er erhob sich wieder und Inses bewundernder Blick blieb an einer besonders schönen Goldarbeit hängen. Es war ein Filigranschmuck in der Form eines Herzens. Derk bemerkte ihr Interesse. Er stützte beide Hände seitlich von ihr auf den Tisch und sein Gesicht kam ihrem beunruhigend nahe. Inse roch den frischen, herben Duft, der von ihm ausging. Spürte seine Kraft und Energie.

Derk erläuterte ihr die Grundlage der Filigranarbeit. „Wegen seiner großen Dehnfähigkeit wird Rotgold zu feinen Drähten gezogen, aus den Drähten die Rahmen und Konturen Stück für Stück gebogen. Ich verwende dann noch feineren Draht für die Füllung der Zwischenfelder. Um die körnige Struktur zu erzielen, wird der gezogene Draht um sich selbst gedreht, anschließend flachgedrückt und mit Hilfe von Flach- und Rundzangen zu den zierlichen Gebilden geformt, jeder Schnörkel einzeln. Bei einer gleichmäßigen Hitze verbindet sich später das zarte Füllungsgold mit den einzelnen Spiralen und den Schnörkelchen."

Derk sprach mit soviel Begeisterung von seiner Arbeit, dass Inse keinen Zweifel daran hatte, dass er einer der Besten seines Faches war. Fast liebevoll strich er über die fertigen Schmuckteile.

Es war mittlerweile später Vormittag. Derk erhob sich und zeigte Inse eine Treppe, die von der Werkstatt in seine Räumlichkeiten führte.

„Wollt ihr vielleicht ein Bad nehmen und Euch etwas erfrischen? Wir könnten danach gemeinsam essen. Ich werde versuchen, für den Nachmittag ein Treffen mit Unico Manninga zu organisieren." Marie hatte Derk natürlich gleich darüber informiert, dass es sich bei Inses Verwandtem um Unico Manninga handelte.

Inse versicherte, dass die Sache mit dem Bad eine sehr gute Idee sei. Kaum hatte sie zugestimmt, ging ihr die Frage durch den Kopf, wie ein „Bad" in dieser Zeit wohl aussehen möge.

Sie stieg die schmale Treppe hoch und öffnete eine Tür. Dahinter verbargen sich zwei große Räume. Der eine diente wohl als Schlafstätte. Er war bestückt mit einem großen Kastenbett und mehrere Truhen und verströmte eine heimelige, rustikale Atmosphäre. Die Bettwäsche war aus Leinen und zu den Füßen des Bettes sah Inse ein Tierfell, das sicherlich im Winter genutzt wurde.

Bei dem anderen Raum schien es sich um Derks Wohnzimmer zu handeln. In der einen Ecke des Raumes befand sich ein Schreibplatz. Auf zwei verzierten Holzbeinen war eine achteckige Platte angebracht. Etliche Schreibfedern bestückten das schräge Pult. In der Mitte des Raumes befand sich ein Tisch mit einer Bank davor. Auf einer weißen Tischdecke standen mehre Bierkrüge. Ein offener Kamin sorgte wohl im Winter für die nötige Wärme.

Während sie die Räume auf sich wirken ließ, war sie sich der Tatsache, dass Derk hinter ihr stand in jeder Sekunde bewusst.

„Gefallen Euch meine Räumlichkeiten“? Er war gefährlich nahe an sie herangetreten.

Inse beeilte sich, einige Schritte in Richtung Schreibpult zu gehen. Derks leises sinnliches Lachen war zu hören. Dieses nahe Zusammensein mit Derk brachte Probleme mit sich, die Inse nie zuvor gekannt hatte. Hoffentlich führte ihr Zusammentreffen mit Unico Manninga dazu, dass sie Distanz zu ihm gewinnen konnte.

Während Inse noch überlegte, dass Derk – dem Mobiliar nach zu urteilen – wahrscheinlich ein vermögender Bürger der Stadt war, schleppte dieser ein in der Mitte durchgesägtes Fass heran. An den Rändern war der Schuber mit Stoff ausgekleidet – wohl, damit man sich am derben Holz keinen Splitter einriss. Inse sah seinem Treiben einigermaßen fassungslos zu. Sie wusste nicht, wie sie sich ein Bad vorgestellt hatte, aber so sicherlich nicht.

Derk verschwand mit den Worten, er würde jetzt in der Schmiede Wasser erhitzen. Sie solle sich ausruhen. Einige Zeit später trat er mit dem Wasser und einer Tonschale mit duftenden Aromastoffen und Blüten wieder ins Zimmer. Den Zuber hatte er im Schlafzimmer aufgestellt. Inse harrte ein wenig ängstlich der Dinge, die jetzt kommen würden. Er schien ihre Bedenken von ihrem Gesicht abzulesen.

„Keine Angst, mein Herz, ich werde Euch jetzt allein lassen und später dann hoffentlich erfrischt und weniger ängstlich zum Essen ausführen."

Als er verschwunden war, zog Inse sich aus. Sie nahm das rote Kleid und frische Wäsche aus ihrem Sack. Vorsichtig zog sie die Perlen aus ihrem Deckhaar. Hoffentlich würde es ihr gelingen, sie später wieder zu befestigen. Ihr Bad brachte sie relativ schnell hinter sich, weil sie sichergehen wollte, fertig zu sein, wenn Derk wieder auftauchte. Sie fühlte sich danach wie ein neuer Mensch. Auch ihre Haare wusch sie, in der Hoffnung, sie würden bis zum Nachmittag trocknen.

Derk ließ sich eine lange Zeit nicht blicken, und als er endlich zur Tür hereinkam, fand er Inse beim Haarekämmen vor. Sie hatte sich beim Fenster in die Sonne gesetzt und ihr Haar war schon trocken. Die Sonne ließ es kupfernfarben glänzen. Inse hatte sein Kommen noch nicht bemerkt, und summte zufrieden eine Melodie. Ihr Haar hüllte sie wie ein Vorhang ein.

Derk sog hörbar die Luft ein. Inse wandte sich um. Sie schauten sich wie gebannt an.

„Ihr seid wunderschön." Seine Stimme klang belegt. Inse begann, mehr aus Verlegenheit, ihr Haar wieder zu einem Zopf zu flechten. Aber Derk unterbrach sie in ihrem Tun.

„ Bitte, lasst es mich für Euch bürsten. Ich würde gern wissen, ob es sich auch so anfühlt, wie es aussieht."

Ehe sie etwas Gegenteiliges sagen konnte, saß er schon hinter ihr auf der Bank und nahm die Bürste. Inse hatte es schon immer genossen, wenn ihre Mutter ihr früher das Haar gebürstet hatte. Derk tat dies mit gleichmäßigen, fast sinnlichen Bewegungen.

„Es fühlt sich an wie Seide und verströmt den Duft von Rosen. Ich habe noch nie eine Frau mit so wundervollem Haar gesehen."

Derks Stimme hüllte sie ein wie eine Wolke. Sie legte sich wie ein samtenes Tuch auf ihre Seele. Inse begann, sich in seine Stimme zu verlieben. Sie fühlte sich viel zu wohl, um schon wieder verlegen zu sein. Sie genoss die liebkosenden Handbewegungen und seufzte wohlig auf. Wie lange war es her, dass jemand ihr das Haar gebürstet hatte? Inse erkannte staunend, wie sehr sie derartige Nähe in ihrem Innersten vermisst hatte, wie einsam sie in den letzten Jahren gewesen war.

Nach einiger Zeit bemerkte sie, dass Derk aufgehört hatte zu bürsten und sie nur noch anschaute. Er umfasste ihre Schultern mit seinen Händen und zog sie zu sich heran. Inse wagte nicht, sich zu ihm umzudrehen. Er zog sie so nahe heran, dass sich ihre beiden Gesichter fast berührten.

„Glaubt Ihr an das Schicksal? Seit ich Euch traf, gibt es für mich keinen Zweifel mehr daran, dass wir zusammengehören. Sagt, dass ich Euch nicht gleichgültig bin.“ Begierig auf ihre Antwort drehte er sie zu sich herum und schaute ihr ins Gesicht.

Inses innere, vernünftige Stimme raunte ihr immer lauter zu: „Keinen näheren Kontakt zu Menschen aufnehmen, keine Bindungen, keine Beziehungen eingehen.“

Sie starrte Derk sprachlos an und ein gequälter Ausdruck lag auf ihrem Gesicht. Inse beschloss, es würde das Beste sein, Derk so sehr vor den Kopf zu stoßen, das er an ihr nicht mehr interessiert wäre. Es tat weh und sie fühlte sich herzlos. Inse brauchte alle Kraft, denn auch sie konnte sich der Anziehungskraft zwischen ihnen beiden kaum entziehen.

„Ihr bildet Euch Dinge ein, die es nicht gibt“, ihre Stimme klang schroff und hart, „Ihr bedeutet mir nicht mehr, als jeder andere Mensch, der mir gefällig gewesen wäre. Bitte lasst mich zukünftig mit Euren Anwandlungen in Ruhe.“

Derk wirkte für einen Moment wie versteinert. Doch Sekunden später hatte er sich wieder in der Gewalt. Er zuckte die Schultern.

„Wie Ihr meint. Ich kann Menschen recht gut einschätzen. Aber wenn Ihr denkt, dass ich Euch gleichgültig bin, dann werde ich Euch nicht mehr mit meiner Zuneigung belästigen."

Seine Worte waren voller Hohn. Sie drangen wie eine ätzende Säure in Inses Herz. Wenn sie allein gewesen wäre, hätte sie geweint. Hier, in dieser Zeit, begegnete ihr der Mensch, auf den sie ihr Leben lang gewartet hatte, und sie durfte ihn nicht lieben. Sie wandte sich ab. Noch einmal ergriff Derk ihre Schultern und drehte ihr Gesicht zu sich herum. Lange schaute er sie schweigend an. Sie schloss die Augenlider halb und schaute auf den Boden. Sie konnte ihm nicht ins Gesicht sehen.

„Wer hat Euch so sehr verletzt, dass Ihr Eure Gefühle nicht zulassen wollt?" Fragend schaute er sie an.

Inse schüttelte seine Hände ab und beeilte sich einen Zopf zu flechten. Sie gab ihm keine Antwort und erhob sich.

„Vielen Dank für Eure Gastfreundlichkeit. Wollen wir jetzt etwas zu uns nehmen? Danach werde ich unverzüglich meinen Angehörigen aufsuchen."

Inse hatte sich selten so elend gefühlt wie jetzt. Ihre Ablehnung hatte ihn sehr verletzt, das merkte sie, aber es gab keine andere Möglichkeit. Dies redete sie sich immer wieder ein. „Es darf nichts sein zwischen uns!"

Derks Verhalten in den nächsten Stunden konnte man als höflich und kalt bezeichnen. Sie gingen gemeinsam die Treppe hinunter und er führte sie in eine Küche, wo Joost beschäftigt war. Dieser verbreitete eine Atmosphäre heiterer Gelassenheit um sich herum. Nachdem sie sich auf der Holzbank nebeneinander hingesetzt hatte, servierte der bärtige Goldschmied ihnen als ersten Gang einen Eintopf aus Fleisch und Gemüse. Dabei erzählte er Inse, dass er gerne koche und dass er, seit sie – er zeigte auf Derk – eine gemeinsame Truppe bildeten, diesen Esel mit dem nötigen Futter versorge. Derk ging nicht auf seinen neckenden Ton ein. Joost schaute erstaunt in seine

Richtung. So ungesprächig wie heute, verhielt er sich eigentlich selten. Derk ließ seine schlechte Laune nie an seinen Freunden aus.

Zu dem wirklich schmackhaften Eintopf servierte Joost ihnen feine selbstgebackene Brötchen. Inse dachte bei sich, wie gut es Marie bei ihm haben könnte. Welcher Mann im 16. Jahrhundert würde wohl die Küchenarbeit freiwillig übernehmen und dabei so schmackhafte Sachen zustande bringen? Dann aber fiel ihr ein, dass sie gelesen hatte, in Burg- und Gutsküchen waren zumeist Männer die Küchenchefs.

Ein bemalter Keramikkrug mit der Abbildung einer Ente stand auf dem Tisch. Joost schenkte ihnen daraus verdünnten Wein ein. Der zweite und letzte Gang bestand aus gekochtem Kaninchenfleisch, an das sich Inse erst gewöhnen musste.

Auffällig war, dass die beiden Männer ihre jeweils eigenen Messer zum Schneiden benutzten. Inse erkannte dies an den Initialen, die darin eingeritzt waren. Gabeln schien es nicht zu geben. Trotz des gekochten Kaninchens schmeckte es sehr gut – das heißt, Inse hätte mit mehr Genuss gegessen, wenn ihr die Sache mit Derk nicht so nahe gegangen wäre.

Nach dem Essen konnte Joost seine Neugier nicht mehr im Zaum halten. „Womit habt Ihr meinen Freund so verärgert, dass er nicht einmal entspannt sein Mahl genießen konnte?"

Inse wurde rot und Derk wischte die Frage mit einer Handbewegung vom Tisch.

Da konnte Joost sich nicht verkneifen, noch einmal einen Spruch Salomos zu zitieren: „Vielleicht hätten wir unseren Hunger mit trockenem Brot stillen sollen, denn es steht geschrieben: ‚Besser ein trockner Bissen mit Frieden, als ein Haus voll Geschlachtetem mit Streit.'"

Inse schaute zu Boden. Derk streckte seine langen Beine mit einem Seufzen aus.

„Werter Freund, Euer Mahl war wieder einmal köstlich. Hundertmal besser als trockenes Brot."

Dann wandte er sich mit bedeutend kühlerer Stimme an Inse. „Während Ihr gebadet habt, war ich bei Unico Manninga und habe einen Termin für Euch ausgemacht. Er ist bereit Euch jederzeit zu empfangen. Obwohl", und hierbei streifte er sie mit einem grüblerischen Blick, „an eine Verwandte, deren Vater Müller war, konnte er sich nicht erinnern." Abrupt stand Derk auf. „Lasst uns gehen."

Und Inse dachte: „Er will mich möglichst rasch loswerden."

Dies stimmte einerseits auch wirklich. Derk konnte es nicht ertragen, er konnte es nicht fassen, dass dieser Traum, den er seit vorgestern hatte, sich in Luft auflösen sollte. Natürlich kratzte es auch an seinem Ego. Diese Frau wies ihn ab, während andere ihm immer nachgestellt hatten. Wie oft hatte er schon bei einer Schmucklieferung eindeutig zweideutige Angebote von adligen Damen und verheirateten Gutsherrinnen bekommen. Und dieses Gör nun wollte ihn nicht. Das konnte doch nicht wahr sein!

Inse bedankte sich bei dem erstaunt dreinschauenden Joost. Er konnte sich nicht vorstellen, was Derk in einer derartigen Weise verstimmt haben könnte.

Unico Manninga

Der Weg führte sie durch schmale Gassen und vorbei an hohen Häusern, die miteinander verbunden waren. Es waren beeindruckende Gebäude mit hohen Giebeln. Da Derk schweigend neben ihr her ging, konnte Inse sich ungestört umschauen, wagte aber keine Fragen zu stellen. Stadthäuser und Geschäfte reihten sich aneinander wie eine Kette nicht enden wollender Gebäude. Die Ladeninhaber hatte Schilder mit den Symbolen ihres jeweiligen Gewerbes an den Häusern aufgehängt, der Bäcker eine Brotlaib, der Barbier Rasierschüsseln und so weiter.

Da der Drost einige Räume die Burg bewohnte, erhaschte Inse auf ihrem Weg noch einen Blick auf den Markt und den Binnenhafen. Sie bedauerte es, nur einen flüchtigen Blick auf die Schiffe, die im Hafen lagen, werfen zu können. Schon aus der Entfernung machten die Anzahl und die Verschiedenheit der Schiffe großen Eindruck auf sie. Es wimmelte von Menschen am Hafen. Waren wurden entladen und die Schiffe mit neuer Fracht beladen. Etliche Seemänner liefen Richtung Markt, der noch in vollem Gange war. Inse nahm sich vor, den Hafen auf jeden Fall noch genauer in Augenschein zu nehmen.

Zum ersten Mal erblickte sie auch die beeindruckende Große Kirche. Derk ließ sich immer noch zu keiner Äußerung hinreißen.

Es herrschte ein reger Betrieb in der Stadt. Die hohen Türme der eindrucksvollen Burg waren bereits von weitem zu erkennen. Von einem Burggraben umgeben, über den eine Brücke führte, überragte die Burg alle anderen Gebäude. Der gewaltige Bau nötigte Inse Respekt ab. Wer sich hier verschanzte war doch sicherlich unantastbar, oder?

Sie gaben dem Wächter eine Weisung des Drosten und dieser ließ die Zugbrücke herunter. Inse und Derk überquerten die Brücke und zielstrebig steuerte Derk auf die Eingangstür zu. Inse hätte die Burg gern noch mehr auf sich wirken lassen, doch sie traute sich nicht, ihren Begleiter darum zu bitten. Zu zornig wirkte er.

Die Räumlichkeiten des Unico Manninga befanden sich im dritten Stockwerk. Inse schauderte. Trotz der Nachmittagssonne ging eine klamme Kälte von den dicken Mauern der Burg aus. Sie fragte sich, wie die Burgbewohner es wohl im Winter hier aushalten konnten, wenn die Kälte schon im Frühling nicht wich.

Von der gräflichen Familie war keine Spur zu entdecken. Derk führte Inse zu dem Raum, der Unico Manninga wohl als Wohn- und Arbeitszimmer diente. Er schien schon auf sie gewartet zu haben. Sein nachdenklicher, fragender Blick streifte Inse und schweifte dann zu Derk.

Unico Manninga stellte sich vom Äußeren her als die Persönlichkeit dar, die Inse erwartet hatte. Er wirkte sachlich und ruhig und begrüßte sie mit ernster Miene. Derk sprach ihn auf zwei Probleme an und die beiden Männer führten ein kurzes Gespräch, in dem es um den Mangel an Wohnungen für die Flüchtlinge ging.

„Denkt allein an die dreihundertfünfzig vertriebenen Familien aus Nordholland, die letzten Winter hungernd und frierend vor den Mauern der Stadt standen und Einlass begehrten. Ich habe heute der Gräfin vorgeschlagen, Faldern mit in die Stadt einzubeziehen. Dadurch stünden wieder größere Siedlungsflächen zur Verfügung."

Während eine Bedienstete Wein in die Krüge goss, brachten die Männer das Gespräch auf eine dringend erforderliche stärkere Befestigung der Stadt. Manninga hätte auch diesbezüglich mit der Regentin gesprochen und die Einwilligung erhalten, als Vorsichtsmaßnahme gegen ein eventuelles Einfallen der Spanier in Emden einen Graben durch die Gärten vor dem Boltentor zu ziehen und die Bäume zu fällen. Es sollte ferner eine Halle mit allen vorhandenen Waffen gefüllt werden, um für den Ernstfall möglichst gerüstet zu sein. Der Drost sei ermächtigt worden, neue Waffen zu erwerben und herstellen zu lassen. Er habe in der Werkstatt des Waffenschmiedes schon etliches in Auftrag gegeben.

Unico beklagt sich bei Derk bitterlich darüber, dass der wirtschaftliche Aufschwung der Stadt von den Grafen eher unterdrückt würde.

„Die Stadt könnte einen noch größeren Auftrieb erfahren, wenn die Grafen bereit wären, sich neuen Ideen zu öffnen. Für alle Neuerungen muss ich kämpfen. Auch die Genehmigungen zu meinen Verhandlungsreisen waren ein Kampf. Und seht, was sich daraus entwickelt hat. Die Regenten sind ein wahrer Hemmschuh für die Stadt! Vor allem für die Kaufleute. Es herrscht Missmut unter ihnen. Es schwelt unter der Oberfläche.

Irgendwann werden die Bürger den Regenten den Kampf ansagen – ich hoffe, nicht so bald – wir haben schließlich Sorgen anderer Art genug!"

Er schien Derk vollständig zu vertrauen und Inse vergessen zu haben.

Derk beschwor ihn, alle Einflüsse geltend zu machen und die Unzufriedenen zu beschwichtigen. „Auf Euch hören sie! Ihr seid einer Ihrer engsten Vertrauten und Mittler zwischen den Bürgern der Stadt und den Grafen."

Derk schickte sich an, den Raum zu verlassen. Unico Manninga wandte sich mit einem neugierigen Blick zu Inse um.

„Bitte entschuldigt mein ungebührliches Verhalten einer Dame gegenüber. Es ziemt sich nicht, Euch so lange warten zu lassen, aber es war mir wichtig, Derk Raveling hierüber in Kenntnis zu setzen. Es brechen unruhige Zeiten für die Stadt an. Bitte erzählt mir nun, wer Ihr seid und wie ich Euch helfen kann. Ihr kommt mir so bekannt vor. Euer Gesicht habe ich noch nie gesehen, aber Ihr erinnert mich an jemanden. Vielleicht fällt es mir noch ein."

Inse zuckte zusammen. Es war ja eigentlich nicht möglich, dass sie den Drosten an jemanden erinnerte, oder? Sie nahm sich zusammen. Jetzt ging es also um alles oder nichts. Eigentlich stand ja sogar ihr Leben auf dem Spiel, denn Unico Manninga hatte gewiss die Möglichkeit, sie als Lügnerin zu bestrafen – auf welche Art auch immer.

Inse sah ihn eindringlich an. „Ich bitte Euch, hört mich von Anfang bis Ende an, ohne Euch vorab ein Urteil zu bilden. Für mich hängt sehr viel davon ab, ob Ihr mir jetzt glauben werdet, was ich Euch zu erzählen habe."

Der Drost runzelte fragend die Stirn. „Am besten, Ihr berichtet jetzt erst einmal, wie sich unser Verwandtschaftsverhältnis gestaltet."

Inse hob fröstelnd die Schultern. Sie hatte Angst. Alles würde so unglaublich klingen. Dann fing sie an zu erklären:

„Wir sind nicht verwandt. Ihr habt mich noch nie gesehen. Ihr könnt mich auch noch nie gesehen haben, denn ich gehöre nicht in diese Zeit hinein. Ich wurde von Eurer ersten Gemahlin beauftragt, für die Rettung eines Kindes zu sorgen. Das Kind lebt in dieser Zeit. Der Name des Kindes ist Tetta und sie ist die Tochter von Almeth, der Schwester Eurer verstorbenen Frau. Der Vater des Kindes versucht seine Tochter loszuwerden, indem er sie der Hexerei beschuldigt."

Bei der Erwähnung von Hyma hatte sich Unico Manninga aufrecht hingesetzt. Er umklammerte die Armlehnen seines Holzstuhls so fest, dass die Finger fast weiß schienen.

„Ihr seid eine Lügnerin", seine Worte klangen gepresst, „meine Gemahlin ist seit einigen Jahren tot. Was bezweckt Ihr mit diesem Tun? Wollt Ihr mich quälen?"

„Ich weiß, dass Eure Frau verstorben ist. Trotzdem war sie es, die von dem Kind erzählte." Inse merkte selbst, wie unglaubwürdig ihre Geschichte klang. Sie umschrieb die Hypnose. Inse wusste nicht, ob dererlei schon bekannt war. Dann berichtete sie Unico alles, was sich, seitdem Hyma mit ihnen in Kontakt getreten war, zugetragen hatte. Es hörte sich gänzlich unmöglich an.

Unico hatte sich jetzt wohl für ein Vorgehen gegen Inse entschieden und seine Ruhe zurückgewonnen. Nur die Röte in seinem Gesicht zeugte von seiner inneren Aufregung.

„Was wisst Ihr über Tetta? Habt Ihr etwas mit dem Tode meiner Frau zu schaffen? Sie wurde ermordet, sie hat es selbst gespürt. Seid Ihr eine Zauberin? Eine Hexe? Ich bin ein religiöser Mann und werde es nicht dulden, dass Ihr im Namen meiner geliebten Hyma Lügen verbreitet."

Inse krampfte die Hände ineinander. Verzweifelt versuchte sie, Unico Manninga zu überzeugen.

„Damit Ihr mir glaubt, hat Hyma mir ein Geheimnis verraten. Sie wusste etwas von Euch, dass nur ihr als Ehegattin bekannt war."

Bei ihren Worten hatte sich Unico vorgebeugt, als ob er so besser verstehen könne, was gemeint war.

„Hyma sagte, Ihr besitzt ein Mal, ein Feuermal unterhalb des Bauchnabels, in Form einer sich öffnenden Rose."

Unico zuckte zusammen. „Das ist wahr. Nur sie und meine Frau Mutter wussten davon."

Unbeweglich und stumm saß Unico Manninga auf seinem Stuhl. Nachdem er lange Zeit auf den Boden gestarrt hatte, war er wohl zu einer Entscheidung gelangt.

„Ihr sagt also die Wahrheit, wie mir scheint. Das ist nicht vorstellbar." Stöhnend sank er in sich zusammen. Eine ganze Weile saß er wieder in sich gekehrt da. Sein Gesicht rötete sich noch mehr. Er schien innerlich sehr aufgewühlt zu sein.

Als Unico Manninga sich einigermaßen beruhigt hatte, wollte er alle Einzelheiten des Gesprächs zwischen Hyma und Sarah wissen. Er befragte sie über das Leben in der Zukunft und seine Augen wurden immer größer. Inse erzählte ihm, was sie bislang unternommen hatten. Abschätzend schaute sie ihm ins Gesicht.

„Vieles ist nicht vorstellbar, und doch gibt es Dinge zwischen Himmel und Erde, die unerklärlich sind. Eure Frau muss Euch sehr geliebt haben, wenn sie über den Tod hinaus Euch unendlich vertraut!"

Unico nickte und Inse glaubte Tränen in seinen Augen zu sehen. „Ich habe sie so sehr geliebt. Mit ihr schien mir alles möglich. Sie war so leicht, so frei. Unter ihren Augen schienen sich alle Probleme in Luft aufzulösen. Hyma fand für alles eine tragbare Lösung, ohne dass sie sich anstrengen musste, ohne dass sie jemanden verletzte. Sie liebte das Leben, die Menschen und Tiere, ihre Heimat und unerklärlicherweise auch mich. Sie hätte jeden anderen haben können, doch sie begehrte mich zu ehelichen zu einer Zeit, in der ich fast nichts außer meinem Namen mein Eigen nannte. Sie veränderte mich ernsten, gefassten, strengen Mann und machte einen neuen Menschen aus mir! Die Menschen liebten und achteten sie. Jeder konnte mit allen Problemen zu ihr kommen, Hilfe war ihm gewiss. Ich vermisse sie so sehr!“ Er schlug die Hände vors Gesicht.

Unico Manninga begann von seinem letzten gemeinsamen Tag mit Hyma zu erzählen. „Es war am Abend, als ich sie weinend in unserer Schlafkammer vorfand. Das war ungewöhnlich! Hyma weinte nie. Sie sagte immer, das Weinen nichts ändern würde. Man solle stets lieber über eine Lösung für das Problem, wegen dessen man weinen wolle, nachdenken. Sie weinte nie! Unglücklich war sie nur, dass sie mir keinen Nachkömmling schenken konnte. Aber auch darüber hat sie nie geweint. Sie gab sich also nie der Verzweiflung hin, aber an diesem Abend weinte sie! Ich erschrak fürchterlich. Dann sagte sie wörtlich: ‚Ich werde nie mehr die Amsel am Abend singen hören, das weiß ich so gewiss, als dass die Sonne morgen aufgeht.‘ Dies wollte ich nicht glauben. Sie konnte mir auch keine Erklärung dafür abgeben, warum sie das so genau wusste. Ihre inneren Ahnungen waren von jeher sehr stark gewesen. Sie weinte. Sie beschwor mich, ich solle mir nach ihrem Tod eine neue Gefährtin suchen. Ich nahm sie in die Arme und wiegte sie wie ein Kind. ‚Ihr werdet nicht sterben‘, sagte ich ein ums andere Mal, aber sie behauptete nur, ich könne es nicht verhindern. Hyma schlief in der Nacht, sich schutzsuchend an mich pressend, einen unruhigen Schlaf, immer wieder von Alpträumen geplagt. Den ganzen folgenden Tag blieb ich bei ihr.

Ihre Schwester und deren Gatte statteten uns einen Besuch ab und wir beide, Hyma und ich, haben gekonnt unsere Unruhe verborgen. Dann, am späten Nachmittag, setzten die Durchfälle und Magenkrämpfe ein. Bevor es Abend war, starb meine geliebte Hyma in meinen Armen.

Die Einzige, die von ihrem Tod profitierte, war ihre Schwester Almeth. Die beiden Schwestern waren Zeit ihres Lebens innig einander verbunden. Ich bezweifelte also, dass sie irgendetwas mit Hymas Tod zu tun hatte.

Jetzt aber, seit ich erfahren habe – und das nicht nur durch Euch – das nach Almeths Tod im Kindbett auch das Leben der kleinen Tetta bedroht ist, nimmt die Vermutung Gestalt an, dass mein verhasster Schwager hinter dem Mord steckt. Denn ich glaube, dass es Mord war. Nach dem Tod seiner Gattin ist er jetzt Herr der Herrlichkeit Goedens. Die Herrlichkeit besteht aus einem wunderschönen Schloss mit großem Park. Hymas Großvater war der Erbauer des Schlosses.

Der Grund, Tetta loszuwerden zu wollen, könnte darin bestehen, dass die Herrlichkeit in den letzten Generationen immer, soweit möglich, in weiblicher Linie vererbt wurde. Somit wäre eigentlich Tetta die Erbin", schloss Unico. „Was sollen wir jetzt tun? Ich habe versucht, mich Tettas anzunehmen. Immer wieder habe ich mit von Oldenbokum gesprochen, doch er ließ mich nicht einmal in die Nähe des Kindes. Fast schien es, als ob er sie absperren wollte gegen jeden Kontakt nach außen.

Er weiß oder vermutet, wie so viele, die Tetta gesehen haben, dass sie nicht sein Kind ist. Sie hat eine verblüffende Ähnlichkeit mit unserem Grafen Johann, obwohl ich sowohl ihm wie meiner Schwägerin Almeth dererlei nie zugetraut hätte.

Vielleicht ist die Ähnlichkeit auch nur ein schrecklicher Zufall. Ich bin mit meiner Bitte um die Übertragung der Vormundschaft für das Kind immer wieder auf taube Ohren gestoßen, und so habe ich die Angelegenheit letztendlich auf sich beruhen lassen. So viele andere Aufgaben lagen vor mir. So viele Probleme standen bezüglich der Stadt Emden an. Zeitweilig schien ich nicht entbehrlich zu sein und habe so das Problem ‚Tetta' verdrängt. Durch Euren Bericht bin ich wieder aufgerüttelt. Wenn es wirklich Hymas Wunsch ist, das Kind zu retten, werde ich alles tun um dem zu entsprechen. Vorausgesetzt natürlich, das Tetta nicht tatsächlich dem Widersacher anheim gefallen ist."

Inse brauchte einen Moment um zu verstehen, was Unico damit sagen wollte.

„Sie ist sicherlich ein ganz normales junges Mädchen", entrüstete sie sich. „Vielleicht von etwas ungewöhnlichem Aussehen. Hexen gibt es nicht!"

„Da irrt Ihr Euch gewaltig", gab Unico inbrünstig zurück, „es gibt sehr wohl Hexen und anderes unsägliches Gesindel. Immer wieder kommen Menschen vom rechten Weg ab und verhalten sich nicht gottgefällig. Erst kürzlich habe ich als Mitglied des Emder Kirchenrates über zwei Gemeindeglieder und einen Zigeuner zu richten gehabt. Der Zigeuner hatte mit Zaubersprüchen gegen gutes Geld dem einen Gemeindeglied die Heilung seiner kranken Tochter versprochen, dem anderen einen Gegenzauber für einen seiner Meinung nach bestehenden Bosheitszauber. Dieses haben wir dem Magistrat gemeldet. Der Zigeuner wurde unverzüglich aus der Stadt verwiesen. Die beiden Kirchenmitglieder durften bis zu ihrer Läuterung nicht am heiligen Abendmahl teilnehmen. Als sie reumütig um Vergebung baten, wurden sie wieder aufgenommen.

Über Hexen mussten wir glücklicherweise noch nicht verhandeln, denn es ist schwer, ihrer habhaft zu werden. Mir persönlich scheint, die Wurzel des Übels liegt bei dem fragwürdigen und fremdartigen Völkchen der Zigeuner. Sie scheinen im Besitz tausender Zauberkünste aus ihrer ägyptischen Heimat zu sein. Das Treiben der Zauberer, Hexen und sonstigem lichtscheuen Gesindel verabscheue ich nicht nur, weil sie sich ihre ‚Künste' teuer bezahlen lassen, sondern vor allen Dingen, weil sie durch ihr Tun den Namen Gottes entheiligen. Dererlei Treiben ist ein unerlaubter und unehrerbietiger Eingriff in den Majestätsbereich Gottes.

Ich bete darum, dass ich nie über die Schuld einer Hexe zu beschließen habe, denn jegliche Gewalttaten und Folterungen sind mir zuwider."

Mit diesen nachdrücklichen Worten endigte Unico Manninga und Inse erkannte, dass der Glauben an Hexen und Zauberer tief im Inneren der Menschen unverrückbar Geltung hatte. Sie würde Unico nie davon überzeugen können, dass es tatsächlich keine übersinnlichen Kräfte des Bösen gab.

Nachdenklich strich sich Unico mit der Hand durch den Bart. „Vielleicht ist es uns ja gelungen, alle Anhänger des Teufels auszumerzen und Ihr seid deshalb der Ansicht, es gäbe keine Hexen! Im Falle von Tetta bin ich versucht, den Vorwürfen ihres Vaters keinen Glauben zu schenken. Mir scheint, er will das Kind nur loswerden, um sich von ihrem Anblick zu erlösen. Er will sich über den Tod hinaus an Almeth rächen."

Inse beschloss, Unico bezüglich der Hexen bei seiner Meinung zu lassen. Alles Reden hätte keinen Sinn gehabt. Ihr fiel wieder auf, wie weit sie sich im Denken von den Menschen des späten Mittelalters unterschied. Auch Derk war sicherlich, wie alle Menschen dieser Zeit, im Grunde im Gedankengut noch ein Mensch des „tiefsten Mittelalters". Wie sehr sie das voneinander trennte! Sie redete sich ein, dass dies ein weiter Grund sei, keine nähere Beziehung zu ihm einzugehen.

Unico schien in Gedanken bei Hyma zu sein. „Vielleicht gelingt es uns, nicht nur das Kind vor dem Feuer zu retten, sondern auch die Schuld meines Schwagers an Hymas Tod nachzuweisen. Dadurch wäre der Weg zu Tetta frei. Es wäre eine Genugtuung für mich. Aus Liebe zu Almeths Kindern habe ich bisher jegliches härtere Vorgehen gegen von Oldenbokum vermieden."

Schweigend sahen sie sich an. Inse war erleichtert. Unico glaubte ihr. Er würde ihr helfen. Sie war auf dem richtigen Weg. Mit seiner Hilfe könnte ihr Vorhaben klappen – fragte sich nur wie?

Unicos eindringlicher Blick ruhte auf ihr. Auf einmal spiegelte sich Erkennen darin.

„Jetzt weiß ich, wem Ihr ähnelt. Die Art Eurer Bewegungen, Euer Gang und Eure Sprechweise erinnern mich ganz stark an den Grafen Johann. Ihr neigt den Kopf wie er, wenn Ihr nachdenkt. Auch Euer Mund und die Augenpartie gleichen der seinen“, rief er.

Inse starrte ihn ungläubig an.

In Unicos Kopf schien sich eine Idee abzuzeichnen, denn er grummelte zustimmend vor sich hin. Lange Zeit starrte er nachdenklich auf den Boden. Dann schien er eine Entscheidung getroffen zu haben. Mit einem Ruck erhob er sich.

„Mir ist ein, wie mir scheint, guter Gedanke gekommen. Wenn der Plan, der sich in meinem Kopf abzeichnet, gelingt, hätten wir Johann von Oldenbokum als Mörder entlarvt und Tetta gerettet. Würde es Euch stören, wenn wir den werten Derk einweihen? Natürlich nicht über Eure Reise aus einer anderen Zeit!“

Inse überlegte noch, ob das eine gute Idee sei, da hatte Unico ihr Schweigen schon als Zustimmung genommen und Derk hereingebeten. Inse staunte, dass er die ganze Zeit vor der Tür auf sie gewartet hatte. Derk schaute fragend von Inse zu Unico. Ihre verwandtschaftliche Beziehung sei entwirrt, behauptete dieser. Er werde ihr helfen. Inse habe im Gegenzug sich bereit erklärt, auch ihm behilflich zu sein. Er habe mit ihr über seiner Schwägerin Kind gesprochen, erläuterte er Derk. Ihm sei zu Ohren gekommen, gegen sie gäbe es diverse unwahre Anschuldigungen seitens ihres Vaters. Er gedenke gegen von Oldenbokum vorzugehen und dem Kind zu helfen. Da Inse erstaunlicherweise eine große Ähnlichkeit mit dem Grafen habe, sei ihm eine Idee gekommen. Er bitte Derk ihnen zu helfen.

„Ihr habt Recht, sie hat tatsächlich Ähnlichkeit mit Graf Johann“, rief Derk aus. „Wenn Ihr Inse in irgendwelche Schwierigkeiten mit dem unangenehmen von Oldenbokum hineinziehen wollt, bin ich nicht bereit mitzuhelfen. Allerdings kann ich hier vielleicht erzählen, dass der Graf selbst mich auch über den von Euch, werter Unico, unterbreiteten Fall unterrichtet hat. Ich vertraue auf Eure Verschwiegenheit.“

Er berichtete von dem Gespräch mit Graf Johann und Unico Manninga seufzte.

„Also doch. Das arme Kind. Ich werde alles tun, um ihm zu helfen. Mein Plan lautet folgendermaßen: Wir machen uns die Ähnlichkeit von Inse und dem Grafen zunutze. Ihr, Inse, könntet doch ein Kind aus einer frühen nicht legitimen Verbindung des Grafen sein. Er ließ Eure in guter Hoffnung befindliche Mutter sitzen. In all den Jahren hat Graf Johann sich keinen Deut um Euch gekümmert. Eure arme Mutter schämte sich wegen der Schande zu Tode. Im ganzen Kirchspiel wurde sie ob ihres nicht ehelichen Balges – Euch – verachtet. Nur der alte Müller erbarmte sich und nahm sie zum Weib. Jedermann weiß, wie hart das Leben für sie als Weib und für Euch als Tochter eines Müllers gewesen sein musste. Nach dem Tode Eurer Eltern habt Ihr bittere Rache geschworen. Ihr wollt Blut sehen. Das Blut des Grafen Johann. Und Ihr wollt Macht und Geld. Das will Johann von Oldenbokum auch. Vielleicht könnt Ihr ihn überreden, gemeinsame Sache mit Euch zu machen. Hierbei gelingt es uns vielleicht, den Schuft als Mörder zu entlarven und das Kind aus seinen Fängen zu retten."

Während Unico seinen Plan im Einzelnen vortrug, schwirrten wirre Gedanken durch Inses Kopf. Wenn Hyma Recht hatte, dann sollte sie ja mit Tetta verwandt sein. „Von ihrem Blute!" Ihr fielen wieder die Worte ihrer Großmutter ein. Eine Verwandte aus Schweden, die mit einem ostfriesischen Seemann durchgebrannt war. Sollte ihre Urahnin vielleicht die leichtfertige Cäcilie, die Schwester der Katharina sein? War sie so schnell vermählt worden, weil ihre Nacht mit dem Grafen Johann nicht ohne Folgen geblieben war? Hatte der ältere Ehemann ihr nach einiger Zeit nicht mehr genügt und sie war mit einem ostfriesischen Seemann durchgebrannt? Sie würde es nie genau wissen.

Derk hatte tausend Einwände gegen Unicos Plan vorzubringen. Er sträubte sich mit Händen und Füßen dagegen, Inse „diesem Erzgauner", wie er ihn nannte, zu überlassen. Was würde passieren, wenn von Oldenbokum von ihrem doppelten Spiel erfuhr? Seine Rache könnte fürchterlich sein. Letztendlich stimmte er aber dem Vorhaben zu. Sie hätten sonst ohne ihn das Spiel gewagt, aber: „Wenn schon ein Abenteuer, wodurch Inse in Gefahr geraten könnte, dann will ich auch mit dabei sein!“ Ein ungutes Gefühl begleitete seine Entscheidung. Er hatte sich von ihr zurückziehen wollen, jetzt aber war er wieder an sie gebunden. Derk wusste nicht, ob er sich darüber freuen sollte. Die Gefährlichkeit des Unternehmens raubte ihm fast den Atem. Er hatte Angst. Er hatte Angst um die Frau, die er liebte!

Drittel Kapitel

Der Auftrag

Es gibt Allernächste,
die bringen ins Verderben,
und es gibt Freunde,
die hangen fester an als ein Bruder.
(Sprüche 18,24)

Neue Kleider

Der Plan gefiel Derk nicht im Geringsten! Er barg zu viele Gefahren. Von Oldenbokum war unberechenbar. Schweigend schritt er neben Inse her. Sie wollten ihre Sachen aus der Werkstatt holen. Unico Manninga hatte in weiser Voraussicht schon am Vormittag eine Pension für Inse ausgesucht. Die verbleibenden Tage würde sie als Untermieterin bei einer netten, allein stehenden Frau verbringen.

Derk runzelte die Stirn. Irgendetwas war faul an der ganzen Sache, das spürte er genau. Inse konnte schlecht lügen. Ihre Seitenblicke zu Unico Manninga hatten ihm gesagt, dass dieser ihm nicht die ganze Wahrheit erzählte. Warum verheimlichten sie ihm etwas?

Bevor sie die Werkstatt aufsuchten, stand der Markt auf dem Programm. Derk sollte dafür sorgen, dass Inse neu eingekleidet würde – so war es abgesprochen. Unico Manninga hatte Derk klargemacht, dass Inse mit den wenigen Kleidungsstücken, die sie bei dem Mühlenbrand habe retten können, nicht ausreichend ausgestattet sei. Daher müsse sie mit neuer Garderobe versehen werden. Es mussten natürlich zudem Kleider sein, die sie zu der Persönlichkeit machten, die Johann von Oldenbokum beeindrucken würde.

Obwohl es schon auf den Abend zuging, war der Markt, bei dem sie auch Marie und den alten Wilke trafen, noch in vollem Gange. Die Geusen hatten vieles an Vorräten der Wirte und Anwohner, bei denen sie untergekommen waren, verbraucht. Alle wollten sich mit frischen Waren eindecken.

Bei einem der Händler blieb Derk stehen. Er verkaufte Tuchwaren. Mit geübtem Blick ließ Derk seine Augen über die Stoffe gleiten und suchte dann zwei Kleider aus. Eines war aus grünem Leinen und hatte, im Gegensatz zu den Kleidern, die Inse besaß, einen runden Halsausschnitt. Das zweite Kleid war aus einem blauen Stoff. Dieses Kleid gefiel Derk ganz besonders, wie Inse registrierte. Anerkennend ließ er seinen Blick darüber gleiten. Seine Hand strich prüfend über das Material.

Es sah aus, als ob die Motive des Kleides, Tiere und Blumen, aufgedruckt waren. Das Kleid war im Blaudruckverfahren gefertigt worden. Es gab einen speziellen Berufsstand, der die Druckstöcke herstellte. Sie wurden aus vollem Holz, zumeist Buchsbaumholz, hergestellt. Muster, zuvor auf das Holz übertragen, wurden mit speziellen Stechbeiteln und Schlageisen herausgearbeitet. Das druckende Holz blieb zuletzt erhaben stehen. Eine Blaudruckerwerkstatt verfügte über mehrere dieser Druckstöcke und verkaufte die Stoffe an Händler und Nähstuben.

Das Kleid, das Derk für Inse ausgesucht hatte, war ein herrliches Gewand. Außer dem tiefen Blau des Stoffes, der mit weißen Tieren und Blumen versehen war, hatte es breite Bänder, die bis zum Boden reichten. Die Ärmel waren eng und unten mit weißer Spitze am Handgelenk verziert.

Derk schien zufrieden. Er bezahlte.

„Ich werde Euch noch mit dem nötigen Tand aus Gold oder vergoldeten Teilen versehen. Einen entsprechenden Gürtel braucht Ihr auch. Goldglöckchen und vielleicht auch einige verspielte goldene Blumen. Diesen Protz natürlich nur, um bei von Oldenbokum Eindruck zu schinden.“

Derk runzelte nachdenklich die Stirn. Er schien sich gut vorstellen zu können, wie sie in dem Kleid aussehen würde.

„Es ist mir nicht angenehm, dass Ihr dies alles für mich gekauft habt. Ich werde es Euch kaum in nächster Zeit zurückzahlen können.“ Inse klang so zerknirscht und unsicher, wie sie sich fühlte.

„Lasst mich nur machen. Macht Euch über die Rückzahlung keine Sorgen. Ich nage nicht am Hungertuch. Wenn es mir gelingt, das Kind in Sicherheit zu bringen und Euch irgendwie davor zu bewahren, frühzeitig entlarvt zu werden, ist mir dieses Lohn genug.“

Inse fühlte Wärme in sich aufsteigen. Sie war ihm also immer noch nicht gleichgültig. Ihre Ruppigkeit hatte seinen Gefühlen scheinbar keinen Abbruch getan. Wie gut das tat!

Erst jetzt fand sie Muße, sich umzuschauen. Auf dem Markt gab es Käse, Brotwaren, Wein, Bier und Fleisch zu kaufen, aber auch Waffen, Messer, Fässer, Hüte, Schuhe und vielerlei andere Sachen.

Als sie in die Nähe der Werkstatt von Derk und Joost kamen, riss Inse die Augen auf. Eine Frau kam ihnen entgegen, die das gewagteste Kleid trug, welches Inse jemals gesehen hatte. Es war ganz aus schwarzem Stoff und mit reichlich Gold und Tand verziert. Die Brüste waren so eingeschnürt, dass sie fast herausquollen. Inse glaubte nie einen schöneren Menschen als diese Frau gesehen zu haben, nie eine vollkommenere Figur. Das tiefrote Haar trug sie offen und es fiel ihr in Kaskaden den Rücken herunter. Die Taille war so schmal, das sogar Inse sie hätte umfassen können. Sie reichte Derk nur bis zu den Schultern. Den Kopf hatte sie keck auf die Seite gelegt und schaute Derk direkt ins Gesicht. Ihr voller Mund war auffordernd, wie schmollend, aufgeworfen. Sie hatte sich reichlich mit Farbe geschminkt, ihre Lippen grellrot angemalt, die Augen schwarz. Sogar ihre langen Nägel trugen die Farbe ihres Kleides.

„Starrt sie nicht so an“, zischte Derk Inse zu.

Er schien es eilig zu haben, an der Frau vorbeizugehen. Inse konnte nicht anders als sie anstarren. War sie eine Bekannte von Derk? Wie kam sie dazu, ihn so mit ihren Blicken herauszufordern? Sie bewegte sich wie eine Tänzerin. Als sie auf gleicher Höhe waren, bückte sie sich, als ob sie ein Geldstück verloren hätte. Sie gestattete dabei Inse und Derk einen Blick in ihr weit ausgeschnittenes Kleid.

Sie hatte Inses Blick wohl missdeutet, denn sie hielt diese scheinbar für eine Konkubine, eine Geliebte von Derk.

„Darf ich Euch und Eurer", hier macht sie eine beredte Pause, „Eurer Begleiterin", sie benutzte das Wort, als ob es etwas Unanständiges wäre, „meine Dienste anbieten. Es lohnt sich immer mit Agnes sein Vergnügen zu suchen. Wir würden alle auf unsere Kosten kommen. Ich kenne eine verschwiegene kleine Gaststube, wo wir uns in einem gemütlichen Zimmer amüsieren könnten."

Trotz oder gerade wegen ihrer sinnlichen Stimme und erotischen Ausstrahlung spürte Inse Hitze in sich aufsteigen.

Derks Hände verscheuchten das Weib, als sei sie eine Fliege. „Schert Euch davon. Versucht anderen Leuten das Geld aus der Tasche zu ziehen. Für Eure Beleidigungen gegen meine Begleiterin könnte ich Euch ohrfeigen oder anzeigen. Sie ist ein rechtschaffenes Weib und keine Hure wie Ihr. Ihr habt sie mit Euren Worten beschmutzt. Macht Euch davon, bevor Ihr meine Wut zu spüren bekommt."

Eilig setzte die Hure ihren Weg fort. Dann jedoch drehte sie sich um. „Euer Täubchen", giftig betonte sie das Wort, „ist nicht der Engel, für den Ihr sie haltet. Sie hatte sinnliche Gedanken. Ich hab es genau auf Ihrem Gesicht gesehen. In Ihrem Inneren ist sie nicht minder eine Hure als ich, zumindest was Euch betrifft." Ihre Stimme hatte jeglichen sinnlichen Klang verloren und hörte sich nur noch ordinär und kalt an.

Nach dieser mehr als unerfreulichen Begegnung mochte Inse Derk nicht ins Gesicht schauen. Es stimmte ja. Sie hatte sich vorgestellt, wie es sein würde mit Derk, allerdings ohne Agnes, zusammen zu sein. Wenn diese Person das schon an ihrem Gesicht ablesen konnte, was würde wohl Derk alles über sie und ihre Wünsche wissen?

Dirk schnaubte missbilligend. „Ihr benehmt Euch, als hättet Ihr noch nie eine Dirne gesehen. Eine Dame schaut zur Seite und bemerkt sie nicht einmal. Für eine Dame sind Weiber wie sie Luft!"

Inse fiel wenig ein, was sie erwidern konnte. „Ich bin eben sehr behütet aufgewachsen. Eine so auffällige Schönheit ist mir noch nie begegnet."

„Pah, Schönheit", Derk schüttelte geringschätzig den Kopf. „Wenn sie die Farbe abnimmt, bleibt nicht viel außer der Figur und den Haaren, die ihr Aussehen gewiss dem Hennastrauch zu verdanken haben. In ihrem Inneren sind die Huren uralt. Ihr seid eine größere Schönheit, als sie es jemals gewesen ist. Wisst Ihr, mit wem Joost, der sich in der Heiligen Schrift auskennt, die Dirnen vergleicht? Mit Säuen! ‚Ein schönes Weib ohne Zucht ist wie eine Sau mit einem goldenen Ring durch die Nase!' Genau diese Worte hat er in meiner Gegenwart erst kürzlich einem Freudenmädchen auf offener Straße entgegengeschleudert. Dieses Weib sollte sich besser einen anderen Farbton zulegen, um nicht die Aufmerksamkeit der Hexenjäger auf sich zu lenken."

Derk schien wirklich mächtig wütend zu sein. Um ihn abzulenken, fragte Inse das Erstbeste, was ihr in den Sinn kam.

„Wie kommt Unico Manninga eigentlich dazu, gerade Euch zu erwählen, um für mich die passenden Kleider auszusuchen?"

Derk schaute sie spöttisch von der Seite an. „Hättet Ihr denn gewusst, was Damen, die weder alte Jungfern noch Dirnen sind, tragen? Ihr wollt doch den Eindruck erwecken, eine ehrgeizige, auf den eigenen Vorteil bedachte, allerdings nicht sonderlich vermögende Dame zu sein. Ferner sollte sich Eure Skrupellosigkeit, Euer etwas lockerer Lebenswandel – schließlich reist Ihr alleine mit einem Mann wie mir – durch Euer Auftreten und Eure Kleidung äußern. Ein Mauerblümchen, das seine körperlichen Vorzüge versteckt, wird nicht diesen Eindruck auf Johann von Oldenbokum machen. In den Gewändern, die ich ausgesucht habe, werdet Ihr jung, verführerisch, aber auch selbstsicher und arrogant wirken. Wenn Ihr diese Sachen tragt, wird es Euch leichter fallen, ein Weib, das auf Mord sinnt, zu spielen.

Unico kennt mich und weiß sehr wohl, dass ich jegliche Art von Weibern kenne. Durch meinen Beruf komme ich mit vielen verschiedenen Damen in Kontakt – natürlich nur in ehrenwerten Kontakt. Schmuck wird sowohl von Mauerblümchen als auch von solchen Fräuleins, wie Ihr eins darstellen sollt, gekauft."

Als sie den Beutel mit ihren wenigen Habseligkeiten aus der Goldschmiede geholt hatten, brachte Derk sie in ihre Unterkunft. Es war nur ein Raum, der ihr allein zur Verfügung stand, aber Inse fühlte sich bei der alten Frau gleich geborgen. Sie hatte ein sehr herzliches Wesen und versprach, Inse jeden Morgen mit einem Frühstück zu versorgen.

Nachdem Derk eine angenehme Nachtruhe gewünscht hatte, verschwand er mit dem Versprechen, sie am morgigen Nachmittag abzuholen. Sein kühles Verhalten vom Morgen war gewichen. Er schien sich mit ihrer Ablehnung abgefunden zu haben.

Sie konnte nicht wissen, dass dem ganz und gar nicht so war. Derk war fest entschlossen, den Schlüssel zu Inses Herzen zu finden und ihre Kälte zu brechen.

Inse brauchte ihn bei dem, was sie vorhatten. Er wollte auch Unico Manninga, der sein Freund war, nicht enttäuschen. Und nicht zuletzt hoffte er darauf, Inse auf irgendeine Art und Weise aus sämtlichen Unannehmlichkeiten, die mit ihrem Auftrag verbunden waren, heraushalten zu können. Dies konnte er nur, indem er sich selbst in dieses Abenteuer mit einbrachte. Ob sie Erfolg haben würden, daran zweifelte Derk im Grunde seines Herzens noch! Seine Gedanken kreisten um den Preis, den Inse, das arme Kind oder er selbst vielleicht für den Erfolg oder auch für den Misserfolg würden zahlen müssen. Natürlich war das Leben des Kindes jeden Preis wert, aber hätte es nicht bei längerer, gründlicher Überlegung doch einen anderen Weg geben können? Inse und Unico waren jedoch so sehr von ihrem Plan überzeugt, dass ihm nichts anderes übrig blieb, als gute Miene zum bösen Spiel zu machen und seinen Part beizutragen.

Tetta

Ein Sturm braute sich zusammen. Der schöne, sonnige Maitag wich einem gewittrigen Abend. Tetta kroch noch tiefer unter ihre Leinendecke. Sie war ein zierliches Geschöpf mit langem rostbraunen Haar. Ein hübsches Kind. Ihr war dies allerdings nicht bewusst, denn kaum jemand beachtete sie.

Das Bett, in dem Tetta lag, war das einzige Möbelstück in dieser kärglichen Kammer. Selbst die Köchin ihres Vaters hatte eine bessere Behausung als sie. Ihre beiden Brüder, die nur um wenige Jahre älter waren als sie, besaßen jeder gar zwei Zimmer. Sie hatte sich nie darüber beklagt, obwohl es ihr immer vorkam, als ob ihr Vater auf ihre Klage wartete. Er wartete immer, bis er wieder etwas in der Hand hatte, mit dem er sie quälen oder für das er sie schlagen konnte.

Morgen würde er sicherlich wieder vor den Brüdern, der Köchin und wer weiß, wem sonst noch, verkünden, dass stets Hexen ihre Hände im Spiel hätten, wenn es donnerte und blitzte. Wenn sie Pech hatte und durch den Sturm Schäden verursacht worden waren, würde er das auch ihr zuschreiben. Immer wenn er sie anschaute – dies geschah höchst selten – dann auf eine Art, als ob sie ein besonders hässlicher Käfer wäre. Als ob sie dreckig sei. Ein Insekt, ein Ungeziefer, das man zerdrücken müsste. Ihre Brüder waren schon genauso, mussten so sein, sonst fanden auch sie vor ihres Vaters Augen keine Gnade.

Als sie noch jünger war, versuchte Tetta, auf jegliche Art ein wenig Zuneigung von ihrem Vater oder den beiden Jungen zu erhaschen. Mit der Zeit aber hatte sie es aufgegeben. Sie war ein Nichts, ein weiterer Dienstbote. So wie die Köchin oder die Mägde. Nur, dass sie keinen Lohn erhielt und noch ein Kind war. „Und", so dachte Tetta, „dass ich Vater nie etwas recht machen kann."

Er konnte sie nicht ausstehen, und das zeigte er ihr bei jeder sich bietenden Gelegenheit. Dabei gab Tetta ihm keinen Grund zu klagen. Immer hielt sie ihre Gewänder und die Kleidung der Männer in bester Ordnung. Nie ein Loch im Stoff oder ein ausgefranster Saum. Die Säuberung des Goedenser Hauses oblag, wenn ihr Vater im Stadthaus weilte, auch ihr. Sie sorgte stets für penible Reinlichkeit.

In den Morgenstunden durfte sie am Unterricht der Jungen teilnehmen. Dies war wohl auch als Strafe für sie gedacht, denn sie durfte sich weder beteiligen noch jemals ein Blatt oder eine Feder in die Hand nehmen. Sie sollte bloß erfahren, was ihr entging, nur weil sie kein Knabe war. Ihr Vater wusste nicht, dass sie jeden Tag die Buchstaben und Zahlen, das Rechnen und Schreiben mit einem Stöckchen im Sand geübt hatte. Sorgfältig war sie darauf bedacht, sich niemals von den Männern dabei beobachten zu lassen. Sie stellte sich dumm, damit ihr Vater sie weiter durch Nichtbeteiligen am Unterricht demütigen konnte. Der Herr Lehrer behandelte sie wie Luft. Ihr sollte es recht sein. Sie war ja stets nur so behandelt worden, als wäre sie nicht da.

Einzig die alte Regin, ihre Vertraute seit der Kindheit, brachte Tetta ein wenig Zuneigung entgegen. Sie durfte dies jedoch nicht zu offen zeigen, damit ihr Dienst im Haus von Oldenbokum nicht gefährdet war. Regin hatte versucht, dem Kind dies klarzumachen. Wieder und wieder fragte Tetta, was sie den getan habe, um so behandelt zu werden. Regin hatte es ihr nicht erklären können, nicht erklären wollen. Wie sagt man einem Kind, dass seine Mutter es in Sünde mit einem anderen Mann gezeugt hatte und der Vater es dafür hasste?

In letzter Zeit hatte Regin Angst um das Kind. Von Oldenbokum machte immer öfter Andeutungen – vor allem, wenn andere dabei waren – die Tetta in ernste Gefahr bringen konnten. Da sie mit niemandem Kontakt hatte und immer so still war, hatten die Leute schon begonnen, über sie zu reden. Ob vielleicht etwas mit ihrem Kopf nicht in Ordnung sei. Einen Grund müsse es doch dafür geben, dass Johann von Oldenbokum sein Kind verstecke! Und jetzt diese Andeutungen über Hexen und deren Untaten. Regin schauderte. Die arme Kleine hatte keine Ahnung, war ihr Vater damit bewirken wollte. Aber sie konnte es sich schon denken!

Tetta war so unbedarft. Sie war ein so liebes, feinfühliges Mädchen. Wie hatte sie nur ein so feiner Mensch werden können, in dieser lieblosen Umgebung? Etwas Besonderes ging von ihr aus. Sie war ihrer verstorbenen Frau Mutter sehr ähnlich, die lesen konnte und sich, wenn es ganz schlimm wurde, heimlich in die Welt der Bücher versinken ließ.

Ab und zu schob sich Tettas magerer Körper in einem unbeobachteten Moment ganz dicht an Regins weiche Rundungen. Für einen Augenblick nur schlang die Alte ihre Arme ganz fest um das Kind. Diese gestohlenen Momente der Zuneigung waren das Einzige, was die Kleine an Liebe je erfahren hatte.

„Wenn ich groß bin“, flüsterte Tetta, „dann laufen wir beide, Ihr und ich, davon. Weit, weit weg. Wo Vater und die Brüder uns nicht finden. Ich werde für uns beide arbeiten. Es gibt kein besseres Hausmädchen als mich. Dann werden wir frei sein. Regin, ich habe Angst. Vater sagt immer so seltsame Sachen. Ich will anderen Menschen nichts Böses. Warum sagt er so etwas? Will er, dass kein Mensch mich mag? Aber Ihr, Ihr wisst doch, dass er lügt! Ihr glaubt ihm doch nicht?“

Ihre ernste Stimme rührte die Alte. „Ich weiß, wer und was Ihr seid, mein Kind. Solange ich kann, werde ich bei Euch bleiben!“

Ehebruch

Das gestrige Gewitter hatte Abkühlung gebracht. Johann von Oldenbokum saß mit seinen Söhnen beisammen. Sie hatten gerade ihre Mittagsmahlzeit eingenommen. Nach dem Essen genehmigte er sich stets einen guten Tropfen gebrannten Schnaps.

Er war ein großer, gut aussehender Mann. Sein schmales Gesicht mit dem Ziegenbärtchen und dem Schnauzbart hatte schon auf so manches Mädel anziehend gewirkt. Wer ihn näher kannte, bemerkte aber auch die eigenartige Kälte, die er ausstrahlte. Er wusste um seine körperliche Kraft und setzte sie immer wieder ein. Seine Bewegungen vermittelten eine Ahnung von der Brutalität, mit der er vorgehen konnte. Dieses Urwüchsige, dieses Animalische zog viele Frauen noch zusätzlich in seinen Bann. Auch während seiner Ehe mit Almeth hatte er diese Anziehungskraft, die er auf gewisse Frauen ausübte, weidlich ausgenutzt. Er konnte nicht mehr zählen, wie viele willige Dirnen er mit Gewalt genommen hatte, nur um sich in seinem Zorn auf sein Eheweib abzureagieren.

Auch jetzt, während er aus dem Fenster schaute, stieg ihm die Zornesröte ins Gesicht. Im Hof sah er Tetta. Sie schleppte Wäsche. Allzeit erinnerte sie ihn an Almeth. Wie sehr Almeth ihn immer gereizt hatte! Ihre hochnäsige Art, ihre Überlegenheit in der Schreib- und Lesekunst. Ihre kühle Gleichgültigkeit und später dann das „Über-sich-ergehen-lassen“, mit dem sie seiner heißblütigen Art begegnet war.

Als er um sie geworben hatte, trieb die Hoffnung ihn, dieses Weib, das er schon immer haben wollte, zu erobern. Natürlich hatte er hauptsächlich um sie gefreit, weil ihre Mitgift ihn gelockt hatte. Aber ihre zurückhaltende, arrogante Art hatte auch keinen geringen Reiz auf ihn ausgeübt. Sie sollte zu ihm aufschauen, ihn als ihren Herrn und Gemahl anerkennen. Er hatte es als eine Aufgabe gesehen, als eine Herausforderung, die sich ihm stellte. Er liebte Kämpfe und erreichte stets, was er sich vorgenommen hatte. Weiber, die ihn wollten, gab es genug. Eine, die ihn nicht wollte, das war wie ein Kampf, in dem er der Sieger sein wollte. Bis heute verwunderte es ihn, dass ihr Vater sie dazu überreden konnte, mit ihm die Ehe einzugehen. Diese Memme von Vater, der eine Eheschließung den Wünschen seiner Tochter unterordnete! Nie hatte er den Grund für ihre Zustimmung herausbekommen. Das war eines ihrer Geheimnisse gewesen. Sein Weib hatte derer viele besessen.

Er hatte also versucht, Almeth nach seinen Wünschen zu formen. Stattdessen hatte sie all sein Tun und seine Bemühungen, ohne eine Miene zu verziehen, hingenommen. Er war ihrer nicht Herr geworden. Sie hatte ihn täglich ihre Verachtung spüren lassen. Sie verachtete ihn, weil er zur Demonstration seiner Stärke Gewalt anwendete. Sie verachtete ihn, weil seine Sprache nicht so gewandt war wie die ihre, weil er nur schwerlich schreiben und lesen konnte. Die Zeit zu weiterer Bildung nahm er ihr, indem er dem Hause nur eine Köchin zubilligte. Alle anderen Arbeiten hatte Almeth selbst zu erledigen. Dies war ein Teil seiner Bestrafung.

Im Laufe ihrer Ehe hatte er begriffen, dass sie nicht zu zähmen war. So wandte er sich anderen Weibern zu, die ihn dankbar aufgenommen hatten. Selbst seine vielen Konkubinen hatten Almeth nichts ausgemacht. Seine Versuche, sie zu unterwerfen, waren zuletzt in Gleichgültigkeit und Hass ihr gegenüber umgeschlagen. Er hatte die eigenen Söhne gegen sie aufgebracht. Nur noch bei öffentlichen Anlässen rissen sie sich zusammen und traten gemeinsam auf.

Dann diese Schmach! Sie hatte ihm Hörner aufgesetzt. Das hatte er nicht erwartet! Wenn er sich vorstellte, dass dieser Graf Johann sein Eheweib besessen hatte, sie sich ihm bereitwillig hingegeben hatte! Dieser Hurensohn bekam, worum er selbst so lange gekämpft hatte. Dann dieser Versuch, ihm diesen Bastard unterzuschieben. Dies empfand er als den Gipfel der Frechheit.

Doch die Gerechtigkeit hatte gesiegt und bei der Geburt war die Wahrheit zutage getreten.

Almeth hatte geschrieen, als sie das Kind sah. Die Ähnlichkeit mit dem Erzeuger war eindeutig gewesen. Almeth hatte das Kind an sich gedrückt und um Vergebung gefleht. Er selbst war außer sich geraten vor Wut und sein erster Gedanke war, die beiden zu töten. Doch dann wäre er selbst bestraft worden.

Während er aus der Kammer gestürmt war und seinen Frust in Alkohol ertränkte, hatten in der Nacht bei Almeth Blutungen eingesetzt. Die beiden Söhne schliefen tief und fest. Sie waren an Geschrei gewöhnt, denn er erhob oft die Stimme gegen sie oder gegen Almeth. Ein Streit unter den Eheleuten war für sie nichts Ungewöhnliches. Die Köchin schlief nicht im Haus und so waren die Eheleute allein. Als ihre Schreie ihn aus seinem Rausch weckten, hatte sie ihn angefleht, die Hebamme oder den Medikus zu rufen. Er hatte dröhnend gelacht. Diese Geschichte kam ihm gerade recht. Nach einiger Zeit hatte sich ihr Schreien in ein Wimmern verwandelt. Schließlich verlor sie das Bewusstsein und verblutete nach und nach. Er hatte sich an dem Anblick geweidet. Es war ihm eine Genugtuung gewesen!

An Almeth hatte er sich gerächt, nun stand nur noch der Graf aus. Das Kind, das die Kinderfrau Tetta genannt hatte, erinnerte ihn ständig daran, dass er noch Rache nehmen musste. Er hatte gewartet, bis der Balg alt genug war. Die Idee, die Inquisitoren auf den Plan zu rufen, war ihm vor einigen Jahren gekommen. Schon als die ersten Scheiterhaufen brannten, war der Gedanke in ihm gereift. Er hatte sich im Voraus an seinem Vorhaben geweidet. Genauso, wie er es genossen hatte, seine Rechte als Vater auszuspielen, als der Graf die Vormundschaft über sein Kind verlangte. Graf Johann würde den Balg nicht bekommen. Dessen einziges Kind sollte im Feuer brennen. Ein Feuer, dass so heiß war wie die innere Glut, die ihn verzehrte, wann immer er an die Schmach dachte, die Almeth ihm bereitet hatte.

Johann von Oldenbokum durchquerte den Raum mit langen Schritten, lief von einer Seite des Zimmers zur anderen und zurück. Er konnte sich nicht vorstellen, was dieser Brief bedeuten sollte. Dieser Wichtigtuer Raveling hatte ihm eine schriftliche Bitte übermittelt. Es ging um seine Mithilfe in einer wichtigen Angelegenheit. Beim besten Willen wollte ihm nichts einfallen, bei dem er diesem Angeber helfen könnte. Derk war ein Freund von Unico Manninga und von Graf Johann. Sollte sein Kommen wieder ein Versuch sein, ihm Tetta, diesen kleinen Niemand, entreißen zu wollen? Vielleicht hatte dieser Gernegroß die Rolle eines Mittlers übernommen. Sollte er vielleicht erpresst werden, oder würde man versuchen, ihn großzügig abzufinden? Wenn es das war, was er vermutete, konnte sich dieser Aufschneider seinen Weg getrost sparen.

Seit der Zeit, da Derk Raveling Ratgeber der Regenten war, ging es der Grafschaft besser den je. Das war keinesfalls in Johann von Oldenbokums Interesse. Das Einzige, was dieser Schönling gut konnte, war Schmuck herstellen. Eine Dirne, auf die er besonders scharf gewesen war, hatte sich ihm nur hingeben wollen, wenn er ihr einen „Raveling" schenken würde. Sie hatte ihren Schmuck bekommen. Auch einige blaue Flecke. Denn ein von Oldenbokum ließ sich nicht erpressen, schon gar nicht von einer Hure! Sie war einige Zeit nicht in der Lage gewesen, ihrem Gewerbe nachzugehen. Er hatte ihr mit weiteren Misshandlungen gedroht, wenn sie über ihre gemeinsame „Liebesnacht" ein Wort verlieren würde.

Für solche Dinge war Derk Raveling, beziehungsweise sein Schmuck, recht nützlich. Aber was er sonst noch mit diesem Speichellecker gemeinsam haben könnte, wollte ihm nicht einfallen.

Der Mörder

Die Kutsche fuhr los. Inse fühlte eine Welle von Unwohlsein in sich hochschlagen. Auf was hatte sie sich da nur eingelassen?

Ihr graute vor diesem Gespräch. Waren sie und Unico vielleicht doch zu euphorisch gewesen? Wenn Johann von Oldenbokum der schlaue Fuchs war, als den Derk ihn schilderte, dann würde er die ganze Geschichte sofort durchschauen. Inses Hände waren schweißnass und ihr war übel. Es ging ja auch um alles oder nichts!

In diesem Kleid, dem grünen, fühlte sie sich wie ein preisgekrönter Ochse. Aufgetakelt! Der goldene Gürtel und die Ketten mit den glitzernden Anhängern wirkten in ihren Augen lächerlich und ordinär. Am schlimmsten aber fand sie den tiefen Ausschnitt des Kleides. Ihr Haar trug sie auf Rat des Drosten offen. Es machte sie jünger. Denn sollte sie der frühen Liebschaft des Grafen entstammen, musste sie um einiges jünger wirken als sie war. Das Glitzerzeug war ihr von Derk aufgedrängt worden. Sie hatte sich mit diesem, wie sie es empfand, aufreizenden Kleid gar nicht aus dem Haus gewagt. Musste sie nicht jeder für ein leichtes Mädchen halten, wenn sie ihre äußeren Vorzüge, von denen sie bislang nicht einmal wusste, dass sie solche besaß, so zur Schau trug?

Inse bemerkte immer wieder, das Derks Augen bewundernd auf ihr ruhten. Unter seinen Blicken fühlte sie wieder das Kribbeln in der Magengegend. Hitze stieg in ihr auf. Sie waren in der Kutsche allein und Derks Blicke sagten mehr als Worte. Sie streichelten ihr Gesicht, ihren Hals und ... Inse verbot sich dererlei Gedanken. Sie schaute wie gebannt nach draußen, obwohl es dort eigentlich nichts Besonderes zu sehen gab.

Mit einem Ruck hielt die Kutsche an. Es war kein weiter Weg gewesen. Das Goedenser Haus stand in der Großen Brückstraße. Es hatte drei Fenster im Erdgeschoss und vier im ersten Stock.

Derk bemerkte Inses erstauntes Gesicht und begann zu erklären: „Wie Ihr seht, möchte Johann von Oldenbokum, dass ihm Himmel und Erde gewogen sind. Die Drei als Sinnbild für die Dreieinigkeit von Vater, Sohn und Heiligem Geist steht für den Himmel. Die Vier ist die perfekte irdische Zahl. Sie soll für ein harmonisches Erdenleben sorgen – bei von Oldenbokum eine große Aufgabe! Und betrachtet nur die Backsteinlagen zwischen den Sandsteinbändern. Zusammengezählt ergeben sie die Zahl 70 – das Symbol für reiche Lebensfülle.

Die Herrlichkeit Goedens wird, während er in der Stadt weilt, von Getreuen verwaltet und vom Gesinde bearbeitet. Johann von Oldenbokum führt seine Geschäfte wohl von Emden aus durch." Auf Inses Frage, welcher Art die Geschäfte waren, konnte selbst Derk keine Auskunft geben.

Beklommen stieg Inse aus. Derk reichte ihr zuvorkommend seine Hand und ihr Herz bebte, als sich ihre Hände berührten. Inse fühlte wieder das Blut in den Kopf steigen. Sie konnte Derk nicht anschauen. Stattdessen beeilte sie sich, festen Boden unter die Füßen zu bekommen und Derks Hand loszulassen. Inse zwang sich, ihre Gedanken auf das bevorstehende Gespräch mit Johann von Oldenbokum zu richten.

Dieser stand breitbeinig vor seinem Haus und schien sie schon zu erwarten. Seine Miene konnte man nur finster nennen. Als er Inse erblickte, stahl sich ein fragender Ausdruck in seine Augen. Neben ihm stand ein Mann, von dem Derk wenig begeistert zu sein schien. Er hatte ein fuchsartiges, verschlagenes Gesicht.

Sie begrüßten sich und von Oldenbokum stellte ihnen Sibo Meiners, seinen Leibwächter und „Mitarbeiter für spezielle Fälle" vor. Dieser katzbuckelte um sie herum. Derk wandte sich angewidert ab. Er bat Johann von Oldenbokum um ein Gespräch unter sechs Augen, wohl wissend, dass er sich damit die Sympathie Meiners verscherzte. Aber dieses Subjekt wollte er nun wirklich nicht dabeihaben!

Von Oldenbokum führte sie ins Haus. An den Wänden hingen Webteppiche. Eine der Webarbeiten zeigte das Wappentier der Herrlichkeit Goedens, einen schwarzen Löwen mit weit aufgerissenem Rachen und drohend ausgestreckten Pranken. Dieser Löwe wirkte erstaunlich lebendig. Ein wildes, unzähmbares, gefährliches Tier. Es schien alles zerfleischen zu wollen, was sich ihm in den Weg stellte. Dieser wilde Löwe ließ sich gut mit Johann von Oldenbokum vergleichen und Inse fühlte sich auch wie in einer Löwengrube gefangen. Von Oldenbokums Frage riss sie aus ihrer finsteren Betrachtung.

„Es ist mir nicht gelungen, mir auszumalen, wobei ich Euch behilflich sein könnte, werter Raveling."

Das „werter Raveling" hatte so verächtlich geklungen, dass Inse zusammenzuckte. Mit diesem Widerling, der nicht einmal eine Spur von Benehmen zeigte, wollten sie sich also auf eine Stufe stellen. Inse schauderte unter ihrem Kleid.

„Nicht mir", Derks Stimme klang besänftigend, „dieser jungen Dame sollt Ihr helfen. Ich kenne sie jetzt schon seit einiger Zeit und habe ihr versichert, dass ihr Wunsch gewiss dem Eurigen entgegenkommt."

Genüsslich ließ Johann von Oldenbokum seinen Blick von oben bis unten über Inse schweifen. Mit den Augen schien er sie auszuziehen. Jetzt galt es, die richtige Rolle zu spielen und selbstbewusst genug aufzutreten.

„Haltet Eure Augen im Zaum, mein Herr. Derk Raveling beschrieb Euch als einen Mann, mit dem ich gewiss ins Geschäft kommen könne. Ich biete Euch freilich nicht meine Reize an, sondern, wenn mein Plan gelingt, die Regentschaft über Ostfriesland, mit mir und mit Derk Raveling als Berater an Eurer Seite." Ihre Stimme klang auch für sie selbst fremd, kühl und überlegen.

Johann von Oldenbokum starrte sie ungläubig an. Diese Worte aus dem Mund eines Weibes! Er traute seinen Ohren nicht!

Inse fuhr fort. „Ich bin nur hier, weil Ihr eine Tochter habt, die ein Kind des Grafen Johann ist. Streitet es nicht ab, denn das ist unser Vorteil!"

Sie setzte ihn in Kenntnis über ihr angebliches Verwandtschafsverhältnis zum Grafen. Von Oldenbokums Augen wurden immer größer. Sie berichtete von dem Vorhaben, den Grafen zu töten. Inse konnte nicht ausmachen, ob er ihr glaubte, ob er ihre Ähnlichkeit mit Graf Johann bemerkte.

Jetzt war sie bei dem Plan, den Unico ausgeheckt hatte, angelangt. „Meine Rache habe ich mir folgendermaßen vorgestellt: Wir benutzen die mir verhasste Katharina, die Gemahlin des Grafen Edzard. Mit Katharina werde ich mich von ‚Weib zu Weib' unterhalten. Ihr käme der Tod des Grafen Johann gerade recht. Sie sinnt seit Anbeginn ihrer Ehe auf die Alleinherrschaft ihres Gatten. Ich werde ihr natürlich nur berichten, dass ich ihren Schwager, den Graf Johann, ermorden will. Dies soll meine Rache sein für die Schmach, die er meiner Mutter angetan hat.

Wenn ich sie von meinem Vorhaben überzeugt habe, wird sie schon dafür sorgen, dass wir in die Räumlichkeiten von Graf Johann vordringen können. Natürlich darf sie nicht wissen, dass wir vorhaben, Graf Johann zu zwingen, seine Tochter Tetta anzuerkennen und sein Erbe auf sie zu übertragen. Das wäre sicherlich nicht in ihrem Sinne. Derk wird entsprechende Dokumente aufsetzten und schon vorher als ‚angeblicher Zeuge' unterschreiben. Er ist ja ein Freund des Grafen." Inse ließ ihre Stimme betont spöttisch klingen. Derk schnaubte nur verächtlich zu ihren Worten. „Wir zwingen den Grafen diese Dokumente, die ein früheres Datum aufweisen, zu unterschreiben. Dann werden wir ihn töten. Vielleicht mit Gift?" Ihr Blick glitt Beifall heischend zu Johann von Oldenbokum. Als dieser nicht reagierte, fuhr sie fort. „Danach werden wir beide, Sie, werter von Oldenbokum, und ich verschwinden.

Zuvor allerdings, werde ich die Gräfin Katharina davon in Kenntnis setzen, dass der Graf tot ist und ein wichtiges Dokument auf seinem Tisch liegt. Derk Raveling wird es einzurichten wissen, dass der Drost sich zu später Stunde aufmacht, um den Grafen Johann aufzusuchen. Dieser wird dann Katharina bei dem Toten entdecken und seine Schlüsse daraus ziehen. Weiß nicht jedermann, wie sie den Grafen hasste?!

Ihr könntet nach dem Tod des Grafen öffentlich bekannt machen, von der Legitimierung gewusst und diese im Vorfeld bejaht zu haben. Vielleicht sollten wir noch ein zweites Dokument von Graf Johann unterschreiben lassen, in dem er Euch einen nicht zu verachtenden Besitz überschreibt als ‚Auslösung' für seine Tochter. Damit hättet Ihr für einen Mord kein Motiv mehr.

Nachdem diese beiden Widersacher, Graf Johann und Katharina, aus dem Weg geräumt sind, ist Graf Edzard nur noch ein halber Mensch. Ohne sein Weib, das ständig für ihn die Entscheidungen trifft, werden wir leichtes Spiel haben. Vielleicht ergibt sich später noch mal Gelegenheit auch diese Randfiguren, Graf Edzard und seine Kinder, beiseite zu räumen.

Ihr werdet für Eure Tochter, die ja noch nicht mündig ist, alle Fäden in der Hand halten. Sie wird eine Puppe sein, die nur auf dem Grafenstuhl sitzt. Ihr und wir beide, Derk Raveling und ich, werden die wahren Regenten sein. Endlich werde ich bekommen, was mir seit Anbeginn des Lebens zusteht."

Mit geradezu fanatischer Stimme hatte Inse das Bild der gemeinsamen Regentschaft gezeichnet. Von Oldenbokum hatte ihr mit wachsender Verwunderung und erstauntem Blick zugehört. Dann war vielleicht doch noch von der Tatsache zu profitieren, dass Almeth ihm ein Kuckucksei ins Nest gelegt hatte. Wenn dies wirklich der Ernst dieses Weibes war, konnte er es sich nicht leisten, seine Tochter den Inquisitoren zu übergeben! Dieses Frauenzimmer, das mit blitzenden Augen vor ihm stand – das war vielleicht ein Vollweib! Ein Weibsbild nach seinem Geschmack! Ihr schien zu gelingen, was sie sich vornahm. Sie würde sicherlich mehr für ihn bereithalten als nur die Mitregentschaft. Heißblütig! Nicht so ein kalter Fisch wie Almeth! Er fühlte schon das Blut in seinen Adern kochen!

Er würde sie überprüfen lassen. Seine Männer könnten sich in der Stadt umhören. Doch welchen Grund sollte sie haben, ihn zu hintergehen? Barg nicht dieses Vorhaben für sie mindestens genauso viele Gefahren wie für ihn? Sollten sie bei ihrem Vorhaben entdeckt werden, hatte sie, genauso wie dieser Raveling, dem er immer noch nicht ganz traute, keine Chance, einem Todesurteil zu entgehen. Er würde vorerst keine weiteren Anschuldigungen gegen Tetta erheben.

Von Oldenbokum konnte nicht wissen, dass dies die einzige Absicht des ganzen Theaters war. Dies und das Bemühen, ihn als Mörder von Hyma Manninga zu entlarven. Graf Johann selbst war über die ganze Geschichte informiert und würde den zu Tode geängstigten Grafen spielen, der sein illegitimes Kind anerkennt und zum Alleinerben einsetzt, aus Angst vor dem Tod.

Johann von Oldenbokum dachte nach. „Was habe ich für eine Gewissheit, dass Eure Worte der Wahrheit entsprechen? Eure Ähnlichkeit ist unübersehbar. Ihr kommt allerdings in Begleitung eines Mannes, den ich bislang für einen Freund des Grafen gehalten habe. Er tut doch immer alles, um sich bei den Regenten einzuschmeicheln. Wie konntet Ihr ihn als Vertrauten wählen? Ich hege die Vermutung, noch vor dem heutigen Abend wird er Eure Absichten dem Grafen kundgetan haben und Ihr schmachtet morgen schon hinter Gittern." Johann von Oldenbokum sprach mit ihr, als ob Derk gar nicht anwesend sei.

Derk erhob sich geschmeidig aus seinem Stuhl und lief aufgebracht hin und her. Dies war sein Auftritt! Inse hatte schon fast vergessen, was für ein glänzender Schauspieler er war. Wenn er einen Böttcher spielen konnte, dann war sicherlich auch diese Rolle kein Problem für ihn. Aber bei dem Böttcher hatte er sicherlich keine Angst im Nacken verspürt!

„Ja glaubt Ihr denn, ich hätte all die Jahre um den Grafen herumscharwenzelt, ohne ein Ziel vor Augen zu haben? Alle anderen Vertrauten hat er mit Herrlichkeiten oder Gütern belehnt, nicht mal das Drostenamt hat er mir übertragen. Immer noch muss ich mit meinen eigenen Händen arbeiten, um leben zu können. Muss mich bei alten Weibern anbiedern, hässlichen Fetteln versichern, dass sie mit meinem Schmuck Schönheiten sind und von ihren Gatten meinen Lohn eintreiben!

Wie oft habe ich gute Ratschläge erteilt und die Regenten vor mancherlei Unheil bewahrt. Niemand hat es mir gedankt. Graf Edzard und dieses Weib Katharina behandeln mich wie lästiges Ungeziefer, die alte Gräfin hat ihren Hochmut mir gegenüber nie abgelegt und Graf Johann glaubt, seine Sympathie mir gegenüber sei Lohn genug für all meine Bemühungen." Derk spielte sich richtig auf in seiner vermeintlichen Wichtigkeit für die Grafenfamilie. Seine Augen sprühten Funken. Er steigerte sich in seine Rolle hinein.

„Einmal", hier flüsterte Derk fast, „habe ich die Frechheit besessen, zu einem Festbankett eine Dame, die keine Dame ist, als Begleitung mitzunehmen. Ich habe ihre Dienste des Öfteren in Anspruch genommen, wenn Ihr wisst, was ich meine, und war ihr etwas schuldig. Als Katharina sie erblickte, wusste sie gleich, wen sie vor sich hatte. Sie zischelte mir zu, ich möge das Weibsbild herausbringen, ansonsten würde sie dafür sorgen, dass keiner mehr an meinem Schmuck interessiert sei. Diese Schmach werde ich ihr nie vergessen!

Überlegt einmal, wie vortrefflich wir Rache üben könnten! Graf Johann wäre beseitigt. Katharina würde als Mörderin verurteilt werden. Ihr könntet derjenige sein, der hinter Eurer Tochter Tetta die Fäden zieht in der gesamten Grafschaft. Wer weiß, vielleicht fällt uns ja auch für den Grafen Edzard und seine Brut beizeiten eine Lösung ein, die uns die Alleinregentschaft bringt. Mit mir als Berater in allen Dingen und einem passenden Weib an Eurer oder meiner Seite", er schaute herüber zu Inse, als sei die Entscheidung, welchen von beiden Männern sie bevorzuge, noch nicht gefallen, „könntet Ihr ein wahrhaft königlicher Herrscher werden. Reichtum und Macht wären uns gewiss."

Inse merkte es gleich. Sein Schauspiel hatte den Ausschlag gegeben. Derk hatte Johann von Oldenbokum überzeugt. Sie vereinbarten ein weiteres Treffen, bei dem er ihnen seine Entscheidung mitteilen wollte.

Derk schaute ihn noch einmal eindringlich an. „Sollte es Euch einfallen, Euch auf die Seite des Grafen zu stellen und uns zu verraten, dann bedenkt, dass kein Mensch Euch Glauben schenken wird. Graf Johann ist für die Öffentlichkeit mein Freund!

Wir sollten versuchen, unsere Verbindung nach außen hin nur geschäftlich aussehen zu lassen. Wenn Unico Manninga Verdacht schöpft und mir nicht mehr vertraut, wird er nicht glauben, dass er zufällig zur Mordzeit in der Burg weilt."

„Eigentlich", von Oldenbokum kratzte sich am Kinn, „hatte ich vor, meinen Handlanger Sibo Meiners einzuweihen, um mir von ihm eventuelle Drecksarbeiten abnehmen zu lassen. Aber vielleicht habt Ihr Recht. Je weniger Leute von unserem Mordkomplott wissen, desto besser. Wir sollten unser nächstes Treffen an einen geheimen Ort verlegen. Und denkt daran, Raveling, wenn wir die Sache gemeinsam durchziehen, bleibt dieses holde Weib immer in meiner Nähe, damit Ihr nicht auf dumme Gedanken kommt."

Er blickte in Inses Richtung und seine Stimme klang gefährlich. Von Oldenbokum hatte sehr wohl bemerkt, dass Inse Derk nicht gleichgültig war. Es gab da eine gewisse Spannung zwischen seinen beiden Partnern, die er richtig deutete.

„Aber", so dachte er bei sich, „ Inse wäre nicht das Weib, als das ich sie einschätze, wenn sie nicht meine kraftstrotzende Art der dieses Schmeichlers vorzöge! Nach unserer Rache an dem verhassten Grafen, werde ich sie mir richtig zur Brust nehmen. Und wie ich sie nehmen werde! Wir werden uns die Kleider vom Leibe reißen, Ihre Fingernägel werden sich in meine Haut krallen und dann ...! Warum sollten wir als Alleinregenten Raveling noch brauchen? Gemeinsam wird uns zu gegebener Zeit eine Lösung für dieses Problem einfallen. Diesen Schleimer könnte ich nicht um mich haben. Aber dieses Weib ...!"

Ihr nächstes Treffen sollte in einem alten, im Abbruch befindlichen Gemäuer am äußersten Ende der Stadt stattfinden.

Als sie wieder in der Kutsche saßen, hatte Derk sein ungutes Gefühl immer noch nicht ganz abgeschüttelt. „Ich bin mir nicht sicher, ob von er uns vertraut. Wenn Oldenbokum wüsste, dass alles nur eine abgekartete Sache ist und sowohl Unico als auch Graf Johann selbst informiert sind, würde er uns umbringen. Und wie er Euch angeschaut hat!“ Derks Stimme klang wütend. „Immer wieder hat er uns beide taxiert, in der Hoffnung herauszufinden, in welcher Beziehung Ihr zu mir steht. Wir sollten ihm vorgaukeln, dass Ihr meine Konkubine seid. Von Oldenbokum könnte sonst auf den Gedanken kommen, Ihr seid Freiwild für ihn.“

Inses Einwände, sie könne schon alleine auf sich aufpassen, wehrte er mit einer Handbewegung ab.

„Solange ich dabei bin, seid Ihr in nicht allzugroßer Gefahr. Aber ich fürchte den Augenblick, in dem Ihr ihn vielleicht einmal alleine antrefft. Von Oldenbokum ist ein nicht zu unterschätzender Mann. Er ist gefährlich! Ihr dürft nie vergessen, dass Ihr einen Mörder vor Euch habt. Wenn es für ihn von Vorteil ist, würde er Euch wie einen Strohhalm zerbrechen.“

Eine Weile herrschte ein etwas verkrampftes Schweigen in der Kutsche, die ratternd über eine aus Granitfindlingen zusammengefügten Straße der Stadt, von den Bewohnern „Katjekoppenstrecke“ genannt, hinwegfuhr.

„Heute Morgen habe ich unseren Plan mit dem Grafen durchgesprochen. Er möchte Euch gern kennen lernen. Wörtlich meinte er: ‚Es wäre mir eine Ehre, die Bekanntschaft der Dame zu machen, die ihr Leben für mein Kind und mich aufs Spiel setzt.‘ Er hat mich gebeten, Euch zu einem festlichen Bankett am kommenden Samstag einzuladen. Ich werde Euer Begleiter sein und Ihr solltet das blaue Kleid tragen. Johann von Oldenbokum wird sicherlich auch einer der Gäste sein und dann gilt es wieder, Eure Rolle gut zu spielen.“

„Um was für ein Fest handelt es sich denn?“ Inse hatte schon gehört, dass am Wochenende ein besonderer Markt stattfinden sollte.

„Habt Ihr schon einmal von den Adventuriers gehört?“

Inse schüttelte verneinend den Kopf.

„Es handelt sich dabei um englische Kaufleute, die in den Niederlanden ansässig waren. Sie haben sich mit der Regentschaft dahingehend geeinigt, dass sie eine englische Handelsniederlassung statt in den Niederlanden in Emden einrichten wollen. Der Handel zwischen Emden und England soll somit verbessert werden. Ende der Woche werden die ersten sechs englischen Schiffe erwartet. Diese völlig neue Handelsverbindung begeisterte die Regentschaft derart, dass sie beschlossen hat, der Stadt ein Fest auszurichten und selbst am Sonntag ein Bankett zu geben."

Einige Zeit blieb es nach Derks Ausführungen still. Dann stellte Derk eine Frage, die ihm schon seit Beginn ihres Schauspiels auf der Zunge lag. „Warum tut Ihr das eigentlich?"

Inse hob fragend die Augenbrauen. „Was tue ich?"

„Wieso spielt Ihr mit bei diesem Plan? Warum lasst Ihr zu, dass Ihr in Gefahr geratet?"

„Unico Manninga bat mich aufgrund der Ähnlichkeit mit dem Grafen darum. Ich tue dies in der Hoffnung, nach einem glücklichen Abschluss der Aktion Aufnahme bei ihm und das Wohlwollen des Grafen Johann zu erringen. Der Graf wird sich sicherlich in hohem Maße erkenntlich zeigen."

Derk ließ nicht erkennen, ob er von ihrer Antwort enttäuscht war. Nachdenklich schaute er sie an und Inse erkannte, dass er ihr nicht glaubte. Die Wahrheit war aber so absurd, dass er ihr diese sicherlich niemals glauben würde!

Da sie vor ihrer Begegnung mit von Oldenbokum zu angespannt gewesen war, ließ sie jetzt ihrer Neugierde freien Lauf. „Wer weiß denn noch alles von dem Vorhaben?"

Derk holte tief Luft. „Ich habe noch Marie eingeweiht, sie und Unico Manninga. Sollte etwas schief gehen und Ihr müsstet fliehen, wäre Marie ein Zufluchtsort für Euch. Sie hat mir versprochen, bis nach Abschluss des Plans in Emden zu bleiben."

Inse hatte Angst, aber dies würde sie vor Derk nicht zugeben. Der Anschlag sollte am Sonntag durchgeführt werden. Darauf hatten sie sich jetzt schon mit Johann von Oldenbokum geeinigt. Ihr Argument war, dass nach dem Fest am Sonntag und dem abendlichen Bankett, die Wachen sicherlich müde und unaufmerksamer wären.

Nicht Katharina, sondern Graf Johann selbst würde die Zugbrücke zum Eingangstor der Burg herunter- und die Tür zu seinen Gemächern offen lassen. Inse und von Oldenbokum könnten ungestört eindringen und dann sollte Johann von Oldenbokum auf frischer Tat ertappt werden. Einige Männer würden sich im Nebenraum versteckt halten.

Wenn von Oldenbokum aus dem Weg geschafft war, wäre Tetta frei. Von Oldenbokum würde seiner gerechten Strafe zugeführt werden, nicht zuletzt wegen des Mordes an Hyma Manninga. Das natürlich nur, sofern sie ihn denn dazu bringen konnten, diesen zu gestehen.

Trotz des überraschend warmen Sommertages fröstelte Inse, wenn sie an die bevorstehenden Tage dachte. Ihr Kopf dröhnte und das Rattern der Räder verschlimmerte den Zustand noch. Die Gedanken in ihrem Kopf schienen Karussell zu fahren. Sollte ihre Tat gelingen, wäre Tetta tatsächlich frei, Inses Aufenthalt in dieser Zeit damit zu Ende und sie könnte die „Heimreise" antreten. Sie schaute zu Derk herüber. Es würde ihr schwer fallen diesen Mann, den sie schon ganz selbstverständlich als ihren Beschützer ansah, zurückzulassen.

Den Heringen auf der Spur

Inse war in eine rasante Woche hineingeraten. Am gestrigen Montag der Markt, am heutigen Dienstagvormittag das Treffen mit von Oldenbokum und jetzt am Nachmittag das Auslaufen der Heringsfischer!

Der alte Wilke und viele andere Händler waren aus diesem Grund noch einen Tag länger in der Stadt geblieben. Wilke und Marie nahmen Inse mit zum Hafen. Es fiel kein Satz, ohne dass sich die beiden Originale nicht beschimpften. Wilke hatte sich gleich aufgeregt, als er beim Treffen mit Inse bei deren Pension Marie erblickte.

„Dachte, ich könnte mir einen schönen Nachmittag mit dem Mädel machen“, er wandte sich Inse zu, „aber Eure Jungfernwache ist, wie ich sehe, immer dabei.“ Er grummelte noch etwas Unverständliches wie: „... gönnt einem armen alten Mann nicht einmal ein wenig junges Blut für sich allein ...“, vor sich hin. Seine Worte waren nicht ernst zu nehmen und sein bissiger Ton schien Marie nicht abzuschrecken.

„Ihr gönnt mir alten Krämerseele nur den freien Tag nicht! Dachtet wohl, wir Weiber seien nur für die Arbeit und die Kurzweil der Mannsbilder geschaffen. Hah! Passt Ihr alter Haudegen lieber auf, dass Ihr nicht auf ein paar alten Heringen vom Vorjahr ausrutscht!“ Die beiden liebten diese Neckereien.

Wilke schien ein guter Gedanke gekommen zu sein. Er wandte sich mit erhobenem Zeigefinger an Marie: „Vielleicht solltet Ihr einmal gründlich eingesalzen werden, wie die Heringe. Täte Eurer Haltbarkeit sicherlich keinen Abbruch. Vielleicht hätten dann noch nachfolgende Generationen Freude an Eurem losen Mundwerk.“ Marie stimmte prustend in das Gelächter von Inse und Wilke ein.

Da das Auslaufen der Heringsfangschiffe ein ganz besonderes Ereignis war, wurden die Fischer am inneren Hafen verabschiedet. Eigentlich war es, seit der äußere Hafen fertiggestellt war, üblich, von dort auszulaufen. Im Jahre 1536 war die „Butvenne“, die Außenwiese, die noch unter dem Einfluss der Gezeiten stand, erhöht und bebaut worden. Gelockt hatte die günstige Lage am Meer. Dass äußerste Ende der „Westerbutvenne“ wurde mit dem bezeichnenden Namen „Schreiershoek“ versehen, da hier die Frauen und Kinder von den abfahrenden Seeleuten Abschied zu nehmen pflegten.

Es war wieder ein außerordentlich schöner Tag. Die Sonne schien sich mit den Menschen um die Wette zu freuen, die dieses Spektakel miterleben wollten. Inse roch schon die Seeluft, die für sie immer eine Verbindung der Gerüche von Fisch, Tang und Salzwasser darstellte. Sie liebte es, am Meer zu sein. Oft war sie mit ihrer Mutter spontan einige Tage nach Baltrum oder Wangerooge gefahren, nur um wieder einmal von Wasser umschlossen zu sein. Das Wort „Insel“ bedeutete für sie Erholung. Alles hinter sich lassen, loslassen, fernab der Betriebsamkeit der Zeit, nichts als Wasser um einen herum.

Inse genoss es stets, wieder einmal die Macht, die Kraft der Natur zu spüren und daran zu erkennen, wie klein der Mensch ist, welch ein Sandkorn der Schöpfung. Sich dieses vor Augen zu halten, brachte einem die richtige Einstellung zu vielen Dingen zurück.

Natürlich bot das Meer auch das nötige Maß an Entspannung. Es brachte einen dazu, sich fallen zu lassen. Einfach nur zu leben. Sich treiben zu lassen, sich dem Auf und Ab der Wellen hinzugeben, das Rauschen in sich aufzunehmen, sich zu verlieren in dem ewig neuen und doch alten Wechsel von Ebbe und Flut.

Seeschwalben, gut zu erkennen an dem gegabelten Schwanz, schossen in großer Zahl an ihnen vorbei. Es schien ihnen Spaß zu machen, die Menschen nur knapp zu verfehlen. Das Geschrei der Möwen begleitete sie auf ihrem Weg zum Wasser. Eine frische Brise, die einem jegliche trüben Gedanken aus dem Kopf blies, wehte ihnen entgegen. Immer mehr Menschen spazierten Richtung Hafen.

Auf dem Wege erzählte der Alte, der einen Narren an Inse gefressen hatte, dass die ersten Heringe aus Holland gekommen waren. An Sorten gab es da die so genannten „Matjes“ – das bedeutet im Holländischen „junger Maat“ –, die noch nicht laichreifen Heringe, und nach dem Laichen die „Ihlen“.

Im Jahre 1552 entstand die erste Heringsfischerei in Emden. Streng waren die Vorschriften für den weiteren Versand. Jeder Heringsfischer musste nach den Verordnungen der Gräfin Anna vor der Ausreise dem Stadtsekretarius seine Marke vorzeigen. Wenn die Fahrzeuge wieder beladen zurückkamen, wurden alle Heringe, die schon an Bord gekehlt, gesalzen und in Tonnen verpackt worden waren, durch den „Körmeister des Herings“ nochmals umgepackt und sortiert. Wie wichtig die Heringe waren, deutete schon ein Kinderspruch an, den Marie vom Stapel ließ:

„Wenn't Sönndag is, wenn't Sönndag is, wenn't Sönndag is, denn kakt mien Moder Hering. De Vader kriegt dat Middelstück, de Moder kriegt de Kopp un Stert, wi Kinner kriegt den Rögen.“[2]

Wilke ließ sich über allerlei Krankheiten aus, die der Hering vertreiben könne. Er zerreibe die Krankheiten, wie die Sonne den Nebel! Möglichst frisch verzehrt vertreibe er Fieber und Husten, heile den Hundebiss, ziehe vom Haupte die Flüsse und verzehre die Wassersucht. Inse zweifelte insgeheim an diesen Heilungswundern durch den Hering. Insbesondere, als Wilke behauptete, dererlei Heilungen würden auch eintreten, wenn der frische Hering unter die Fußsohle gebunden würde! Bei starken Halsschmerzen helfe es, einen gesalzenen Hering um den Hals zu tragen!

„Vielleicht hilft ja der Glaube an die Heilung durch den Hering den Menschen“, dachte Inse bei sich.

Am Vormittag war in der Großen Kirche, wie jedes Jahr, ein Gottesdienst speziell für die Schiffer und deren Familien, die „Büsenpredigt“, abgehalten worden. Marie und Wilke hatten daran teilgenommen. Auch die Reeder, für die die Schiffe fuhren, waren anwesend gewesen.

Als sie sich dem Hafen näherten, konnte Inse die Seeleute und ihre Familien erkennen. Es wurde sich umarmt, viele Frauen und Kinder weinten. Konnten sie denn wissen, ob sie ihren Mann oder Vater gesund wieder sehen würden?

Die Fischer begaben sich auf ihre Schiffe. Es waren zum größten Teil so genannte „Heringsbüsen“, kleine Seeschiffe. Seitliche Rollen waren am Schiff zu sehen, über die der Fang morgens eingeholt wurde. Der Heringsfang erfolgte in der Nacht mit Treibnetzen, da sich die Heringe tagsüber oft in größeren Tiefen aufhielten.

Wilkes näheren Erläuterungen der einzelnen Masten und deren Funktionen sowie zur Handhabung der Schiffe hörte Inse sich nur mit halbem Ohr an. Zu sehr war ihre Aufmerksamkeit von den Menschen um sie herum, der Stimmung, die über dem Hafen lag, und den Bildern, die die Schiffe boten, in Anspruch genommen. Sie genoss dieses Schauspiel. Nie wieder würde sie etwas Derartiges erleben! Abgesehen von einigen wenigen Ausnahmen hatten sich diese behäbigen Heringsbüsen nicht in die Gegenwart retten können. Vom Aussehen her mochte Inse die kleinen Seeschiffe. Es waren verschiedene Modelle dabei, doch wenn sie ein besonderes Merkmal der Schiffe hätte nennen sollen, dann wäre es wohl die Rundheit gewesen. Sie wiesen eine schöne Rundung von Bug und Heck auf. Alle Teile, alle anderen Gegenstände schienen sich dieser Rundheit anzupassen. Das Augenmerk war wohl mehr auf viel Ladung als auf hohe Geschwindigkeit durch eleganteren Bau gelegt worden. Es waren außerordentlich robuste Fahrzeuge. Sie erinnerten Inse an die Wallnussschale aus dem Märchen, die dem Däumling ein sicheres Gefährt gewesen war. Schnittigere Formen, die für mehr Schnelligkeit sorgten, hatten später diese gemütlichen Transportmittel der Meere abgelöst. Aber jetzt, hier und heute, waren sie die fortschrittlichsten Schiffe, die es gab!

Das Wirtschaftsleben der Stadt wurde durch die Nebenbetriebe, die für die Fischereien arbeiteten, günstig beeinflusst. Schiffszimmerei, Reepschlägerei, Spinnerei, Netzstrickerei und die Herstellung von Fässern spielten dabei keine geringe Rolle. Hinzu kam die Verproviantierung der Schiffe durch Bäcker, Krämer und Bauern. Kein Wunder also, dass das Auslaufen der Heringsschiffe einen wahren Menschenauflauf verursacht hatte. Viele Handelszweige und somit viele Menschen hingen von der Heringsfischerei ab. Sie alle wollten das Auslaufen nicht versäumen!

Das Fassungsvermögen der Schiffe betrug dreißig Lasten, etwa fünfhundert Kantjes. Mit diesen Angaben, die Wilke ihr gegenüber äußerte, wusste Inse nun so gut wie gar nichts anzufangen. Noch darüber nachdenkend, ob sie fragen dürfte oder ob in dieser Zeit jedem die Mengenangaben bekannt sein müssten, mischte sich Marie ein.

„Sagt dem Mädchen doch gleich, dass ein Kantje ein auf See gepacktes Fass Heringe ist. Tut Euch nur nicht so wichtig mit Eurem beschränkten Schifffahrtswissen." Sie wandte sich flüsternd an Inse. „Dieser Kerl hat sein Lebtag noch nicht einen Fuß auf Schiffsplanken gesetzt."

Wilke warf ihr einen gekränkten Blick zu. Obwohl er kein Seemann war, zählte die Schifffahrt doch zu seinen Steckenpferden. Wie oft hatte er sich an den einsamen Abenden in seiner Hütte vor dem Feuer Träumereien hingegeben. In seinen Träumen war er zur See gefahren! Hatte ferne Länder bereist! War mit so manchem Piraten zusammengestoßen!

Inse war sich mit einem schlechten Gewissen darüber bewusst, wie leicht sie Wilkes Stolz auf die positive Entwicklung der Schifffahrt, auf die „Meisterleistungen", zu denen Schiffbauer fähig seien, zerstören könnte. Einige wenige Worte ihres Wissens und sein: „Seht, wie hochbegabt unsere Schiffbauer in Emden und den Niederlanden sind." würden in sich zusammenfallen. Sie verschloss sich diesen Gedanken. In jeder Zeit gab es andere Ziele, die erreicht werden wollten, es schien in jeder Epoche spezielle „Wunder" zu geben, die wahr wurden. Es war das Wunder dieser Zeit, dass die Heringsfischerei und die Schiffe die dafür erbaut wurden, der Stadt einen enormen Aufschwung und ein großes Einkommen sicherte.

Eine weitere bedeutende Einnahmequelle war das Emder Stapelrecht. Das Stapelrecht und die so genannte „Vorbeifahrt", der Emszoll, legten einen Riegel quer über die Ems. Sie verlangten, dass alle Schiffe, die einen ostfriesischen Hafen erreichen wollten, erst am Hafen Emden vorbeifahren mussten. Dort hatten sie die Anker zu werfen und drei Tage ihre Waren feilzubieten. Die Stadt argumentierte natürlich damit, dass der Zoll und die Einnahmen durch das Stapelrecht für den Unterhalt der Tonnen, Baken, Seezeichen, der Schleusen und Deiche verwendet würden. Doch es blieb noch ein guter Batzen übrig! Die Festschreibung des Stapelrechts bedeutete für die Emder die Kontrolle über den gesamten Seeverkehr von Leer und anderen Häfen emsaufwärts. Das Stapelrecht und die Heringsfischerei: zwei Standbeine für die große Hafenstadt Emden!

Kinderweinen und Geschrei rissen Inse aus ihren Gedanken. Der Abschied schien weder den Fischern noch deren Verwandten leicht zu fallen. Die Fischer hatten einen langen Weg vor sich. Sie fuhren hinauf zu den Shetland-Inseln, von dort zogen die Heringsschwärme im Laufe des Sommers die englische Küste entlang nach Süden auf Nahrungssuche und zum Laichen. Den Frauen und Kindern der Fischer schien schmerzlich bewusst zu sein, dass die Männer lange Zeit fort sein würden. Während es um sie herum wie in einem Bienenkorb zuging, bemerkte Inse etliche Frauen, die in ihre Leinentücher schnupften. Einige weinten heimlich, verstohlen. Andere ließen ihrer Traurigkeit freien Lauf. Einige wenige Frauen standen stolz und aufrecht, bemüht, sich nicht von der Traurigkeit der anderen Schiffersfrauen um sie herum anstecken zu lassen.

Es war schon ein erhabener Anblick, die vielen Schiffe – es mochten wohl um die vierzig sein – nacheinander davonfahren zu sehen. Der Wind frischte etwas auf und Inses Blick hing an den Spuren, die die Schiffe durchs Wasser gezogen hatten. Wie schnell schlossen sich die Furchen wieder. Es schien ihr die Vergänglichkeit widerzuspiegeln, die in allem lag. Wie schnell wurde aus der Gegenwart Vergangenheit. So, wie sich die Spuren der Schiffe verwischten.

Nachdem die Schiffe den Blicken entschwunden waren, schien sich die Aufregung von einem Moment auf den anderen zu legen. Es war vorbei! Für dieses Jahr war es vorbei! Ein großes Hallo würde es erst wieder geben, wenn die ersten Heringsbüsen voll beladen wieder in den Hafen einliefen. Dann würde wieder geschäftiges Treiben einsetzen. Bis dahin blieb den Ehefrauen nur übrig zu warten. Die Handwerksbetriebe würden in weiser Voraussicht Netze knüpfen lassen oder Fässer herstellen.

Inse, Marie und Wilke waren die letzten, die dem Wasser den Rücken kehrten. Wilke musste sich morgen früh wieder auf den Weg zurück zu seiner Kate machen. Ohne seine geliebten Tiere und nur mit „Gänsen wie der alten Marie“, wie er sich ausdrückte, könnte er es sowieso auf Dauer nicht aushalten. Nach diesem derben Vergleich trat Marie ihm mit Wucht gegen das Schienbein. Wilkes Gelächter verwandelte sich schlagartig in Gewimmer.

„Marie, meine liebe Maid, es war doch nur ein Scherz.“ Stöhnend rieb er sich den Knöchel.

„Bin ich froh, wenn Ihr alter Zankapfel wieder alleine in Eurer Räucherkate sitzt. Euer Federvieh hat's gut, denn die Tiere können ja zum Glück nicht verstehen, was Ihr sagt.“

Trotzdem machte sie beim Abschied ein trauriges Gesicht und lud ihre Freunde zu einem Dünnbier ein. In „ihre“ Gaststube, sagte sie, dabei war es nur ihr Übernachtungsplatz während sie in Emden Handel trieb.

Josef saß schon vor der Schänke auf einer Holzbank in der Sonne und wartete auf sie. Wie immer machte er nicht viele Worte und summte eine, wie Inse schien, neue Melodie vor sich hin. Während Josef so sorgenfrei vor sich hin summte, kam Inse der Gedanke, was mit ihm geschehen würde, wenn Marie einmal nicht mehr für ihn sorgen konnte. Da dies aber nicht ihr Problem sein durfte – sie hatte ja nun wahrlich Sorgen anderer Art genug – verdrängte Inse diesen Gedanken schnell wieder.

Sie ließ sich zusammen mit Wilke auf der Holzbank in der Sonne nieder. Marie erschien kurz darauf mit vier Bechern Dünnbier. Nach dem Gang zum Hafen, dem Abschiednehmen von den Heringsfischern und dem Weg zurück schmeckte Inse das Bier so gut, dass sie ihren Becher in einem Zug leerte. Sie wusste nicht, wie sie Wilkes anerkennenden Blick bewerten sollte.

Beim Abschied vom alten Wilke kamen Inse fast die Tränen. Wie lieb sie diesen alten Mann gewonnen hatte! In zwei Wochen, wenn wieder Markt sei, wollte Wilke erneut in die Stadt kommen. Inse hoffte, dass sie dann schon wieder daheim sein würde. Daheim, wie das klang. Irgendwie würde sie ein wenig „daheim" auch immer im 16. Jahrhundert bleiben, egal, wo sie sich auch befand. Ist das Zuhause nicht immer dort, wo Freunde sind?

Eindrücke

Inse konnte ihre Gedanken nicht von dem neuerlichen Treffen mit von Oldenbokum am Vormittag lösen. Er war widerlich! Die Gier nach Macht und der Hass auf den Grafen hatten ihn in ihre Hände gespielt. Es ekelte sie, sich vorzustellen, mit ihm alleine zu sein, dass seine Hände sie berühren könnten. Sein ganzes Wesen stieß sie ab. In gewisser Weise gut aussehend, aber eigentümlich primitiv, brutal. Inse konnte nicht ahnen, dass gerade diese Ausstrahlung viele Frauen eher anzog, als abstieß. Er war zum Glück alleine gekommen. Wenn sie an den unangenehmen Sibo dachte, liefen ihr jetzt noch Schauer über den Rücken.

Wie gut, dass Derk ein hervorragender Schauspieler war. Er hatte sie so eng an sich gezogen, dass von Oldenbokum sich eine Bemerkung nicht verkneifen konnte.

„Ah! Heute also kein Versteckspiel mehr."

„Was die gestrengen Diener der Gräfin nicht sehen, können sie nicht tadeln." Derk spielte damit auf eine Anweisung der Gräfin Anna an, nach der es verboten war, eine Beziehung zu haben ohne die Ehe eingegangen zu sein.

„Na, ich wusste doch, dass mein Urteil mich nicht trügt. Eine so edle Dame seid Ihr also doch nicht, wertes Fräulein Inse."

Das „Fräulein“ hatte hässlich geklungen. Es war, als ob Johann von Oldenbokum sich ausmalte, was Derk und Inse zusammen taten, wenn sie alleine waren. Dann hatten sie sich dem Geschäftlichen zugewandt. Johann von Oldenbokum war zu allem bereit. Er schien geradezu begeistert für ihr gemeinsames Spiel und weidete sich schon jetzt an der Todesangst, die der Graf ausstehen würde.

Derk hatte trotzdem ein ungutes Gefühl. Ihm schien es, als hielte von Oldenbokum noch eine Trumpfkarte in der Hand, von der sie nichts wussten.

„Ich möchte, dass er vor Angst um sein Leben mich um Gnade anfleht!“ Von Oldenbokum grinste diabolisch. „Er soll winseln wie ein Hund, dieser Hurensohn, der es mit Almeth getrieben hat. Ich werde mich ergötzen an seinem Todeskampf. Ich werde ihm dabei erzählen, wie seine Geliebte, mein holdes Eheweib, gelitten hat.“

Inse hatte kaum ein Würgen unterdrücken können, als er ihnen erzählte, wie Almeth gestorben war. Dann hatte er sich damit gebrüstet, Herr über Leben und Tod zu sein. Das eine „gute Freundin aus alten Tagen“ ihn mit den entsprechenden Giften versorge. Er habe damit nicht nur seinen schwachsinnigen Bruder einst aus dem Weg geräumt, sondern, als es an die Erbschaft ging, auch Hyma Manninga. Wenn Inse und Derk es übernehmen würden, den Weg zu den Räumlichkeiten des Grafen frei zu machen und diesen in Sicherheit zu wiegen, dann würde er für dessen Tod sorgen.

Bei der Erwähnung von Hyma hatte Inse die Luft angehalten. Er hatte es gesagt! Er hatte es tatsächlich gesagt. Wenn sie ihn nur schon soweit hätten, dass er auch vor Graf Johann damit prahlte!

Bis ins Kleinste hatten sie alles durchgesprochen. Nach dem Fest auf der Burg würden sie sich zum vereinbarten Zeitpunkt auf dem Friedhof der Großen Kirche treffen. Katharina habe versprochen, so betonte Inse, die Zugbrücke herunterzulassen.

Auch das Tor zur Burg wollte sie öffnen. Der Weg zu den Gemächern des Grafen wäre frei.

Inse seufzte. Sie musste sich unbedingt auf andere Gedanken bringen. Vielleicht sollte sie einen Spaziergang durch die Stadt machen?

Von der Norder Straße aus, an der die Goldschmiede lag, die Derk und Joost betrieben, begann sie ihre Erkundungstour. Das Rathaus Emdens enttäuschte sie. Bei einer so großen Handelsstadt hätte Inse ein prachtvolleres Gebäude erwartet. Dieses hier ähnelte eher einem Brückenhäuschen. Das Gebäude stand an der Westseite des Ratsdelftes, am Ende der großen Straße, unmittelbar südlich des Marktes und vor der Brücke, die über den Delft führte. Es wirkte tatsächlich wie ein großes, die Straße überwölbendes Brückentorhaus. Im Gewölbebereich befanden sich Läden, die an Krämer vermietet waren.

Die Lebensader der Stadt Emden war die Ems. Der Emsstrom, der in beachtlicher Tiefe unmittelbar an der Emsmauer vorbeifloss, bot eine vorzügliche Zufahrtsstraße zum Hafen. Zwischen Emden und der Insel Nesserland, die vom Festland aus gut zu erkennen war, breitete sich das tiefe Fahrwasser der Ems aus. Hier, an der Außenreede, vollzog sich der Hauptumschlagsverkehr. Marie hatte erzählt, dass im Winter, wenn das Treibeis die Schifffahrt erschwerte, der innere Hafen aufgesucht wurde.

Geschützt war die Stadt gegen die See durch die breite Emsmauer. Eine davor eingerammte doppelte Pfahlreihe diente als Wellenbrecher und ließ nur eine schmale Einfahrt als Zugang zum inneren Hafen offen. Nachts wurde diese Zufahrtsstraße durch einen schwimmenden Balken abgesperrt. Der hierfür zuständige Mann, der „Boomfluiter“, hatte die Ein- und Abfahrt der Schiffe zu überwachen. Er saß in einem kleinen Wachthaus, das sich am Ende der hölzernen Landungsbrücke befand.

Der innere Hafen teilte sich in zwei Delfte, wobei der Ratsdelft der bevorzugte Hafen war. Beide Delfte dienten als Anlegeplätze für die Schiffe. Die Umschlagseinrichtungen waren recht einfach. Das Löschen der Güter war Sache der Schiffsbesatzung und der dafür abgestellten Arbeiter der Stadt. Den Hafenverkehr ordnete der Hafenmeister, dessen wichtigste Aufgabe die Platzverteilung war.

Inse war fasziniert von der Betriebsamkeit, die sich um den Hafen entwickelte, und sie konnte sich nicht genug über die Reibungslosigkeit wundern, mit der hier alles ablief. Jeder schien genau zu wissen, welcher Handgriff von ihm erwartet wurde.

Das Leben vieler Menschen in dieser Stadt hing mit der Schifffahrt zusammen Die wirtschaftliche Existenzsicherung der Bevölkerung bezog sich auf den Seehandel, das Schifffahrtswesen und den Hafen. Das galt für die Reeder, die Unternehmer der Transporte über See, die Kaufleute, für Tuchmacher, Gewandschneider, für Schiffer und Schiffsvolk und für die vielen Beschäftigten im Hafenbetrieb. Es galt ebenso für die von der Schifffahrt abhängigen Handwerker wie Zimmerleute, Schmiede, Lederarbeiter, die das Lederzeug der Seeleute herstellten, und Küper, die Tonnen produzierten. Natürlich profitierten auch die Händler auf den Märkten und die Gastwirte, die die Emder und auch die Gäste der Stadt mit Wohnraum, Kleidung und Lebensmitteln versorgten, davon. Die Männer, die in der Schifffahrt und deren nachziehenden Gewerben arbeiteten, brauchten Wohnraum. Die Gewerbe der Maurer, Zimmerleute, Ziegelbrenner und Glaser standen in ihrer Blütezeit.

Zu Inses Verwunderung gab es Ziegeleien in der Stadt und viele Häuser waren schon aus gebrannten Steinen – „Backsteinen“ – gebaut. Es gab kein Ziegelhaus – Steinhaus, wie die Menschen sie hier nannten – ohne Maueranker. Daher hatte das Schmiedehandwerk Hochkonjunktur. Viele dieser Maueranker waren die reinsten Kunstwerke. Es gab sie in Form von Buchstaben, Blumen, Bäume, Herzen, Zahlen und andere mehr. Inse konnte sich nicht satt sehen daran.

Auf ihren Spaziergängen in den engen Gassen der Stadt entdeckte Inse noch so manche Besonderheit. Aufgefallen war ihr, dass der holländische Einfluss sich überall bemerkbar machte. Auch die Inschriften, die an vielen Häusern zu bewundern waren, ließen darauf schließen. „Ider se up sick sulven.“* (*Jeder schaue auf sich selbst.) – ein Spruch, der auch in der Gegenwart noch nicht an Aktualität eingebüßt hatte – war da beispielsweise zu lesen.

Einige Häuser trugen Namen, die sehr holländisch anmuteten: „De roode Leeuw“, „De witte Oliphant“. Auch einige Gasthöfe Emdens führten holländische Namen. Dass auch die Windmühlen, von denen es etliche in der Stadt gab, holländische Namen hatten, verwunderte sie nicht. Selbst die holländische Sprache war unter den Menschen, die Inse im Gespräch beobachtete, kaum weniger häufig anzutreffen als das gängige Plattdeutsch.

Immer wieder kam es vor, dass sich Inse verlief in den vielen engen Gassen, die wiederum auf breite Straßen zuliefen. Wie ein großes kariertes Handtuch kam ihr die Stadt vor. Jedes Quadrat bildete einen Häuserblock. Schmale Gassen trennten die miteinander verwobenen Gebäude.

Marie gesellte sich unvermutet zu ihr und begleitete sie ein Stück. Sie erzählte viel von den alten Klöstern, die unter der Herrschaft des Vaters der jetzigen Regenten größtenteils abgerissen worden waren. Die Steine wurden für andere Bauten verwendet, für Burgen, Wehrtürme oder neue Kirchen. Einige Klöster standen noch und die Nonnen oder Mönche versuchten, ohne die Unterstützung der Regentschaft und des Volkes, das sich dem neuen Glauben zugewandt hatte, über die Runden zu kommen.

Marie hatte Kontakt mit den Mönchen der Gasthauskirche. Die Gasthauskirche war in früherer Zeit ein Franziskanerkloster gewesen. Durch Bruder Bruno, ein enger Freund Maries, wusste diese eine ganze Menge über die Anfänge des Ordens. Auf Inses neugierige Frage kratzte sie sich am Kopf und überlegte.

„Mal sehen, was ich mir von Bruder Brunos Erzählungen gemerkt habe. Also: Die Gründung des Franziskanerordens geht auf Franz von Assisi zurück. Als dieser ein junger Mann war, gab er sein vorheriges Leben – das nicht gerade von Armut geprägt war – von einem Tag auf den anderen auf. Er verzichtete auf jeglichen weltlichen Besitz und sah seine Aufgabe in der Verkündung des Wortes Gottes in der Welt.

Stellt Euch vor, dieser Franz von Assisi bewunderte jeden Grashalm, jeden Baum, jede Blume, jeden Vogel und was weiß ich noch alles. Er behauptete, alles, was auf Erden wachse und gedeihe, die Gestirne, sogar die Wolken und der Wind seien Wunderwerke Gottes. Na – diese Begeisterung kann ich nicht teilen. Ich kann die Distel, den Hagelschauer, der die Ernte vernichtet, die hungrigen Krähen, die die Saat fressen, den Sturm, die giftige Tollkirsche, die brennende Hitze des Sommers, die die Feldarbeit erschwert, den Frost, dem so mancher zum Opfer fällt und vor allen Dingen die Blitze und das Gewittergrollen, vor dem ich mich fürchte, nicht als Wunderwerke bezeichnen. Gut könnte ich ohne dieses alles leben.

Mich wundert, dass der Papst sich mit dieser Ansicht abfinden konnte. Muss ja wohl so gewesen sein, denn er erteilte dem Franz den päpstlichen Segen. Dieser gewann danach noch viel mehr Anhänger. Franziskanerorden gründeten sich. Kern der Ordensregeln war die Nachfolge Christi in Armut und Demut. Die Bettelmönche predigten, versorgten Alte und Kranke und halfen den Menschen, wo sie nur konnten – unentgeltlich natürlich. Dazu war es wichtig, dass sie dort ansässig waren, wo die Mehrzahl der Menschen lebte. Daher haben sich Franziskanermönche eher in Städten – wo die Herzen vieler Menschen schlagen – angesiedelt. Hättet Ihr Freude daran, mit mir den Mönchen einen Besuch abzustatten?“

Das konnte Inse natürlich nur bejahen. Sie empfand es als Verlust, dass die Gasthauskirche das einzige verbliebene ehemalige Kloster war.

„Die Mönche schulden mir noch was", vertraute Marie Inse an. Marie hatte für sie aus anderen Klöstern einige Schnitzereien und andere Kostbarkeiten, die vor Plünderungen gerettet werden konnten, herausgeschmuggelt und in die Gasthauskirche gebracht. Die „Heiligtümer" waren an einem sicheren Ort versteckt, wie sie Inse hinter vorgehaltener Hand zuflüsterte. Sie schien Näheres über den „sicheren Ort" zu wissen, dieses Geheimnis aber ausnahmsweise für sich behalten zu wollen.

Die „Armenkirche", wie Marie sie nannte, war eine imponierende ehemalige Klosterkirche mit Mauern aus Backsteinen und einem Dach aus Schiefern. Ursprünglich war die Gasthauskirche einmal einschiffig gewesen, wurde dann aber beständig ausgebaut. Hauptschiff und Chor wurden verlängert, ein Seitenschiff entstand. Die Unterkünfte für die Mönche grenzten an die Kirche an.

Inse war vor allen Dingen von dem Boden, der aus alten Grabsteinen bestand, fasziniert und von den wunderschönen bunten Fenstern mit Glasmalereien. Das hölzerne Gewölbe der Kirche war mit bunten Wappenschildern besetzt.

Maries lockerer Umgangston schien den wenigen Mönchen, die sie im „Gasthaus" antrafen, zu gefallen. Als eine eindrucksvolle Persönlichkeit stellte sich Bruder Bruno heraus. Er trug eine braune Kutte mit Kapuze – die Tracht der Franziskaner. Inse wunderte sich, dass die Gräfin das Tragen der Ordenstracht nicht verboten hatte. Oder kümmerten sich die Mönche nur nicht darum?

Marie hatte in der Zeit vor dem Umbruch oftmals Handel mit dem damals reichen Kloster getrieben und häufig an Gottesdiensten in der Klosterkirche teilgenommen. Die wunderschönen bemalten Wände waren auf Weisung der Gräfin leider übertüncht worden. Das ehemalige Kloster war Gräfin Anna nach der Reformation von den letzten Klosterinsassen als Gasthaus für arme Leute angeboten worden. Dies schien damals für die

Mönche der einzige Weg zu sein, das alte Kloster vor dem Abriss zu retten.

Die Gräfin richtete ein Armen- und Waisenhaus nach niederländischem Vorbild ein. Die ehemaligen Brüder taten zum Teil heute noch Dienst dort. Wenn Marie auf dem Emder Markt ihren Handel beendet hatte, brachte sie die verderblichen Reste ihrer Ware den Armenhausbewohnern. Vielen der meist älteren Leute stattete sie einen Besuch ab. Einmal mehr bewunderte Inse Maries großes Herz. Für viele der alten Leute war sie die einzige Verbindung nach außen.

Nun befanden sich in den ehemals von Mönchen genutzten Räumen ein Küchenhaus, Werkstätten, ein Sitzungssaal für die Gasthausvorsteher, Wohnräume für arme Greise und Greisinnen und eine Dienstwohnung für den reformierten Prediger. Zu den seit 1561 bestehenden Privilegien des Gasthauses zählte das Monopol der Herstellung aller Särge in Emden. Bruder Bruno verabschiedete sich wieder von ihnen, um genau dieser Arbeit nachzugehen.

In der Gasthauskirche fanden wöchentlich reformierte Gottesdienste statt. Die Idee der Mönche, das Kloster dafür zur Verfügung zu stellen, hatte sich bezahlt gemacht. Auch dadurch war das Klostergebäude vor dem Abriss gerettet worden.

„Und wer weiß“, Marie wiegte nachdenklich ihren Kopf, „vielleicht hängen die Mönche ja heute noch dem verbotenen alten Glauben an und halten noch heimlich römisch-katholische Zeremonien ab. Ein Versteck dazu hätten sie ja, denn es gibt geheime Räume, unterirdische, von denen nur die Mönche wissen. Man sagt, sie mussten früher vor Eintritt ins Kloster ein Gelübde ablegen, keinem Außenstehenden den Zutritt zu den Räumen und zu einem unterirdischen Gang, der unter dem Ratsdelft hindurch zur Großen Kirche führen soll, zu gewähren. Heute wissen – wenn es denn diesen Gang gibt – sicherlich nur noch die sieben verbliebenen Mönche davon. Nicht mal nach intensivstem Suchen hat die Gräfin Anna jenen Zugang entdeckt.

Vielleicht haben die Mönche auf diesem Wege so manches Stück ihrer ehemals reichen Ausstattung an geheime Orte geschafft! Seit 1557, seit der Übernahme durch die Gräfin, sind auch alle Bücher und Schriften des Klosters verschollen. Sie sollten verbrannt werden, wurden aber nicht entdeckt!

Man darf es ja eigentlich nicht mal denken, aber für des Lesens Unkundige wie mich waren die hübschen Bilder in den Kirchen und die gemalten oder geschnitzten Altarflügel das Schönste am ganzen Gottesdienst. Die herrlichen, reich bemalten Kirchenwände! Man konnte sich die Handlungen der Bibel in allen Einzelheiten vorstellen, egal was der Pfaffe vorne erzählte. Es wurde mir nie langweilig, mich an den Figuren zu erfreuen. Wenn es nach der Gräfin gehen soll, sind von nun an alle Kirchen kahl und leer. Kein schmückendes Beiwerk ist mehr gestattet. Wenn es so weitergeht, wird sie auch noch das Singen in der Kirche verbieten! Wie gut, dass sie nicht überall nach dem Rechten sehen kann. Einige der Kirchen haben ihren Schmuck und ihre Statuen heimlich verschwinden lassen. Und wenn ich an all die schönen Dinge denke, die ich hierher geschmuggelt habe! Vielleicht dürfen sie ja eines Tages wieder den ihnen zustehenden Platz einnehmen."

Marie war sowieso der Ansicht, dass die Kirche im Grunde nur noch etwas für die Reichen und die Herrscher war. Den Armen wurden doch nur ihre Sünden vorgehalten. Nach der Reformation musste man jetzt immerhin keinen Ablass mehr für seine Sünden bezahlen. Als die alten Schnitzwerke und Bilder noch gern gesehen waren, kam es vor, dass ein Maler oder Schnitzer verpflichtet wurde, zur Buße ein Jahr an einem entsprechenden Bild oder einer Statue für die Kirche zu arbeiten. Dadurch waren nicht wenige der Altarbilder zustande gekommen.

In der Jeveraner Ecke wusste sie von einem Reliquienschrein, der bis zur Decke der hohen Kirche reichte und mit tausend Schnitzereien verziert war. Der Schöpfer dieses Meisterwerks hatte dadurch Buße für einen Mord getan.

Marie liebte weder die Kirchen noch die Priester. Sie glaube nicht, dass dort der Gott der armen Leute zu finden sei, meinte sie zu Inse.

Markttreiben

Am Abend vor dem großen Fest, das auf dem Marktplatz stattfinden sollte, war die Stadt voll von Menschen. Die Gasthöfe waren ausgebucht und es herrschte schon jetzt eine ausgelassene Stimmung. Morgens waren die ersten englischen Schiffe, vierundvierzig an der Zahl, in Emden eingetroffen. Sechs Kriegsschiffe hatten ihnen Geleitschutz gegeben. Die ganze Stadt war auf den Beinen gewesen, um die englischen Handelsschiffe zu empfangen und den Beginn dieser neuen Handelsverbindung mitzuerleben. Alle wollten ihren Kindern noch erzählen können, dass sie leibhaftig dabei gewesen waren, als ein Stück Handelsgeschichte geschrieben wurde!

Die Menschen bewunderten das Geschick der Grafschaft, vor allen Dingen das der Gräfin, die für den neuen Handel verantwortlich war. Sie hatte in aller Heimlichkeit die neuen Verbindungen geknüpft, als die Beziehungen der Engländer zu den Niederländern sich verschlechterten.

Trompeten schmetterten. Trommeln wurden geschlagen. Es herrschte schon am Vormittag Feststimmung! Die Kanonen schossen Ehrensalut. Alle warteten gespannt auf das rauschende Fest, den besonderen Markttag mit vielen Attraktionen. So hatte es die Grafschaft ja versprochen. Die geladenen Gäste dagegen konnten das Bankett auf der Burg kaum abwarten. Es bot auf lange Sicht die einzige Abwechslung vom Alltagstreiben.

Derk hatte Inse am frühen Morgen zum Hafen begleitet. Auch er ließ sich anstecken von der Begeisterung, in die die Menschen der Stadt gerieten. So etwas hatte es noch nicht gegeben! Es war ein wahrhaft erhabener Anblick, die Schiffe zu beobachten. Welchen Weg würde die Stadt nehmen, wenn das so weiterging? Wie groß würde sie noch werden? Vielleicht die größte Handelsstadt aller Zeiten? Diese Fragen wurden um sie herum diskutiert.

Inse, die wusste, dass der Ruhm nur von kurzer Dauer sein würde und hielt sich lieber zurück. Aber auch sie genoss den Auflauf und den Enthusiasmus der Menschen. Es war schon wahrhaft überwältigend, diese Schiffe zu beobachten. Sie erschlossen der Stadt, wenn auch nur für kurze Zeit, neue Wege. Sie würden die Stadt prägen bis in die Gegenwart! Denn auch in der Gegenwart war in Emden noch etwas spürbar von dem englischen, aber vor allen Dingen von dem niederländischen Einfluss, der in diesen Tagen, die Inse jetzt erlebte, seinen Einzug gehalten hatte.

Derk waren Zweifel gekommen angesichts der Packhäuser. Ihm schienen sie nicht ausreichend, um alle eingebrachten Waren zu lagern. Was sollten die vielen englischen Schiffe zurück in ihre Heimat mitnehmen? Welche Waren hatte Emden als Gegenleistung anzubieten? Und er gab zu bedenken, dass die zwischen der Grafschaft und den „Adventuriers" geschlossenen Verträge nicht von der Obrigkeit bestätigt worden waren. Hatten sie dann überhaupt Gültigkeit? Trotzdem konnte auch er sich der Atmosphäre nicht entziehen. Letztlich jubelte er den englischen Seeleuten genauso zu wie die Menschen um ihn herum.

Die Menschen scherten sich nicht um bestätigte oder unbestätigte Verträge. Waren dies nicht Nichtigkeiten angesichts dieser großartigen Leistung ihrer Regenten?

Am Abend wurde in jeder Gaststätte gefeiert, so lange es die Verordnung der Regentschaft erlaubte. Das Bier und der „Gebrannte" flossen in rauen Mengen. Man verständigte sich mit Händen und Füßen – es gab eigentlich keine Schwierigkeiten. Die Gasthäuser und Pensionen waren voll mit fremden Gästen.

Am frühen Morgen des nächsten Tages fanden Festgottesdienste in der Großen Kirche und in der Gasthauskirche statt. Mehrere Gottesdienste waren nötig, damit alle Gläubigen Aufnahme fanden.

Die Religion war ein wichtiger Bestandteil im Leben der Menschen dieser Zeit und so war es ganz selbstverständlich für sie, das Fest, das anlässlich der Handelsverbindung mit England gefeiert wurde, mit einem Gottesdienst zu beginnen.

Die gräfliche Familie hatte einen berühmten Gastprediger eingeladen. Die gewaltige Große Kirche war in vielen Bauabschnitten über Jahrzehnte entstanden. Die Patrone der Kirche waren Cosmas und Damian, zwei christliche Ärzte, die Kranke unentgeltlich behandelt hatten, um dadurch Heiden für das Christentum zu gewinnen. Die große, voll eingewölbte Kirche mit den stattlichen Giebeln ihrer Seitenschiffe, den Zierformen aus Sandstein und den kräftigen Streberpfeilern hatte eine Gesamtlänge von rund einundsechzig Metern bei einer Breite von etwas über dreißig Metern. In der Kirche war, wie damals üblich, in der Fürstengruft das Grabmal für Enno II., den Vater der jetzigen Regenten, errichtet worden.

Inse nahm nicht am Gottesdienst teil, sie wollte lieber nicht zuviel Aufmerksamkeit erregen. Sie hätte sich eigentlich auch gerne die Teilnahme an dem Bankett am Abend erspart, aber die besondere Einladung des Grafen Johann konnte sie kaum ausschlagen.

Der Marktplatz befand sich in der Nähe des Delftes, des Binnenhafens also. Früh am Morgen, nach dem Gottesdienst, wurden die ersten Stände aufgebaut. Zelte aus Leinentüchern wurden errichtet. Jongleure übten ihre Kunst. In einem der Zelte konnte man gegen Bares eine Bauchtänzerin, bekleidet mit schwarzem Oberteil und grün-goldenem Rock, bewundern. Sie tanzte zu Flöten- und Trommelklängen. Mit Stoff bespannte Holzscheiben wurden aufgehängt, die mit Wurfgeschossen getroffen werden mussten. Es gab eine Würfelbude. Ein Feuerschlucker fesselte vor allen Dingen die Kinder. Ein Stand bot Instrumente zum Kauf an. In einem der Zelte hatte ein Händler Unmengen von Fellen ausgebreitet. Auch Waffen wurden verkauft. Es gab Knochenschnitzer, die Würfel, Haarnadeln und -kämme, Armreifen und vieles mehr verkauften, ebenso Schmuck in allen Variationen. Fleisch, geräuchert oder getrocknet, wurde angeboten und man konnte Töpfer- und Webwaren erwerben. Es war ein riesiger Markt, verbunden mit einer Vielzahl von Vergnügungen und musikalischen Darbietungen für Jung und Alt. Begleitet von mittelalterlichen Instrumenten trug eine junge Frau Geschichten vor.

Inse war begeistert. Nie zuvor hatte sie die Menschen, vor allem die Kinder, so ausgelassen erlebt. Es herrschte ein herrliches Durcheinander von Sprachen und Gerüchen. Friesisch, Niederländisch, Englisch und viele Dialekte, die Inse nicht einzuordnen wusste, waren zu hören. Es lag etwas Unwirkliches in diesem Spektakel. Inse hatte natürlich etwas derartiges auch niemals zuvor erlebt. Sie kam sich vor wie in einem Traum.

Den Prediger, der nach Derks Erzählung davon abgeraten hatte, den weltlichen Vergnügungen zuviel Aufmerksamkeit zu widmen, und dazu aufgefordert hatte, sich mehr um das Seelenheil zu kümmern, schienen die Besucher schon wieder vergessen zu haben.

Mit Marie an ihrer Seite beobachtete Inse das Treiben. Joost hatte auch einen kleinen Stand errichtet, an dem er weniger teure Goldschmiedearbeiten den zumeist einfachen Leuten, die den Markt bevölkerten, anbot. Marie blieb lange bei ihm stehen. Die Hartnäckigkeit, mit der er sie umwarb, schmeichelte ihr. Belustigt betrachtete sie die schöne vergoldete Kette, die er ihr schon jetzt schenken würde, wenn sie endlich einer Ehe zustimmte.

Sie liefen weiter. Ab und zu erstand Marie eine Ware, die sie als Fernhändlerin an der nächsten Station ihrer Reise wieder, vielleicht etwas teurer, verkaufen konnte. Unterschiedliche Münzen zur Bezahlung waren im Umlauf.

Es gab zum Beispiel den „Dicken Penning“, eine Silbermünze, die auf der Rückseite mit einer bekrönten Harpyie versehen war. Auf der Vorderseite zeigte die Münze ein Porträt Ennos des Zweiten mit Barett und prächtiger Kleidung. Die lateinische Umschrift bedeutete: „Auf Gott hoffe ich, ich werde nicht fürchten, was der Mensch macht.“ Dann gab es den „Taler“, angeblich aus dem Rohmaterial der Mitgift von Edzards Ehefrau Katharina gefertigt, der eine Porträtmünze des Grafen Edzard war, ebenfalls in prunkvollen Kleidern, mit einem hohen Hut mit Federn. Der Spruch auf der Rückseite lautete: „Gib Frieden, Herr, in unseren Tagen“. Den „Gulden“ zierte ein Ritter auf der Vorderseite und wieder das Hüftbild des Kaisers auf der Rückseite. Der gräfliche Münzmeister hieß Dirk Iden Kriutkremer und prägte in seinem Privathaus an der Ostseite der Neutorstraße die Münzen der Stadt. Es gab auch noch das Münzgebäude „Alte Münze“, das sich unweit der Burg in der Steinstraße befand. Inse verwirrte besonders die Vielzahl der gültigen Münzen.

Während Marie noch feilschte, schaute sich Inse die Darbietungen eines Feuerschluckers an. Sie trat einige Schritte zur Seite, um etliche Kinder vorzulassen. Als Inse Marie auf einige naturgetreue Holzschnitzereien aufmerksam machen wollte, merkte sie, dass sie ihre Begleiterin verloren hatte. Sie selbst war wohl abgedrängt worden ohne es zu merken. Nachdem ihre Suche nach Marie erfolglos geblieben war, beschloss Inse zu versuchen, auf eigene Faust zu ihrer Pension zu gelangen.

Durch die Stände und Schausteller, Musikanten und insbesondere durch die vielen Menschen, die schoben und drängelten, wirkte der Marktplatz ganz anders als sonst. Die Stadt Emden mit den vielen Straßen und kleinen Gassen hatte sie von Anfang an irritiert. Jetzt, da die Stadt belebt, ja besser gesagt überlaufen war von Menschen, verlor Inse die Orientierung.

Sie fand sich auf einmal in der Nähe des Hafens wieder. Entlang der Straße standen, wie Perlen aufgereiht, viele schmale, hohe Häuser. Im unteren Teil der Häuser befanden sich die Lagerräume, Gaststuben oder Läden. Darüber wohnten wohl die Menschen. Die Straße war noch ungepflastert. Eine Kanalisation schien hier, im Gegensatz zu den anderen Gegenden Emdens, die sie kennen gelernt hatte, nicht zu existieren. Schmutz und Unrat lagen überall, dazwischen liefen streunende Hunde. Es stank nach Verfaultem und den Laugen der Gerber und Färber.

Inse erinnerte sich dunkel: Dieses hier musste die Pelzerstraße sein. Marie hatte irgendetwas darüber erzählt. Genaueres wollte ihr allerdings nicht einfallen. Sie kehrte der drängelnden Menge den Rücken und beschloss, sich in einem der Gasthöfe zu erfrischen, um dann gestärkt den Heimweg anzutreten. Dort könnte sie sich auch in Ruhe überlegen, welchen Weg sie einschlagen müsste, um zurück zur Pension zu kommen.

Die Schankstuben und Gasthöfe, in denen Inse in den letzten Tagen ihre Mahlzeiten eingenommen hatte, glichen der, deren Tür sie jetzt öffnete, nicht im geringsten. Aber es wäre unverschämt gewesen, sofort wieder zu gehen. „Dit is in den blauen Engel", hatte über der Schankstube gestanden.

Etliche der Besucher waren stockbetrunken. Einige torkelten zum Abort und zurück, lallten vor sich hin oder taten lautstark ihre Meinung kund. Der Wirt war bemüht, einen entstehenden Streit zwischen zwei finster blickenden Männern zu verhindern. Inse sah ein Messer blitzen. Der Schankraum wirkte schmuddelig, wie auch die Menschen, die dort verkehrten. Inse traf etliche Frauen an, die sie bei sich in die Kategorie „Dirnen" einordnete.

Während sie beschloss, so schnell wie irgend möglich unauffällig das Weite zu suchen, schlug ihr jemand auf die Schulter.

„Na, wen haben wir denn da? Das werte Fräulein, ohne ihren Aufpasser."

Inse erstarrte. Das hatte ihr noch gefehlt! Sibo Meiners, die rechte Hand des Johann von Oldenbokum, stand neben ihr. Auch er wirkte schon nicht mehr so ganz nüchtern.

„Das Euer Wachhund Euch in dieser Gegend ganz alleine ausgehen lässt, will mir gar nicht in den Kopf. Oder habt Ihr ihm den Laufpass gegeben?“

Auf widerliche Weise tätschelte er sie. Sibo war Inse schon von jeher unangenehm gewesen, da er immer einen etwas verschlagenen Eindruck machte.

„Und das junge Täubchen hat heute ein so sittsames Kleid an, so hochgeschlossen heute. War doch sonst immer eine solche Augenweide. Wolltet wohl bei dem Rummel in der Stadt nicht mit einer der käuflichen Gespielinnen verwechselt werden.“

Er lachte laut und dröhnend. Sein Arm glitt von ihrer Schulter herunter zu ihren Brüsten.

„Ich verbitte mir solche Anspielungen! Wenn Ihr mich weiterhin belästigt, werdet Ihr Ärger mit Eurem Dienstherrn und mit Derk Raveling bekommen. Johann von Oldenbokum wird nicht erfreut sein zu hören, wie Ihr die Braut seines Geschäftspartners behandelt. Ich werde mich jetzt empfehlen.“

Mit diesen Worten stand sie auf und wollte zur Tür gehen, doch Sibo hatte einem weiteren Mann zugenickt und dieser stellte sich ihr in den Weg.

„Langsam, langsam. Wollte Euch doch nicht beleidigen. Nur ein Kompliment an Eure äußeren Vorzüge sollte das sein. Wir sollten uns wieder aussöhnen. Ich entschuldige mich und lade Euch zu einem Gebrannten ein.“

Inse war wütend, aber auch ängstlich. Sibos Freund sah auch in keiner Weise Vertrauen erweckend aus. Er wirkte wie ein Preisboxer und hatte eine lange Narbe auf der rechten Wange. Sie wollte nur noch raus.

„Ich verzichte auf Eure Entschuldigung.“ Inse wollte hinausrauschen, doch der Narbengesichtige ließ sie nicht vorbei. Er stellte ihr seinen massigen Körper in den Weg.

„Halt, halt, mein Täubchen. Ich bestehe auf meiner Entschuldigung und auch auf einen Versöhnungstrunk mit Euch.“ Sibos Stimme klang gefährlich sanft. Er erhob sich, legte einen Arm um ihre Schulter und führt sie zu einer Bank in einer dunklen Ecke der Schankstube.

Ihre kleine Auseinandersetzung war den Übrigen wohl kaum aufgefallen, denn niemand eilte Inse zur Hilfe, obwohl sie sich sträubte mitzugehen. Es schien sich sowieso niemand für sie und die beiden Männer zu interessieren. Der Wirt war noch mit den Streithähnen beschäftigt, einige Männer betatschten in aller Öffenlichkeit kichernde Weiber, zwei dunkle Gesellen unterhielten sich angeregt.

Inse saß jetzt zwischen Sibo Meiners und seinem finsteren Freund. Sibos Arm lag fest um ihre Schulter und sie konnte seinen stinkenden Körpergeruch und seine Alkoholfahne riechen. Er drängte sich dicht an sie und forderte seinen Freund auf, einen „guten Schluck" für „sein Täubchen" und sie beide zu besorgen. Panik stieg in Inse auf. Wie sollte sie aus dieser Klemme herauskommen? Außerdem war sie den ganzen Morgen auf dem Markt gewesen, war müde und fühlte sich zerschlagen. Fieberhaft suchte sie nach einer Lösung.

„Bitte lasst mich gehen. Ich werde niemandem etwas sagen und den Vorfall als erledigt betrachten", flehte sie leise.

„Welchen Vorfall?" Sibo wandte sich mit fragendem Gesichtausdruck seinem Freund zu. „Ist denn etwas vorgefallen? Wisst Ihr, mein Guter, wovon dieses reizende Weib spricht? Jetzt trinkt erst mal mit uns und dann sehen wir weiter." Sein harter Ton sagte ihr, dass er zu keinem Kompromiss bereit war.

Sein Kumpel brachte gleich sechs Schnapsbecher aus Steingut, die mit Gebranntem gefüllt waren. Schweigend ließ er sich wieder neben Inse nieder und prostete ihr und Sibo zu. Sibo zwang Inse die beiden Schnäpse zu trinken. Es brannte ihr in der Kehle und sie musste husten. An harte Sachen war sie nicht gewöhnt. Inse wurde es immer mulmiger zumute.

Der Narbengesichtige, den Sibo Pieter nannte, hatte eine weitere „Lage" besorgt und nach vier Schnäpsen sah Inse die Umgebung nur noch verschwommen. Die Hand von Sibo Meiners rutschte wollüstig ihren Rücken rauf und runter. Jeden Versuch, von ihm abzurücken, strafte er mit einem noch festeren Griff.

Inse geriet immer mehr in Panik. Pieter fragte etwas auf Niederländisch und Sibo nickte mit einem schmatzenden Laut. Pieter ging zum Wirt und Inse begann zu ahnen, was er fragen wollte. Der Wirt grunzte, nickte und zeigte auf eine Tür, die wohl zu den hinteren Räumen führte. Inse brauchte nicht viel Fantasie, um sich auszumalen, worum es ging. Sie würden sie abschleppen! Betrunken machen und abschleppen in ein Hinterzimmer. Was dort passieren sollte, konnte sie sich auch gut vorstellen! Was sollte sie nur tun? Wie konnte sie den beiden nur entkommen?

Der Alkohol benebelte sie immer mehr. Fast wollte sich kein klarer Gedanke mehr in ihrem Kopf einstellen. Wie sollte sie eine Flucht planen, wenn sie völlig betrunken war und nicht einmal mehr gerade gehen konnte? Sie durfte nicht schreien, kein großes Aufsehen erregen. Für ihre Aufgabe sollte sie ja möglichst unerkannt bleiben. Bei ihrer Trunkenheit stellte das eine wahrhaft große Herausforderung dar!

Während diesmal Pieter ihr mit sanftem Nachdruck den fünften Schnaps einflößte, nestelte Sibo an ihrem Kleid. Er gab ein lüsternes Knurren von sich. Inse fühlte ein trockenes Schluchzen in ihrer Kehle. Sie sah alles nur noch undeutlich und fühlte eine seltsame Leichtigkeit. Als Sibo begann, ihr den Rock die Beine hinaufzuschieben und mit seiner Hand ihre Schenkel zu streicheln, sprang Inse auf. Sie wollte fliehen.

Pieter legte ihr seine großen Pranken auf die Schultern und drückte sie auf die Bank zurück. In diesem Moment wurde die Schankhaustür aufgerissen. Derk trat in die Schankstube und erfasste die Situation mit einem Blick.

„Derk“, schrie Inse erleichtert. Pieter suchte schnell das Weite und Sibo wurde blass.

„Wisst Ihr nicht, wie man sich einer Dame gegenüber benimmt?“ Derks Stimme klang gefährlich kalt. Inse war zu ihm getreten und Derk zerrte Sibo von der Bank. Er schleifte ihn aus der Schenke.

Inse versuchte ihn zu beschwichtigen. „Es ist nichts passiert."

Aber Derk war zu wütend. Ihm reichte, was er gesehen hatte. Diese schmierige Hand unter der Bank auf Inses Knie! Er holte aus und nach einem heftigen Schlag ins Gesicht und in den Magen ging Sibo zu Boden.

„Sagt Eurem Freund, wenn ich ihm begegne, blüht ihm ein Gleiches." Mit diesen Worten wandte er sich von dem am Boden Liegenden ab und zog Inse mit sich fort.

Seine Empörung machte sich Luft. „Verdammt noch mal, wie kommt Ihr hierher? Dies ist kein Umgangsviertel für eine Dame! Hier verkehren arbeitsscheue Gesellen, Dirnen, Säufer und Verbrecher. Das hätte böse Folgen haben können. Marie und ich suchen Euch in der ganzen Stadt. Wir waren schon bei der Pension und bei Maries Wirtsstube. Alle Euch bekannten Gasthäuser haben wir schon abgegrast."

Inse versuchte, ihm zu folgen, stolperte aber mehrmals über nicht vorhandene Hindernisse. Sie schwankte wie ein Halm im Wind. Lallend versuchte sie ihm zu erklären, wie sie hierher geraten war. Plötzlich blieb er wie angewurzelt stehen. Er zog sie in eine Seitengasse und packte sie bei der Schulter. Derk schüttelte sie leicht.

„Ihr seid ja stockbetrunken. Das kann doch wohl nicht wahr sein! Heute Abend findet doch das Fest des Grafen statt und Ihr seid einer seiner Ehrengäste."

Angesichts dieser Worte und nach dem Schrecken der letzten zwei Stunden brach Inse zusammen. Wie ein kleines Kind begann sie zu schluchzen. Die Tränen liefen ihr das Gesicht herunter. Derk zog sie an sich und sie schmiegte ihr Gesicht an seine Schulter.

„Scht. Weint doch nicht. Ich weiß, dass Ihr keine Schuld daran habt. Mein Zorn entspringt doch nur der Sorge, die ich mir um Euch gemacht habe."

Lange hielt er sie in den Armen. Als ihr Weinen aufhörte, hielt Derk sie auf Armeslänge von sich und schaute ihr ins Gesicht. Zwei letzte Tränen rollten über ihre Wangen. Die Welt um sie herum schien stillzustehen. Derk nahm ihr Gesicht in seine Hände und wischte die Tränen mit den Fingern fort. Der Alkohol hatte Inses Selbstbeherrschung geraubt und die Sehnsucht spiegelte sich auf ihrem Antlitz. Derk zog ihr Gesicht näher und mit einem wohligen Seufzen legte sich sein Mund auf den ihren. Bereitwillig überließ Inse ihm ihre Lippen. Eine Welle von Wärme durchfuhr ihren Körper. Es existierte nichts mehr außer ihr und diesem Mann. Sie spürte ihn mit allen Fasern ihres Körpers und drängte sich ihm entgegen. Er löste sich von ihrem Mund und kostete mit seinen Augen die Sehnsucht aus, die sich auf ihrem Gesicht zeigte. Mit einem Stöhnen ergriff sein Mund wieder von ihr Besitz. Sie vergrub ihre Hände in seinem welligen Haar.

Mit einem Ruck löste er sich von ihr. Sie gab leise missbilligende Laute von sich. Er zog ihre Hände aus seinem Haar und hielt sie eisern von sich.

„Es liegt mir nicht, Eure Trunkenheit auszunutzen. Morgen werdet Ihr mich verfluchen und wieder behaupten, dass Ihr nichts für mich empfindet."

Er lachte leise und zufrieden auf. Na, wenigstens hatte die Sache etwas Gutes gehabt. Er fand seine Vermutungen in Bezug auf ihre Zuneigung ihm gegenüber bestätigt.

Derk legte einen Arm um ihre Hüften und hinderte sie so am Fallen. Nur langsam kamen sie voran. Zuletzt stieß er einen lauten Fluch aus und nahm sie auf die Arme. Er trug sie zu ihrer Unterkunft. Wie ein Kind lag sie in seinen Armen und glaubte, nie etwas Schöneres erlebt zu haben. Sie fühlte sie wie auf einer Wolke, vollkommen geborgen. Derks Arme waren stark und seine Schritte fest und sicher. Sie fühlte sein Herz schlagen, gleichmäßig und ruhig. Mit ihm würde ihr alles gelingen! Bei ihm war sie zuhause! Der Alkohol entführte sie in eine trügerische, heile

Welt. Sie hoffte, die Ankunft bei ihrer Wirtin möge noch dauern.

Nur zu schnell erreichten sie die Pension und Derk klopfte die Wirtin aus dem Haus. Gemeinsam brachten sie Inse in ihre Kammer und legten sie ins Bett. Derk erwähnte etwas von „ausgerutscht und hingefallen“ und die Wirtin schien ihm zu glauben. Nachdem sie das Zimmer verlassen hatte, schärfte Derk Inse ein, zu schlafen.

Wie ein kleines Kind ließ sie sich aufseufzend unter die weiche Decke gleiten. Inse glaubte, noch niemals im Leben so froh darüber gewesen zu sein, einfach nur im Bett liegen zu können und schlafen zu dürfen. Derks Worte vernahm sie nur noch im Unterbewusstsein. Der aufregende Tag und das unrühmliche Ende hatten sie vollkommen fertig gemacht. Derk ließ sich währenddessen darüber aus, dass Marie und er später kommen und nach ihr sehen würden.

In einer sanften Mattigkeit glitt Inse hinüber in eine andere Welt, in der sie und Derk Raveling ein Paar waren. Mit dem Gefühl, noch immer seinen Kuss auf ihren Lippen zu spüren, schlief sie ein, seine Stimme noch im Ohr.

Das gräfliche Fest

Auf den schönen Traum folgte ein herbes Erwachen. Laute Stimmen und ein Zerren an ihren Gliedmaßen ließen Inse aufschrecken. Marie stemmte sie ohne viel Federlesens hoch und flößte ihr ein Getränk ein, das bitter schmeckte. Inse wurde davon sofort nüchtern. Sie schüttelte sich angeekelt.

Während Marie sich mit Inse beschäftigte, machte Derk sich an ihrer Kleidertruhe zu schaffen und wählte das blaue Kleid aus. Bevor Inse etwas sagen konnte, ließ Marie eine wahre Flut von Beschimpfungen los. Wie sie denn, als junges Fräulein, alleine in eine derartige Schänke habe einkehren können. Sie sei zwar gutmütig und unvoreingenommen, aber die Art der Gäste hätte sie doch warnen müssen. Sich von Sibo zu harten Getränken einladen zu lassen! Nicht zu wissen, das diese Art Männer einen betrunken machen wollen, um ihren Spaß mit einem zu haben. Auf den ältesten Trick der Männer sei sie hereingefallen. Wie gut, dass Derk sie früh genug gefunden habe. Und so weiter, und so fort.

Derk sagte zu alledem nichts. Er schien den Vorfall nach ihrer Rettung vergessen zu haben. Mit keinem Wort erwähnte er ihre Tränen und ihre Zärtlichkeiten. Sein Blick war undeutbar.

Derk zog sich zurück und Inse schlüpfte, nachdem sie ihren dröhnenden Kopf mit kaltem Wasser bespritzt hatte, in das blaue Kleid. Marie pfiff laut, als Inse sich umdrehte. Das Kleid brachte ihre äußeren Vorzüge gut zur Geltung. Der Einblick, den das Kleid gewährte, war Inse fast zu gewagt, aber sie hatte eigentlich keine andere Wahl. Alle anderen Kleider waren zu schlicht. Ihre Taille wirkte so schmal wie die Einkerbung einer Eieruhr. Inses Haar glänzte. Sie trug es offen, wie Derk es besonders gern mochte. Das Kleid stand ihr wirklich sehr gut. Die Farbe schmeichelte ihrem Haar. Inse fühlte sich zum ersten Mal in ihrem Leben begehrenswert. Wer der Mann war, für den sie begehrenswert sein wollte, wusste sie auch genau, nicht zuletzt seit dem Nachmittag!

Marie schickte sich an zu gehen und Derk erschien in der Tür. Er schaute sie nur an. In seinen Augen konnte Inse Sehnsucht erkennen. Nach einer Weile wandte er sich gequält ab. Eine seltsame Traurigkeit umfing Inse. Wenn alles gut lief, könnte sie morgen früh schon den Weg in ihr „wahres Leben“, wie sie es bei sich nannte, aufnehmen, obwohl sie nicht mehr wusste, ob sie in ihrem vorherigen Leben jemals etwas so intensiv erlebt hatte, wie hier. Eigentlich graute ihr vor dem Zurückkehren in die Gegenwart – alleine, ohne Derk!

Dieser glich heute Abend einem der stolzen Piraten, die Inse von alten Gemälden her kannte. Er trug schwarze enge Hosen und ein wunderschön gearbeitetes weißes Hemd. Es hatte einen

Stehkragen. Darüber hatte er eine schwarze Leinenweste an, unter der sich die weiten Ärmel des Hemdes bauschten. Sie liefen an den Handgelenken eng zu und endeten in einem Spitzenbesatz. Er trug darüber noch einen Umhang, der mit einer Schnalle aus geschnitztem Holz gehalten wurde. Aus diesem Umhang zog Derk jetzt ein winziges bemaltes Kästchen.

„Da ich Euch ja, wenn auch nur zum Schein, den Hof mache, geht es nicht an, dass Ihr keinen entsprechenden Schmuck von mir tragt. Es wäre schlecht für meinen Ruf, sollten Euer Hals und Eure Arme frei bleiben. Heute Abend werdet Ihr so viel Schmuck sehen wie noch nie in Eurem Leben."

Er streckte Inse die Schatulle entgegen und etwas atemlos öffnete Inse sie. Auf schwarzem Samt lag ein Kollier, wie sie es schöner nie zuvor gesehen hatte. Es bestand aus einer filigranen Herzbrosche mit Muscheln, Doppen und Erbsketten, die das Mittelteil des Kolliers bildeten. Drei kleine Goldglöckchen und ein um die Glöckchen geschlungenes dünnes Kettchen vervollständigten das Schmuckstück.

Da sie wie erstarrt dastand, nahm Derk das Kollier aus dem Kästchen und sanft legten seine Finger den Schmuck um ihren Hals. Die Berührung seiner Hände ließ Inse erschauern. Als er es bemerkte, hob Derk fragend eine Augenbraue hoch. An dem eng am Hals anliegenden Kollier hakte er Seitenteile ein, die Inse noch gar nicht bemerkt hatte. Es waren verkleinerte Abbildungen der Brosche. Ein Armgeschmeide in ähnlicher Form ergänzte das Kollier.

Derk trat einen Schritt zurück und begutachtete das Ergebnis. Wohlwollend nickte er. Die Arbeit hatte sich gelohnt! Die letzten Tage hatte er speziell für Inse diese Schmuckstücke hergestellt. Schon beim Anfertigen hatte er sich vorstellen können, wie gut sie ihr stehen würden. Dieser Anblick war ihm Lohn genug für die durchgearbeiteten Nächte.

Derk schien den Nachmittag wirklich vergessen zu haben. Mit keinem Wort kam er auf ihre Entgleisung zurück. Er legte seine Hand unter ihren Ellenbogen und sie machten sich auf den Weg.

Inses Versuch, ihm ihren Arm zu entziehen, begegnete er mit den Worten: „Wir sind doch ein Paar, oder?“

Inse fühle sich wie in einem Traum. Es konnte allerdings sein, dass auch der Alkohol ihr noch die Sinne benebelte. Aber betrunken fühlte sie sich eigentlich nicht mehr. Etwas entkrampft vielleicht und nicht ganz so aufgeregt, wie sie befürchtet hatte. Auch das für sie ungewohnte Kleid und den Schmuck trug sie mit Lässigkeit. Na – sie konnte nur hoffen, dass ihr Atem nicht übermäßig nach Alkohol roch!

Viele Menschen zogen in Richtung Burg. Derk erzählte, dass Graf Johann, der dieses Fest ausrichten ließ, viele Gäste eingeladen hatte. Als Mitglieder des ostfriesischen Adels würden die Herren der Herrlichkeiten Dornum, Goedens, Jennelt, Lütetsburg, Petkum, Rysum, Uphusen, Wolthusen, Borssum, Oldersum sowie die der Herrlichkeit Evenburg zugegen sein. Der Bürgermeister war eingeladen, andere bekannte und angesehen Bürger der Stadt, deren Namen Inse nichts sagten, und Verwandte von nah und fern. Die gräfliche Familie war ja schon vor einigen Tagen aus Aurich und Greetsiel angereist. Außer seinem Bruder Edzard hatte Johann noch drei Schwestern.

Die Menschen strömten der Burg entgegen und eine gespannte Erwartung zeichnete sich auf ihren Gesichtern ab. Nur einige Male im Jahr wurde man zu solch einem Bankett geladen. Von diesem Fest würden die Menschen lange zehren müssen. Welche Neuigkeiten mochte es geben? Welche Speisen und Getränke würden aufgetragen werden? Welche Darbietungen erwarteten sie? Welchen Klatsch gab es, von dem sie noch nichts wussten? Würde sich einer der Gäste nicht dem Anstand entsprechend benehmen?

Wieder einmal staunte Inse über die Lebensfreude der Menschen dieser Zeit. Sie lebten in den krassesten Extremen. Auf der einen Seite bange Todesfurcht, leidenschaftliche Sorge um das

Seelenheil und gespannte Erwartung des jüngsten Tages – Einstellungen, die noch aus der Zeit des tiefsten Mittelalters herrührten. Dann wieder aus dieser Todesfurcht, Untergangsstimmung, Unsicherheit und Lebensangst heraus die Flucht in die Freuden des Daseins, solange noch Zeit war. Sie befand sich mittendrin in dieser Epoche, die durch Glaubenskämpfe, Religionskriege, Hexenwahn mit Folterungen und Verbrennungen, Feuersbrünste und Seuchen gekennzeichnet war, und doch ging von den Menschen eine schier unerschöpfliche Lebensfreude und Lebenslust aus.

Als sie aus ihren Gedanken aufschreckte, waren sie der gräflichen Burg schon sehr nahe gekommen. Es war faszinierend dieses Bauwerk hautnah zu erleben. Dirk zeigte und erläuterte ihr die einzelnen Gebäude.

Im Inneren der Burg ging es zu wie in einem Ameisenhaufen. Die Dienerschaft lief geschäftig hin und her, trug noch Getränke auf und Platten mit kalten Speisen. Der große Saal der Burg war geschmückt und Inse empfand eine freudige Erregung. Und die Gäste! Welch ein Prunk bot sich ihren Augen! Unverhohlen stellten die Reichen und Mächtigen ihren Wohlstand zur Schau. Einige der reicheren Ehefrauen trugen an den Gewändern große Brustschilde mit mehreren Ketten. Die Schilde waren wundervoll gearbeitet und teilweise mit kostbaren Edelsteinen besetzt. Die Frauen wirkten durch den Goldschmuck, den sie trugen, fast überladen. Goldkugeln in der Größe von Hühnereiern wirkten nicht mehr schmückend, sondern nur noch protzig! Auch die Kleidung der Männer war gediegen und edel. Teure Stoffe und goldbesetzte Borten zeichneten die Mehrzahl der Gäste aus, dazu unnatürlich breite Ringe und goldene Halsbänder, die eher an Sträflingsketten erinnerten. Die „Wylster", goldene, meistens breite, gezackte Armreife, die bei vielen Gästen die Handgelenke zierten, rundeten das Bild ab. Dagegen nahm sich der Schmuck von Inse und Derk eher schlicht aus.

Die ledigen Mädchen trugen ihr Haar offen, so wie Inse auch.

Die verheirateten Frauen, Witwen oder auch ältere „Jungfern", wie sie genannt wurden, hatten sich die Haare zu langen Zöpfen geflochten. In die Zöpfe hinein waren Stuckelbänder gearbeitet, vier Doppelschnüre, die in rotseidenen Quasten endeten und von oben bis unten mit Goldschmuck – wie sollte es auch wohl anders sein – versehen waren. Goldene Kugeln, Rosen, Eicheln und Blätter verzierten die Stuckelbänder.

Als eine Abordnung der Gesellschaft der englischen Kaufleute, der Adventuriers, erschien, ließen die Gäste ihnen unaufgefordert den Vortritt. Der Handel zwischen Emden und England, die Einrichtung einer englischen Handelsniederlassung in Emden, diese Tatsachen waren es ja, denen das heutige Fest zu verdanken war.

Nach der besonderen Begrüßung der Engländer huldigten die übrigen Gäste der gräflichen Familie, jeder auf seine Weise. Einige stolz und aufrecht, andere wiederum ehrerbietig. Wieder andere biederten sich fürchterlich an.

Zuerst begrüßten Inse und Derk den Grafen Johann. Er trug ein dunkelblaues Samtgewand, das gut zu seinem rostroten Haar passte. Zu Inses Erstaunen wirkte er wesentlich interessanter als sein Bruder und sah auch besser aus. Er schien ruhig und gelassen. Einzig die dunklen Ringe unter seinen Augen wiesen darauf hin, dass er sich sorgte. Inse versuchte sich an einer kleinen Verbeugung, wie sie es bei den anderen Frauen gesehen hatte.

„Wie versprochen bringe ich heute eine höchst ungewöhnliche und reizvolle Dame mit. Versprecht mir, sie nicht für Euch zu erwählen."

Der Graf lachte und griff nach ihrer Hand. Er schaute ihr für einen langen Moment in die Augen und sie las eine Frage nach dem „Warum" ihres Handelns in seinem Blick. Dann, während er nochmals ihre Erscheinung in sich aufnahm, legte sich ein Staunen auf sein Gesicht.

So leise, dass nur sie beide es hörten, wisperte er ihr zu: „Mir scheint, wir sind uns ähnlich. Sollte einer meiner Vorfahren vielleicht vom ehelichen Weg abgekommen sein? Mir ist darüber nichts bekannt. Wenn ja, dann kann ich meinem Ahn nur dankbar dafür sein, denn ein liebreizender und mutiger Mensch ist dabei entstanden. Ich danke Euch schon jetzt für Eure Mithilfe, und mir scheint, Euer pflichtbewusster Tischnachbar bewacht Euch wie seinen Augapfel. Vielleicht sollte ich seine Eifersucht ein wenig schüren?"

Graf Johann zog sie ein wenig näher zu sich heran. Inse musste lachen und sie empfand den Grafen als sehr sympathisch. Hinter ihnen zischelten schon einige Damen, denn ihr Gespräch hielt den Begrüßungsstrom auf.

Graf Edzard trug dunkle Kleidung mit weißer Halskrause und weißen Manschetten. Eine schwere Goldkette mit einem Medaillon lag um seinen Hals. Auch sein Gürtel war aus schwerem Gold. Sein Haar war dunkel und er trug einen Schnauzbart. Graf Edzard macht keinen solch lockeren Eindruck wie sein Bruder. Er wirkte eher kraftlos und die Körperhaltung war schlaff. Seine Schultern hingen nach vorne. Sein Gesicht war gutmütig, aber der Blick seiner Augen nicht sonderlich scharf. Leidenschaftslos ließ er die Huldigungen über sich ergehen.

Ihm zur Seite stand die eigentliche Mitregentin Graf Johanns, Edzards Gattin Katharina. Sie traf nach Derks Aussage die Entscheidungen für ihren Mann. Sie war eine schöne Frau, groß und schlank. Ihr Gesicht allerdings, so schien es Inse, war in keiner Weise nachgiebig und weich, sondern sie hatte einen harten, einen fast grausamen Zug um den Mund. Dieser Gesichtsausdruck nahm ihrer Schönheit die Weichheit, die Weiblichkeit. Katharina war dezent, aber nicht unattraktiv gekleidet. Sie trug ein Gewand aus rotem Samt. Drei Gliederketten aus Gold lagen auf ihrer Brust und ein breiter goldener Gürtel zierte ihre schmale Taille. Breite Goldbänder schmückten den Rock des Kleides. Am Hals schloss es mit einer Halskrause ab. Das Auffälligste aber war der Kopfschmuck, den sie trug. Er ließ sie wie eine Königin, für die sie sich scheinbar ja auch hielt, wirken. Der

Stirnschmuck, auch Pael genannt und einem Diadem ähnlich, war etwa sechs Finger breit und mit vielen bunten Edelsteinen verziert. Die Kettenglieder des Paels waren aus purem Gold. Mit einem roten Samtband war der goldene Stirnschmuck am Haarnetz, durch den ihr dichtes schwarzes Haar seidig schimmerte, befestigt.

Vor der Feier hatte ihr Derk erzählt, dass Graf Edzard und seine Gattin einige Zeit in Emden bleiben würden. Durch einen Brand war der Südflügel der Burg in Aurich, in der sie sonst residierten, zerstört worden. Gerade der Südflügel wurde jedoch von der gräflichen Familie bewohnt. Die Verwaltungsräume waren in der Vorburg untergebracht und unversehrt. Nach dem Wiederaufbau würden sie nach Aurich zurückkehren. Gleich nach der Vermählung hatten die Eheleute Aurich als Regentensitz für sich gewählt, da Katharina, wenn sie schon mit einen „halben Grafen" vermählt sei, sich zumindest den Wohnsitz nicht auch noch mit Graf Johann teilen wollte.

Nach der Begrüßung nahmen die Gäste entsprechend ihres Ranges die Plätze ein. Derk und Inse saßen beim Bürgermeister Petrus Methmann. Die beiden Männer verstanden sich sehr gut. Auch die beiden Gastprediger des heutigen Tages saßen an ihrem Tisch.

Derk machte Inse auf einen Mann aufmerksam, der demonstrativ eine kleine Holzbank in die Mitte des Saales schob und Bier auf die Bank goss. Nachdem er sich vergewissert hatte, dass auch alle Gäste seinem Tun Beachtung schenkten, ließ er sich genüsslich in der Pfütze nieder. Er trug ein einfaches Hemd und eine Lederhose.

„Ihr seht, der Bierprüfer geht seiner Arbeit mit dem nötigen Ernste nach. Die Zeit, in der wir das Mahl einnehmen, wird er nutzen, um die Reinheit des Bieres, das bei und nach dem Mahl in hohem Maße getrunken wird, vorab zu prüfen. Sein großer Augenblick kommt nach dem Essen. Gelingt es ihm, sich ohne Schwierigkeiten von der Bank zu erheben, ist das Bier gut.

Klebt sein lederner Hosenboden an der Bank fest, enthält das Bier Zucker und der Bierbrauer kommt zur Strafe an den Pranger."

Inses ungläubigem Blick begegnete er mit einem nachdrücklichen Nicken. Ihre Augen nahmen nun den Raum in sich auf. Große Steinfliesen mit herrlichen Motiven bedeckten den Fußboden des großen Saales und an den Wänden hingen Teppiche mit wunderschönen Stickereien. Das Tafelgeschirr der gräflichen Familie war aus Gold und Silber. Vor den Gästen stand auf dem Tisch jeweils ein Gedeck bestehend aus einem Suppenteller aus Holz und einem rechteckigen Zinntablett als Schneidebrett. Auf dem Zinntablett lagen Löffel und Messer. Tonkrüge mit Bier und Wein standen auf den Holztischen sowie mehrere bootförmige Salzgefäße und Teller mit Gewürzen. Inse konnte Nelken, Pfefferkörner, Ingwer, Zimt und Kümmel erkennen.

Zu Inses Verwunderung waren die Bänke, auf denen sie saßen, nicht viel anders als die in den Gaststuben, die sie kennen gelernt hatte. Nur die gräfliche Familie hatte auf gepolsterten Stühlen Platz genommen. Sie saß am Kopfende des Tisches an der Seite des Saales, an der sich auch der in die Wand eingebaute Kamin befand. Trotz der Jahreszeit brannte ein Feuer und Inse empfand dies bei der Kälte, die der Fußboden und die Wände ausstrahlten, als angenehm. Als Lichtquellen standen Öllampen und Kerzen auf den Tischen. Auch in den Nischen der Fenster befanden sich wundervoll gearbeitete mehrarmige Kerzenständer mit Tier- und Pflanzendarstellungen.

Derk machte sie auf ein besonders großes Wandbild aufmerksam, das das Wappen der Regenten zeigte. Ein goldener Jungfrauenadler auf schwarzem Grund war dort zu sehen. Der Jungfrauenadler vereinte das Bild der Jungfrau Maria mit dem des Adlers. Bildlich gesehen zeigt es den Adler mit der gekrönten Büste einer Jungfrau. Er stand für die Greetsieler Häuptlingsfamilie Cirksena. Dieses Stammwappen der Grafen war im vorangegangenen Jahrhundert durch vier Sporenräder, die den Adler umgaben, erweitert worden, ein Erbe des Häuptlingsgeschlechtes Itzinga aus Norden. Mit Inbesitznahme des Norderlandes hatten die Grafen diese in ihr Stammwappen aufgenommen. Die Harpie, umgeben von Dunkelheit, symbolisierte den Sieg über das Böse. Der Helmzier, eine goldene Lilie vor schwarzem Federbusch, gemahnte daran, nach einem Kampf den Frieden zu suchen und zu erhalten.

Was Inses Blicke von Anfang an auf sich gezogen hatte, war das Gebälk des Saales. Es bestand aus vielen hölzernen Kassettenfeldern. Über die riesige Deckenfläche erstreckte sich ein Schnitzwerk, dessen Vielgestaltigkeit kaum zu fassen war. Inse hätte stundenlang an die Decke schauen können. Umrahmt von angedeuteten geometrischen Leisten und Bändern, verwoben mit Laubwerk und Fruchtschnüren überzogen Gegenstände aller Art das Gebälk. Es waren exotische Tiere, menschliche Wesen und Mischwesen, halb Mensch, halb Tier, zu sehen.

„Welcher Künstler hat all dies geschaffen?“ Staunend schaute sie Derk an.

Dieser konnte ihre Neugier befriedigen. „Die Gräfin Anna hat nach dem Tod ihres Gatten einen Schüler des Antwerpener Architekten und Bildhauers Cornelis Floris beauftragt, das prunkvolle Grabmonument für Enno II. zu erstellen. Ihr müsst es eigentlich unbedingt einmal in der Großen Kirche bewundern. Dieses Werk hat dermaßen ihre Begeisterung gefunden, dass sie ihn und seine Mitarbeiter bat, die Ausgestaltung der Decke im großen Saal der Burg zu übernehmen. Starrt nicht zu lange hinauf, es könnte Euch auf liederliche Gedanken bringen.“

Bei seinen letzten Worten grinste er. Inse errötete. Ganz Unrecht hatte Derk nicht. Bei dem Schnitzwerk waren erotische Züge nicht zu übersehen. Im Verein mit der Darstellung der Jagd- und Tafelfreuden schienen die erotischen Anspielungen von Lebenslust und Überfluss, von Heiterkeit und Anmut zu künden. Es verwunderte sie, dass die sittenstrenge Gräfin Anna sich für derartiges künstlerisches Gestalten begeisterte. Na ja, beim Grabmal würde Floris sicherlich solche Motive nicht angebracht haben.

Derk erzählte ihr mehr über die Stadt Emden und deren Entwicklung in den letzten Jahren: „Nachdem die Regentschaft allen Glaubensflüchtlingen Aufnahme zugesichert hatte, kamen in der letzten Zeit Tausende aus ihrer Heimat Vertriebene nach Emden. Für sie wurde unsere Stadt zur ‚Herberge der Gemeinde Gottes'. Sie brachten ihre Schiffe und ihr Vermögen mit nach Emden. Die Aufnahme der Verfolgten war ausnahmsweise eine sehr gelungene Entscheidung der Regenten. Und sie waren sich auch ausnahmsweise einmal einig! Die Flüchtlinge brachten und bringen nicht nur ihre Schiffe und ihr Vermögen, sondern auch ihr Gewerbe und ihre Handelsbeziehungen in die Stadt. Viele große Händler unterhalten seitdem in der Stadt ihre Agenturen und Lagerhäuser. Wir können uns rühmen, mittlerweile einer der größten Handelsplätze geworden zu sein.

Die Große Kirche betrachten die Geflüchteten als ‚Mutterkirche aller Flüchtlinge'. Jeden Sonntag finden dort mehrere Gottesdienste statt, um all die Menschen, die teilnehmen wollen, aufnehmen zu können. Die meisten der Flüchtlinge sind reformiert. Aber auch viele andere Glaubensrichtungen sind vertreten. In den letzten Jahren ist immer wieder seitens der Geistlichen versucht worden, die verschiedenen theologischen Richtungen zu einer Kirche zu verschmelzen – ohne Erfolg.

Mit den Flüchtlingen hat sich natürlich die Stadt sehr vergrößert. Das Selbstbewusstsein der Bürger Emdens nimmt zu. Zurzeit brodelt ein unterdrückter Zorn gegen die Regentschaft. Die Stadt möchte in vielen Bereichen mehr Entscheidungsfreiheit. Natürlich kommt erschwerend das schlechte Verhältnis zu dem erzlutherischen Grafen Edzard hinzu. Graf Johann versucht noch zu schlichten, wo er kann. Er schlägt sich zumeist auf die Seite der Emder.

Dann gibt es noch den Streit zwischen den Ständen und der Regentschaft. Die Stände, die sich zusammensetzten aus der Ritterschaft, den Nachfahren der vormaligen Häuptlinge also, und der höheren Bauernschaft, wollen bei anstehenden Entscheidungen gefragt werden. Sie haben auch das Recht dazu. Aber Graf Edzard hält sich für allein befugt in allen Bereichen.

Er, oder vielmehr sein liebes Weib, will um alles in der Welt das alleinige Regentenrecht. Gnade uns Gott, wenn Graf Johann vor seinem Bruder stirbt. Ich befürchte, dass dann die Stadt und die Stände gegen die Regentschaft aufbegehren."

Inse sah ihn liebevoll an. Er machte sich wirklich Sorgen um die Menschen und ihre Zukunft. Sie musste ihm Recht geben. Nach Graf Johanns Tod würde sich einiges ändern. Das zu verhindern lag weder in ihrer noch in seiner Hand. Dieses Aufbegehren würde sich nicht nur hier in Ostfriesland breit machen. Viele Städte würden sich erheben und für mehr Rechte kämpfen. Andernorts würden viele unterdrückte Bauern, die es so hier nicht gab, um ihre Freiheit kämpfen. Und es war ein notwendiger Kampf! Er war die Voraussetzung für die Freiheit der nachkommenden Generationen. Jeder Kampf kostete Menschenleben – auch das war gewiss und zumeist unvermeidlich. Ohne Kampf würde sich auch diese Regentschaft das Zepter nicht aus der Hand nehmen lassen – leider.

Aber auch jetzt schon, in dieser Phase der Geschichte, waren die Menschen nirgendwo freier als hier, in dieser Region. In diesem Land hatte sich – vielleicht durch den gemeinsamen ständigen Kampf gegen das Meer, das alle gleichermaßen bedrohte – die alte und starre Unterscheidung zwischen Ritterschaft und Volk, Besitzenden und Armen, Herren und Knechten verwischt. Einzig die Regentschaft stand über ihnen. Es gab einfach keine Entrechtung der unteren Stände. Inse entsann sich eines Satzes, den sie vor ihrer Reise gelesen hatte: „Die Friesen dulden nicht leicht einen Mann, der über die anderen zu sehr hervorragt." Dies konnte sie nun bestätigen.

Inse lenkte ihre Gedanken wieder auf die Feierlichkeit. Viele neugierige Blicke wurden ihr zugeworfen, denn sie war ein neues Gesicht in diesem Kreis. Es wurde wohl auch über ihre Beziehung zu Derk Raveling gemunkelt. Abschätzend und manchmal sogar geringschätzig sahen etliche weibliche Gäste zu ihr herüber. Derk wäre durch sein Ansehen und seinen vermeintlichen Reichtum eine gute Partie für so manche Bürgerstochter gewesen. Inse drohte die Heiratspläne einiger Mütter zu zerstören.

Als sich endlich alle Gäste eingefunden hatten, verkündete ein Trompeter den Beginn des Banketts. Graf Johann, der Ausrichter der Festlichkeit, hielt eine kurze Ansprache in angenehm lockerer Art. Er begrüßte nochmals im Namen aller die englischen Gäste. Gräfin Anna sprach die Hoffnung aus, die Zusammenarbeit mit den Engländern möge der Stadt förderlich sein und für einen weiteren Aufschwung sorgen.

Während die Küchengehilfen auf Tabletts den ersten Gang, bestehend aus Salaten und Suppen, hereintrugen, wurde instrumentale Musik vorgetragen. Inse nahm sich von der Suppe. Es war eine Erbsensuppe mit Speck und Schweinefleisch. Der zweite Gang bestand aus garnierten gebratenen Fasanen, Hirsch- und Rehkeulen und Kaninchen in einer Soße. Fische wurden serviert, die wie frisch dem Meer entnommen wirkten. Köpfe und Schwanzenden waren noch vorhanden. Es hätte Inse nicht gewundert, wenn sich die Flossen noch bewegt hätten. Auch die wie echt wirkenden Fasane schreckten Inse eher ab. So hielt sie sich an die Rehkeulen, die zum Verzehr in die Hand genommen wurden. Auch das geröstete Weißbrot schmeckte sehr gut. Es wurde viel mit den Fingern gegessen oder das Fleisch mit dem Messer aufgespießt.

Die gräfliche Familie bekam jeweils zuerst die nächste Speise serviert. Den Abschluss bildeten Obstteller, Trauben sowie Äpfel- und Birnenschnitze und in Zucker eingelegtes Obst wie Orangen, Datteln oder Feigen. Erdbeertörtchen und Honigkuchen fanden reißenden Absatz. Mit dem Nachtisch wurde auch mit Honig gesüßter Wein und Apfelmost aufgetragen. Das Essen lenkte die Menschen von Inse ab. In Ruhe konnte sie diese für sie ungewöhnlichen Speisen kosten.

Zwischen den einzelnen Gängen spielten die Musikanten auf. Ein Sänger unterstützte sie und trug Lieder vor über Heldensagen und König Artus' Tafelrunde.

Nachdem die Dienerschaft die Reste des Mahls abgetragen hatten und die Krüge neu gefüllt waren, ergriff Graf Edzard für seine Frau Katharina das Wort. Sie habe von dem Künstler Hans von Coninxloo, der 1565 aus Antwerpen geflüchtet war und seitdem in Emden lebte, zehn Gemälde fertigen lassen, die den Passionszyklus darstellten. Sie seien für die Schlosskapelle in Berum bei Norden gedacht und sollten am heutigen Abend seiner Gemahlin überreicht werden. Als sich die Tür öffnete, kam stolz der Künstler selbst herein, gefolgt von zehn Männern, die die Gemälde trugen. Sie waren mit Leinentüchern verdeckt und wurden jetzt an die einzige freie Wand gestellt und enthüllt.

Alle Gäste erhoben sich, nachdem Katharina als erste zu dem Künstler geschritten war, und betrachteten die wirklich beachtlichen Bilder. Mit überheblichem Blick und stolz geschwellter Brust beobachtete Gräfin Katharina die Reaktion der Gäste auf die Gemälde. Leichte Wut über die Arroganz und Anmaßung Katharinas ergriff Inse, als sie bemerkte, dass in der ersten Szene, „Das Abendmahl", sowohl das Grafenpaar selbst als auch das gräfliche Wappen abgebildet war. Der Künstler betonte ausdrücklich, dass dieses auf Wunsch der Gräfin in das Gemälde eingearbeitet worden sei. Sich selbst und seine Familie für wichtig genug zu halten, Teil einer biblischen Szene zu sein, überstieg Inses Vorstellungskraft.

Jetzt sollte wohl zum Tanz aufgespielt werden. Die Musiker nahmen Trommel, Oboe und Fidel zur Hand. Ein Tamburin gab den Takt an. Begeistert strömten die Gäste in den freien mittleren Teil des großen Saals.

In Inse stieg Panik hoch. Was, wenn jemand sie zum Tanzen aufforderte? Diese Gefahr war ihr in den letzten Tagen nicht bewusst gewesen. Weder Schritte noch Tanzfiguren waren ihr bekannt. Vielleicht sollte sie, solange es noch nicht dunkel war, ein wenig an die frische Luft gehen. Erleichtert atmete sie auf, als die Musikanten eine Pause einlegten.

Inse bemerkte, dass sich die beiden Tischnachbarn rechts und ihr gegenüber wohl in einem Wortgefecht befanden. Die Tanzmusik hatte bislang das Mithören verhindert, doch nun wurde Inse Zeuge einer wilden religiösen Auseinandersetzung. Sie hatte natürlich längst gemerkt, dass Emden eine Hochburg der Reformierten war. Nach der Reformation war ganz Ostfriesland gespalten, da Graf Johann ein Anhänger der reformierten Lehre war, sein Bruder und vor allen Dingen dessen Frau Katharina der lutherischen Seite anhingen. Der Streit ihrer beiden Tischnachbarn drehte sich um das Orgelspielen.

Der Lutheraner ließ verlauten: „Das Orgelspiel am Anfang und Ende des Gottesdienstes zur Ehre des Herrn gibt dem Ganzen doch erst die festliche, feierliche Note. Es klingt so herrlich! Schöner können selbst die Instrumente im Himmel nicht klingen!“

„Welch ein Unsinn! Unser Herr braucht nicht solchen Tand. Die Kirche ist doch kein Tanzsaal. Es kommt noch so weit, dass das einfache Volk sich vom Gestühl – soweit vorhanden – erhebt und aus dem Gotteshaus eine Gaststube macht. Vielleicht sollte auch noch Bier und Wein gereicht werden. Nein! Nein! Nein! Schlicht. Schlicht und einfach sollten die Gottesdienste sein. Das Orgelspiel müsste sofort abgeschafft werden. Die versammelte Gemeinde befindet sich doch im Gotteshaus, um in deutlicher Sprache das Wort Gottes zu hören, als Mahnung und Beispiel. Es soll ihr genau dargelegt werden, welcher Weg der richtige und welcher der falsche ist, mit Worten, die Eingang in die Herzen der Zuhörer finden. Das Orgelspiel dagegen ist so, als ob wir in einer fremden Sprache mit ihnen sprechen würden. Die Orgelmusik dient doch nur dem Ohr, ohne Frucht für den Geist. Einer meiner Glaubensbrüder hat vor einigen Jahren ein gottgefälliges Werk getan. Er hat die Orgel aus der Kirche schaffen und auf dem Kirchhof öffentlich verbrennen lassen. Dieses müsste mit allen noch vorhandenen Orgeln auch geschehen." Der Reformierte war aufgestanden, um sich seinem Gegenüber deutlicher mitteilen zu können. Inse musste grinsen.

Der Lutheraner war gelassener und nicht so aufbrausend wie sein Gegner. Trocken kommentierte er den Ausbruch mit den Worten: „Habe ich ein Glück, dass Ihr in Emden wohnt und nicht ich. Schon am kommenden Sonntag werde ich mich wieder am Orgelspiel erfreuen können."

„Zwei Brüder des Glaubens an den einen Gott werden doch wohl nicht im Streit auseinander gehen." Ein weiterer Gast, wohl auch ein Geistlicher, hatte sich erhoben und sprach beruhigend auf die beiden Kontrahenten ein. Er trug ein schlichtes schwarzes Gewand mit einem weißen Kragen um den Hals. Sein Gesicht strahlte eine innere Ruhe aus, um die Inse ihn beneidete. Obwohl sie den Mann nicht kannte, wusste Inse, dass bei ihm jedes Geständnis und jedes Problem in guten Händen wäre.

Er versuchte nun denn auch, den Streit der beiden Geistlichen zu schlichten. „Ist es nicht eher unwichtig, mit welchem musikalischen Rahmen wir unsere Gottesdienste schmücken? Gibt es nicht wichtigere Dinge, um die wir uns, egal, welcher Glaubensrichtung wir zugehörig sind, zu kümmern haben? Sollten wir nicht lieber danach trachten, die Nöte der Welt zu mindern? Wenn alle Gläubigen, so verschieden sie Gottes Wort auch auslegen mögen, nach dem fragen, was ihren Mitmenschen fehlt, dann würde sich die Verschiedenartigkeit bald in Sorge um den Nächsten auflösen. Das Handeln ist wichtiger als der Kirchenstreit um die richtige Art zu Glauben."

Die streitenden Kirchenmänner schauten etwas verdutzt und beschämt auf den Boden. Der Geistliche – Derk raunte Inse zu, es handele sich um den Emder Prediger Hardenberg – nickte den beiden zu. Diese gaben sich daraufhin zu Inses Verblüffung die Hand.

„Uns sollte doch die Sache wichtig sein und nicht die Nichtigkeiten!“ Die beiden Streithähne nickten feierlich.

Die Musikanten spielten wieder auf und Derk zog Inse hoch. Sie dachte entsetzt, er wolle mit ihr tanzen, doch er zog sie mit sich fort, aus dem großen Saal hinaus ins Freie.

Sie schaute hinauf zum Mond. Er sah keinen Deut anders aus als in der Gegenwart. Für eine Sekunde dachte Inse an Sarah. Sah sie vielleicht gerade jetzt, an diesem Abend, auch zum Mond? War der Mond überhaupt ein Element dieser Zeit, die für Inse jetzt die Gegenwart war? Gehörte der Mond überhaupt jemals einer bestimmten Epoche an oder war er zeitlos? Beständig war vielleicht der richtige Ausdruck. Trotz der beunruhigenden Schatten, die sein Licht warf, ging etwas eigenartig Beruhigendes vom Mond aus. Er war, wie er immer sein würde, jetzt und alle Zeit. Ruhig, beständig, feststehend, verlässlich, aber auch weit, weit fort.

Derk schien andere Gedanken zu haben. Wie ein Tiger im Käfig lief er hin und her. Inse lehnte sich an die Mauer der Burg. Sie war eigentlich ganz entspannt. Derk steigerte sich in eine für ihn untypische Unruhe.

„Wenn mir etwas zustößt, dann haltet Euch an Unico Manninga. Er ist ein ehrenwerter Mann. Ich habe den Eindruck, auf Euch aufpassen zu müssen, und mir bangt davor, dies nicht mehr zu können. Versprecht mir, ganz, ganz vorsichtig zu sein. Johann von Oldenbokum ist gefährlich. Mag sein, dass er im letzten Moment unseren Plan über den Haufen geschmissen hat und Euch mit sich nimmt. Dann seid nicht aufsässig. Das liebt er nicht. Tut was er sagt. Ich werde versuchen, Euch zu retten. Mir graut vor jeder Minute, die ich Euch mit dem Kerl alleine lassen muss.“

Inse erkannte staunend, dass er eine wahnsinnige Angst um sie hatte. Die Zuneigung zu ihm erfüllte ihr Herz. Sie griff nach seinen Händen.

„Ich werde vorsichtig sein. Es wird alles gut gehen. Er wird es nicht wagen, mir etwas zuleide zu tun. Er weiß doch, dass wir beide zusammengehören und das wird ihn hindern.“

Derk zog sie zu sich heran. Den ganzen Abend hatte sie das frisch verliebte Paar gespielt – nein, Inse wusste in ihrem Innern, das keiner von ihnen dieses spielen musste. Zwischen ihnen existierte ein Gefühl, dass Inse für sich selbst längst als „Liebe" deklariert hatte. Sie war der Liebe ihres Lebens begegnet – allerdings in einer falschen Zeit.

Doch jetzt, in dieser mondhellen Nacht, im Angesicht der Gefahren, die vor ihnen lagen, konnte sie sich der Anziehungskraft, die Derk auf sie ausübte, nicht entziehen. Mit einem Stöhnen zog Derk sie an sich. Ungestüm presste er seine Lippen auf die ihren, als ob dies der letzte Kuss sei, den er ihr geben konnte. Inse schmolz dahin. Seine Sorge um sie war nicht gespielt. Sie spürte die Zuneigung, die er für sie empfand. Ihre Lippen gaben den seinen nach und ihr Körper drängte sich ihm entgegen. Hätte Derk sie nicht gehalten wäre sie sicherlich auf den Boden gesunken. Ein heißer Schauer überlief sie. Derk küsste sie, als wolle er sie nie wieder hergeben. Sie hatte nie etwas Ähnliches empfunden. Derks Hände strichen durch ihr Haar. Sie liebkosten ihr Gesicht. Inse befand sich in einem Traum, aus dem sie nie mehr erwachen wollte.

Ein Räuspern ließ sie zusammenfahren. Die hämische und lüsterne Stimme Johann von Oldenbokums sprach sie an.

„Können die Turteltäubchen die Finger nicht voneinander lassen? Es ist eine wahre Freude Euch zu beobachten. Was soll denn die Grafschaft von dem sonst so soliden Derk Raveling denken! Sämtliche reichen, gelangweilten Damen wollen ihm ihr Herz schenken und er überlässt es einer …", hier machte er eine wohlüberlegte Pause, „einer unbeschwerten Dame." Inse merkte wohl, dass er das Wort „leichtes Mädchen" umschrieb. Sie hatte Angst, dass Derks Wut ihren Plan zunichte machte, doch er hatte sich gut im Griff. Besser als sie, denn sie konnte nur schwer in die Realität zurückfinden.

„Ich habe Inse den günstigsten Weg zu den Gemächern von Graf Johann gezeigt. Wir wollten noch etwas frische Luft schnappen."

Derk hatte den Arm um Inses Schulter gelegt, und sie begaben sich, ohne sich noch einmal umzuschauen, in den Saal zurück. Die Gräfin bedachte sie mit missbilligenden Blicken, doch Graf Johann nickte Derk anerkennend zu. Inse errötete bei dem Gedanken, dass vielleicht jedermann an ihrem erhitzten Gesicht ablesen konnte, dass und wie sie geküsst worden war!

Um ihrer Verwirrung Herr zu werden und Derk nicht länger nahe zu sein, erhob sich Inse von ihrem Platz und gab vor, die Gemälde näher betrachten zu wollen. Derk schob ihre Unruhe nicht nur auf den Vorfall im Garten, sondern auch auf die Aufregung bezüglich des bevorstehenden Auftrages. Er folgte ihr nicht. Während Inse anscheinend in die Betrachtung der Gemälde vertieft war, wurde sie unfreiwillig Zeuge eines Gesprächs zwischen zwei Männern. Der größere der beiden hatte einen fanatischen Gesichtsausdruck und eine überzeugende Argumentationskraft. Dem Gespräch entnahm Inse, dass es sich um einen Geistlichen handeln musste. Der zurückhaltendere der Männer war klein und rundlich. Er machte ein Gesicht, als ob er sich auf etwas ganz Besonderes freute. Was das war, sollte Inse zu ihrem Entsetzen sofort erfahren.

Der Dickere rieb sich die Hände. „Meint Ihr wirklich, dass wir keine schriftliche Bestätigung der Wasserprobe vom obersten Gerichtsherrn abzuwarten brauchen?“

Der andere schüttelte den Kopf. „Die Inquisition geht von der Kirche aus und nicht vom Grafen. Meine Anfrage um Bestätigung war mehr ein freundlicher Akt, den Grafen Edzard mitspielen zu lassen. Wir klagen im Namen Gottes auf Gotteslästerung an. Wollen doch mal sehen, ob dieses Weibsbild nicht doch eine Hexe ist. Sie ist wirklich hartnäckig. Und dieser uneinsichtige Ehemann Hero Benen glaubt ihr auch noch. Versucht uns zu hindern, sein Weib in Gewahrsam zu nehmen. Da hat er aber die Falschen erwischt, sage ich Euch. Ihr wart ja nicht dabei, aber meine Helfer mussten ihn mit zwölf Kugeln Hagelschrot davon abhalten, sich an sein Weib zu klammern und sie uns zu entreißen! Ist ja auch ein herrlich anzusehendes Weib, diese Tyabbe, nicht?!"

„Ja", der rundliche Mann leckte sich die Lippen. „Ich bin gespannt, wie sie sich bei der Wasserprobe macht – ganz nackt! Und ihrem Ehegatten geschieht diese Schmach ganz recht. Stolz und aufmüpfig, wie er immer war. Jetzt haben wir ihn da, wo er hingehört. Und der Tyabbe werden wir ihren Trotz auch noch austreiben. Hättet Ihr damit gerechnet, dass für sie die Bürgschaftsleistung von sechzigtausend Gulden aufgebracht werden könnte?"

Der Fanatische schüttelte den Kopf. „Nein, das war wirklich nicht zu erwarten. Aber ihre erkaufte Freiheit war ja nur von kurzer Dauer. Wir sind ihrer wieder habhaft geworden. Ich hätte auch nicht gedacht, dass sie ihr Treiben mit dem Bösen so lange verleugnen würde. Da ich mit dem Versuch einer Loskaufung seitens ihres Gatten rechnete, habe ich ja auch gleich nach ihrer ersten Verhaftung ihr unsere Foltermethoden aufgezeigt, aber sie blieb dabei, dass sie unschuldig sei. Ich selbst bin der felsenfesten Meinung, dieses Weib wird nicht vom Gehörnten verschont geblieben sein. Ihr Liebreiz und ihre Schönheit machen sie schon von vornherein anfällig für die Angriffe des Bösen. Sie ist ein Weib und wird ihm nicht haben widerstehen können. Ihr wisst ja, die Weiber sind von Natur aus schlecht. Geraten wir gottgefälligen Männer nicht selbst in Versuchung beim Anblick eines Weibes wie Tyabbe? Selbst Luther und Calvin unterstützten vehement die Verfolgung solch gotteslästerlichen Tuns. Die Hexen und Zauberer müssen zu Pulver verbrannt werden. Das Neue Testament verbietet es, sie unter uns leben zu lassen. ‚Ich bin der Weinstock, ihr seid die Reben. Wer nicht in mir bleibt, der wird weggeworfen wie eine Rebe und verdorrt, und man sammelt sie und wirft sie ins Feuer und sie müssen brennen', so sagt es Johannes."

Der Rundliche schien überzeugt. „Ihr habt sicherlich Recht, und wir müssen die Wasserprobe ohne gräfliche Genehmigung durchführen. Sonst besteht die Gefahr, dass ihrem Gemahl wieder etwas einfällt, um sie loszukaufen oder vielleicht sogar zu befreien, bevor wir einen Beweis für ihr lästerliches Treiben haben. Die Wasserprobe wird eindeutig zeigen, ob sie eine Hexe ist. Der Graf wird dies sicherlich auch einsehen, oder?" Eine klein wenig Ängstlichkeit spielte doch noch in seiner Stimme mit.

„Ich getraue mich nicht, ihn hier anzusprechen. Es gibt immer mehr Aufsässige, die sich gegen diese gottgefälligen Methoden aussprechen. Ich halte es für meine besondere Aufgabe, alle Hexen und Zauberer, derer ich habhaft werden kann, vom Erdboden zu vertilgen." Er hatte voller Inbrunst seine Stimme erhoben.

Der Dicke besänftigte ihn. „Es wird uns schon gelingen, diesem schändlichen Tun ein Ende zu bereiten. Zumindest in den vorliegenden Fällen bemühen wir uns doch wirklich redlich." Die Schweineaugen des Dicken funkelten wollüstig. „Wenn ich mir so vorstelle, was der Unaussprechliche alles mit dem herrlichen jungen Weib getan haben mag! Wie oft sie wohl mit ihm gebuhlt hat? Vielleicht übersteht sie ja die Wasserprobe und kann uns danach geläutert über nähere Einzelheiten ihres schändlichen Treibens in Kenntnis setzen." Seine Lippen gaben schmatzende Laute von sich.

Angewidert beeilte sich Inse wieder zu ihrem Platz zu gelangen. Ihr war übel geworden angesichts der Erzählungen dieser Männer. Vergessen war der Vorfall im Garten der Burg. Sie ergriff Derks Arm und wies flüsternd auf die Gesprächspartner, die jetzt dicht an ihnen vorbeiliefen.

„Wer sind diese beiden Männer?"

„Der Hagere heißt Diedrich Spranger und ist ein berühmter Pfarrer aus Pewsum. Sein Nachbar ist der Pewsumer Drost Claus Pels. Die Gräfin Katharina hat mit ihrem Brautschatz vor einigen Jahren Pewsum erworben. Der Pfarrer ist streng lutherisch, wie die Gräfin selbst auch. Die Bewohner Pewsums waren wenig begeistert von der lutherischen Lehre und dem Spranger, der ihnen vor die Nase gesetzt wurde. Vormals waren sie nämlich der reformierten Lehre zugeneigt gewesen. Sie haben sich auch in den letzten Jahren nur zögerlich dem Luthertum angeschlossen. Katharina duldet natürlich seit dem Kauf keine reformierten Geistlichen und Gottesdienste mehr in Pewsum.

Spranger ist, meines Erachtens, ein eher unangenehmer Mensch. Er nimmt es sehr genau mit der Gottesfürchtigkeit und ist besessen davon, dass es in unserer unmittelbaren Umgebung von Hexen und Zauberern nur so wimmelt. Er unternimmt auch Reisen in die nähere Umgebung, wo Prozesse stattfinden, um seine Mithilfe bei den Methoden zur Ermittlung der Schandtaten anzubieten."

Derk beugte sich dicht zu Inse vor. „Unter uns gesagt, ich finde ihn widerlich. Und seine Ansichten über Hexen und Zauberer teile ich auch nicht. Meiner Meinung nach sind derartige Vorstellungen nur Wunschdenken von nicht ausgelasteten Männern und Weiberhassern. Aber diese Auffassung ist natürlich schon Ketzerei und Ihr habt es jetzt in der Hand, mich den beiden als nächsten Kandidaten anzubieten, wenn Ihr mich loswerden wollt." Derk grinste.

Inse war unendlich erleichtert. Sie wusste nicht warum, aber diese Meinungsäußerung ließ ihr ein Stein vom Herzen fallen. Warum war es ihr so wichtig, was Derk über die Hexenverfolgung dachte? Spielte sie etwa wirklich mit dem Gedanken, bei ihm hier in dieser Zeit zu bleiben? War es darum wichtig, welche Standpunkte er vertrat?

Ihre Gedanken hatten sie davon abgehalten, Derk von ihrem Wissen zu berichten. Sie flüsterte ihm zu, dass die beiden morgen eine Wasserprobe durchführen wollten und Derks Miene verdüsterte sich. „Wir werden uns jetzt erst einmal unserer nächtlichen Aufgabe zuwenden und dann vielleicht mit der Hilfe des Grafen Johann auch diese Schurkerei verhindern können."

Das Fest war ein voller Erfolg gewesen und Inse noch ganz trunken von diesem Gefühl, zu Derk zu gehören. Sie hatten ihre Rolle beide mit Bravour gespielt. Selbst ihr Geflüster vor einigen Minuten war als Geplänkel von Verliebten angesehen worden.

„Ich brauche nicht nur so zu tun", dachte Inse, „ich liebe ihn tatsächlich."

Sie hatten allen vorgegaukelt, sie seien ein Liebespaar und Derk mache ihr den Hof, in aller Ehre natürlich! Schließlich war sie eine Dame und er ein angesehener Bürger und vermögender Juwelier.

„Nur zu Eurem Schutz, bevor andere Männer, insbesondere von Oldenbokum, sich etwas herausnehmen, spielen wir dieses Theater", hatte Derk sie vorher beschwichtigt. Doch nicht erst der heutige Abend hatte Inse erkennen lassen, dass sie ihre Gefühle für Derk nicht spielen brauchte.

Die Gäste verabschiedeten sich von der gräflichen Familie und auch Johann von Oldenbokum erhob sich. Inse machte Derk darauf aufmerksam und sie standen ebenfalls auf. Als Inse sich zum Abschied an den Grafen Johann wandte, zwinkerte der ihr zu.

„Es war mir eine große Freude, Euch kennen zu lernen. Da mein werter Freund Derk Raveling Euch treu ergeben scheint, hoffe ich auf eine baldige Vermählung."

Inse errötete. Sie wusste nicht, ob Derk den Grafen darüber unterrichtet hatte, dass dies zu ihrem Spiel gehörte. Graf Johann war sehr feinfühlig. Vielleicht spürte er auch, dass mehr dahinter steckte.

Verglichen mit der Kälte draußen war es im großen Saal doch sehr gemütlich gewesen. Viele der Gäste schienen in der Burg zu übernachten, denn nur einige wenige machten sich gemeinsam mit Inse und Derk auf den Weg. Beide hatten eine Öllampe in der Hand. Eigentlich durfte nach dem Erklingen des Nachtwächterhorns kein Mensch mehr in der Dunkelheit unterwegs sein. Natürlich bildete solch ein Fest eine Ausnahme.

Inse überlegte, wo wohl Johann von Oldenbokum die zwei Stunden bis zu ihrem vereinbarten Stelldichein verbringen mochte. Ihr schauderte. Sie merkte, dass sie Angst hatte. Ihr lag das Schauspielern nicht so sehr wie Derk. Dieser schien zu spüren, dass sie sich Sorgen machte. Ihm war ja von Anfang an unwohl gewesen bei der ganzen Geschichte.

„Morgen früh habt Ihr es überstanden. Dann könnt Ihr Euch vielleicht rühmen, ein Kind gerettet und einen Mörder seiner verdienten Strafe zugeführt zu haben." Derk hörte selbst die Zweifel in seiner Stimme.

„Gebe Gott, dass es so sein wird." Inse seufzte.

Sie wusste nicht, ob sie erleichtert sein sollte oder enttäuscht, als Derk bei der Pension lediglich gutes Gelingen wünschte. Inse konnte nicht ahnen, dass er sie fluchtartig verlassen musste – ansonsten hätte Derk sie höchstwahrscheinlich vor sich auf ein Pferd gesetzt und wäre mit ihr wie der Sturmwind aus der Stadt geritten!

Der Plan wird ausgeführt

Zur vereinbarten Zeit schlich Inse mit einem Licht die wenigen Meter bis zum Ort ihres Treffens mit von Oldenbokum. Es war still in der sonst so lebhaften Stadt. Die Ruhe, die Inse nach der Geschäftigkeit des heutigen Tages unnatürlich erschien, verursachte ihr schon im Vorfeld Unbehagen. Einige aufgeschreckte Fledermäuse flatterten scheinbar planlos umher. Der Vollmond beleuchtete schemenhaft die Gebäude, gab jedem Baum und Strauch ein gespenstisches Aussehen. Eulenschreie klangen von fern an ihr Ohr. Wie gerne wäre sie jetzt in ihrem Bett in der Pension gewesen!

Inse trug die Tracht einer Bediensteten, mit einer Haube auf dem Kopf und einem grauen Umhang. Sie hastete durch die Straßen. Von weitem schon war die Burg zu erkennen, spärlich erhellt durch Öllampen, die während der ganzen Nacht brannten.

Sie wirkte jetzt in der Dunkelheit wie ein mächtiges, Furcht einflößendes Bauwerk, ein riesiger Schatten, der Inse zu erdrücken schien. Während sie sich ihrem Treffpunkt, der in der Nähe der Burg lag, näherte, kroch Angst in ihr hoch. Was wäre, wenn von Oldenbokum nicht käme?

Als sie den vereinbarten Ort erreichte, löste sich aber die Gestalt Johann von Oldenbokums aus der Dunkelheit. Blitzschnell stürzte er auf sie zu. Mit eisernem Griff umfasste von Oldenbokum ihre Handgelenke und drückte sie mit seinem ganzen Körper gegen einen Baumstamm. Inse blieb die Luft weg. Ihr Herz raste. Sein Mund, der sich auf den ihren legte, war schleimig und sein Atem roch nach Wein. Sie konnte sich nicht bewegen, ihm nicht entkommen. Eine Welle von Übelkeit erfasste Inse. Ein Geräusch in der Nähe, ein Rascheln im Gebüsch veranlasste von Oldenbokum sie freizugeben. Inse trat rasch einen Schritt zur Seite. Selbstgefällig schaute von Oldenbokum sie an.

„Ihr schmeckt so, wie ich es mir vorgestellt habe. Na, wie hat es Euch gefallen, von einem richtigen Mann geküsst zu werden? Ihr seid mir in den Kopf gestiegen, nachdem ich Eure Leidenschaft beobachten konnte."

Inse versuchte ihre Fassung zurückzugewinnen, ihren Atem zu beruhigen.

„Lasst uns zuerst Rache üben. Und, wer weiß, worauf ich nach dieser Tat alles Lust habe." Ihre bewusst aufreizende Stimme stachelte ihn an. Seine Augen blitzten. Sie beide waren ein echt mörderisches Gespann. Niemand würde sie aufhalten können. Johann von Oldenbokum sah sich schon als Herrscher mit Inse an seiner Seite.

Sie näherten sich schweigend der Brücke, die über den Burggraben führte. In der Stille um sie herum erschien Inse jedes Geräusch, das Knarren der Holzbohlen unter ihren Füßen, das Quietschen, als sie die kleine seitliche Tür öffneten, die in das Innere der Burg führte, wie Donnerschläge.

Die Räumlichkeiten des Grafen lagen im oberen Geschoss. Von Oldenbokum schlich leise hinter ihr die Treppe hinauf. Aus einigen Zimmern kamen ihnen Schnarchgeräusche entgegen. An den Wänden hingen brennende Lampen, die den Gästen bei Bedarf den Weg zum Abort beleuchten sollten. Inse leitete von Oldenbokum weiter, bis sie vor der Tür standen, die zu Graf Johanns Schlafgemach führte.

Johann von Oldenbokum holte aus seinem Gewand einen kleinen verschlossenen Krug. Er enthielt das Gift. Von Oldenbokum nickte auf Inses fragenden Blick mit dem Kopf. Mit einem Ruck öffnete Inse daraufhin die Tür und sie fanden den Grafen nicht schlafend, sondern noch an seinem Schreibpult sitzend vor. Er schien etwas angeheitert zu sein. Johann von Oldenbokum schloss die Tür und lehnte sich dagegen. Graf Johanns entgeisterter Blick schweifte von Inse zu von Oldenbokum und zurück. Er spielte seine Rolle gut.

„Mir deucht, Ihr habt zuviel Wein getrunken, werte Dame. Warum verkleidet Ihr Euch dergestalt und schleicht zu nächtlicher Stunde in mein Gemach? Wart Ihr nicht Derk Raveling, meinem Freund, gut?“ Er wandte sich an von Oldenbokum. „Was habt ihr beide miteinander zu schaffen?“

Inse tat, als weide sie sich in seiner Überraschung. „Da wundert sich der liebe Herr Graf“, ihre Stimme war hohnerfüllt, „diesmal könnt Ihr eins und eins nicht zusammenreimen, was? Ich werde Euch etwas auf die Sprünge helfen.“ Inse machte eine kleine effektvolle Pause. „Liebster Vater“, ihre Stimme war die reinste Galle. „Ja, schaut Eure unerwarteten Gäste nur ungläubig an! Eine rachsüchtige Tochter und ein gehörnter Ehemann.“

Empört wollte der Graf antworten, aber Inse kam ihm zuvor.

„Sehe ich Erstaunen auf Eurem Gesicht angesichts solcher Behauptungen? Endlich werdet Ihr bekommen, was Euch zusteht! Ihr runzelt die Stirn, wisst nicht, was das soll und was ich Euch vorwerfen könnte? Erinnert Ihr Euch noch an Thea Buhren? Sie war meine Mutter. Ich bin Eure Tochter. Da staunt Ihr! Ihr habt das Leben meiner Mutter zerstört! Das Leben meiner Mutter könnt Ihr mir nicht zurückgeben. Ihr Elend kann nicht ungeschehen gemacht werden. Aber dieser Mann hat eine Tochter, die, wie Ihr wisst, Euer Kind ist. Ich will, dass Ihr sie anerkennt und zu Eurer Alleinerbin macht. Jetzt und hier. Sofort. Das soll meine Genugtuung sein für die Schmach, die Ihr uns angetan habt! Die Tochter dieses Mannes", Inse zeigte auf von Oldenbokum, „soll nicht so leiden müssen wie ich in all den Jahren unter der Schande, Euer Kind zu sein."

Sie holte Papier und Feder aus ihrem Umhang und legte ihm beides vor. Mit dem Finger wies sie auf das Tintenfass aus braunem, gerillten Glas, das auf dem Tisch stand.

„Es ist alles schon aufgesetzt. Ihr braucht nur noch zu unterschreiben."

Gekonnt ungläubig hatte Graf Johann ihren Ausführungen gelauscht, sich aufrecht hingesetzt, sich wie erstarrt zu ihr vorgebeugt. Um Johann von Oldenbokum zu überzeugen, setzte er, wie abgesprochen, zu Erklärungen und Ausflüchten an.

„Es tut mir Leid, wertes Fräulein, wenn Ihr mich für einen Schuft haltet. Eure liebe Mutter, Gott hab sie selig, war nicht nur mir zugetan. Sie hat ihre Gunst noch etlichen anderen Männern erwiesen. Ich war jung und ungestüm, fast noch ein Kind. Meine Frau Mutter hat sie reichlich entlohnt und uns schien, dass sie froh war, überhaupt etwas von uns zu bekommen für ein Kind", hier machte er eine kleine Pause, „dessen Vater ich wahrscheinlich noch nicht einmal war. Eine unserer damaligen Bediensteten hatte näheren Kontakt mit ihr. Sie war aber auch uns treu ergeben und berichtete davon, dass Thea Buhren in der Zeit meiner Liaison mit ihr nicht weniger als vier Männer kannte, die der Vater ihres ungeborenen Kindes sein könnten."

Inse versuchte sich in die Situation der Person, die sie spielte hineinzuversetzen. Wie verletzt musste sie nach diesen Worten sein! Welch ein Schlag ins Gesicht! Welch eine Schmach!

Ihre Stimme war so schrill und keifend, dass Johann von Oldenbokum sie bremsen musste und sie ermahnte, niemanden zu wecken.

„Ihr Hurensohn, Ihr Bastard. Es wäre eine Freude für mich, wenn solch ein elender Mistkerl wie Ihr nicht mein Vater wäre! Doch sei es, wie es will, all dies tut nichts mehr zur Sache. Ihr werdet jetzt diesen Vertrag unterschreiben und zwar sofort!"

„Und wenn ich mich weigere, wird mich Euer Freund dann niederschlagen, oder wozu ist er mitgekommen?" Graf Johann reizte Johann von Oldenbokum bewusst.

„Ihr werdet früh genug merken, wozu ich mitgekommen bin", brummte dieser zurück, „nehmt jetzt die Feder zur Hand und unterschreibt, oder ich mache Euch Beine."

Graf Johann tat so, als ob er die Kordel, die die Glocke betätigt, ergreifen wollte. Johann von Oldenbokum war schneller.

„Ihr werdet jetzt sofort den Wisch unterschreiben, sonst drehe ich Euren schönen Hals um." Betont gelassen schob er den Grafen Richtung Schreibpult.

Scheinbar resigniert unterschrieb dieser die Urkunden. „Ihr werdet wenig Freude an diesen Papieren haben. Schon morgen annulliere ich diese unter Zwang unterschriebene Erklärung."

„Nichts werdet Ihr annullieren", von Oldenbokums Stimme klang gefährlich ruhig, „statt dessen werdet Ihr uns jetzt eine Freude machen und auf unser Wohl einen Becher mit uns trinken." Johann von Oldenbokum stellte den Krug und einen kleinen Zinnbecher vor dem Grafen auf den Tisch.

„Was soll das sein?"

Inse tat, als ob das Spiel schon gewonnen wäre. Sie stieß von Oldenbokum in die Seite. „Wollen wir ihm erzählen, was der Tropfen für ein Nachspiel hat?"

Von Oldenbokum runzelte die Stirn. Es war besser, stillzuschweigen, bis der Graf den Trunk vielleicht freiwillig und ohne laut zu werden genossen hatte. Warum Schwierigkeiten provozieren, wo keine nötig waren? Er schüttelte den Kopf.

Graf Johann tat, als ob er sich schon denken könne, wozu der Gebrannte gut sei.

Er fing an zu zetern: „Wenn Ihr glaubt, ich trinke freiwillig etwas aus diesem Krug, dann habt Ihr Euch mächtig getäuscht." Er schien sich zu bemühen, ruhig zu erscheinen. „Noch in dieser Minute werde ich nach meinen Bediensteten verlangen, damit der Spuk ein Ende hat."

Er griff wieder nach der Kordel, da kam ihm von Oldenbokum zuvor. Mit festem Griff umklammerte er den Oberkörper des Grafen und eine seiner Hände schloss sich um dessen Mund. Als er den Grafen in dieser Zwangslage hatte, wandte er sich an Inse mit den Worten:

„Erzählen wir ihm, was Sache ist! Also! Wenn Ihr dieses Getränk genossen habt, werdet Ihr binnen Kurzem das Zeitliche segnen. Es dauert wirklich nicht lange. Ich habe Erfahrungen mit Giften."

Seine Worte sollten den Grafen wohl beruhigen, denn ein Ausweg schien diesem ja nicht mehr zu bleiben. Graf Johann hatte scheinbar entsetzt gelauscht. Er stemmte sich gegen von Oldenbokum, der ihm den Zinnbecher in die Hand drücken wollte, wehrte sich mit Händen und Füßen dagegen, das Gift einzunehmen. Er schaffte es, Johann von Oldenbokum in die Hand zu beißen und schrie:

„Ihr wollt mich vergiften? Dann werdet Ihr mir diesen Mördertrunk in den Rachen gießen müssen! Habt Ihr so auch meine liebe Freundin Hyma Manninga vergiftet? Es wird doch schon seit langem gemunkelt, dass Ihr nicht unschuldig an ihrem Tod sein sollt."

Jetzt hielt Inse den Atem an. Würde von Oldenbokum sich wirklich selbst anklagen?

Als erstes schlug von Oldenbokum dem Grafen mit dem Handrücken ins Gesicht. Aus den Mundwinkeln floss reichlich Blut. Inse erschauerte. Von Oldenbokum war eine Bestie! Er hatte seine Hand wieder auf den Mund des Grafen gedrückt. Er schien gefallen an der letzten Frage seines Gegners zu finden und begann mit seiner Tat zu prahlen:

„Ja, sie war mir im Wege, meine liebe Schwägerin. Ich habe sie vergiftet. Jedem, der mir in die Quere kommt, wird es so ergehen. Auch bei Euch wird mich keiner mehr hindern können!"

„Oh doch, es wird Euch einer hindern!" Mit diesen Worten stürzte Derk aus seinem Versteck. Auf diesen Moment des Geständnisses hatte er nur gewartet. Auch Unico Manninga kam aus dem Nebenraum, von wo aus die beiden alles mit angehört hatten. Sie ergriffen sogleich den sich wehrenden, die Lage noch nicht ganz durchschauenden von Oldenbokum. Sein gerade noch triumphierendes Gesicht verzerrte sich vor Wut. Könnten Blicke töten, hätte Inse keine Chance mehr gehabt.

„Ihr habt ein falsches Spiel getrieben. Das werdet Ihr büßen!" Er schrie so laut, dass bestimmt alle Gäste aufwachten.

„Ihr werdet niemanden mehr etwas büßen lassen können", stellte Unico mit ruhiger Stimme fest. „Die kleine Tetta ist gerettet vor Euch Mörder. Und für den Mord an meiner Gattin werdet Ihr Euch noch zu verantworten haben."

Von Oldenbokum wand sich unter den Griffen der Männer. Dann jedoch lachte er kurz und hämisch auf.

„Tetta bekommt Ihr nicht. Wenn dieser ganze unselige Plan nur darauf abzielte, sie zu retten, dann habt Ihr Euch getäuscht! Mir könnt Ihr den Mord an Hyma anhängen, aber den Balg wird kein Mensch mehr retten können." Er lachte schadenfroh auf. „Ich habe sie versteckt. Heute Nacht noch werden meine Vertrauten sie der Inquisition übergeben. Mein Freund Sibo war nicht so leichtgläubig wie ich. Er ahnte, dass dies eine Falle wäre. Und er hatte Recht! Wie gut, dass ich ihn vorsichtshalber eingeweiht habe. Wenn unsere Vereinbarung", hierbei schaute er Inse und Derk an, „eingehalten worden wäre, hätte ich den Balg morgen noch gerettet. Ich kenne Mittel und Wege dazu. Der Ankläger hätte mir das Kind wieder übergeben müssen, denn so gottgefällig, wie er tut, ist der an dieser Sache beteiligte Geistliche nicht. Wie gut, dass ich den Vorschlag von Sibo angenommen habe. Er argwöhnte zu Recht, dass dieser Abend mit Verrat endet! Tetta wird als Hexe angeklagt werden. Sie wird die Probe nicht bestehen und ertrinken oder auf dem Scheiterhaufen sterben! Ihr könnt nichts dagegen tun! Außer, Ihr lasst mich gehen. Diesen Abend hat es nie gegeben. Wie kann man nur so ein Theater veranstalten, um einem unnützen Balg zu helfen? Noch dazu einem Frauenzimmer!"

In sein höhnisches Gelächter hatte sich ein ungläubiger Ton geschlichen. Das Verhalten dieser Leute ging über seinen Verstand. So wichtig konnte dieses mickrige Kind doch nicht sein, dass sie seinetwegen einen solchen Aufstand machten!

Unbehaglich und vor allen Dingen ungläubig hatten Inse und die Männer seiner Rede gelauscht. Sprachlos schienen sie alle, wie erstarrt! Sollte er wirklich derartige Maßnahmen getroffen haben?

Derk hatte sich schnell von seinem Schreck erholt. „Ich reite sofort zum Stadthaus Johann von Oldenbokums und frage Regin. Vielleicht weiß sie, wo Tetta ist. Inse, lauft zu Marie. Sie wartet beim Burggraben. Es könnte sein, dass ihr zu Ohren gekommen ist, wo zurzeit Verhandlungen des Inquisitionsgerichtes stattfinden. Vielleicht können wir die Kleine noch auf dem Weg abfangen und befreien. Wir treffen uns gleich hier an Ort und Stelle wieder."

Bevor Inse fragen konnte, warum Marie am Burggraben auf sie wartete, war Derk verschwunden. Was, um Gottes willen, konnten sie jetzt nur tun? In Inses Kopf schwirrten die Gedanken durcheinander. Inse glaubte etwas Wichtiges zu wissen. Wenn ihr jetzt nur einfallen wollte, was es war!

Viertes Kapitel

Hexenwahn

Die Zauberinnen sollst du nicht am Leben lassen.
(2. Mose 22,17)

Die Folter

Tetta hatte Angst. Sie zitterte! Am Abend war ihr Vater zu einer Festlichkeit, die auf der Burg stattfand, aufgebrochen. Er hatte ihr über Regin eine Weisung zukommen lassen: Sibo Meiners würde bald kommen um sie abzuholen. Wohin und wieso, dass hatte er Tetta nicht wissen lassen. Sein Blick war eigenartig gewesen. Und als Sibo kam, hatte es ihr widerstrebt mitzugehen. Sie mochte diesen abstoßenden Menschen nicht. Doch Tetta konnte sich kaum dem Gebot des Vaters widersetzen.

Nun, da sie sich in diesem elenden Kerker befand, wusste sie, was der Grund ihrer Reise war. Ihr Vater wollte ihren Tod! Nichts anderes konnte ihr Hiersein bedeuten. Weshalb sonst wohl wäre sie in dieses dreckige Loch gesteckt worden wie eine Schwerverbrecherin. Tetta war Kummer gewohnt und verfiel nicht leicht in Selbstmitleid, doch jetzt wurde dieses Gefühl in ihr fast übermächtig. Niemandem, außer vielleicht der alten Regin, würde es etwas ausmachen, wenn sie hier verhungern sollte! Obwohl – Hunger war das letzte, was sie verspürte. Schlecht war ihr eher! Es stank erbärmlich hier.

In Gedanken erlebte sie noch einmal ihre Verschleppung an diesen widerwärtigen Ort. Sibo hatte sie wie ein Stück Vieh auf einen Karren verfrachtet, der von einem Pferd gezogen wurde. Auf dem Karren befand sich ein Gitterverschlag, in den er sie steckte. Auf der Fahrt hatte sie sich viele blaue Flecke eingehandelt. Ihr Schreien und Brüllen blieb erfolglos.

Am Ende der Fahrt erreichten sie eine größere Ortschaft. Diese schien befestigt zu sein und Sibo sprach mit den Torwächtern. Sie ließen ihn passieren. Der Nachtwächter blies gerade sein Horn. Die Furcht hatte Tetta in den Knochen gesteckt. Was mochte sie jetzt wohl erwarten?

Sibo hatte sie aus dem Verschlag gezerrt und zur Burg des Ortes gebracht. Es war schon recht dunkel gewesen und Tetta konnte nicht viel mehr als den Burggraben ausmachen. Ein schmaler Weg verband die Ortschaft mit der Burg. In der Nähe waren die Umrisse einer Kirche zu sehen gewesen.

Sibo hatte sie hinter sich her gezerrt, über den Steg und in die Burg hinein. Beim Anblick des Mannes, der sie schon erwartet zu haben schien, waren ihr Schauer über den Rücken gelaufen. Er war groß und hager und schien begierigzu sein sie zu begutachten. Sein Gesicht trug gnadenlose Züge. Prüfend und wie angeekelt waren seine Finger durch eine ihrer Haarsträhnen geglitten. Er hatte sie mit keinem Wort angesprochen. So musste sich Schlachtvieh fühlen. Tetta erbebte noch jetzt, wenn sie an diesen Mann dachte. Ein Mörder! Das hatte sie im Gefühl.

Dann brachte man sie in diese Zelle, den Teil eines Verlieses, wie ihr schien. Sie befand sich in den unterirdischen Gewölben der Burg. Ohne ein Wort hatten die Männer auf eine Strohmatte am Boden und auf einen Topf in der Ecke – wohl für die Notdurft – gezeigt. Die ganze Nacht hatte sie sitzend auf der Strohmatte zugebracht. Aus der Nachbarzelle waren zeitweilig Laute, Stöhnen und Weinen, zu ihr herübergeklungen.

Sie befand sich ohne Zweifel in Gefangenschaft! Doch sie hatte nichts verbrochen! Ihr wollte einfach nicht Unrechtes einfallen, dessen sie schuldig sein könnte.

Die Zelle war furchtbar dunkel, feucht, kalt und dreckig. Hinter der Matte, auf der sich niedergelassen hatte, konnte sie Mäuse piepen hören. Sie erhob sich und schüttelte ihre Unterlage, um sie zu verscheuchen.

Tetta fühlte, wie sich die Angst in ihr ausbreitete. Ein irres Kichern hatte sich ihrer bemächtigt, während gleichzeitig Tränen ihr Gesicht benetzten. Niemals in ihrem bisherigen kläglichen Leben hatte sie sich so einsam und verloren gefühlt. Regin sagte immer, wenn es besonders schlimm sei, solle man an etwas Schönes denken. Sie zwang sich dazu, an Regin zu denken, an den Klang ihrer zärtlichen Worte, an die Weichheit ihres Körpers. Trotz der unbequemen Lage und des denkbar schlechten Umfeldes fiel Tetta in einen unruhigen, von Schreien und Weinen gestörten Schlaf.

Verwirrt erwachte sie vom Knarren der Zellentür. Die unbarmherzige Realität holte sie in Form eines Wärters ein.

„Steht auf und folgt mir." Ohne ersichtliche Regung gab er seine Befehle.

Gehorsam stand Tetta auf. Sie bemerkte, dass außer ihr noch eine weitere junge Frau aus einer der Zellen geschleift wurde. Tatsächlich geschleift, denn sie hatte nicht mehr die Kraft auf ihren Füßen zu stehen. Als sie Tetta bemerkte, zuckte sie erschrocken zusammen.

Der Raum, den sie nun betraten, befand sich auch im unterirdischen Gewölbe der Burg. Um einen Holztisch versammelt saßen eine Reihe von Männern. Einer hatte ein Buch vor sich und eine Feder in der Hand. Einigen schienen eher unerfreut darüber zu sein, dieser Sitzung beiwohnen zu müssen, andere machten gleichgültige Gesichter.

Als sie vor den Männern standen, erhob sich der hageren Geistliche, den Tetta schon am Abend zuvor gesehen hatte. Zu Tettas Erstaunen ergriff nun ihre Mitgefangene das Wort. Sie sprach leise aber ausdrucksstark.

„Klagt Ihr jetzt schon Kinder wegen Verbrechen an, die sie nicht begangen haben? Ihr selbst versündigt Euch mit Eurem Handeln vor Gott."

Einer der Männer schlug ihr ins Gesicht.

„Schweigt, Ihr Hexenhure. Kinder können sehr wohl auch dem Bösen dienen. Und dass Ihr sie in Schutz nehmt, macht sie in meinen Augen nur noch verdächtiger."

Der Hagere, der sich kurz darauf an Tetta wandte, sagte, sein Name sei Dietrich Spranger und seine Aufgabe sei es, vom Bösen Verführte zu entlarven. Der Geistliche sprach zu Tettas Verwunderung ein kurzes Gebet, in dem er versicherte, er würde die Beleidigung Gottes durch Hexen, die mit Hilfe des Teufels scheußliche Verbrechen begingen und an Hexensabbats teilnahmen, mit aller ihm zur Verfügung stehenden Macht verfolgen. Die Hexen seien eine Gefahr für die Menschheit. Sie müssten gefunden und vernichtet werden.

Tetta begann trotz ihres noch kindlichen Verstandes zu ahnen, wo sie hier gelandet war. Ihr fielen all die Andeutungen ihres Vaters ein, all die Dinge, die sie getan oder bewirkt haben sollte.

Spranger wandte sich nun direkt an sie. Tetta möge doch geständig sein, damit sie rasch wieder in den Schoß der Kirche zurückkehren könne. Sie würde geläutert werden, könne ihren Frieden mit Gott machen um ihm dann gereinigt gegenüberzutreten.

Tetta versuchte, ihre Unschuld zu beteuern. „Was soll ich denn getan haben?" fragte sie verständnislos. „Alle mir übertragenen Aufgaben habe ich zur Zufriedenheit erledigt und mich auch keinerlei Missetaten schuldig gemacht, die ich jetzt büßen könnte."

„Es ist schon verdächtig", ließ sich der rundliche Mann, der mit Pels angesprochen wurde und dem Geistlichen zur Seite stand, vernehmen, „wenn sich jemand für gänzlich unschuldig hält. Es sagt doch schon die Heilige Schrift, dass niemand ohne Schuld sei."

„Dem stimme ich zu. Damit das Kind weiß, was es vielleicht zu erwarten hat, werden wir ihr heute zeigen, welche Methoden wir anwenden, um eine Hexe zu entlarven. Vielleicht gesteht es dann ja freiwillig."

Entschlossen trat Spranger auf die junge Frau, die jetzt halb auf dem Boden lag, zu.

„Bitte", die Stimme der Frau, die später Tyabbe genannt wurde, klang flehend, „bringt das Kind zurück in seine Zelle. Es ist so unschuldig. Bitte lasst sie nicht mit anschauen, was Ihr mir antun wollt."

„Weiber", verächtlich schnaubt Spranger, „machen sich Sorgen um Kinder. Es wird nicht dabei bleiben, dass dieser Balg Euer Leiden anschaut. Wenn sie die Wasserprobe übersteht, werden wir bei ihr dasselbe anwenden müssen. In unserer Güte gestatten wir ihr heute Morgen noch zuzuschauen, um vielleicht einsichtig zu werden und freiwillig ein Geständnis abzulegen. Ein Geständnis wird ihr die Wasserprobe ersparen."

Die junge Frau, deren Mut und Schönheit Tetta bewunderte, stöhnte gequält auf. „Wollt Ihr wahrhaftig die Wasserprobe durchführen?"

„Natürlich. Ihr wisst doch, dass damit der untrügliche Beweis von Schuld oder Unschuld erbracht werden kann. Im Burggraben soll heute am Nachmittag die Wasserprobe stattfinden."

Er wandte sich Tetta zu. „Es geht darum, festzustellen ob Ihr und Tyabbe wirklich Hexen seid. Wir werden Euch an einem Seil ins Wasser lassen. Geht Euer Leib nicht unter, stößt das reinigende Wasser Euch ab. Dies ist für uns ein untrüglicher Beweis, dass Ihr Hexen seid."

Tetta schaute ihn verstört an. „Das bedeutet doch, dass wir entweder keine Hexen sind und ertrinken, oder Hexen sind und dafür mit dem Tode bestraft werden. Für uns besteht also so oder so keine Hoffnung – oder?"

Der Geistliche wandte sich jetzt Tyabbe zu, ohne sich um Tettas Worte zu kümmern.

„Wie ich Euren Worten entnommen habe, wollt Ihr nicht zu Euren Taten stehen und sie uns beichten – habe ich Recht?"

Tyabbe schüttelte nur den Kopf.

„Dann müssen wir wohl oder übel die dafür vorgesehenen Methoden anwenden."

„Wollen wir nicht vielleicht noch einmal schauen, ob der Teufel auf ihrem Körper seine Teufelsmale hinterlassen hat? Vielleicht sollten wir ihren Oberkörper nochmals genauer betrachten, um ganz sicher zu gehen."

In den Augen des rundlichen Anklägers war ein irres Glitzern zu sehen. Tetta sah, wie er sich die Lippen leckte und die arme Tyabbe schon fast mit seinen Augen entkleidete.

Zum ersten Mal schaltete sich ein Mann am Ende des Tisches ein: „Dies kann nicht zugelassen werden, da vor einiger Zeit schon einmal der Körper nach Teufelsmalen abgesucht worden ist. Nach den mir vorliegenden Unterlagen", er blätterte in einem aufgeschlagenen Buch, „wurden fünf Male gefunden, angestochen und nach Blutaustritt nicht als Hexenmale erkannt. Ich muss darauf bestehen, dass die Angeklagte das Büßerhemd anbehält."

Tetta blickte den Mann erstaunt an. Wenn das der Verteidiger der armen Tyabbe war, dann hatte er es bislang gekonnt zu verbergen gewusst.

Was das Kind jetzt erlebte, würde sie ein Leben lang in Form eines Alptraums verfolgen. Sie versuchte ihre Ohren und Augen vor dem zu verschließen, was die Männer der armen Tyabbe antaten. Sie bemerkte, dass diese nichts weiter trug als ein weißes Leinenhemd, obwohl es hier in den Kellerräumen bitterkalt war.

Zuerst legten sie Tyabbe Daumenschrauben an. Es waren Metallspangen, zwischen denen erst einzelne, dann alle Finger allmählich zusammengepresst wurden. Als Tyabbe dies nur leise stöhnend über sich ergehen ließ, legten ihr die Henkersbrüder gebogene Metallbügel über die Unterschenkel, die sie je nach Bedarf fester schrauben konnten. Tyabbe schrie nun. Tetta hatte versucht, nicht auf die eindringlichen Fragen der Anschuldiger zu hören. Doch jetzt wurden sie immer lauter gestellt.

„Wann, wo und wie habt Ihr Euch dem Teufel versprochen? Wie oft wart Ihr Gast beim Hexensabbat? Wo und bei wem habt Ihr mit Zauberei Schaden angerichtet?"

Tyabbe sagte kein Wort. Bei jeder Frage schraubten die Folterknechte die Bügel fester. Tyabbe machte diese Tortur wohl nicht zum ersten Mal durch. Als nichts aus ihr herauszupressen war, spannten die Folterknechte die schon halb bewusstlose Frau auf eine Leiter. Sie schrie erbärmlich.

Dietrich Spranger gebot den Knechten, kurz innezuhalten. Er wandte sich an den rundlichen Mann mit namens Pels:

„Lauft zum Organisten und bittet ihn, wieder die Orgel zu spielen, bis zur Mittagsstunde. Ich möchte nicht, dass die Dorfbewohner durch das Geschrei gestört und aufgeschreckt werden. Dies hier muss geschehen und soll auch nicht durch unnötige Fragen aufgeschoben werden."

Tetta spürte, wie ihr schlecht wurde. Sie konnte die Tränen nicht mehr zurückhalten und wandte sich von dem schrecklichen Bild ab. Blut rann von den Händen und den Beinen ihrer Mitgefangenen. So langsam wurde ihr klar, worauf die Ankläger hinauswollten.

Während sie auf Pels warteten, unterhielt sich Spanger mit den anderen Männern über Nichtigkeiten. Einige begannen miteinander Karten zu spielen. Währenddessen hing Tyabbe stöhnend an der Leiter. Gesprochen wurde über das Wetter, über den Gottesdienst des kommenden Sonntages und über die Festlichkeit beim Grafen Johann. Die Gleichgültigkeit der Männer erschreckte Tetta und der Schmerz, den Tyabbe erdulden musste, tat ein Übriges. Tetta würgte. Sie musste sich zusammenreißen, sonst würde sie erbrechen. Das konnte doch alles nicht wahr sein, was sich hier abspielte!

Pels kam zurück und hielt einen Krug in der Hand. Die Orgel war nun auch hier in der Folterkammer zu hören.

„Wenn es der Wahrheitsfindung dient, dann ist der Organist gern zum Spielen bereit. Er hat mir einen Trank mitgegeben, der den Satan aus dem Leibe der Frauen treiben möge."

„Wir werden noch einen Versuch mit Gewichten wagen. Vielleicht bringt dies sie ja endlich zum Sprechen", befahl Spranger.

Einer der Knechte löste die Bügel von Tyabbes Beinen und hängte stattdessen an jedes Bein ein schweres Gewicht. Oben hing sie nun an der Leiter fest, unter rissen die Gewichte ihre Gliedmaßen herunter. Sie wurde förmlich auseinander gerissen. Es musste ein furchtbarer Schmerz sein, denn sie schrie sich fast die Seele aus dem Leib. Als auch dass nicht fruchtete, lösten ihre Peiniger die Gewichte und flößten der nur noch schlapp auf der Leiter hängenden Tyabbe den Trank ein. Nur widerwillig würgte sie ihn herunter.

Pels gab das Rezept des Trankes bekannt: „Er ist, wie mir gesagt wurde, aus Ehrenpreis, Galle und Leber von frischem Hecht, Kümmel, Knoblauch und Johanniskraut zubereitet."

Während Pels die Zutaten aufzählte, bemerkte Tetta, dass Tyabbe anfing zu würgen. Alle anderen konzentrierten sich auf Pels und seine Rezeptwiedergabe und waren nicht vorgewarnt. Dann, mit einem gewaltigen Schwall, kam das eingeflösste Gebräu aus Tyabbes Magen und landete direkt auf ihrem Peiniger Dietrich Spanger. Auch Tetta konnte sich nun nicht mehr zurückhalten. Die Schrecken, die sie beobachtet hatte, brachten auch ihren Magen zum Rebellieren und ihr Abendbrot ergoss sich über Pels. Wütend gestikulierten die Männer. Tetta meinte, bei Tyabbe den Hauch eines beglückten Grinsens wahrnehmen zu können.

Ihre Peiniger mussten sich nach diesem Vorfall erst einmal gründlich reinigen. Aufgebracht stürmten sie aus der Folterkammer. Die eher gleichgültigen Helfer verfrachteten die Frauen in eine gemeinsame Zelle. Tyabbe stöhnte vor Schmerzen. Tetta versuchte, ihr Linderung zu verschaffen, indem sie zwei Strohmatten aufeinander schichtete und Tyabbe half, sich dort vorsichtig niederzulegen. Sie riss von ihrem Rock den unteren Teil ab und deckte Tyabbe damit notdürftig zu. Allmählich beruhigte sich diese und fiel zunächst in einen kurzen Schlaf.

Tetta überdachte, was sie in den letzten Stunden gehört und gesehen hatte. Ihr Vater wollte sie also tatsächlich als Hexe verbrannt sehen! Wie sehr musste er sie hassen! Was hatte sie ihm nur getan?

Später brachte der Wächter den Frauen Wasser und trockenes Brot. Sie verbrauchten nur wenig Wasser zum Trinken. Das andere nutzten sie, um Tyabbes Wunden zu waschen und sich ein wenig zu reinigen. Danach ging es ihnen schon bedeutend besser.

Tyabbe setzte sich vorsichtig auf. „Wer seid Ihr, mein Kind, und wie ist es möglich, dass auch Euch der Vorwurf gemacht wird, eine Hexe zu sein?“ Ein leises Stöhnen begleitete ihre Worte.

Tetta erzählte von sich, konnte dann aber ihre kindliche Neugierde nicht mehr bändigen

„Seid Ihr eine Hexe? Ihr seht nicht so aus, wie ich sie mir immer vorgestellt habe. Könnt Ihr hexen?“

Nachsichtig lächelnd schüttelte Tyabbe den Kopf. „Nein, ich bin auch keine Hexe. Mittlerweile zweifle ich gar daran, dass es überhaupt Hexen und Zauberer gibt. Sie sind eine Erfindung der Geistlichen. Die Kirchenmänner brauchten einen Grund, um die Menschen zu quälen und ihnen unliebsame Personen töten zu können. Ich meine, deshalb haben sie den Glauben an Hexen und Dämonen in die Köpfe der einfachen Bürger gepflanzt.

Einige Menschen wünschen sich vielleicht, dass ich eine Hexe wäre. Vor meiner Einkerkerung ist es uns wahrlich gut ergangen. Mein geliebter Ehegatte und ich sind vielleicht etwas zu stolz aufgetreten. Wir waren auch stolz auf dass, was wir beide mit unseren eigenen Händen aufgebaut haben. Es ging uns sehr gut, in den Augen vieler Menschen vielleicht zu gut.

Einige mir eher flüchtig bekannte Personen, Grete Behrends und Tjade Nannen, wurden mit anderen zusammen der Hexerei beschuldigt und gaben unter der Folter an, mich bei einem Hexentanz gesehen zu haben. Daraufhin wurde ich von Spranger und Pels in Haft genommen. Sie hatten ein Schriftstück des Grafen dabei, nach dem er die Verhaftung befohlen hatte. Später widerrief Grete ihre unter der Folter gemachte Aussage. Gegen mich lag also nur noch die erzwungene Aussage von Tjade vor. Mein Gatte beschwerte sich sogleich beim Grafen Edzard – erfolglos. Er brachte dann, durch Verkauf all unseres Hab und Guts und dessen meiner Familie, die Bürgschaftssumme in Höhe von sechzigtausend Gulden auf.

Tjade Nannen war aus der Haft geflohen und mein Gatte machte ihr Geheimversteck aus. Er beschwor sie, die unter Folter gemachte Aussage zu widerrufen. Kurz darauf wurde sie gefunden und wieder ins Gefängnis gesteckt. Unter der Folter bestätigte sie nicht nur, mich beim Hexentanz gesehen zu haben, sondern sagte auch aus, dass ich zwei Kühe getötet hätte. Sie wurde auf dem Scheiterhaufen verbrannt und ich wieder inhaftiert und gefoltert!

Das war im letzten Winter und ich habe sechzehn Wochen in dem engen Gefängnis hier verbracht. Mich wundert bis heute, dass mich die Kälte nicht umgebracht hat. Immer wieder wurde ich so hart gepeinigt, dass die Orgel spielen musste.

Mein Gatte Hero verklagte den Drosten wegen ‚unchristlicher Tyrannei' und ‚Misshandlung'. Er schrieb an das Reichskammergericht und beteuerte meine Unschuld. Bislang haben alle Versuche meines Gatten mich zu befreien nichts bewirkt.

Ich weiß, dass ich nicht die Hoffnung verlieren darf. Auf keinen Fall aber werde ich etwas gestehen, was ich nicht bin oder getan habe. Würde ich das tun, wäre meine Familie auf ewig entehrt. Ist die Mutter eine Hexe, hätten die Kinder und Kindeskinder darunter zu leiden. Sie werden mich töten, dessen bin ich eigentlich sicher, aber sie werden mich nicht dazu bringen mich selbst zu verraten.

Jetzt hoffen diese Mörder wohl, dass die Wasserprobe mich als Hexe entlarven wird. Einerseits bete ich zu Gott, dass ich untergehen und sterben möge. Dann wäre jede Schuld von mir abgewaschen. Meine Qualen hätten ein Ende. Andererseits liebe ich meinen Gemahl und meine Familie. Sollte ich sterben, würde ich auf Erden nicht wieder mit ihnen vereint sein. Ich sehne mich so nach den starken Armen meines Gatten."

Tyabbe fing an zu weinen. Tetta nahm sie in die Arme und wiegte sie wie ein Kind.

„Mein liebes Kind, was mute ich Euch nur zu? Ich belaste Euch in dieser Situation auch noch mit meinem Leiden. Hört mir zu. Hört mir einmal genau zu. Ich weiß, dass Ihr Angst habt, weiß, wie Euch zumute ist. Wenn sie Euch heute Nachmittag vorführen, dann lasst die Tränen ruhig fließen. Einer Hexe wird nämlich nachgesagt, sie könne keine Tränen vergießen.

Sollten sie nach Merkmalen, Hexenmalen auf Eurem Körper suchen und in diese mit einer Nadel einstechen, dann stemmt Euch feste gegen die Spitze, ungeachtet des Schmerzes. Aus der Wunde muss Blut austreten, Hexenmale bluten angeblich nicht.

Vielleicht könnt Ihr für heute dem Tod dadurch entrinnen. Mag sein, sie führen bei Euch nicht die Wasserprobe durch, wenn sie nicht genügend Beweismittel gegen Euch in der Hand haben. Vielleicht findet sich morgen schon eine Rettung für Euch. Sie werden sicherlich nur mich dem Wasser übergeben wollen. Ich kann nicht glauben, dass keinem Menschen Euer Leben etwas wert ist. Fasst Mut. Gebt nicht kampflos auf und weicht auf keinen Fall von der Beteuerung Eurer Unschuld ab. Mit dem Eingeständnis, eine Hexe zu sein, ist Euer Todesurteil schon besiegelt."

Erschöpft ließ sich Tyabbe auf das Stroh fallen. „Vielleicht", dachte sie, „habe ich dem Kind etwas Mut einflößen können.

Was hätte es auch genützt, ihm zu sagen, dass seine Lage sowieso aussichtslos ist. Wer sich einmal in diesem Kerker befindet, wird nie wieder in seinem Leben frei sein. Und sollte er tatsächlich die Freiheit wiedererlangen, würde sein Leben niemals wieder so sein wie vorher."

Mit bangem Herzen warteten sie darauf, dass die Wächter sie holen würden. Kein Laut von draußen drang zu ihnen in das unterirische Gefängnis. Tetta vermisste das Singen der Vögel, das ihr immer als so selbstverständlich erschienen war. Vielleicht ahnten auch die Tiere etwas von den dunklen Machenschaften, die hier betrieben wurden, und mieden deswegen die Nähe des Gefängnisses?

In späteren Tagen würde Tetta immer das Gefühl haben, alles sei gut, wenn nur ein Vogel singt!

Angeklagt der Hexerei

Inse war auf dem Weg zu Marie. Ihre Gedanken kreisten wieder und wieder um das Kind, während sie sich beeilte aus der Burg zu kommen. Die Kleine fürchtete sich sicherlich zu Tode. Hatte Sibo sie vielleicht einsperren lassen? Wer könnte sonst noch etwas über ihren Verbleib, über das Ziel der Reise von Sibo und Tetta wissen? Wenn Regin nichts Näheres sagen konnte, was blieb ihnen dann noch zu tun?

Und doch war da was! Irgendein Gedanke, eine Idee, eine Ahnung hatte sich in ihrem Kopf festgesetzt. Es hing mit einem der Gäste des Festes zusammen. Inse zermarterte sich den Kopf. Sie wusste etwas. Wenn sie sich nur erinnern könnte!

Marie wartete tatsächlich beim Burggraben auf sie. Sie hatte das Treffen von Inse und Johann von Oldenbokum heimlich beobachtet – eine Vorsichtsmaßname von Derk.

„Fast wäre ich Euch zur Hilfe geeilt. Keine Sekunde länger hätte ich Euch diesem Schurken überlassen. Mein Knüppel war schon zum Schlag bereit." Wie viel wohler wäre Inse gewesen, wenn sie gewusst hätte, dass Maries Augen über sie wachten! Wieder einmal fiel Inse Derks Fürsorglichkeit auf.

Marie war bestürzt darüber, dass die Rettung des Kindes nicht geklappt hatte.

„Ich glaube Johann von Oldenbokum jedes Wort. Das sieht ihm ähnlich, sich für alle Fälle eine Hintertür offen zu halten. Doch erpressen lassen darf der Herr Graf sich von ihm auf keinen Fall. Was mag es nur mit dem Ertrinken auf sich haben, von dem dieser Schuft gesprochen hat?"

Fieberhaft überlegte Inse. Ertrinken, Wasser – da war doch was! Und endlich nahm dieser winzige Funken einer Ahnung Gestalt an. Inse wandte sie sich aufgeregt an Marie:

„Ich hab's! Jetzt weiß ich es wieder! Ist es vielleicht möglich, dass sie das Kind nach Pewsum bringen? Ich habe heute Abend ein Gespräch belauscht. Dabei ging es um eine Hexenprobe, eine Wasserprobe – was auch immer damit im Einzelnen gemeint war!"

Aufgeregt hatte Marie ihr zugehört. Ja, das könnte eine Möglichkeit sein. Die beiden Frauen beeilten sich, wieder in die gräfliche Burg zu gelangen.

Es wimmelte mittlerweile nur so von aufgeregt gestikulierenden und verschlafen wirkenden Übernachtungsgästen. Auch Graf Edzard hatte sich eingefunden und verlangte lautstark eine Erklärung für diesen ungebührlichen Lärm, den die „Freunde seines werten Herrn Bruders" verursachen würden. Er schien anzunehmen, dass Graf Johann mit etlichen Zechkumpanen den Abend beendet hatte und diese nunmehr ausfallend geworden waren. Sie beließen ihn vorerst bei dieser Version.

Johann von Oldenbokum war mittlerweile in einer Kerkerzelle der Burg untergebracht worden. Graf Johann bugsierte Marie und Inse kurzerhand in seine Räume und somit aus den Augen seines aufgebrachten Bruders. Er wies alle anderen Gäste an, wieder ihre Schlafgemächer aufzusuchen und sich zur Ruhe – die nun nicht mehr gestört werden würde – zu begeben.

Als kurze Zeit später auch Derk ohne nennenswerte Neuigkeiten wieder zu ihnen stieß, brachte Inse ihre Idee vor.

Derk wandte sich an Graf Johann. „Habt Ihr etwas darüber gehört, dass in Pewsum bei einer vermeintlichen Hexe die Wasserprobe vorgenommen werden soll? Wurde vielleicht Euer Bruder um Zustimmung gebeten?“

Graf Johann schüttelte den Kopf. „Davon ist mir nichts bekannt. Aber das muss nichts heißen. Edzard kennt meine Meinung zu Folterungen und Wasserproben. Pewsum fällt ja in seinen Regentschaftsbereich. Er hätte mich über Derartiges vielleicht nicht einmal unterrichtet. Ihr könntet Recht haben. Ist es nicht auch so, dass dieser unangenehme Sibo Meiners bestens bekannt ist mit Dietrich Spranger? Geht er ihm nicht sogar bei den Folterungen von Verbrechern gelegentlich zu Hand? Da sollte es mich nicht wundern, wenn Sibo mit Johann von Oldenbokum etwas in dieser Richtung abgesprochen hätte. Ich halte es für das Beste, dieser Fährte zu folgen. Oder hat einer von Euch einen anderen Vorschlag zu unterbreiten?“

Die Freunde beschlossen, dass Marie und Derk mit dem Pferdekarren nach Pewsum fahren sollten. Sie waren oft gemeinsam unterwegs und würden niemandem auffallen. Vielleicht ergab sich eine Gelegenheit, die Kleine aus Sibo Meiners Fängen zu befreien.

Marie machte den Vorschlag, einige leere Fässer mitzunehmen. „Ein großes Fass, mit Luftlöchern versehen, kann dem Kind notfalls als Versteck dienen.“

Graf Johann selbst wollte versuchen, die Wasserprobe zu verhindern. Dazu brauchte er eine entsprechende Weisung von seinem Bruder.

„Wie wollt Ihr Euren Bruder, und vor allem Eure Schwägerin, zu solch einer Anweisung bewegen? Jeder weiß doch, dass besonders die Ehegattin Eures Bruders, Katharina, ihren Segen zu den Werken Sprangers gegeben hat!“ sagte Derk skeptisch.

„Ich werde ihn nicht überzeugen, ich werde ihn erpressen! Wenn bekannt würde, dass die sechzigtausend Gulden, die der Gatte der Tyabbe aufgebracht hat, um sein Weib aus den Klauen der Inquisition zu befreien, teilweise zum Kauf der Gemälde verwendet wurden, dann wäre das Volk zu Recht aufgebracht. Mein lieber Bruder hat nämlich behauptet, dieses Geld für mildtätige Zwecke und für die Belange der Kirche einzusetzen. Dies ist das eine. Dann werde ich ihn noch vor die Wahl stellen, mein uneheliches Kind in die Erbfolge einzuschließen. Das würde eine extreme Minderung für seine Erben bedeuten."

Inse ergriff Derks Hand. „Ich werde mitkommen."

Derk schaute sie an, als ob sie den Verstand verloren hätte.

„Das werdet Ihr nicht", entgegnete er aufgeregt, „ein Hexenprozess ist nichts für Euch. Es wird gefährlich werden. Ihr hattet erst einmal Aufregung genug. Geht nun zu Eurer Unterkunft und ruht Euch aus. Morgen Nachmittag werden wir alle, samt Kind, wohlbehalten wieder in Emden auftauchen."

Derk hatte ihre Hand abgestreift und sie in Richtung Marie geschoben. Inse beschloss, sich nicht so leicht abschütteln zu lassen. Aber diese Meinung behielt sie lieber für sich. Es würde ihr schon eine Lösung einfallen, um – auch gegen Derks Willen – mitzukommen.

Da in der Dunkelheit niemand in die Stadt herein- oder aus ihr herausgelassen wurde, beschlossen sie, im frühen Morgengrauen aufzubrechen. Es war nicht mehr lange bis dahin.

Derk brachte Inse zurück zu ihrer Pension. Sie sollte ein „artiges Kind" sein, sich schön ausruhen und sich nicht allzu viele Sorgen machen! Inse verhielt sich nachgiebig. Sollte Derk doch glauben, dass sie sich ausruhte – der würde sich noch wundern!

Inse legte sich nicht eine Sekunde lang hin. Noch vor Tagesanbruch schlich sie sich aus dem Haus und eilte zu der Gaststube, in der Marie und Josef sich aufhielten. Josef würde natürlich nicht mit nach Pewsum kommen. Die Wirtsleute hatten versprochen, ein Auge auf ihn zu halten.

Marie war gerade dabei das Pferd zu tränken. Inse stellte fest, dass die Fässer schon aufgeladen waren.

Sie sah Marie ruhig und eindringlich ins Gesicht. „Ich werde mitkommen, und wenn ich mich an den Wagen ankette."

Marie überraschte sie mit ihrer Antwort. Sie schien etwas Derartiges schon erwartet zu haben.

„Ja, ich glaube auch, dass es nicht schlecht wäre, wenn Ihr mitkommen würdet. Irgendwie ist mir, als ob Ihr in Pewsum gebraucht werdet, obwohl ich nicht sagen kann, warum und wozu. Aber der starrsinnige Derk sollte lieber vorerst nichts davon wissen, dass Ihr mit von der Partie seid. Wie würde es Euch gefallen, einen Teil der Strecke in einem der großen Fässer zu verbringen?"

Inse hatte ihr verblüfft zu gehört. Ungläubig registrierte sie Maries Vorschlag, um dann begeistert zu nicken. Derk hatte noch in der Nacht Luftlöcher im Deckel angebracht. Marie öffnete eines der Fässer und Inse stieg mitsamt ihrem Leinensack hinein. Marie schien sich über das Gepäckstück zu wundern, aber ohne ihre „Rücklaufkarte" würde Inse nirgendwo hingehen! Es war ein wenig eng in dem Fass, aber sie beruhigte sich mit dem Gedanken, dass es ja nur für kurze Zeit wäre.

Keinen Augenblick zu früh war sie im Fass verschwunden, denn schon schoss Derk um die Ecke. Er würde sich, wenn sie aus dem Tor waren, von ihnen trennen und mit seinem Pferd nach Pewsum reiten. Ohne viele Worte begannen Marie und Derk mit ihrem Auszug aus Emden. Die Torwache nahm ihre Abreise gelassen entgegen. Marie war stadtbekannt. Der Markttag und die Feierlichkeiten waren vorbei – warum also sollte sie die Stadt nicht verlassen, um andernorts ihr Geschäft zu suchen?

Von der Reise selbst bekam Inse nicht viel mit. Es war stickig und eng in ihrer kleinen Behausung. Die Geräusche drangen dumpf an ihre Ohren. Derk schwang sich wohl auf sein Pferd und ritt davon. Ausnahmsweise trieb Marie auch Lübbo zur Eile an. Reiten konnte sie nicht, daher wurde Lübbo auch immer nur als Zugpferd gebraucht. Es wäre auch zuviel verlangt gewesen, Marie zu tragen und den stets wohlgefüllten Karren zu ziehen.

Der Weg war uneben und Inse trug so manchen blauen Fleck davon. Sie wollte solange wie möglich in dem Fass bleiben, vielleicht kehrte Derk aus irgendeinem Grund um. Inse hatte Angst vor Derks Zorn und dass er noch einen Weg finden würde, sie zurückzuschicken. Sie erreichten schnell die Ortschaft Pewsum und passierten das Tor, ohne dass ihnen Einhalt geboten wurde.

Überrascht stellte Marie fest, dass sich sehr viel Volk in der Herrlichkeit Pewsum aufhielt. Der sonst eher ruhige Ort wimmelte von Menschen. Auf ihre Nachfrage bekam sie die Auskunft, dass heute Mittag hier eine Hexenprobe stattfinden sollte. Viele Leute taten ihren Unmut über den unbeliebten Spranger kund. Doch diese Hexenprobe wollten sie sich auf keinen Fall entgehen lassen. Berittene Boten hatte am frühen Morgen schon in den umliegenden Dörfern die Attraktion bekannt gegeben. In Emden waren sie auf Sprangers Geheiß hin nicht gewesen. Er kannte die ablehnende Haltung des Grafen Johann und wollte sich diese Hexenprobe nicht vereiteln lassen. Da es Sonntag und der Gottesdienst schon vorüber war, hatten viele Leute Zeit, sich das Spektakel anzuschauen. Die Ankläger der Hexen wünschten auch, dass möglichst viele Menschen der Probe beiwohnten, die als Abschreckung dienen sollte. Die Menschen hielten sich überwiegend beim Gasthof von Pewsum auf. Einige hatten auf Leinendecken in der Nähe des Burggrabens Platz genommen.

Derk schien nach Marie Ausschau gehalten zu haben. Mit resignierter Miene kam er auf den Karren zu.

„Leider konnte ich nichts, aber auch gar nichts ausrichten. Sie lassen niemanden die Brücke zur Burg passieren. Ich habe hier festgesessen! Die berittenen Boten versprachen dem Volk eine Wasserprobe mit vielleicht sogar zwei Hexen. Also könnte es doch möglich sein, dass Tetta unter den Betroffenen ist.“ Mit verhaltener Stimme hatte Derk Marie über den Stand der Dinge informiert.

Marie hielt die Zeit für gekommen, Inse aus ihrem engen Versteck zu holen. Sie konnte sich selbst immer noch nicht erklären, was sie eigentlich bewogen hatte, dieses junge Weib mitzunehmen. Ohne drum herum zu reden kam Marie zur Sache:

„Mein lieber Junge, bitte denkt jetzt an all das, was ich Euch jemals Gutes getan habe. Ich habe gegen Eure Anweisung verstoßen und Inse mitgenommen."

Derk schaute sie an, als sei sie nicht ganz bei Trost.

„Ich habe mich gerade schon selbst nach dem Grund gefragt. Bitte glaubt mir, es ist recht so. Ich weiß es einfach."

„Gnade Gott Eurem Wissen, wenn es nicht recht so ist. Wenn ihr etwas zustößt, werde ich meinen Lebtag kein Wort mehr mit Euch reden. Zeigt mir, wo Ihr das ungezogene Kind versteckt habt."

Als Inse merkte, dass der Deckel gelockert wurde, stemmte sie sich von innen mit den Händen dagegen.

„Bin ich froh, Marie, dass Ihr mich herauslasst. Die Luft wird allmählich dünn in diesem engen Versteck. Ist Derk schon da und hat sich mein großer Aufpasser sehr erbost?" Wie angewurzelt blieb sie in dem Fass stehen, als sie das Gesicht von Derk erblickte. Röte stieg ihr in die Wangen.

„Der Aufpasser ist immer noch erbost."

Trotz seiner Verärgerung musste Derk lachen. Sie nahm ihm immer wieder den Wind aus den Segeln. Er fasste sie unter die Arme und hob sie aus dem Fass. Langsam ließ er Inse zu Boden gleiten. Für einen winzigen Moment hielt er sie eng an sich gedrückt.

„Mein Freund Joost würde jetzt sagen: ‚Auf den Lippen des Verständigen findet man Weisheit, aber auf den Rücken des Unverständigen gehört eine Rute!'" Sein Ton wurde ernst. „Versprecht mir, vorsichtig zu sein. Bitte sagt nichts! Sagt zu all dem, was Ihr hier sehen und hören werdet, nichts. Euer Haar hat einen roten Schimmer. Eine weitere Auffälligkeit Eurerseits, ein falsches Wort kann das Gericht auf Euch aufmerksam machen. Haltet Euch nicht Augen oder Ohren zu. Seht hin oder schaut zu Boden. Ich bitte Euch, bei allem was mir heilig ist, verhaltet Euch einmal entgegen Eurer Natur und seit ein einsichtiges, gehorsames Weib."

Seine Eindringlichkeit überraschte Inse. Er schien sich wirklich Sorgen zu machen. Doch nicht nur ihre Person lag ihm am Herzen. „Beten wir, dass Tetta bei den Frauen ist, die hier geprüft werden. Wo sollten wir sie sonst noch suchen?"

Derk wandte seine Aufmerksamkeit wieder dem Geschehen um ihn herum zu. Er nahm Inse beim Arm und nun fiel ihr Blick auf die Burg. Es war ein prachtvoll gebautes und herrlich anzuschauendes Gebäude. Die Burg war von einem relativ breiten Graben umgeben und über einen schmalen Weg zu erreichen. In unmittelbarer Nähe befand sich die Kirche. Von ferne waren verwunderlicherweise Orgelklänge zu hören.

Nach zwei Stunden – Marie hatte mittlerweile den Pferdekarren bei der Gaststätte abgestellt – erschienen endlich die Teilnehmer des Gerichts. Es ging ein Raunen durch die Menge. Das einfache Volk hatte sich beim Graben versammelt. Nur die Gerichtsbeteiligten befanden sich gegenüber, auf der Seite der Burg.

Der Hexenglaube steckte tief in den Menschen und solch eine unanzweifelbare Hexenprobe war eine große Attraktion. Inse hörte Gespräche um sich herum. Die Leute glaubten, dass die Missernten des vergangenen Jahres durch Hexen verursacht worden seien. Einem Mann waren zwei Kühe gestorben. Und eine junge Frau gab der Hoffnung Ausdruck, nach Verbrennen der Hexe vielleicht nicht mehr unfruchtbar zu sein. Ein mürrischer alter Mann erklärte aufgeregt, dass der Graf die Hexenjagd schon längst und eindringlicher hätte durchführen müssen. Viel Leid wäre den Menschen dadurch erspart geblieben. Bei einigen seiner Kühe sei die Milch versiegt und er wüsste schon, wo er den Grund dafür zu suchen hätte. Inse begriff, wie sehr der Glaube an Hexen und Zauberei das Leben der Menschen beeinflusste.

Sie griff aufgeregt nach Derks Arm. Inse hatte Sibo Meiners in der Menge gesehen. Das war ein gutes Zeichen. Derk schaute zu der Sonnenuhr, die an der Burgwand befestigt war. Wo blieb bloß der Graf? Er hatte doch schon am Vormittag da sein wollen! Wie lange mochte es dauern, bis er seinen Bruder davon überzeugt hatte, dass es besser – auch für Graf Edzard – wäre, die Wasserprobe zu unterbinden?

Inse entfuhr ein Schrei, als eine Frau und ein Kind, beide mit einem weißen Leinenhemd bekleidet, nach vorne gezerrt wurden. Derk bestätigte Inse, dass es sich bei dem Kind tatsächlich um Tetta handelte. Die junge Frau schien sich kaum auf den Beinen halten zu können. Sie hatte, soweit Inse es aus der Entfernung sehen konnte, Wunden an den Beinen und an den Händen.

Jetzt hob der Geistliche, den Inse auf dem Fest gesehen hatte, an zu sprechen. Er hatte eine so durchdringende Stimme, dass sie ohne weiteres auch auf dieser Seite des Grabens zu verstehen war. Eine andächtige, erwartungsvolle Stille breitete sich aus. Wie gebannt lauschte man seinen Worten. Er begann mit einem Gebet. Alle knieten nieder und hörten auf ihn. Als erstes nannte er das Johanneswort vom Weinstock und das diejenigen, die nicht am Weinstock blieben, brennen müssten. Dann wurde seine Stimme lauter, er steigerte sich fast in einen Rausch hinein.

„Wir müssen alle Hexen und Zauberer verfolgen! Sie sind allesamt vom wahren Glauben abgefallen und fügen uns durch ihr zauberisches Treiben allen möglichen Schaden zu. Diese Geschöpfe dürfen nicht unter uns leben! Es sind Diebe und Mörder von Seelen! Nach unserem Recht werden Verbrecher, die des Verrats überführt sind, mit dem Tode bestraft. Ihre Güter werden ihnen genommen. Müssen wir dann nicht auch diejenigen, welche Gott beleidigen, von der christlichen Gemeinschaft ausschließen und ihnen ihren Besitz nehmen? Vielmehr noch, sie müssen getilgt, ausgerottet werden!

Gott möge durch die Wasserproben, die wir nun durchführen wollen, unsere Augen öffnen. Sollte eine Hexe unter den Angeklagten sein, wird sie ihrer gerechten Strafe zugeführt."

Nach dem Gebet ging ein Raunen durch die Menge. Der Geistliche bat um Ruhe.

„Damit ihr den rechten Weg Gottes nicht verlasst, werde ich euch nochmals vor Augen halten, wie der Teufel einen jeden von euch verführen kann. Er pirscht sich an jeden heran, denn der Böse kann sowohl die Gestalt eines Mannes als auch die einer Frau annehmen. Hütet euch! Wenn ihr in Bedrängnis oder mit eurem Leben nicht zufrieden seid, mag es sein, dass er in einer einsamen Stunde erscheint in der Gestalt eines schönen Jünglings oder Edelmannes und Versprechungen macht: Geld, Schutz, Trost, Kleidung, lustige Jahre. Der Preis für die angebotenen Dienste ist der Beitritt zur Hexensekte und körperliche Hingabe an ihn. Spätestens jetzt ist es an euch, ihn abzulehnen. Ansonsten seid ihr verloren. Er wird sofort die körperliche Hingabe verlangen und euch sein ‚Teufelsmal' aufdrücken. Besonders das Weib ist anfällig für die Hingabe an den Bösen. Wie schon der Hexenhammer sagt, ist das Weib von Grund auf schlecht. Schon wenn sie denkt, denkt sie böse, da sie schwächer im Geist und Körper als der Mann ist.

Wenn der Teufelspakt vollzogen ist, wird er noch schriftlich beurkundet. Dazu ritzt der Böse den Arm der Verführten und lässt sie den bereits vorbereiteten Vertrag mit ihrem eigenen Blut unterschreiben. Tag für Tag, Nacht für Nacht werden Zigtausende von Männer, Frauen und Kinder vom Teufel und seinen Helfern zu Ausschweifungen und Verbrechen angestiftet. Wer in der ‚Hexensekte' aufgenommen ist, darf mit auf den großen Hexensabbat, den Kesseltanz. Sobald der Teufel mit einer Pfeife ein bestimmtes Zeichen gibt, stehen ihnen schwarze Katzen, Pferde oder andere Tiere zur Verfügung, die sie zum Versammlungsplatz bringen. Erfahrene Hexen können auch alleine fliegen. Sie benutzen eine Hexensalbe, die aus dem Fleisch ermordeter Kinder zubereitet wird. Damit salben die Hexen sowohl den nackten Körper als auch das Fluggerät. Sechsmal im Jahr kommen die Hexen zum Kesselritt zusammen. Um Mitternacht treffen sie sich, lästern Gott, lärmen, brüsten sich mit ihren Untaten und lassen den Satan hochleben.

Im Mittelpunkt steht der Kesseltanz, er ist gleichsam die Anbetung des Teufels. Der Inhalt des Hexenkessels dient zu Zauberzwecken. Bestreicht man Tiere mit dem Inhalt, siechen sie dahin. Die Hexen tanzen nackt um den Kessel herum. Der Teufel erscheint. Hexen und Hexenmeister legen Geschenke zu seinen Füßen nieder, vornehmlich Leichen von Kindern. Danach folgt das Hexenmahl: gebratenes Menschenfleisch, Kröten, Krähenragout. Danach beginnt das eigentliche irre Fest. Es wird gefressen und gesoffen. Wüste Tänze zu schriller Musik werden aufgeführt.

Die Hexen und Hexenmeister sind für mich das größte Übel unserer Tage. Sie vergehen sich an ihren Mitmenschen durch Schadenzauber im Namen und mit Hilfe des Teufels. Sie hexen Krankheiten an, verursachen Missgeburten, behexen unser Vieh und nehmen den Männern ihre Manneskraft. Der Hass der Hexen richtet sich gegen Gottes gesamte Schöpfung."

Nach dieser Rede, die alle in starres Entsetzen versetzt hatte, aber einige dazu noch wollüstig erschauern ließ, sprach er direkt die beiden Angeklagten an:

„In mir ist der feste Glaube, dass Ihr dem Satan verfallen seid. Besinnt Euch, Ihr Sünderinnen. Wenn Ihr jetzt beichtet und bereut, könnt Ihr Euch mit Gott versöhnen. Es ist vielleicht die letzte Möglichkeit, gereinigt vor Eurem Schöpfer zu stehen."

Er wandte sich nochmals an die Menge.

„Die Angeklagte", hierbei zeigte er auf die junge Frau, „war selbst unter der Folter nicht zu einem Geständnis bereit. Ich rechne es hoch an, dass uns die Möglichkeit gegeben ist, durch diesen Akt der Mildtätigkeit die Wahrheit aus den Verführten herauszubekommen. Nunmehr frage ich Euch nochmals: Habt Ihr Gott und der Kirche entsagt? Habt Ihr Euch dem Teufel oder seinen Gehilfen hingegeben? Wie oft habt Ihr an einem Hexensabbat teilgenommen? Wie ging es dabei zu und wen habt Ihr noch dabei gesehen? Wie und wo habt Ihr selbst beim Hexen Schaden angerichtet?"

Die dünne Stimme der jungen Frau war kaum zu verstehen. „Ich habe nichts von alldem getan. Ich bin keine Hexe. Von Euren Anschuldigungen trifft keine auf mich zu."

Der Geistliche schnaubte verächtlich. Inse bewunderte die stolze Haltung der Frau. Trotz ihrer körperlichen Schwachheit wirkte sie unnahbar. Ihre Ehre schien unantastbar.

Ein Schrei kam aus der Menge. „Ihr habt kein Recht dazu, bei meinem Weib die Wasserprobe anzuwenden!" Mit wutverzerrtem Gesicht hob der Mann der Angeklagten die Faust hoch. „Zeigt mir die schriftliche Bestätigung des Grafen oder holt mir den Grafen selbst her. Sollte dieser nicht diesem Wahnsinn beiwohnen?"

„Schweigt still, Ihr Unwürdiger. Dies ist eine Angelegenheit, die sich gegen Gott persönlich richtet. Ich, ich alleine, erhebe Anspruch darauf, in seinem Namen die Entscheidung zur Wasserprobe zu treffen. Die Genehmigung des Grafen wird bald eintreffen. Seine Gattin bat mich erst am gestrigen Abend mit aller Härte gegen die Hexerei vorzugehen. Sie wollte das entsprechende Schriftstück baldmöglichst vor ihren Gatten bringen."

Dietrich Spranger verlor jetzt die Geduld und befahl seinen Helfern, der vermeintlichen Hexe das Gewand auszuziehen. Inse stöhnte. Welche Schmach für die arme Frau. Ein Raunen ging durch die Menge. Etliche Männer streckten sich, um besser sehen zu können. Begierig starrten sie auf den nackten Körper der Angeklagten. Sie war wirklich eine sehr schöne Frau. Inse empfand tiefes Mitleid mit ihr. Durch diese öffentliche Zurschaustellung würde sie auf immer entehrt sein.

Tyabbe schaute nicht zu Boden, sondern in Richtung ihres Gatten. Ihr Gesichtsausdruck sprach Bände.

„Habt Dank für Euer mutiges Eintreten für mich. Ich liebe Euch."

Stolz ließ sie sich die Hände und Füße zusammenbinden. Gerade, als die Helfer ihr ein Seil um den Leib schlingen wollten, gebot eine Stimme Einhalt.

Die Nachricht

„Aufhören, sofort!", schrie Graf Johann. In letzter Minute ritt er mitten durch die Menge. Er hielt ein Schreiben in der Hand.

„Ihr dürft nicht mit der Wasserprobe beginnen. Ich habe hier einen Befehl meines Bruders. Die Hexenprobe findet nicht statt. Ich seinem Namen verbiete ich Euer Treiben."

Die Menschenmenge murrte. Sie wollten eine Hexeprobe sehen. Sie hatte sich schon auf dieses Ereignis, von dem sie noch Wochen würden zehren können, gefreut. Inse hörte Derk aufatmen. Der Gemahl der Angeklagten überquerte den Graben, stürzte auf sein Weib zu und zog ihr ein Hemd über. Er nahm sie in die Arme. Sie weinte.

„Ihr könnt vielleicht die Wasserprobe eine Zeit lang verhindern", erbost hob Dietrich Spranger den Arm, „aber diese beiden Hexen werden trotzdem brennen. Wir werden sie schon noch überführen. Diese Anordnung ist nur ein Aufschub. Beide werden in Haft bleiben, solange ihre Unschuld nicht bewiesen ist." Er machte Anstalten, seine Gehilfen anzuweisen, die beiden Frauen abzuführen.

„Nein", Graf Johann legte das Schreiben in Sprangers Hände, „hier steht es. Tyabbe ist frei. Sie kann gehen, wohin es ihr beliebt. Und dieses Kind ist auch frei."

„Dieses Kind", Sprangers Stimme hatte einen verächtlichen Ton angenommen, „dieses Kind ist eine Hexe. Schaut sie Euch doch an: diese Sechsfingerhand und das rote Haar. Ich werde dies näher prüfen müssen. Vielleicht finden sich ja auch noch Teufelsmale auf ihrem Körper. Das könnten wir vielleicht hier und jetzt überprüfen.“

Er trat einen Schritt auf Tetta zu und wollte ihr Leinenhemd heben. Graf Johann schlug ihm auf die Hand und zog Tetta an sich.

„Dieses rote Haar ist ein Erbe ihres Vaters“, er nahm seinen Hut ab und für alle war die Ähnlichkeit, nicht nur die der Haare, ersichtlich. „Auch die Sechsfingerhand hat mein Kind von mir geerbt.“ Er hob seine linke Hand in die Höhe. „Sie sollte getötet werden, weil ihr vermeintlicher Vater sie hasst und mich auch. Weil sie meine Tochter ist. Sie ist keine Hexe.“

Graf Johann hob Tetta auf seine Arme und lief in Richtung Pferd. Er stieg auf und setzte Tetta vor sich in den Sattel.

„Ich werde jetzt mein Kind nehmen und von hier verschwinden. Sollte mir noch einmal zu Ohren kommen, dass Ihr derartige Methoden zur Auffindung von Hexen und Zauberern anwendet, werde ich mich an geeigneter Stelle über Euch beschweren. Einige Kirchenmänner sind, wie ich gehört habe, ja schon für ihre Taten selbst gerichtet worden.“

Die Menge hatte einigermaßen fassungslos seinen Worten gelauscht. Als er davonritt, schwoll das Stimmengewirr wieder an. Es waren zwar mutige Worte gewesen, doch Derk wusste, dass Graf Johann nicht die Regentschaft alleine hatte und somit sein Bruder ihn hindern würde, diese satanischen Spiele zu verbieten. Graf Edzard und Katharina standen hinter dem Hexenwahn, so wie auch die meisten der einfachen Leute, denen über Jahrhunderte die Existenz von Hexen, Zauberern und dem Teufel eingebläut worden war und so zum festen Bestandteil ihres Denkens wurde.

Viele der Kirchenoberen – eigentlich alle – dachten genauso. Die christlichen Gottesgelehrten unterstützten sie noch in ihrem Wahn. In ihren Büchern schrieben sie, dass fast jeglicher Aberglaube des einfachen Volkes wahr sei. Selbst die harmloseste Zauberhandlung sei ein Dämonenpakt, erklärte schon der berühmte Thomas von Aquino. Selbst Luther hielt an den alten Wahnideen fest. Erst in den letzten Jahren hatten sich einige Gelehrte gegen den Hexenwahn erhoben. Derk wusste, es würde noch Jahre dauern, bis dieses schreckliche Spiel ausgespielt wäre.

Der Glaube der einfachen Leute an Hexen und Dämonen, Zauberer und Elfen war harmlos gewesen, solange es dem Einzelnen frei stand, daran zu glauben. Gefährlich war es erst geworden, als die Kirche den Glauben an die Macht des Teufels und seiner Anhänger zur Tatsache machte. Wenn es denn solche Hexen und Zauberer gab – die Kirche behauptete dies ja mit Gewissheit – dann mussten sie auch verfolgt und vernichtet werden. Nicht der Aberglaube des Volkes hatte dieses grausame Verfahren in Gang gesetzt, die Behauptung der Kirche, dieser Aberglaube sei die Wahrheit, gab den Anstoß. Derk hätte nie geglaubt diesen Wahnsinn mit eigenen Augen ansehen zu müssen!

Pels und Spranger schäumten vor Wut. Wie konnte der Graf es wagen, in die Belange der Kirche einzugreifen? Sein Bruder, der werte Graf Edzard, hatte doch hier das Sagen! Graf Johann sei sicherlich selbst ein Zauberer, ließ sich Spranger vernehmen, doch Pels war von Furcht erfüllt. Er würde sich zukünftig besser zurückhalten. Schließlich konnte ein Drost seine Stellung schnell wieder verlieren, wenn er nicht seiner Grafschaft gerecht wurde.

Spranger sann auf Rache. Sibo Meiners beugte sich zu ihm und flüsterte ihm etwas ins Ohr. Er zeigte dabei auf Derk und berichtete von dem Verrat, der ihm schon am frühen Morgen zu Ohren gekommen war. Sollte es möglich sein, dass dieser Hundesohn der Fadenzieher in dieser ganzen Angelegenheit war? Wenn sie schon keinen Nachweis der Hexerei erbringen durften, dann wollte er wenigstens Rache dafür üben. Vielleicht gab es ja eine Möglichkeit. Sibo Meiners hatte da einen interessanten Vorschlag. Nachdenklich strich sich Dietrich Spranger mit der Hand über das Kinn. Es kribbelte ihm in den Fingern! Die Menge begann sich schon wieder aufzulösen. Er musste schnell handeln, wenn sie dem Volk noch etwas bieten wollten.

„Ihr holt das Goedenser Gold und ich werde in die Kirche eilen. Wir bitten *Eilt Kinderer* diese Halunken noch etwas aufzuhalten."

Er löste eine Kette von seinem Hals und gab die nötigen Befehle. Dann rannte er förmlich in Richtung Kirche.

Marie sah, dass Tyabbe von ihrem Ehemann umarmt wurde. Er schien sie gar nicht wieder loslassen zu wollen. Die Verwandtschaft drängte zum Aufbruch. Derk eilte zu ihnen und sprach auf sie ein. Marie wollte wissen, was los war, und folgte ihm mit Inse im Schlepptau.

„Wenn dieses Euer Verdienst war – Ihr seid doch ein Freund des Grafen Johann – dann können wir Euch nicht genug danken."

Derk winkte ab.

„Nehmt Euch in Acht. Bei dem geringsten Verdacht werden Spranger und Pels wieder hinter Euch her sein. Versucht Klage zu erheben vor dem Reichskammergericht. Vielleicht erreicht Ihr, dass diesen Mördern das Handwerk gelegt wird."

Hero Benen nickte und hob seine Frau vor sich aufs Pferd.

Ein Dieb und Ketzer

Marie war unruhig. „Ich weiß nicht. Irgendetwas ist noch nicht in Ordnung. Ich habe das Gefühl, wir müssen ganz schnell von hier verschwinden."

„Ihr habt Recht", Derk nickte, „das Volk ist unzufrieden. Sie haben ein Schauspiel erwartet und müssen jetzt unverrichteter Dinge wieder abziehen. Die Stimmung ist denkbar schlecht."

Eilig schritten sie zum Gasthof, an dem Maries Pferdekarre stand. Sogar das Tränken des treuen Lübbo fand in aller Hektik statt. Kaum hatte das Tier die Hälfte des Wassers getrunken, gab ihm Marie einen liebevollen Klaps auf sein breites Hinterteil und trieb den erstaunt blickenden Lübbo zur Eile an.

Sie hatten noch nicht das Tor erreicht, da wurden sie von einem jungen Mann aufgehalten. Er rannte ihnen förmlich entgegen. „Werter Herr, wartet. Seid Ihr nicht der berühmte Derk Raveling, der Goldschmied aus Emden?"

„Doch, der bin ich. Ihr haltet uns auf, junger Freund. Bringt rasch Euer Anliegen vor." Derk wollte nur noch raus aus dieser aufbrausenden Menschenmenge.

„Ich habe hier ein ganz besonderes Schmuckstück, ein Erbstück meiner Großmutter, Gott hab sie selig. Könntet Ihr mir sagen, ob der Stein in der Einfassung echt ist?"

Derk schnaubte. Für solche Nichtigkeiten hatte er nun wirklich keine Zeit. Schon wollte er dem Jungen sagen, dass er doch bitte zu gegebener Zeit in die Stadt kommen sollte, als dieser ihm auch schon das Schmuckstück vor die Nase hielt. Wie elektrisiert hingen Derks Augen daran. Automatisch lenkte er seine Schritte in eine ruhigere Ecke, um den Schmuck genauer zu betrachten.

Marie folgte ihm kopfschüttelnd mit dem Pferdekarren. „Wir haben nun wahrlich Besseres zu tun, als uns noch diesen Tand anzuschauen", dachte sie.

Derk dagegen hatte nur noch Augen für das Kleinod in seiner Hand. Er schnappte nach Luft. Der Goldschmied in ihm erwachte und beurteilte dieses kleine Wunderwerk. Dies war wirklich eines der schönsten Stücke, die Derk je gesehen hatte. Der große Anhänger war mit einem Kettchen versehen, an welchem ein eingefasster Rubin hing. Der Anhänger selbst war aus schwerem Gold. Auf der Rückseite befanden sich eingeritzte Initialen. Das Bildnis auf der Vorderseite zeigte zum einen die Jungfrau Maria mit einem Säugling auf ihren Armen. Der Blick der Maria war es, der dieses Schmuckstück so ungewöhnlich machte. Marias Gesichtsausdruck war nicht etwa unnahbar oder zurückhaltend demütig, sondern er sagte etwas in der Art von „Seht her, ich habe es geschafft!" Triumphierend und stolz präsentierte sie der Welt ihren Sohn. Hier war unzweifelbar Maria, die Mutter Jesu, dargestellt – aber nicht so, wie man sie sonst von anderen Bildnissen her kannte. Sie hatte nichts Unberührtes an sich. Es war eine weltliche Maria mit einem weltlichen Sohn. In ihrer Üppigkeit wirkte sie fast etwas vulgär.

Das zweite, was dieses Schmuckstück so ungewöhnlich machte, war der Mann an Marias Seite. Er hatte den Arm um sie gelegt und schaute den Betrachter spöttisch an. Besitzerstolz schien aus seinen Augen zu sprechen. Sie beide schienen sich lustig zu machen über die Aussage der Bibel, dass Maria unbefleckt und als Jungfrau Gott einen Sohn schenkte. Gestochen scharf hatte der Künstler diese kleine Szene dargestellt.

Fassungslos machte Derk Inse auf die zerbrochene Lilie aufmerksam, die Josef in der einen Hand hielt. „Die Lilie symbolisiert die Unschuld und Keuschheit Marias. Die Reinheit ihrer Seele! Sie ist das Zeichen der unbefleckten Empfängnis der Maria. ‚Schaut die Lilie unter den Dornen', so heißt es im Hohelied. Die zerbrochene Lilie verhöhnt den Glauben an die Unschuld Marias.

Bei einer derartigen Ausdrucksstärke dieses kleinen Schmuckstückes muss der Künstler ein wahrer Meister seines Faches sein. Nur darf dieses Bildnis nicht in falsche Hände fallen, denn allein der Ausdruck der Gesichter und vor allen Dingen die zerbrochene Lilie würden mit Sicherheit als Ketzerei ausgelegt werden, als Verhöhnung Gottes und der Bibel. Solch eine gewollte Gotteslästerung habe ich noch nie gesehen!"

Bei Derks geraunten Worten war Inse ein Schauer über den Rücken gelaufen. Mit offenen Mündern starrten sie auf den Schmuck.

Weder Derk noch Inse oder Marie bemerkten, dass sich einige Männer unauffällig an ihrem Wagen zu schaffen machten. Derk bezwang seine Faszination und kehrte auf den Boden der Tatsachen zurück. Er blickte sich nach dem jungen Mann um und wollte diesem eine Warnung zukommen lassen, doch der Bursche war verschwunden. Derk drehte den Anhänger um. Ein großes R und ein E waren eingeritzt. Daneben eine weitere Arbeit. Nur andeutungsweise waren Konturen eines Klosters ersichtlich. Anscheinend war ein Mönch der Künstler gewesen.

„Was mache ich jetzt mit dem Anhänger?" Fragend schaute Derk die Frauen an.

„Das Jungchen weiß ja, dass Ihr ihn habt. Bis Emden ist es nicht weit. Er wird sich den Schmuck schon wiederholen. Warum hat er sich nur aus dem Staub gemacht? Ihr, Derk, machtet natürlich ein derart entgeistertes Gesicht – vielleicht hab Ihr den Knaben erschreckt? Ich möchte jedenfalls, dass wir von hier verschwinden. Sofort!" Marie wirkte in ihrem Eifer schon fast panisch. Entschlossen lief sie voran Richtung Straße und Tor.

Bevor sie jedoch aus dem Ort herauskamen, wurden sie von Wachen aufgehalten.

„Halt. Niemand zu Pferd oder mit einem Karren darf Pewsum verlassen."

Sie bemerkten, dass schon einige weitere Pferdekarren auf dem Platz standen. Die Volksmenge, die sich schon zu zerstreuen begonnen hatte, kam zurück. Was war denn jetzt los?

„Auf wessen Weisung dürfen wir Pewsum nicht verlassen?" Derk bemühte sich um einen ruhigen Tonfall.

„Dem Drosten ist zu Ohren gekommen, dass Kirchenbesitz gestohlen wurde. Gerade hat ihm Dietrich Spranger dies gemeldet. Wir vermuten, dass sich jemand unauffällig bereichern wollte, und dieser Menschenauflauf am heutigen Tage ist zum Stehlen natürlich ideal."

Sie konnten nichts tun, als warten. Die Wagen vor ihnen wurden durchsucht. Inse hatte ein ungutes Gefühl dabei. Als die Reihe an Marie war, den Inhalt ihres Karrens zu zeigen, beruhigte sich Inse etwas. Gleich würde sich herausstellen, dass sie keine Diebe waren. Sie hatten sich nichts zuschulden kommen lassen. Gleich würden sie diesem Alptraum entfliehen. Wenn nur die Burg erst hinter ihnen lag!

„Was sollen diese Fässer auf dem Karren?"

Misstrauisch zeigte einer der Wächter auf die Holzfässer. Auch der Drost und Spranger hatten sich eingefunden. Händeringend beklagte Spranger den Verlust eines Abendmahlskelches aus purem Gold und mehrerer anderer Dinge. Marie tischte die Geschichte auf, die Fässer seien für einen Heringsfischer im nächsten Dorf. Als ihr befohlen wurde, die Behältnisse zu öffnen, zuckte Marie mit den Schultern. Dann jedoch merkte Inse, wie sie blass wurde. Marie fuhr von dem Fass zurück, als ob ein Leichnam darin läge. Durch die Menge ging ein Raunen. In dem Fass befanden sich der beschriebene Abendmahlskelch, die anderen als Verlust bekannt gegebenen Dinge und jede Menge Goldschmuck. Marie beteuerte, nichts von dem Schmuck gewusst zu haben. Spranger schien ihr zu glauben und erhob die Stimme.

„Nein, diese arme Händlerin ist nur ein Werkzeug! Ein Werkzeug in den Händen eines schändlichen Mannes. Ich bin ihm schon lange auf der Spur. Endlich nun kann ich ihn überführen, diesen Lump! Er macht sich die Freundschaft dieses armen alten Weibes zunutze und befördert seine Diebesware in ihren Fässern. Ohne ihr Wissen. Er rechnet damit, dass, wenn die Sache auffliegt, sie als Schuldige entlarvt und bestraft wird. Warum sonst wohl sucht ein reicher Goldschmied wie Derk Raveling die Bekanntschaft des gemeinen Volkes, wenn nicht um sie, um dieses arme Weib, auszunutzen! Warum sonst sollte sich dieser durchtriebene Goldschmied soweit herablassen, wenn nicht um sein Diebesgut unbemerkt und unauffällig verschwinden zu lassen?“

Seine demagogische Rede hatte die Leute beeindruckt. Viele, die schon halb im Aufbruch waren, kamen zurück. Ein entlarvter Dieb – das war doch was! Ein reicher Goldschmied, der eine arme alte Frau übers Ohr gehauen hatte – diese Vermutung klang überzeugend. Warum sollte ein Gottesmann Lügen verbreiten? Ein Prediger konnte doch nur die Wahrheit sagen – oder? Und war das nicht eine einleuchtende Erklärung? Sowohl für Derks Freundschaft mit Leuten wie Marie als auch für seinen Reichtum. Wieviel Gold mochte er auf diese Weise schon unauffällig geraubt haben? Immer wieder verschwand Kirchenschmuck auf spurlose Weise. Vielleicht hatte Spranger dem ein Ende bereitet!

Maries Klärungsversuche gingen in dem Stimmengewirr gänzlich unter. Die Neuigkeit machte rasend schnell die Runde. Empörung rollte wie eine Woge durch die Menge. Die Leute johlten. „Ein Dieb hinter der Maske des reichen Goldschmiedes. Jetzt wissen wir, woher er all das Gold für die Schmuckstücke der feinen Damen hatte!“

Für die Menschen hier in Pewsum, die Derk nicht sehr gut kannten, war es eine Genugtuung, diesen feinen Herrn als Dieb überführt zu sehen. Endlich mal war der Dieb nicht einer von ihnen, war nicht jemand aus dem einfachen Volk der Sündenbock, sondern ein Reicher und Mächtiger. Ein Freund des Grafen Johann sollte er sogar sein, raunte man sich zu.

Unredlich hatte er sich also sein Vermögen erworben. Dann auch noch immer so menschenfreundlich mit den einfachen Leuten tun, eine arme alte Witwe täuschen und deren Vertrauen missbrauchen – dass waren die Richtigen! Aufknüpfen sollte man ihn!

Jetzt hatte sich Sibo Meiners einen Weg durch die Menge gebahnt.

„Das ist doch der Schmuck meiner Herrschaft“, schrie er. „Mein Herr ist gestern Abend unschuldig verhaftet worden und dieser Goldschmied hatte dabei seine Hände im Spiel. Jetzt kenne ich den Grund. Er wollte sich an dem Schmuck meiner Herrschaft bereichern. Gestern Nacht noch muss er ihn gestohlen haben, während ich schon mit dem unseligen Kind hier weilte. Angebiedert hat er sich bei meinem Herrn. Nun weiß ich auch warum. Verrat! Verrat!“ schrie er.

Die Menge hatte eine Geschichte, die ihr gefiel.

„Bringt ihn an den Galgen“, riefen sie, „wir wollen heute noch jemanden hängen sehen.“

Inses Hände krampften sich ineinander. Sie musste sich auf die Zunge beißen, um nicht zu schreien. Jegliche Farbe war ihr aus dem Gesicht gewichen. In welch eine Intrige waren sie hier hineingeraten? Wer konnte ihnen nur helfen? Und Graf Johann hatte längst den Heimweg nach Emden angetreten. Inse kam sich vor wie in einem Alptraum. Hoffentlich würde sie bald erwachen!

Marie schaute sie an und flüsterte: „Den Schmuck hat Sibo natürlich selbst gestern mitgehen lassen. Er traute uns nicht. Wusste, dass sein Herr nie mehr wiederkommen würde und wollte sich wohl selbst bereichern. Jetzt ist es ein Leichtes, Derk den Diebstahl unterzuschieben.“

Inse fühlte, wie sie zu zittern begann. Sie durften Derk nichts tun!

Obwohl Derk sonst immer voller guter Ideen steckte, stand er jetzt wie versteinert da. Es ging um ihn. Er konnte für sich selbst nichts tun. Sämtliche Indizien sprachen gegen ihn. Er hatte auch Angst um die beiden Frauen, die er liebte. Marie schienen sie verschonen zu wollen, aber was würde geschehen, wenn die Menge auf Inse aufmerksam wurde? War Spranger bewusst, das Inse am Festabend seine Partnerin gewesen war? Oder hatte er sie vielleicht übersehen?

Sibo war natürlich begeistert, sich an Derk rächen zu können. Auch für die Faustschläge am Markttag! Derks Hand verkrampfte sich um die Brosche, die in seiner Tasche steckte. Was, wenn sie dieses Schmuckstück fänden? Derk wusste, wie Dietrich Spranger den Schmuck auslegen würde. Wenn auch keine Wasserprobe, so könnte doch noch die Verbrennung eines Zauberers stattfinden. Sein Kopf dröhnte. Er war zu keinem klaren Gedanken fähig. Sie waren hereingelegt worden, in die Falle gegangen!

Er drehte sich zu Inse und Marie um. „Beteuert, dass Ihr nichts damit zu tun habt. Sie wollen mich. Seht zu, dass Ihr verschwindet. Bitte Marie", eindringlich schaute er sie an, „nehmt Inse bei der Hand und bringt sie weg von hier."

„Ich werde alles tun, was nötig ist und in meiner Macht steht", gab Marie verbindlich, steif und scheinbar unbeeindruckt von der Lage zur Antwort. Sie schien tief in Gedanken versunken zu sein.

Als die Handlanger Sprangers sie der Mithelferschaft beschuldigen wollten, beteuerte Marie sogleich, dass weder sie noch Inse hiervon etwas gewusst hätten. Es reichte dem aufgebrachten Volk anscheinend, dass Derk gefasst worden war. Die arme alte Witwe – durch scheinbare Freundschaft betrogen – kam ihnen gerade recht. Spranger und seine Helfer ließen Inse und Marie daher laufen – sie hatten die Gunst der Menschen hinter sich. Mit dieser grölenden Masse wollten sie sich lieber nicht anlegen!

Von weitem beobachteten die beiden Frauen das Geschehen. Den Pferdeanhänger hatte sie mitnehmen dürfen. Das Fass wollte Spranger natürlich „zu Beweiszwecken" behalten. Inse rauschte das Blut in den Ohren. Ihr kam es vor, als ob es gar nicht sie selbst sei, die all dies erlebte. Wie angewurzelt stand sie neben Marie. Sie konnte nichts, aber auch gar nichts tun.

Energisch rief Inse sich zur Ordnung. Sie würde nicht aufgeben! Inse erkannt glasklar, dass sie Derk liebte und alles für ihn tun würde. Irgendwie mussten sie ihn retten, denn sonst hätte ihr eigenes Leben keinen Sinn mehr!

Von fern drang die Stimme von Spranger an ihr Ohr. „Durchsucht ihn!"

Die Wachleute kamen dem Befehl nach und hatten schnell den Goldanhänger gefunden. Sie hielten ihn ihrem Befehlshaber hin. Lange schaute dieser darauf und zeigte ihn dann der Menge.

„Hier haben wir etwas wirklich Gutes. Ein Ketzer unter uns! Eine Verhöhnung Gottes. Ein Goldschmied mit wahrhaft teuflischen Fähigkeiten. Da wird keiner uns hindern können, ihm die Wahrheit unter Folter zu entreißen. Und die Initialen beweisen, dass er der Anfertiger dieses Schmuckes ist. R für Raveling und E für Emden."

Unter dem Geschrei der Menge wurde Derk in den Kerker der Burg gebracht. Der Drost und Spranger baten um Ruhe.

„Wir werden diesen Vorfall noch heute untersuchen. Wenn ihr hier bleibt, könnt ihr gegen Abend das Ergebnis unserer Ermittlungen hören. Vielleicht gibt es ja doch noch eine Hinrichtung. Ich kann nichts versprechen, aber wer weiß – vielleicht." Spranger wiegte bedächtig sein Haupt.

Pels, der Drost, meldete sich zu Wort. „Ich werde sofort einen Reiter in die Stadt Emden schicken mit der Bitte um Sondergenehmigung seitens der Grafschaft. Sollten wir die Todesstrafe verhängen, könnte dann das Urteil noch heute vollstreckt werden."

Marie zerrte Inse von der Menge weg. Diese wollte sich losreißen und hinter Derk herlaufen, doch sie wusste selbst, dass ihm damit nicht geholfen wäre.

Marie lief tief in Gedanken neben Inse her. „War gut, dass Ihr mitgekommen seid. Ihr habt mich auf eine Idee gebracht. Eure Miene, als sie ihn abführten, war vielsagend. Hoffentlich verhängen sie für den Diebstahl der heiligen Kirchengeräte und des Schmucks die Todesstrafe. Dann gäbe es eine Lösung für Derk." So grübelte Marie laut vor sich hin.

„Wie könnt Ihr ihm den Tod wünschen? Ich dachte, er wäre wie ein Sohn für Euch. Wenn das Euer wahres Gesicht ist, dann werde ich auf eigene Faust versuchen ihm zu helfen."

Inse war aufgebracht. Alles schien in Scherben zu zerfallen. Jetzt auch noch Maries Verrat. Beruhigend legte diese ihr die Hand auf die Schulter.

„Nicht doch. Ich wünsche ihm alles andere als den Tod. Aber bei Verhängung der Todesstrafe gibt es etwas, das die Ausführung verhindern kann. Sagt Euch der Begriff ‚das Alte Recht' etwas?"

Inse verneinte. Was wusste sie den auch schon von den speziellen Rechtsmethoden dieser Zeit? Marie weihte Inse in den Plan ein, der ihr im Kopf herumschwebte.

„Wärt Ihr bereit dazu – mit allen Folgen? Könnt Ihr Euch vorstellen, das für Derk zu tun? Es wäre keine Farce und würde für Euer gesamtes Leben gelten. Ich sehe keine andere Möglichkeit ihn vor dem Scharfrichter oder, noch schlimmer, dem Scheiterhaufen zu bewahren."

„Würde sich denn der Pöbel, der jetzt noch im Ort ist und auf eine Attraktion wartet, damit zufrieden geben? Warten sie nicht auf etwas viel Interessanteres?" Inse war skeptisch. Mitmachen würde sie. Sie erkannte, dass sie für die Befreiung Derks alles tun würde!

„Nein, die Menschenmenge hätte ja ihr Schauspiel. In meinem ganzen Leben habe ich nur ein einziges Mal, und das war vor zwanzig Jahren, von etwas Derartigem gehört. Aber auch bei diesem Fall wurde das Versprechen gleich eingelöst – darauf müsst Ihr gefasst sein. Ihr müsst wissen, ob Ihr mit der Schande des bewiesenen Diebstahls leben könnt. Wenn wir ihn auch vor dem Tod als ein Kirchendieb retten können, vielleicht müsstet Ihr trotzdem Euer ganzes Leben lang auf der Flucht sein, wenn das Urteil der Ketzerei greift."

„Ich werde alles tun, was Ihr mir sagt. Aber was wird er dazu sagen? Wir stellen ihn vor vollendete Tatsachen, die ihm vielleicht nicht gefallen."

Auf Inses Frage, ob sie Derk nicht durch Geldzahlung auslösen könnten, schüttelte Marie den Kopf. Sie nannte Inse einige Beispiele, wie Straftaten geahndet wurden.

„Eigentlich wird für jedes Vergehen bezahlt. Wenn jemand seine Zähne einbüßt, ist es sehr teuer. Besonders natürlich bei Vorderzähne. Nicht so teuer ist der Verlust des großen Zehs, das Abreißen eines Ohres und das nächtliche Abschneiden von Haaren. Der Verlust von Ohren und Haar kann ja schließlich durch Helm, Tücher oder ähnliches verdeckt werden."

Abgelenkt von ihrer derzeitigen Situation und allen Ernstes ließ sie sich darüber aus, dass es teuer sei, jemanden zu schlagen, aber die dreifache Strafe erhoben würde, wenn es sich um einen Priester handelte. Beim Wort „Priester" schien ihr die, wie Inse fand, ausweglose Lage, in der sie sich befanden, wieder einzufallen.

„Kirchenraub und Mord lässt sich nicht durch Geld ahnden. Daher ist es mehr als wahrscheinlich, dass sie das Todesurteil verhängen werden. Was mir noch Sorgen bereitet, ist dieser ketzerische Goldanhänger. Die Anklagepunkte werden zuerst sicherlich auf Raub und Kirchenraub lauten. Doch wenn es uns tatsächlich gelingen sollte, ihm in diesem Fall den Kopf zu retten, dann wird Spranger ihn der Ketzerei beschuldigen. Derk würde sofort wieder inhaftiert werden. Das müssen wir verhindern!"

Maries Gesicht war ernst und nachdenklich. „Es muss mir noch eine Lösung einfallen! Wir werden jetzt die Gaststube aufsuchen, in der ich immer nächtige, wenn ich in Pewsum Station mache."

Fast eine Stunde saß Marie am Holztisch der Schankstube, die sich nicht von den anderen, die Inse kennen gelernt hatte, unterschied. Inse hing trüben Gedanken nach. Wie hatten sie nur in eine derartige Situation kommen können? Was mochten sie jetzt mit Derk anstellen? Sie würden ihm weh tun, das stand fest. Der Geistliche wartete doch nur darauf, seinen Frust an jemandem auszulassen.

Marie stand auf. An ihrem Gesicht konnte Inse ablesen, dass sie eine Entscheidung getroffen hatte. Sie befahl Inse auf sie zu warten und verschwand für einige Zeit.

Als Marie sich wieder einfand, schien sie einigermaßen erleichtert zu sein.

„Ich habe eine Nachricht für den Grafen Johann aufsetzen lassen. Ein Bote, dem ich vertraue und der nicht gleich mit dem Schreiben zu Spranger rennt, wird es ihm persönlich überbringen. Hat mich meine ganzen Ersparnisse gekostet. Diesen Winter wird es wohl hart werden.

Der Graf soll versuchen, die Genehmigung zur Hinrichtung zu verwehren. Ich glaube jedoch eigentlich nicht, dass er seinen Bruder überzeugen kann. Dieser mag Derk nicht und wird noch erbost sein über die erpresste Vereitelung der Wasserprobe. Vielleicht gelingt es dem Grafen Johann ja wenigstens, einen Aufschub zu bewirken. Ich habe ihn auch gebeten, mit den Mönchen der Gasthauskirche und dem Prediger Hardenberg zu sprechen. Dieser ist ein vertrauenswürdiger Mann. Mir ist eine Idee gekommen, wie wir Derk vielleicht dem Zugriff des Inquisitionsgerichts entziehen könnten."

Er war später Nachmittag, als ein Bote erschien. Er wurde am Tor sofort durchgelassen und ritt direkt auf die Burg zu. Spranger schien ihn schon gesehen zu haben, denn er lief ihm entgegen. Inse und Marie folgten der wartenden Menge bis zum Burggraben.

Während Spranger das Siegel öffnete und den Brief las, wurde sein Gesicht immer länger. Er schlug mit geballter Faust auf das Schreiben und schnaubte förmlich vor Wut.

„Die Regentschaft treibt ein böses Spiel mit uns. Graf Edzard billigt mir zwar das Recht zu, ein Urteil auszusprechen, aber die Vollstreckung wird auf den morgigen Tag verschoben. Sie soll auch nicht hier, sondern in der Stadt Emden vom Scharfrichter durchgeführt werden. Mein Urteil habt ihr. Dieser Mann ist des Todes. Und", seine Zähne knirschten vor Wut, „er wird seine gerechte Strafe erhalten. Ich verstehe nicht, warum diesem Dieb und Ketzer noch ein Tag Aufschub gewährt wird. Nun denn! Ich kann mich nicht gegen diese Weisung stellen. Aber ich werde diese Schmach nicht vergessen.

Leider wird es für euch heute nun nichts mehr zu sehen geben. Vielleicht bereitet es euch eine kleine Genugtuung, den Dieb am Pranger leiden zu sehen. Eine kleine Entschädigung für die nicht stattgefundene Wasserprobe."

Seine Handlanger zerrten den stöhnenden Derk vor das Volk. Inse schrie auf und hob die Hand zum Mund. Sein langes dunkles Haar fiel ihm ins Gesicht. Er trug nur noch seine Hosen. Eine klaffende Wunde hatte man ihm an der Schulter beigebracht. Hände und Füße waren zerschunden. Sein nackter Oberkörper wies Spuren der Peitsche oder eines ähnlichen Gerätes auf. Derk sah einfach fürchterlich aus und konnte sich kaum auf den Beinen halten.

Er wurde an die Kirchenmauer geführt, wo Inse erschaudernd beobachtete, wie man ihm ein Halseisen umlegte. Als sich alle an ihm ergötzt, etliche ihn bespuckt hatten, löste sich die Menge langsam auf. Für die meisten wurde es Zeit, nach Hause zu gehen.

Marie war in den Gasthof zurückgeeilt und hatte Kopftücher geholt. Sie beide verkleideten sich notdürftig. Dann näherten sie sich dem Angeprangerten. Als er sie erkannte, schien neues Leben in Derk zu kommen. Inse konnte sich nicht zurückhalten. Sie sah ihm in die Augen. Die Tränen liefen ihr über das Gesicht. Sie vermisste den Kampfgeist, den er immer ausgestrahlt hatte. Jetzt, wo es um sein Leben ging, schien ihn dieser verlassen zu haben. Er hatte sich mit seinem Schicksal abgefunden. Mit bloßem Oberkörper, dem langen schwarzen Haar und seinem Ohrring, wirkte er wie ein gestrandeter, ein gebrochener Pirat.

„Haben sich Eure Augen nicht reichlich an mir satt gesehen? Warum seid Ihr noch hier. Jetzt könntet Ihr doch von diesem Ort verschwinden. Ihr wisst doch nun, was geschehen wird." Seine eindringlichen, von Stöhnen begleiteten Worte galten Marie. Er zischte sie förmlich an.

Sie wiegte den Kopf. „Ja, wir haben genug gesehen. Wir ziehen jetzt nach Emden, um den Rest zu sehen. Doch man darf den Tag nicht vor dem Abend loben. Die Unschuldigen sollten Mut schöpfen. Sie bekommen oftmals eine zweite Chance."

Derk schaute sie verständnislos, aber mit etwas mehr Antrieb an. Marie hatte ja schon so manches Unmögliche fertig gebracht.

Der bei Derk aufgestellte Wachposten schaute missbilligend. „Gespräche mit dem Gefangenen sind nicht gestattet."

„Verzeiht, werter Herr, meine Tochter und ich wollten uns nur noch einmal am Anblick dieses Diebes erfreuen. Mein Kind soll immer auf dem rechten Pfad bleiben, sonst endet ihr Weg wie dieser, nicht wahr." Ihre selbstgefällige Stimme schien den Wachposten zu nerven. Er scheuchte sie fort wie einen Schwarm Fliegen.

„Hoffentlich konnte ich ihm etwas Mut machen", raunte Marie Inse zu, „er sah doch sehr resigniert aus. Verzweifelt und mitgenommen. Mein armer Junge! Das hat er wahrlich nicht verdient! Hoffentlich gelingt mein Plan. Wir werden uns jetzt sofort auf den Weg nach Emden machen. Wenn wir heute Abend noch in die Stadt kommen, kann ich unser Vorhaben vorbereiten und vielleicht noch den Grafen aufsuchen. Es war nicht schlecht, dass er eine Urteilsvollstreckung in Emden erwirken konnte. Mehr hatte ich nicht zu hoffen gewagt." Sie schien guten Mutes zu sein.

Die Torwache ließ sie aus der Stadt. Viele Menschen strömten jetzt wieder ihren Heimatorten zu, denn zu sehen würde es heute nichts mehr geben. Einige wenige zogen mit nach Emden, um dort der Hinrichtung beizuwohnen.

Inse war erleichtert, diesem schrecklichen Schauspiel den Rücken kehren zu können, doch sie hatte fürchterliche Angst um

Derk. Wenn er nicht mehr zu kämpfen bereit war, wenn er sich bereits abgefunden hatte, dann wäre es ein Kinderspiel für Spranger und seine Gesellen, ihn zu zerbrechen – auch ohne ihn zu verbrennen oder aufzuhängen!

Fünftes Kapitel

Das Versteck

Lege mich wie ein Siegel auf Dein Herz.
Denn Liebe ist stark wie der Tod und
Leidenschaft unwiderstehlich wie das Totenreich.
Ihre Glut ist feurig und eine Flamme des Herrn,
so dass viele Wasser die Liebe nicht auslöschen
und Ströme sie nicht ertränken können.
Wenn einer alles Gut in seinem Haus
um die Liebe geben wollte,
so könnte das alles nicht genügen!
(Hohelied Salomos, Kap. 8, Verse 6–7)

Das ‚Alte Recht'

Ohne Pause erreichten sie nach zwei Stunden strammen Marsches die Stadt. Inse war zu keinem Gespräch fähig. Sie hatte sich tief in ihre verzweifelten Gedanken zurückgezogen. Es gab so viele Wenn und Aber in Maries Plan! Marie zog das Pferd hinter sich her. Sie murmelte beständig vor sich hin, sicherlich all die Dinge aufzählend, die sie noch zu erledigen hatte, sobald sie in der Stadt waren.

Es war noch hell, als sie Emden erreichten. Joost hatte schon sehnsüchtig auf sie gewartet. Nach Maries Darstellung der Ereignisse blieb es einen Moment lang still. Dann ließ der bleiche Joost sich seufzend neben den beiden Frauen auf der Bank nieder. Mit ausdruckloser Stimme murmelte er vor sich hin. Inse glaubte Worte wie: „Wer sich mengt in fremden Streit, der ist wie einer, der den Hund bei den Ohren zwackt!" zu verstehen. Dann sprang Joost wieder auf. „Der Hund Spranger wird sich das zwacken nicht gefallen lassen. Das wird bös ausgehen!"

Marie beruhigte ihn und erzählte von dem Plan, den sie ausgeheckt hatte. Joost bekam große Augen und er streifte Inse mit einem dankbaren Blick, den sie mit einem schiefen Grinsen erwiderte. Dann lachte er zu Inse Verwunderung trocken auf.

„Bekommt dieser Teufelskerl also doch noch was er sich wünscht – sogar ohne eigenes Zutun. Ich hoffe nur, dass das Vorhaben gelingt, sonst sitzt mein Freund tief in der Patsche! Ich laufe sofort los und verständige unsere Freunde in der Stadt."

Aber zuerst hatte auch Joost eine Neuigkeit für sie. Bis zur Verhinderung der Wasserprobe war ihm ihre Geschichte schon bekannt. Graf Johann hatte heimlich seine Tochter Tetta in Derks Wohnung bringen lassen.

„Ihm ist keine andere Bleibe für Tetta eingefallen. In der Burg und bei der näheren Verwandtschaft wäre sie nicht sicher. Hier fühlt sich das Kind sehr wohl. Gestern haben wir den ganzen Nachmittag in der Werkstatt gehockt. Sie hat mir zuerst über die Schulter geschaut und später dann schon selbst an einem Schmuckstück gearbeitet. Ungemein begabt die Kleine! Josef habe ich auch dazugeholt. Wir haben uns mächtig Sorgen gemacht, kann ich Euch sagen. Tetta und Josef hängen schon seit Stunden wie Kletten aneinander. Verstehen sich wirklich sehr gut, die beiden."

„Das war eine gute Idee, alter Freund, meinen Sohn hierher zu holen. Da kann ich mir den Weg in die Schänke sparen", rief Marie ihm nach, als er sich auf den Weg in die Stadt machte.

Sie ging nach oben, um die beiden zu begrüßen, kam aber kurze Zeit später zurück, denn für lange Gespräche und Erklärungen blieb keine Zeit mehr.

Eine Neuigkeit allerdings gab es noch, die von ihnen mit Erleichterung aufgenommen wurde. Johann von Oldenbokum war tot! Nachdem er am späten Nachmittag von der Rettung des Kindes und Anerkennung durch den Grafen gehört hatte, war er wie rasend in der Zelle umhergerannt. Er hatte wieder und wieder gegen die Tür geschlagen, die Wärter beschimpft und ihnen Nahrung und Getränke nachgeschmissen. Nachdem sich alle geweigert hatten, in seine Nähe zu kommen, wurde zuletzt der Henker geholt. Er galt als eine Art Medikus der Stadt und kannte vielerlei Mittel gegen mancherlei Krankheiten. In diesem Fall wurde an Tollwut gedacht. Als der Henker und sein Gehilfe die Zelle betraten, hatte dort erstaunlicherweise Stille geherrscht. Johann von Oldenbokum war wohl mit den Niederlagen nicht fertig geworden. Er hatte, den Tod vor Augen, die Ausweglosigkeit seiner eigenen Lage erkannt und sich mit seinem Gürtel erhängt!

Die einzigen Leidtragenden der Geschichte waren seine Söhne. Aber Marie dachte bei sich, dass vielleicht durch das Ableben ihres Vaters ihnen sogar gedient sei. Unico Manninga als ihr Onkel wollte sich um sie kümmern. Vielleicht würden sie ja dadurch doch noch zu rechtschaffenen Menschen heranwachsen.

Sie mussten sich eilen, wenn sie vor der Dunkelheit und dem Nachtwächterhorn noch ihre Pläne in die Tat umsetzen wollten. Marie suchte Graf Johann auf, der schon angeordnet hatte, sie sofort zu ihm zu führen. Lange unterhielten sich die beiden. Marie war sichtlich erleichtert, als sie wieder in der Werkstatt auftauchte.

„Es ist alles abgesprochen. Worum ich ihn gebeten habe, hat der Graf ausgeführt. Der Geistliche Hardenberg will uns helfen. Graf Johann hat ihm wohl die ganze Geschichte unter dem Mantel der Verschwiegenheit erzählt und er glaubt, dass Derk unschuldig ist. Der brutale und fanatische Spranger ist ihm seit langer Zeit ein Dorn im Auge. Auch mit meinem Freund, dem Bruder Bruno aus der Gasthauskirche, hat Graf Johann gesprochen. Nach langem Zögern hat dieser sich bereit erklärt, das Wagnis einzugehen. Gerne tut er es nicht, denn das Geheimnis der Mönche könnte, wenn etwas schief geht, gelüftet werden. Das hätte schwerwiegende Folgen für sie. Aber in Anbetracht dessen, dass ich jederzeit und unter großen Gefahren etliche Klosterschätze für sie transportiert habe, sind sie zu dem Risiko bereit. Jetzt geht es mir besser. Wenn wir Glück haben, könnte es gelingen."

Insgeheim dachte Marie, dass sie nur hoffen konnten, Derk werde nicht tot hier ankommen. Aber einen Mord konnte sich Spranger nicht leisten. Zu eindeutig war die Anordnung der Grafschaft, die Vollstreckung in Emden stattfinden zu lassen.

Aufseufzend ließ Marie sich auf eine Bank fallen. Ihre Füße schmerzten und in ihrem Kopf pochte es. Joost erzählte von gemeinsamen Freunden und Bekannten, die allesamt ihren Aufruf unterstützen wollten. Jeder, den er aufgesucht hatte, wollte seinerseits Freunde um Unterstützung bitten. Sie hofften bis zum Richttermin eine große Menge des Volkes auf ihrer Seite zu haben.

„Gegen eine solche Anzahl von Stimmen wird weder Spranger noch Graf Edzard sich durchzusetzen wagen. Gerade hier in der Stadt Emden nicht. Die Stimmung ist sowieso gegen Graf Edzard. Die Bürger Emdens warten doch nur darauf, dass sie sich gegen ihn stellen können. Darauf darf er es nicht ankommen lassen." Joost war da ganz sicher.

„Hoffen wir, dass Ihr Recht habt." Marie stimmte ihm zu und Inse dachte mit Bangen an den nächsten Morgen.

Nach all der Aufregung fiel ihr erst jetzt auf, dass sie den ganzen Tag nichts gegessen hatten. Inse hatte das Gefühl, jeden Augenblick umzufallen. Als hätte Joost ihre Gedanken geahnt, lud er sie ein, sich an den Tisch zu setzen. Er rief Tetta und Josef von oben und trug ein wahrhaft köstliches Abendessen auf. So recht genießen konnte es allerdings keiner von ihnen.

Nachdem sie sich alle gestärkt hatten, war es Inse schon viel leichter ums Herz. Sie hatte Freunde, auf die man sich verlassen konnte! Niemals zuvor in ihrem Leben war ihr bewusst gewesen, wie wichtig Freunde sind. Niemals hatte sie sich in der Gegenwart so sehr an Menschen angeschlossen wie hier in der Vergangenheit. Und welch ein Glück, dass sie – und besonders Derk – diese Menschen ihre Freunde nennen durften. Sie alle traten für Derk ein, ohne Fragen nach eigenem Schutz und Sicherheit. Inse wusste aber auch, dass Derk in der gleichen Situation genauso gehandelt hätte. Sie war allerdings nicht so überzeugt vom Gelingen des Plans wie die anderen. Würden die Freunde und Bekannten von Derk und Marie sie wirklich unterstützen?

Alles was sie bislang vermeiden wollte, könnte nun morgen eintreten. Inse würde auffallen und in den Mittelpunkt des Geschehens geraten. Sie musste sich noch näher an andere Menschen, insbesondere an Derk, anschließen und darüber würde sogar etwas Schriftliches aufgesetzt werden! Alles, was sie nach Sarahs Worten tunlichst vermeiden sollte, würde morgen eintreten. Und sie musste auch noch froh darüber sein, wenn der Streich ihnen gelingen sollte!

Der nächste Morgen begann strahlend. Das sommerliche Wetter wollte nicht so recht zu Inses Verfassung passen. Es kam ihr alles wie ein Wahnsinn vor. Und sie war die Hauptperson dieses Wahnsinns! Sie hatte die Nacht wieder in ihrer Pension verbracht. An Schlaf war nicht zu denken gewesen. In der Nacht war ihr alles noch verrückter, noch unmöglicher erschienen.

Es hatte sich schon in der Stadt herumgesprochen, dass heute eine Hinrichtung auf dem Richtplatz stattfinden sollte. Trotz der nassen Wegstrecke, die die Straße nach Emden bot, strömten viele Menschen in die Stadt oder lagerten vor den Stadttoren. Jedes Spektakel, das sich ihnen bot, war eine Unterbrechung ihres Alltags. Viele der Selbstständigen und Bauern ließen die Arbeit ruhen, um einer Abwechslung beizuwohnen – eine Hinrichtung war etwas wirklich Aufregendes. Ließ schon der Anblick des Henkers selbst den meisten Menschen einen Schauer über den Rücken laufen, so verwandelte sich das Schaudern in wohliges Entsetzen, wenn man ihn bei der Ausübung seines Handwerkes erlebte.

Inse eilte zu Joost in die Schmiedewerkstatt, wo sie sich mit Marie treffen wollte. Sie hatte das blaue Kleid angezogen – Derks Lieblingskleid!

Viele Freunde von Derk fanden sich dort ein. Petrus Methmann berichtete, dass schon in früher Morgenstunde Spranger und seine Spießgesellen samt Derk eingetroffen waren. Derk hatte in einem Gefängniskarren gesteckt. Er sah mehr tot als lebendig aus. Die Verkündigung des Urteils und dessen Vollstreckung sollte in der Mittagsstunde erfolgen.

Nochmals sprachen sie jeden Schritt miteinander durch. Ein dicker Kloß bildete sich in Inses Hals. Gegen Mittag ließ er ihr fast keine Luft mehr zum Atmen. Sie hatte Angst! Sie hatte entsetzliche Angst! Nicht um sich. Um Derk hatte sie Angst und einmal mehr erkannte sie, dass sie ihn liebte. Warum nur musste sie dem Mann ihres Lebens in der Vergangenheit begegnen? Wem konnte es Freude machen, sie so zu quälen? Wenn es wirklich etwas gab wie Vorbestimmung oder Schicksal, dann verfluchte sie das ihre an diesem heutigen Tag.

Es wurde Zeit sich auf den Weg zu machen. Marie trieb Inse zur Eile an. Wieder und wieder besprachen sie, welche Worte Inse zu wählen hatte. Je mehr sie sich dem Richtplatz näherten, desto schwerer wurde Inse das Herz. Sie hatte den Eindruck, keinen Fuß mehr vor den anderen setzen zu können.

„Marie, ich kann nicht!“ Es war als ob ein Schrei aus ihrem Herzen käme.

„Unsinn, Kind. Derk liebt Euch doch. Ihm wird das schon recht sein.“

Inse schüttelte den Kopf. „Nein, darum geht es nicht. Es gibt etwas, das Ihr noch nicht wisst.“ In wenigen Worten schilderte sie Marie ihre Zeitreise und berichtete von dem Auftrag, der ja nun erfüllt war, und dass sie wieder zurück in ihre Zeit müsse.

Seltsamerweise schien Marie nicht überrascht. „Das ist gut. Das ist sehr gut! Mädel, das ist wirklich die beste Nachricht, die ich seit langem gehört habe.“

Inse konnte sich nicht erklären, warum Marie von ihrer Geschichte so angetan war. Sie setzte gerade zu einer Frage an, da zog Marie sie weiter mit sich fort.

„Wir haben nicht mehr die Zeit für lange Erklärungen. Versprecht mir nur eins, erzählt Derk Eure Geschichte, sobald Ihr beide in Sicherheit seid. Ihr werdet sehen, es wird ihm gefallen."

Sie waren schon fast beim Richtplatz angekommen, da bemerkte Inse plötzlich entsetzt, dass sie ihren Leinenbeutel in der Pension vergessen hatte. Marie schien sich denken zu können, warum er für Inse so wichtig war.

„Ich werde ihn Euch zukommen lassen. Aber jetzt konzentriert Euch auf die Aufgabe, die vor Euch liegt!"

Sie waren nicht die Ersten. Solch eine Vollstreckung zog die Schaulustigen an. Dicht gedrängt umstanden die Bürger der Stadt die Richtstätte. Das Armesünderglöcklein hatte zu läuten begonnen. Diesmal war sogar Graf Edzard anwesend. Außer ihm und dem Henker fanden sich die gleichen Kläger wie am Vortag ein. Als sich alle versammelt hatten, hörte Inse wieder das Horn blasen. Es war diesmal der Drost von Pewsum, der die Anklage sprach und das Urteil verkündete. Er schien es gewohnt zu sein, vor vielen Menschen zu sprechen. Seine Stimme war laut und durchdringend.

„Der Verurteilte hat sich eines Verbrechens schuldig gemacht, eines Verbrechens an der Kirche und an einem Bürger!"

Vollmundig und ergreifend zeichnete er das Bild eines Diebes, der zwei Waisen, nämlich den Söhnen Johann von Oldenbokums, und der Kirchengemeinde Pewsum wertvoller Güter beraubt habe. Vielleicht – er ließ die Frage offen – vielleicht habe ja Derk auch schon so manch anderes gestohlen. Viele Diebstähle wurden niemals aufgeklärt und es stelle sich die Frage, ob Derk das Edelmetall für die Fertigung seiner Schmuckstücke redlich erworben habe. Nun jedenfalls sei er bei einem Diebstahl ertappt worden, praktisch auf frischer Tat. Die Beweise für sein räuberisches Tun lägen auf der Hand. Da sei den Anklägern die

Entscheidung nicht schwer gefallen. Für diese Taten solle der Angeklagte büßen. Vor allen Dingen das Vergehen gegen die Kirche müsse hart bestraft werden. Der Drost machte eine die Spannung steigernde Pause.

„Nach dem sechzehnten Grundrecht wird daher Derk Raveling, Goldschmied der Stadt Emden, der die Straftat des Kirchenraubes begangen hat, zum Tode verurteilt. Seine Schuld gegen die Söhne des Johann von Oldenbokum soll durch eine noch zu berechnende Summe geahndet werden!"

Nach diesen Worten schleppten zwei Helfer Derk nach vorne, wo der Henker schon wartete. Derk schien nicht mehr er selbst zu sein. Die Kleider hingen ihm in Fetzen vom Körper. Geschunden und zerschlagen wirkte er, resigniert und sein Urteil erwartend. Derk hatte aufgegeben. Inse sah es mit Schrecken. Nicht ein einziges Mal hob er den Blick. Es schien, als sei nichts mehr übrig von dem kraftvollen, lebensüberschäumenden Mann, den sie kannte. Ein Raunen ging durch die Menschenmenge.

Mit stummem Entsetzen hatte Inse den Ausführungen des Drosten gelauscht. Er bat erneut um Ruhe. Er schien noch mehr auf Lager zu haben. Wieder erhob er die Stimme:

„Wir haben bei dem hier Angeklagten außerdem ein ketzerisches Schmuckstück gefunden, das einwandfrei von ihm selbst gefertigt worden ist. Den Vorwurf der Ketzerei werden wir jedoch nicht weiter verfolgen, da durch das Todesurteil der Angeklagte dafür nicht mehr greifbar ist."

Inse fing an zu zittern. Würden die Menschen ihm glauben? Was wäre, wenn sich auch Freunde Derks überzeugen ließen und der Plan ihre Unterstützung nicht mehr fand? Entsetzt schaute sie sich um. Nein, die Gesichter zeigten nur Bestürzung. Derk hatte schon viel für die Stadt getan. Viel auch für die einfachen Leute.

„Gebt unseren Freund frei. Derk Raveling ist kein Dieb und Ketzer."

Gerangel entstand in der dicht gedrängten Menschenmenge. Einige Stimmen allerdings waren zu hören, die „Köpft ihn!" schrieen. Spranger und seine Gesellen hatten natürlich auch ihre Anhänger mitgebracht.

Eine trügerische Ruhe legte sich über die Leute. Der Henker stand bereit. Er war ein Mann, bei dem man unwillkürlich eine Gänsehaut bekam. Der Vollstrecker trug auffallende Kleidung. Er war ganz in ein schwarzes Ledergewand gehüllt. Selbst der Kopf wurde von einer Lederkappe bedeckt. Er trug eine Maske und Handschuhe.

Marie hatte Inse, die noch nie bei einer Hinrichtung dabei war, noch am Abend zuvor erzählt, was es damit auf sich hatte. Da der Henker mit dem Bösen unmittelbar in Berührung kam, trug er Handschuhe und Maske, als Schutz vor dem bösen Blick des Verurteilten. Auffällige Kleidung sollte ihn für jedermann erkennbar machen. Er galt als Aussätziger und wohnte am Rande der Stadt. Keiner würde ihn freiwillig berühren. Was er berührt hatte, würde niemand mehr freiwillig in die Hand nehmen. Er war ehrlos, wurde gemieden und saß im Wirtshaus oder in der Kirche abseits von den anderen. Es war schwer für ihn, einen Platz für seinen Sarg zu finden. Mit den Kindern des Henkers wollte niemand spielen. Meistens ergriffen die Kinder auch wieder das Handwerk des Vaters.

„Aber", so hatte Marie Inse zugeflüstert, „er hat mehr Kenntnisse in der Heilkunst als jeder andere Mediziner. Wenn wirklich jemand schwer erkrankt ist, wird bei Nacht und Nebel nach ihm gerufen. Und hinter vorgehaltener Hand munkelt man, dass seine Manneskraft gewaltig ist. Manch einer höher gestellten Dame soll er schon in der Nacht nach einer Hinrichtung ‚zu Diensten' gewesen sein. In Derks Fall möchte ich hierüber lieber nicht weiter nachdenken.

Aber der Henker der Stadt Emden ist ein ehrenwerter Mann. Er macht seine Arbeit gut. Vor vielen Jahren habe ich ihm geholfen. Niemandem erzählte ich davon, um nicht als unrein zu gelten. Als für sein Weib die Zeit der Niederkunft kam, fand sich keine Hebamme bereit, das Kind auf die Welt zu bringen. Zwar mag ich mich nicht als Hebamme rühmen, doch der Scharfrichter und ich haben gemeinsam seinem Weib zur Seite gestanden. Heute hat er einen gesunden Sohn. Wann immer er mich sieht, sehe ich Dankbarkeit in seinen Augen. Ihr seht also, vor ihm braucht Ihr Euch nicht zu fürchten."

Inse war froh, dies alles zu wissen. Der Henker sah wirklich Furcht erregend aus.

Das Richtschwert hielt er in der Hand. Mit lauter, kraftvoller Stimme hob er an zu sprechen:

„Ihr gottlosen Menschenkinder, unbußfertige Frevler und Sünder.
Nehmt nicht Wunder was für Strafen, treffen wird Euch Sündersklaven.
Ich, das Werkzeug, wie Euch deucht, treibe keinen Spott mit Euch.
Ich muss strafen das Verbrechen, als wie Recht und Richter sprechen!"

Derks Freunde wollten nicht untätig zusehen. Erste Handgemenge begannen sich anzubahnen. Inse registrierte Graf Edzards Blick. Sorge lag darin. Er konnte es sich eigentlich nicht leisten, den Unmut der Bürger auf sich zu ziehen. Aber da er Spranger die Verurteilung überlassen hatte, gab es kein Zurück mehr.

Mittlerweile glich die Richtstätte einem Raufplatz. Anhänger Sprangers und Freunde von Derk lagen sich in den Haaren. Viele versuchten, an Derk heranzukommen. Aber er wurde gut bewacht. Ihn selbst schien der ganze Aufstand nicht zu berühren.

Als der Scharfrichter sich nun anschickte, seines Amtes zu walten, kam Leben in Marie.

„Halt", schrie sie, „ich gebiete Euch Einhalt."

Die Menge machte eine Gasse und ließ sie durch. Sie hielt Inse an der Hand. Zielstrebig schritt sie auf den Richtplatz zu, Inse hinter sich her ziehend. Vor dem Grafen Edzard blieben sie stehen und Marie zog sich zurück. Stolz und aufrecht schaute Inse dem Grafen direkt in die Augen. Sie sah, dass er sie als einen der Gäste beim gräflichen Fest vor zwei Tagen erkannte.

„Ich bitte hiermit um Gnade für Derk Raveling. Nach altem Recht erbitte ich ihn mir zum Gemahl. Wenn er sich mit mir vermählt, muss die Todesstrafe aufgehoben werden." Innerlich zitterte Inse, aber äußerlich wirkte sie völlig ruhig.

Atemlos hatte die Menge ihren Worten gelauscht. Wie gelähmt blickten die Ankläger auf die junge Frau. Dem Grafen fehlten die Worte. Dann aber wurde der Ruf von vielen aus dem Volk aufgenommen:

„Das alte Recht! Es darf Ihr nicht verwehrt werden!"

Derks Freunde und deren Freunde hatten angefangen den Wunsch Inses zu unterstützen. Verunsicherung stand auf dem Gesicht des Grafen Edzard geschrieben. Diese Lösung kam ihm eigentlich nicht ungelegen. Er schickte sich schon an, Derk freizugeben, da schrie Spranger mit wutentbranntem Gesicht:

„Der Gefangene muss hier bleiben. Es mag sein, dass er nach altem Recht freizusprechen ist vom Verbrechen des Diebstahls, aber ein Ketzer ist er trotzdem. Ich verlange, dass dieser Ketzer inhaftiert und sein ketzerisches Handeln geprüft wird."

Der Menge war es gleichgültig, was Spranger sagte. Sie hatte ihre Sensation. Sogar die Anhänger Sprangers waren fasziniert. Das hatte es seit zwanzig Jahren nicht gegeben!

Der Pewsumer Drost war etwas zurückhaltender als Spranger. „Es heißt im alten Recht, dass ein zum Tode Verurteilter, der von einer elternlosen, unbescholtenen Jungfrau zum Manne genommen wird, nicht getötet werden darf. Wer sagt uns denn, dass es sich bei diesem Weib um eine solche handelt?"

„Ja", Sibo Meiners stieß in das gleiche Horn, „dieses Weib ist nach meinem Dafürhalten ein liederliches Frauenzimmer! Sie hat auch meinem Herrn schöne Augen gemacht."

„Ich kann bezeugen, dass sie ein wahrhaft unbescholtenes Weib ist", ließ sich hierauf Unico Manninga vernehmen. Er trat vor. „Ich bürge für sie. Ihre Eltern sind tot und sie hat noch keinem Manne angehört." Das stimmte sogar, dachte Inse.

Spranger forderte wieder vom Grafen die Gefangenhaltung wegen Ketzerei, doch Graf Edzard schüttelte den Kopf.

„Wir wollen dem Volk in diesem Falle Recht geben. Die Hochzeit sei den beiden gewährt und die Todesstrafe vorerst aufgehoben. Der Vorwurf der Ketzerei kann zu einem späteren Zeitpunkt neu geprüft werden. Ich selbst werde der sofortigen Vermählung beiwohnen."

Der Graf hatte Angst vor der Macht des tobenden Volkes. Er schien anzunehmen, sie würden die Absicht einer Vermählung nur vortäuschen. Aber so war es nicht! Marie hatte an alles gedacht – es würde eine Trauung geben! Wenn schon Rettung, dann auch mit allen Konsequenzen!

Sprangers Wut kannte keine Grenzen. „Wartet nur, Derk Raveling, nach der Trauung werde ich Eurer schon wieder habhaft werden. Ein von mir Verurteilter ist bislang noch niemals seiner gerechten Strafe entgangen."

Inse atmete auf. Sie hatte es geschafft, Derk vor dem Tode zu retten. Bislang war sie nicht mutig genug gewesen, doch nun gestattete Inse sich einen Blick in seine Richtung. Er schien zwar nicht ganz bei Sinnen zu sein, doch sie sah an dem fassungslosen Ausdruck in seinem Gesicht, dass ihm nicht entgangen war, was sich hier abspielte. Seine Augen schienen Pfeile auf sie abzuschießen. Ihm schien der Plan, den Marie erdacht hatte, nicht zu gefallen.

Gequält schloss Inse die Augen. Sie wusste ja nicht einmal, ob er sie überhaupt gewollt hätte. Eigentlich war es entwürdigend, einen Schlag gegen den eigenen Stolz, wenn man einen Mann zwang, sich zu verheiraten. „Es gab aber keine andere Möglichkeit", hämmerte es in ihrem Kopf.

„Es wäre mir eine Ehre, die beiden zu vermählen." Die Stimme gehörte dem Prediger Hardenberg, wie Inse zu ihrer Erleichterung bemerkte. Seine Anwesenheit und Mithilfe gaben ihr ein gutes Gefühl. Ihm konnte sie, obwohl er ihr nicht näher bekannt war, uneingeschränkt vertrauen – das wusste sie einfach.

Noch einmal bat Hardenberg um Gehör. „Gegen diesen Mann, diesen Derk Raveling, werden schwere Vorwürfe erhoben. Bewiesene Straftaten, wie gesagt wurde. Die Vermählung rettet ihn vor dem Tod, doch nicht vor dem Urteil, ein Dieb zu sein. Und doch bitte ich alle Ankläger, sich zu bedenken. Wisset wohl, dass der Herr, Euer Gott, sieben Dinge besonders hasst:

Stolze Augen und falsche Zunge.
Hände, die unschuldiges Blut vergießen.
Ein Herz, das arge Ränke schmiedet.
Füße, die behände sind, Schaden zu tun.
Eine falsche Zunge, die frech Lügen redet, und
wer Hader zwischen Brüdern anrichtet."

Hardenbergs Worte schienen Spranger und seine Genossen nicht zu erreichen. Sie schäumten immer noch vor Wut.

Zwei Freunde Derks beeilten sich, ihn vom Richtplatz zu führen. Sie stützten, oder besser gesagt schleiften Derk zu einer Kutsche, die wunderbarerweise schon bereitstand. Inse setzte sich schweigend neben ihn. Er sagte kein Wort, sondern schaute sie nur an. Es war ein ungutes Schweigen. Inse konnte seine Wut fast körperlich spüren. Nur seine Schmerzen hielten ihn davon ab zu explodieren. Ab und zu stöhnte er laut und Inse ahnte, welche Qualen er litt. Als sein Schweigen andauerte, kam Inse der Verdacht, die Folter könnte ihm den Verstand geraubt haben.

Doch kurz bevor die Fahrt zu Ende war, raunte er ihr kaum verständlich zu: „Ich danke Euch. So weit hättet Ihr nicht gehen sollen. Was habt Ihr zu erwarten als Weib eines Räubers? Diesen Vorwurf werde ich nie wieder von mir abwischen können. Spranger wird mich als Ketzer richten lassen. Alle, die mir anhängen, werden darunter zu leiden haben. Mein Tod ist gewiss, was hätte es schon ausgemacht, wenn er heute eingetreten wäre? Mit dem Verlust meines Lebens hatte ich mich abgefunden. Ich wollte Eure Rettung, Eure Aufopferung nicht. Wenn ich Euch nichts bieten kann, Euch nicht vor Spranger und seinen Mördern schützen kann, dann will ich Euch auch nicht! Warum habt Ihr zu meinem auch noch Euer Leben zerstört?" Derks sarkastischer Ton schnitt Inse ins Herz.

„Wenn Ihr dass nicht wisst, tut Ihr mir leid." Verbittert stieg Inse aus. Derk musste doch wissen, wie wichtig er ihr war!

Bevor sie in die Große Kirche einzogen, wurde zu Inses Überraschung im Vorraum der Kirche ein Ehevertrag aufgesetzt. Inse musste an Marie denken, die einmal geäußert hatte, dass es widerwärtig sei, wozu die heiligen Räume der Kirche benutzt würden. „Im Vorraum werden Geschäfte getätigt, vor dem Altar Urkunden ausgetauscht. Es geht zu wie einst im Tempel von Jerusalem!"

Der Prediger setzte den Vertrag schriftlich auf und Unico Manninga stellte sich an Inses Seite.

„Da die Braut keine leiblichen Verwandten hat, werde ich ihre Aussteuer stellen. Hiermit seien ihrem zukünftigen Ehegatten Derk Raveling zehntausend Gulden zugesprochen. Die Zahlung erfolgt nach Vollzug der Trauung."

Erstaunt sah Inse ihn an. Sie konnte nicht wissen, dass der Stand einer Braut nach ihrer Mitgift gemessen wurde. Unico Manninga hatte ihr viel zu verdanken und das brachte er hierdurch zum Ausdruck. Der Text des Vertrages wurde vom Geistlichen doppelt auf einen Bogen Papier geschrieben. Dieser wurde, nachdem der Schreiber über die Schnittstelle die Worte „Im Namen Jesu Christi" gesetzt hatte, geteilt. Der Prediger erklärte ihnen, dass, um die Echtheit der Erst- oder Zweitschrift zu beweisen, beide Teile in solchem Fall aneinander gehalten werden könnten. So wäre dann der durchgeschnittene Satz wieder als Ganzes zu lesen.

Derk hatte dem Vorgang eher apathisch beigewohnt. Er schrieb scheinbar gleichgültig seinen Namen unter den Vertrag. Nach seinen Worten in der Kutsche hätte Inse eine Weigerung Derks nicht gewundert. Sein Stöhnen bei den Armbewegungen machten ihr jedoch deutlich, dass seine Gleichgültigkeit auch vorgeschoben sein konnte. Es hatte den Anschein, als ob er alle seine Willenskraft brauchte, um nicht vor Schmerzen aufzuschreien.

Die buntgewürfelte Menschenmenge, die dem Vertragsabschluss und der anschließenden Trauung beiwohnte, war wesentlich besserer Laune als die Beteiligten selbst. Sie begleiteten jede Handlung seitens des Geistlichen oder der Brautleute mit Klatschen und Johlen.

So hatte Inse sich ihren ersten Einzug in die Große Kirche nicht vorgestellt. Das in aller Munde geführte Grabmal des Grafen Enno blieb ihr verborgen. Eine prächtige Schauwand trennte den Seitenchor vom Schiff der Kirche.

„Nie wieder werde ich Gelegenheit haben, das Grabmal zu sehen“, schoss es Inse durch den Kopf und sie wusste, dass es so sein würde.

Der Geistliche wartete schon auf sie. Auf einem besonders schön gearbeiteten Zweiergestühl ließen sie sich nieder – Derk schwer atmend, wie Inse registrierte. Nur wie durch einen Nebel nahm sie den gesamten Gottesdienst wahr. Eine Stelle allerdings rührte ihr Herz. Es war, als der Geistliche sie fragte, ob sie beiderseitig freie Personen sein.

„Seid Ihr von Herzen entschlossen, einander das eheliche Versprechen zu geben und dasselbe ein Leben lang einzuhalten?“

Inse musste schlucken, als sie gemeinsam mit Derks Stimme auch die ihre „Ja“ sagen hörte. Daraufhin gebot der Prediger ihnen, einander die Hand zu geben, und erinnerte sie an die Heiligkeit ihres Versprechens. Er ermahnte sie, zu einem gottesfürchtigen Leben unter Vermeidung aller weltlichen Üppigkeit und Eitelkeit.

Außer diesem Teil des Gottesdienstes rauschte alles an Inses Ohren vorbei. Es schien gar nicht sie zu sein, die an dieser Eheschließung vor Gott und der Welt teilnahm. Inse stand neben sich. Wie sonst hätte sie auch all dies ertragen sollen? Diese Anspannung, die nur langsam wich. Diese Angst, dass jegliche Rettung doch noch zu spät kommen könnte. Und die Gedanken, was jetzt, da sie Derk hier an Ort und Stelle hatten, geschehen sollte. Wo konnten sie sich verstecken vor Spranger und seinen Männern, die darauf lauerten, den Vorwurf der Ketzerei wieder vorzubringen und Derk festzunehmen? Sie konnte sich nur auf Maries Wort verlassen, dass sie sicher seien, sobald die Kirche erreicht war!

Weder die Andacht, die der Prediger hielt und die, nach der Stille um sie herum zu schließen, beeindruckend gewesen sein musste, noch die Lieder fanden Eingang in ihren Kopf, in ihre Gedanken. Als der Gottesdienst fast zu Ende war, zwang Inse sich zur Konzentration. Wie würde es jetzt weitergehen? Sie fühlte sich ausgeliefert. Wieder bildete sich der Kloß in ihrem Hals. Jetzt wurde es erneut gefährlich. Hoffentlich ging alles gut! Die Gemeinde sang ein Lied nach dem dreiundzwanzigsten Psalm, der wie für ihre Situation geschaffen schien:

Ob ich wanderte im finstern Tal,
fürchte ich doch kein Unglück
kein Leid, Verfolgung und Trübsal,
in dieser Welte Tücke:
denn Gott ist bei mir stetiglich,
Sein Stab und Stecken trösten mich,
auf sein Wort ich mich lasse.

Als die letzten Töne verklungen waren, erhob sich der Prediger und begann über den beiden Vermählten den Segen zu sprechen. Danach beugte sich Hardenberg zu ihnen vor und tat, als ob er ihren Worten lauschte. Wieder begann die Angst in Inse hochzusteigen. Sie beobachtete wie ein gefangenes Kaninchen den Lichtstrahl, der durch das Fenster auf das Haar des Geistlichen fiel. Er schien einen Heiligenschein um seinen Kopf zu bilden. Oder waren es nur die Aufregung, die Panik, die Unwirklichkeit, die sie empfand, die zu solch einem Denken führte? Aber war dieser Hardenberg nicht wirklich ein Heiliger für sie beide? Setzte er nicht sein Leben aufs Spiel für zwei Menschen, die er kaum kannte? Menschen wie Hardenberg waren es, die Ostfriesland heute und immer brauchte!

Der Prediger wandte sich von Inse ab und nickte. Dann ergriff er noch einmal das Wort. „Das junge Eheweib bittet mich darum, dass Abendmahl unseres Herrn mit ihrem Gatten feiern zu dürfen. Ich vermag ihr diesen Wunsch nicht abzuschlagen. Die Gemeinde bitte ich nun, die Kirche zu verlassen."

Niemand schien bei diesem frommen Wunsch einen Hintergedanken zu vermuten. Spranger und Konsorten würden sicherlich annehmen, Derk und Inse wollten den Zeitpunkt der erneuten Verhaftung nur noch etwas herauszögern. Die Bürger verließen die Kirche und eine aufatmende Inse blieb zurück.

Der Prediger schaute ihr ins Gesicht. „Mir scheint, Derk ist nicht mehr in der Lage sich zu erheben. Ihr müsst mir helfen, ihn nach unten zu tragen."

Gemeinsam schleppten sie ihn eine Treppe hinunter, die in den Keller der großen Kirche führte. Dort wartete schon, wie Inse erleichtert feststellte, der Mönch Bruder Bruno auf sie.

„Wir haben nicht viel Zeit. Ich muss Euch leider jetzt die Augen verbinden, da es Außenstehenden nicht erlaubt ist, den Zugang zu unserem Geheimversteck zu kennen."

Inse war alles egal. Hauptsache sie entkamen dem mörderischen Spranger. Der Geistliche Hardenberg würde in wenigen Minuten die Kirche verlassen mit der Behauptung, die beiden Jungvermählten möchten einen Moment alleine in Gottes Wohnstätte verweilen. Später würden sie unauffindbar sein. Es sollte das Gerücht verbreitet werden, sie seien durch einen der Seitengänge entflohen.

Im ersten Moment wusste Inse nicht, was los war. „Geheimversteck“ hatte der Mönch gesagt – das war zu ihr durchgedrungen. Ihre Augen hingen an Derk, der sich nun völlig gehen ließ. Seine Kraft schien verbraucht.

Der Mönch nahm die Sache in die Hand. Als erstes wurden Inse und Derk die Augen verbunden. Das nächste, was Inse bemerkte, war ein kalter Luftzug und ein muffig-nasser Geruch. Jemand nahm ihre Hand und zog sie langsam vorwärts. Es war kalt, da wo sie sich aufhielten.

Als die Augenbinden wieder gelöst wurden, nahmen zwei weitere Mönche sich ihrer an. Sie umfassten Derk und stützten ihn. Bruder Bruno lief mit einer Öllampe voraus.

Inse zitterte, ob vor Angst oder vor Kälte, sie wusste es nicht. Langsam gewöhnten sich ihre Augen an die Dunkelheit, die nur durch die zwei Lichtquellen vor und hinter ihr erhellt wurde. Fuß vor Fuß setzend kamen sie voran. Inse zwang sich ihre Konzentration auf das Weiterkommen zu legen. Der enge Gang und die Dunkelheit verursachten ihr ein Gefühl des Eingeschlossenseins. Es kam ihr vor, als ob sie sich lebend in einem feuchten Grab befände. Der Mönch vor ihr warnte sie vor zwei Stufen, die es herunterzusteigen galt. Mit ausgebreiteten Armen folgte Inse, jeden Augenblick damit rechnend, dass sie stolperte. Der Gang wurde enger. Inse brauchte die Arme nur ein wenig seitlich auszustrecken, dann berührten sie die nasskalten, lehmigen Wände. Inse dachte an Marie. Dies musste der Gang sein, der die Große Kirche mit der Gasthauskirche verband. Marie hatte davon erzählt.

Wie lange Inse gegangen war, vermochte sie nicht zu sagen. Sie fühlte sich wie in Watte gehüllt, von einem Gefühl der Schwerelosigkeit umgeben. Eines wusste sie ganz genau – sie waren entkommen. Sie hatten es geschafft, Derk zu retten. Das war das Wichtigste. Die Rettung und das Derk wieder gesund wurde. Sie vermisste den lebenden, den spöttischen Derk. Seine Resignation machte ihr Angst!

Am Ende des manchmal schmalen, dann wieder breiten Weges unter der Stadt und sogar unter dem Ratsdelft hindurch wurden ihnen wieder die Augen verbunden. Als die Binden gelöst waren, befanden sie sich in einem kleinen unterirdischen Raum. Ein breites Bett stand an einer Seite und ein schmales daneben.

„Wir haben mehrere Räume, in denen wir Leute verstecken können", wandte sich Bruder Bruno an Inse. „Euer Gatte braucht Pflege, wenn er gesund werden soll. Wir werden versuchen, ihm zu helfen. Tagsüber werdet Ihr den Dienst übernehmen, in der Nacht wird Bruder Thomas, der auch einer unserer Gäste ist, bei ihm bleiben."

Sie zeigten Inse ihre Schlafstätte. Es war alles nur kärglich eingerichtet, aber Inse bedankte sich überschwänglich bei den Mönchen.

Ihr Schädel brummte. Sie hatte das Gefühl, gleich zusammenzubrechen. Der Gedanke an Derk hielt sie aufrecht. Zuerst würde sie sich jetzt seine Wunden ansehen. Sie hatte zwar nur wenig medizinische Kenntnisse, aber vielleicht konnte sie ja doch lindern helfen.

Die beiden Mönche hatten Derk aufs Bett gelegt. Er war in einen erschöpften Schlaf gefallen, sobald sein Kopf das Kissen berührte. Inse knöpfte Derks Hemd auf und erschrak. An der Schulter hatte er eine große Wunde. Sein ganzer Körper war mit Brandwunden übersät und an Händen und Füßen trug er Spuren der Folter. Sie erbat sich von den Mönchen Wasser, Leinenverbände und etwas gegen Verbrennungen.

Bevor die Mönche sie alleine ließen, machten sie Inse mit Bruder Thomas bekannt. Er war rund wie ein Fass und das Urbild eines Mönchs. Inse fasste gleich Vertrauen zu ihm. Er strahlte Wärme und Zufriedenheit aus. Es entsetzte sie zu hören, dass Bruder Thomas seit zwei Jahren diese Klostergewölbe als sein Zuhause betrachtete.

„In der Welt draußen werde ich als Verbrecher gesucht, aber ich bin unschuldig. Die Mönche haben mich zum einen hier versteckt, weil ich viele besonders wertvolle Klostergüter aus benachbarten Klöstern zu ihnen gebracht habe. Wir wollten nicht, dass all diese Schönheit zerstört wird. Die Mönche glauben zweitens aber auch, dass ich unschuldig bin."

Bruder Thomas schien ein lustiger Geselle zu sein. Wie konnte ein Mensch so mit sich und seinem Leben zufrieden sein, wenn es sich nur in diesen klammen Gemäuern abspielte? Inse fiel auf, dass Bruder Thomas extrem kurzatmig war und ständig hustete. Unaufgefordert erzählte er ihr, dass ihm manchmal die Luft fehle, die Luft draußen. Wenn es ganz schlimm war, brachten ihn die Mönche heimlich zum Meer. Dort legte sich die Kurzatmigkeit zeitweilig. Bis zum nächsten Mal!

Inse kannte die Symptome. Dieser Mönch hatte Asthma! Die klamme Luft in diesen unterirdischen Gewölben verschlimmerte sein Leiden sicherlich noch.

Am späten Abend erschien mit Bruder Bruno ein Besucher der besonderen Art. Der Henker von Emden bot seine Hilfe als Medikus an. Er kam auf die Bitte Maries und bracht Inse zum Glück ihren Leinensack mit. Marie hatte ihn darum gebeten. Der Henker trug Handschuhe, war aber diesmal ohne Maske. Er sah schon viel weniger Furcht erregend aus. Inse hatte den Eindruck, dass er nicht das erste Mal in diesen Räumen war.

Nachdem Bruder Bruno ihm die Augenbinde abgenommen hatte, ging er sofort zu Derk. Er schlug die Leinendecke zurück und untersuchte ihn. Zu Inses Erstaunen verhielt er sich dabei nicht viel anders, als ein Mediziner der Gegenwart es getan hätte. Vorsichtig tastete er Derk ab um festzustellen, ob etwas gebrochen wäre. Derk stöhnte laut auf. Die Brandwunden schienen höllisch weh zu tun. Der Vollstrecker legte seinen Kopf auf Derks Herz und lauschte seinem Atem, fühlte seinen Puls. Er untersuchte ihn von Kopf bis Fuß.

Nach geraumer Zeit richtete er sich auf und schaute Inse an. „Es ist nichts gebrochen – außer vielleicht tief innen, in ihm drin! Die Wunden an Händen und Füßen sind nur leichter Art. Ich werde Euch etwas dalassen. Die ersten Tage solltet ihr Eurem Gatten zusätzlich zweimal am Tag einen Tee aus getrockneter Schafgarbe einflößen. Sie wird dafür sorgen, dass Euer Gemahl in seiner Schwachheit nicht auch noch von anderen Krankheiten befallen wird und dass die Wunden sich schließen. Sie werden in drei bis vier Tagen abgeheilt sein. Zur äußeren Anwendung lasse ich Euch zur Linderung und Heilung der Wunden eine Salbe aus den Blättern und Blüten des Gänsekrautes da. Die Brandwunden sind extrem schmerzhaft. Seine Peiniger haben kaum eine Stelle seines Körpers ausgelassen. Seine Schmerzen werden sich noch verschlimmern. Die Brandblasen dürfen sich möglichst nicht öffnen. Dies könnte dazu führen, dass sich die dann offenen Wunden entzünden. Diese Brandmale haben wohl auch dazu geführt, dass er sich kaum aufrecht halten konnte. Wenn die Wunden von außen Berührung erfahren, leidet der Verbrannte unsägliche Qual. Ihr werdet sie sehr vorsichtig behandeln müssen. Auch hierfür lasse ich Euch etwas da. Die große Wunde an der Schulter wird zur Heilung länger brauchen. Ich werde jetzt die Ränder der Wunde reinigen. Der Verletzte soll viel trinken, wenn ihm das möglich ist. Gebt ihm aber in den ersten Tagen nur Bier und Milch."

Der Henker schickte sich an zu gehen. Zuvor flößte er dem immer noch schlafenden Derk einen Saft ein.

„Er schläft schon seit wir diesen Raum betreten haben. Hat das auch etwas Besonderes zu bedeuten?" Inse ergriff den Henker beim Arm.

Er schaute erst sie an, dann auf seinen Arm. Sein Gesicht wurde freundlicher.

„Er ist vollkommen erschöpft. Ich schätze, die Folterknechte gaben auch in der Nacht keine Ruhe. Solches habe ich schon öfter erlebt. Ist eine gute Methode, um den Willen eines Angeklagten zu brechen. Am Ende einer solchen Prozedur gestehen die Angeklagten ihre Schuld meistens ein – auch Unschuldige würden gestehen, um der Pein ein Ende zu machen. Es mag sein, dass Euer Gatte die nächsten vierundzwanzig Stunden durchschläft. Ich habe ihm noch etwas gegen die Schmerzen gegeben. Auch Ihr solltet Euch ausruhen. Ich lasse Euch ein Gebräu hier. Es wird dafür sorgen, dass Ihr heute Nacht gut schlafen könnt. Die nächsten Tage werden nicht einfach sein. Ich kann nicht wieder kommen. Es würde auffallen, wenn ich zu oft in die Gasthauskirche gehe. Sollte sich der Zustand Eures Gatten jedoch nach drei Tagen nicht bessern oder etwas Unvorhergesehenes eintreten, dann lasst mich von den Mönchen rufen."

Inse schloss die Augen. Zum Glück nichts Schlimmes! Blieb nur zu hoffen, dass diese Mörder ihm nicht mehr als nur die äußeren Wunden zugefügt hatten. Es musste schwer für den eigenen Stolz sein, das alles zu ertragen.

Lange Zeit saß sie so in Gedanken versunken bei Derk am Bett. Sie hielt seine Hand, lauschte seinem Atem, schaute ihn einfach nur an. Er rührte sie in seiner Hilflosigkeit. Derk bewegte sich nicht. Er schlief wie ein Toter. Kein Geräusch von außen drang in ihr feuchtes, kaltes Versteck. Sie kam sich wie lebendig begraben vor.

Inse merkte, dass allmählich auch ihre Kräfte nachließen. Am liebsten hätte sie sich in ein Mauseloch verkrochen und wäre nie wieder herauskommen. Sie war dankbar, als Bruder Thomas erschien und sie ablöste.

„Hoffentlich findet Ihr Schlaf und werdet nicht durch meinen Husten gestört! Die Mönche können mich leider diese Tage nicht an die frische Luft, ans Wasser bringen. In der ganzen Stadt sucht man Euch. Da ist die Gefahr zu groß, dass auch ich auffallen könnte."

Inse hatte ein schlechtes Gewissen. Der arme Bruder Thomas. Hoffentlich ging es ihm bald besser.

Sie wünschten sich eine gute Nacht. Inse schlief nach dem Trunk des Henkers, der nach Baldrian und Pfefferminze schmeckte, tief und fest bis zum nächsten Morgen.

Resignation

Jetzt waren sie schon drei Nächte und zwei Tage hier in diesem unterirdischen Versteck. Die Zeit schien nur schleichend zu vergehen. Bruder Thomas las die jeweilige Stunde an dicken Kerzen mit markierten Ringen ab. Ansonsten wurden die Räume, die niemals das Tageslicht erblickten, nur von Öllampen erhellt.

Winzige Luftschächte verbanden die Kellerräume der Gasthauskirche mit den Räumen, die Inse und den beiden Männern als Versteck dienten. Tagsüber klangen die Arbeitsgeräusche, die bei der Sargherstellung entstanden, dumpf zu ihnen herüber. Dies war eines der wenigen Merkmale, durch die sich Tag und Nacht unterscheiden ließen.

Einmal täglich schaute Bruder Bruno nach ihnen und versorgte sie mit Nahrung und Getränken. Es durfte jedoch nur sein, wenn er sich vollkommen sicher fühlte, dass niemand außer den Mönchen in der Nähe war.

Inse fiel es sehr schwer, den ganzen Tag eingesperrt zu sein. Zeitweilig litt sie sogar an Beklemmungen. Sie fühlte sich gefangen und hatte den Eindruck, sofort ausbrechen zu müssen. Wenn Inse glaubte, es nicht mehr aushalten zu können, dann erschien – wie einem Ruf folgend – Bruder Bruno.

Auch die Grundbedürfnisse, die ein Mensch so hat, konnten in ihrem Versteck nicht ausreichend befriedigt werden. Nichts ersehnte sich Inse mehr, als ein langes Bad in einer richtigen Badewanne.

Sie teilte sich mit Bruder Thomas die Aufgabe, dafür zu sorgen, dass ständig eine Öllampe brannte. Inse war am Tag dafür zuständig, Bruder Thomas in der Nacht. Oft fand Inse ihn betend an Derks Bett vor, wenn sie vor dem Schlafengehen noch einmal nach den beiden schaute.

Derks Zustand besserte sich nur langsam. Die kleineren Wunden an Armen und Beinen waren gut abgeheilt und mit Krusten bedeckt. Die Brandwunden schienen nicht mehr so zu schmerzen. Die große Wunde musste noch mehrmals täglich verbunden werden. Es schien Inse, als sei er auch seiner Willenskraft, seines Lebensmutes beraubt worden.

Wenn Derk wach war, saß Inse an seinem Bett. Sie schauten sich nur an. Derk maß sie zumeist mit einem kühlen Blick und sprach nie ein Wort. Nach einiger Zeit wandte er dann den Kopf von ihr ab und schaute gegen die kahle Steinwand.

Inse umsorgte Derk wie ein Kind. Sie erzählte ihm von Tetta und von den vielen Freunden, die sie bei der Anwendung des „Alten Rechtes" unterstützt hätten. Sie berichtete von Graf Johann und dem Prediger der Großen Kirche, die ihnen geholfen hatten, von dem Henker und seiner Heilkraft, von Bruder Thomas, den sie schätzen gelernt hatte. Hiermit hoffte sie ihm neuen Lebensmut zu geben.

Er sagte dazu nichts, lag weiterhin apathisch auf seinem Lager und schien all dies nicht hören zu wollen. Auch die Fragen, die Inse ihm stellte, beantwortete Derk nicht. Einmal versuchte Inse mit ihm über die Folter, der er ausgesetzt gewesen war, zu reden. Derk ignorierte ihre Fragen. Er drehte sich zur Wand und schaute sie nicht mehr an.

In den Nächten löste Bruder Thomas sie bei der Pflege ab. Er war ein angenehmer Mensch. Am Tag nach der Hochzeit hatte er Inse, als Derk schlief, in den Gewölben umhergeführt. Inse war aus dem Staunen nicht mehr herausgekommen. Die Mönche hatten unheimlich viele Klösterschätze hier versteckt. In den Gewölben, die direkt an den geheimen Gang angrenzten, roch es noch muffiger als in den Räumen, die sie und die beiden Männer bewohnten.

Bruder Thomas wurde nicht müde, ihr von seiner aktiven Zeit als praktizierender Mönch zu erzählen. Er hatte nicht den Franziskanern, deren Aufgabe ja eher im „dienenden" Bereich lag, angehört. Nicht in der Stadt, sondern auf dem Lande habe sein Kloster gestanden, erzählte er wehmütig. Die Hauptaufgabe der angehörigen Mönche sei das Beten gewesen, aber auch das Vervielfältigen, das Abschreiben von wichtigen Schriften und – für die nicht so schlauen Mönche – das Erwirtschaften der Nahrung, das Säen und Ernten.

„Als wir erfuhren, dass der Vater der jetzigen Grafen die Güter der Klöster konfiszieren ließ, gaben wir die Nachricht umgehend an alle anderen Klöster weiter. Für einige kam sie zu spät, viele Gemälde und Statuen, Altaraufsätze und andere wertvolle Werke wurden vernichtet, viele Kelche und ähnliche Instrumente eingeschmolzen, wegen ihres Goldes. Die Grafschaft hat sich daran bereichert und die Klöster bestohlen. Etliche Güter der Klöster aber haben wir retten können. Es gibt so einige Verstecke, von denen nur wir Klosterbrüder wissen. Gerade wir, die versuchen, Zeit ihres Lebens Gott nahe zu sein, kennen die Menschen sehr genau. Daher wissen wir auch um ihre Unberechenbarkeit. Diese Verstecke für Menschen und Güter stehen schon seit Jahrhunderten bereit. Jetzt sind sie uns dienlich."

Die Mönche hatten enorm viele handgeschriebene Bücher in den Gewölben untergebracht. Ehrfürchtig betrachtete Inse Schriftwerke, an denen so mancher Mönch lange Zeit seines Lebens gearbeitet hatte.

Nun war alles verloren – bis auf wenige Ausnahmen die Klöster abgebrochen und der alte Glaube allen verboten.

„Sogar an den Gemäuersteinen hat sich die Regentschaft noch bereichert. Die Steine aus den Klosterabbrüchen sind gewinnbringend verkauft worden. Doch was auch immer die Regierenden uns antun, niemand kann uns im Inneren etwas verbieten. Was wir nach außen hin tun, kann von unserem inneren Ansinnen sehr verschieden sein", sagte Bruder Thomas, „sie glauben, sie haben uns gebrochen, doch der äußere Schein trügt."

Eine der Figuren, die die Mönche heimlich in den unterirdischen Gewölben versteckt hatten, faszinierte Inse besonders. Es handelte sich um die Plastik einer Muttergottes. Sie war eine wundervolle Erscheinung. Ihr Körper war eher mädchenhaft, ihre Kopfhaltung hoheitsvoll. Es lag eine Mütterlichkeit in ihrem Gesichtsausdruck, die nicht von dieser Welt zu sein schien. Es war, als ob diese Mütterlichkeit nicht nur ihrem Sohn galt, sondern jedermann, der sie betrachtete. Die Figur strahlte eine Güte aus, wie sie Inse noch nie zuvor gesehen hatte. Sooft sie die Plastik betrachtete, schien neue Kraft Inse zu durchströmen.

Auch Teile eines prachtvollen Schnitzaltars waren in den Kellergewölben verborgen. Bruder Thomas erzählte, er habe im Kloster Ihlow gestanden und sei von der Lukasgilde in Antwerpen gefertigt worden. 1513 ließen sich die Mönche diesen Altaraufsatz auf den Hauptaltar stellen und nun, nicht einmal 55 Jahre später, stand dieses wunderbare Werk in diesen klammen Gewölben, ohne die Menschen erfreuen zu können. Es war in Bruder Thomas Augen eine Verschwendung.

Am schönsten fand Inse ein Gemälde, das Teil dieses Altaraufsatzes war. Christus erschien der Maria Magdalena als Gärtner. Bruder Thomas war in seinem Element:

„Der Evangelist Johannes erzählt, dass Maria aus Magdala am See Genezareth als Erste nach seinem Tod zum Grab Jesu eilte. Sie findet dies leer vor. Als sie Jesus erblickt, hält sie ihn für einen Gärtner. Erst als er ihren Namen ausspricht, erkennt sie ihren Herrn."

Bruder Thomas wurde nicht müde, über das Meer zu berichten, dem seine heimliche Sehnsucht galt. Auch der Hafen und seine Geschäftigkeit nahmen ihn gefangen. Einmal hätten ihn die Mönche verkleidet auf ein Schiff nach Borkum geschmuggelt. Zwei Wochen habe er dort verbracht. Niemals sei es ihm besser gegangen. Sein leidiger Husten und diese Luftnot seien wie durch ein Wunder verschwunden gewesen.

Er erzählte von Schiffen und das Emden Stapelrecht, vom Handel der Emder Kaufleute mit fernen Ländern und Nachbarländern, vom gewaltigen Aufschwung der Stadt, der unter anderem daher rührte, das sie am Wasser lag.

Das Wasser war sein Steckenpferd – und das Beten! Wie sollte er auch sonst die langen Tage und Nächte hier in diesen Gewölben überstehen.

Viele Stunden verbrachten sie miteinander an Derks Bett. Inse wusste nicht, ob dieser viel von ihren Gesprächen mitbekam. Die ersten Tage war er noch zu krank um daran teilzunehmen. Seit gestern bekam er zwar schon vieles mit, aber es schien ihn nicht zu berühren. Er schien sich überhaupt für nichts mehr zu interessieren!

Enthüllungen

Als sie die vierte Nacht in ihrem Versteck verbrachte, konnte Inse keinen Schlaf finden. Sie hörte Bruder Thomas wieder einmal husten und beschloss, ihn für heute Nacht abzulösen. Sie konnte ja sowieso nicht schlafen. Als sie eintrat, stützte sich der Mönch mit beiden Händen auf den kleinen Tisch, der mit Derks Bett und einer schmalen zweiten Schlafstelle das einzige Mobiliar des kleinen Raumes bildete, und rang nach Luft.

Inse wog noch das Für und Wider ab, ihm durch ihre Medikamente zu helfen, als er wieder zu Atem kam. Seine Stimme klang wie nach einem langen Lauf, einer großen Anstrengung. Immer wieder musste er einen angefangenen Satz unterbrechen, um nach Luft zu schnappen. „… hab Euch geweckt. … tut mir Leid. Mit Eurem Gatten ist alles gut. … geht … meine Kammer … kleiner Tonkrug."

Wie gehetzt rannte Inse los und holte den Krug. Sie wusste, wie dem Mönch zumute war, konnte fast körperlich spüren, wie die Panik den alten Mann um seine letzten Kräfte brachte. Atemnot ging stets mit Todesangst einher. Die Luft fand immer schlechter einen Weg in die Lunge, bis es sich anfühlte, als ob der lebensnotwendige Sauerstoff nur noch durch einen winzigen Strohhalm eingesogen würde. Und das Atmen kostete so viel Kraft! Es wurde einem so schwer, wie die schwerste körperliche Anstrengung.

Der Krug enthielt ein Medikament, das Bruder Thomas nun einnahm. Nach einer Weile – Inse stand wie angewachsen neben ihm – schien es, als ob der Atem wieder leichter seinen Weg fände.

„... hätte Euch auch geweckt. Ich habe eine Medizin eingenommen, die mir der Henker hat zukommen lassen. Es ist eine Medizin aus Bilsenkraut. ... macht mich sehr müde. ... Luft fließt ruhiger. Bitte übernehmt für mich die Wache."

Mühsam erhob er sich und Inse half ihm, den Weg zu seinem Schlafplatz zu bewältigen. Das schlechte Gewissen nagte an ihr. Sie hatte sich nicht durchringen können! Jetzt war es zu spät. Sollte es allerdings noch einmal so schlimm werden wie heute Abend, dass versprach sie sich selbst, dann würde sie ihm früh genug helfen, Entdeckung hin oder her. Sie konnte doch einen Menschen nicht ersticken lassen!

In dem Kellergewölbe war es klamm. Je länger Inse still hier an Derks Bett saß, desto mehr kroch die Kälte in ihr hoch. Obwohl sie statt des einen noch einen zweiten Umhang über ihrem Kleid trug, wusste Inse bald nicht mehr, wie sie ihre eiskalten Hände wärmen sollte. Sie legte sich auf das schmale zweite Bett und kuschelte sich in die Decke. Da sie sonst immer am Tag Wache gehalten hatte, war ihr nie aufgefallen, welch einen Unterschied die Nachtwache machte. Am Tag war immer wieder einer der Mönche, Bruder Thomas oder Bruder Bruno, aufgetaucht. Es hatte heiße Getränke und warmes Essen gegeben. Sie war abgelöst worden, um sich die Beine zu vertreten. Die Geräusche aus der Sargwerkstatt nebenan hatten beruhigend auf sie gewirkt.

Jetzt, in der Nacht, war alles anders. Eine Grabesstille schien sich um sie auszubreiten. Wie ein Schleier legte sich Düsternis über ihr Gemüt. Was sollten sie nur tun? In wenigen Tagen würde Derk reisefähig sein. Spätestens dann musste sie ihm von ihrer Vergangenheit erzählen. Wie würde er dies aufnehmen? Sein Denken und Fühlen war das eines Menschen des Mittelalters. Alle Menschen des ausgehenden Mittelalters die sie kennen gelernt hatte, waren doch noch behaftet mit dem Gedankengut ihrer Vorfahren. Wie sollte sie da überhaupt in Erwägung ziehen, ein gemeinsames Leben mit Derk führen zu können? Sie würden nie eine geistige Übereinstimmung finden – sie aus der Gegenwart, Derk aus der Vergangenheit. Es gab keine Brücke, die Jahrhunderte der menschlichen Entwicklung überwinden konnte!

Als es Zeit dafür war, entfernte Inse die wärmenden Decken, um Derks Schulterwunde neu zu versorgen. Die Wunde verheilte sehr gut. In wenigen Tagen würden sie auch die Tücher abnehmen können. Derk war aufgewachte und schaute ihr wortlos zu.

Wut machte sich in Inses Inneren breit. Sie brannte in ihr hoch. Wie konnte er nur so gleichgültig sein? Was war aus dem Mann geworden, den sie lieben gelernt hatte? Sie würde alles für ihn tun, und er war zwar schon fast wieder gesund und doch immer noch innerlich tot. Es kümmerte ihn nicht, wie sehr sie sich um ihn sorgte und ihn pflegte. Es kümmerte ihn nicht, dass sie fast ein Eisblock war! Es kümmerte ihn auch nicht, dass der kranke Bruder Thomas noch kränker wurde bei der Nachtwache und durch die fehlenden Ausflüge an der frischen Luft! Er ertrug seine Pfleger zwar, aber nur ungern.

Wie ein Orkan brach die Wut aus ihr heraus. Sie konnte sich einfach nicht mehr zurückhalten. Ihre Stimme klang bitter und verletzt.

„Ja, schaut nur. Was seid Ihr für ein feiger Kerl. Andere setzen ihr Leben für Euch aufs Spiel, Bruder Thomas seine Gesundheit. Ich selbst mühe mich Tag für Tag um Euch und Ihr möchtet nur sterben! Wollt Ihr wirklich diesen Mördern und Folterknechten, diesen Ausgeburten des Bösen den Sieg überlassen? Haben sie Euch so weit gebracht, dass Ihr lebensmüde seid? Wenn Ihr jetzt aufgebt, haben sie doch erreicht, was sie schon mit der Folter erreichen wollten. Gott hat Euch leben lassen, mit unserer Hilfe. Ist dies nicht Grund genug für Euch, zu kämpfen? Und wenn Ihr nicht für Euch kämpfen wollt, dann kämpft für mich. Lasst nicht zu, dass der Mut Eurer Freunde verhöhnt wird durch Eure Lebensüberdrüssigkeit. Es gibt für alles eine Lösung.

Wenn ich das Problem für Euch bin, dann sagt es. Ich gebe Euch frei, wenn Ihr lieber frei von mir sein und alleine fliehen wollt. Wenn es dass ist, was Euch an den innerlichen Tod bindet. Ich lasse Euch los. Flieht alleine. Mich werden sie vielleicht meiden – aber nicht alle. Ich habe Freunde, die mich nicht fallen lassen. Flieht alleine in eine Gegend, wo Euch keiner kennt. Fangt neu an. Ein neuer Name, eine neue Identität. Nehmt endlich Euer Leben wieder in die Hand und macht Pläne. Die Mönche brauchen unseren Platz hier vielleicht für Flüchtende, die weitaus mehr gefährdet sind als wir beide."

Erschöpft ließ sie sich auf den Stuhl, der neben dem Bett stand, fallen. Tränen liefen ihr übers Gesicht. Sie konnte nicht mehr!

Für einen Moment nur lag eine furchtbare Stille im Raum. Dann ergriff Derk das Wort. Seine Stimme triefte vor Spott, aber Inse hatte es geschafft, ihn aus seiner Versteinerung zu lösen.

„Oh, wie edelmütig von Euch, mich freizugeben. Aber nein, alleine fliehen werde ich nicht. Wenn Ihr schon, gemeinsam mit meinen Freunden und ohne mein Dafürhalten, beschlossen habt, mein Leben zu retten, dann muss es meine Pflicht sein, mich auch Eurer anzunehmen. Dass, was Ihr für mich getan habt auch wiedergutzumachen. Was mich verbittert ist nur, dass ich Euch niemals um Hilfe gebeten habe! Ich wollte diese selbstlose, großmütige Hilfe nicht – weder von Euch noch von anderen. Ich wäre lieber durch den Henker gestorben, als mich hier in diesem elenden Loch verkriechen zu müssen. Ihr und ich werden auf immer gejagt. Ich kann nichts anderes als Schmuck herstellen. An meinem Schmuck wird man mich aber überall erkennen. Niemals wieder werde ich meiner Arbeit, die ich liebe, nachgehen können. Immer werden wir auf der Flucht sein, immer in Gefahr vor Entdeckung! Das ist doch kein Leben! Ich kann so nicht leben!"

„Ihr könntet einer anderen Arbeit nachgehen, als Knecht oder Müllersbursche. Lasst mich hier zurück und für mich selbst eine Lösung finden."

Inse hatte sich entschieden. Sie würde doch alleine zurückgehen. Es gab keine gemeinsame Zukunft für sie. Zu verschieden war ihre Herkunft. Was sie aber mehr noch zu dieser Entscheidung bewog, war die Tatsache, dass sie nicht in der Lage war, ein Leben mit diesem gebrochenen Derk zu ertragen.

Gänzlich unerwartet ergriff Derk mit beiden Händen ihre Schultern und schüttelte sie. „Glaubt Ihr denn, dass ich mein eigenes Weib im Stich lassen würde?"

„Ich bin doch nur auf dem Papier mit Euch vermählt. Es war doch alles nur Theater." Inse schloss resigniert die Augen. Er sollte jetzt aufhören, sollte sagen, dass er frei sein wollte von ihr.

Ihre Antwort wollte Derk nicht gefallen. „War es das? War es wirklich nur das, war Euch bewogen hat, mich als Gatten zu erbitten?"

Inse schüttelte den Kopf. Das wusste er doch. Auf einmal schien sich etwas in ihrem Inneren aufzulösen. Sie konnte nicht mehr, wollte auch nicht mehr. Inse schlug die Hände vors Gesicht und weinte, weinte, weinte. All die Anspannung, all die Angst und Sorge brachen sich Bahn in einem nicht enden wollenden Strom von Tränen. Ihr Schultern bebten. Sie konnte nicht mehr aufhören.

Stöhnend zog Derk sie an sich. Er hatte noch nie eine Frau weinen sehen können. Sein Herz schien nicht weiter ein schwerer Stein zu sein, der in seiner Brust lag, sondern wieder ein mitfühlendes Instrument. Kampfgeist zog in seine Gedanken.

Er wiegte Inse in seinen Armen. Fühlte ihren weichen Körper. „Scht, bitte weint nicht mehr. Ihr hattet ja Recht. Ich habe einfach alles von mir geschoben, als ob mich das alles nichts angehe. Habe einfach alles auf Euch abgeladen. Bitte weint nicht mehr. Ich will versuchen, mich abzufinden, einen Weg zu finden. Für uns beide!"

Inse weinte immer noch. Irgendwie schien es jetzt auch egal zu sein, dass er die Worte sprach, auf die sie und Bruder Thomas so lange gewartet hatten. Egal, das er neuen Lebensmut fasste. Denn glasklar stand es vor ihr – es gab keinen Weg für sie beide! Trotzdem beruhigten sie seine Worte. Wenn er einen neuen Anfang wagen wollte, war ihr Ausbruch doch nicht vergebens gewesen.

Sie sollte sich so langsam aus seiner Umarmung lösen, dachte Inse. Doch dann ließ sie sich noch einen Moment fallen. Es tat so gut, seinen festen Körper, seine warme Haut, seine streichelnden Hände zu spüren. Erschöpfung machte sich in ihr breit. Sie überließ sich bereitwillig seiner tröstenden Nähe. Einen Moment erlaubte sie sich, ihre düsteren Gedanken zu vergessen, nicht daran zu denken, dass es für sie kein gemeinsames Morgen geben konnte.

Derk umschloss ihr Gesicht mit den Händen und schaute sie mit blitzenden Augen an. „Bitte verzeiht mir! Ich bitte Euch! Vertraut mir! Ich bin wieder da! Ihr seid nicht mehr alleine! Wenn Ihr mir nur verzeihen könntet!"

Inse schien in seinen Augen zu ertrinken. Sie spürte die Wärme seines Körpers. Ihre Blicke versenkten sich ineinander und wie in Zeitlupe legten sich seine Lippen auf die ihren. Sie fühlte Derks Hände an ihren Wangen, seinen Mund auf dem ihren.

So nahe wie in diesem Augenblick war sie ihm noch nie gewesen. Auch noch nie so ausgeliefert! Inse fühlte sich innerlich wie ausgebrannt und konnte sich nicht mehr wehren. Gefühle von einer Intensität, wie sie sie nie zuvor erlebt hatte, schlugen in ihr hoch. Sie schmiegte sich eng an ihn. Die Schnalle des Umhangs öffnete sich und das wärmende Leinen glitt von ihren Schultern. Derks Hände fuhren zu ihrem Rücken und öffneten die Verschlüsse ihres Kleides. Die kalte Luft auf ihrer nackten Haut ließen sie schaudern. Dessen ungeachtet entkleidete sie sich wie in Trance. Derk zog sie zu sich aufs Bett und breitete die Leinendecke über sie beide. Inse fühlte sich wie im Fieber. Seine Augen blickten klar und fragend in die ihren. Derk schien endlich wieder er selbst zu sein.

Beide sprachen kein Wort. Es lag eine Atemlosigkeit über allem, die Worte nur zerstört hätten.

Mit geschmeidigen Bewegungen entledigte auch Derk sich seiner Kleidung und dann gab es nur noch sie und ihn. Die Stärke ihrer Gefühle ließ keinen Raum mehr für Vernunft oder für Fragen.

Später, nachdem sie lange Zeit schweigend und eng umschlungen die Nähe des anderen ausgekostet hatten, beschloss Inse, Derk alles über sich zu erzählen. Dieses eine Mal hatte er sie geliebt! Wenn er sie jetzt verstoßen würde, dann müsste die Erinnerung an diese Stunde ausreichen, um ihre Sehnsucht nach mehr zu stillen.

Gerade als sie ansetzen wollte, hörte sie, wie Bruder Thomas in der Nebenkammer wieder anfing erbärmlich zu husten. Diesmal war es anders als sonst, noch stärker, und sie beschloss nach ihm zu sehen. Schnell kleidete sie sich wieder an. Derk schaute ihr schweigend zu. Dann erhob er sich trotz ihres Protestes auch von seinem Lager.

„Ich nehme jetzt mein Leben wieder selbst in die Hand. Als erstes werden wir versuchen, Bruder Thomas zu helfen. Obwohl, wir können sicherlich nicht viel tun."

Sie fanden Bruder Thomas extrem kurzatmig vor. Er war am Giemen. Dieses Geräusch kannte Inse. Sie fürchtete und hasste es. Ihr vertrauter Begleiter aus früher Kindheit. Die Luft verursacht beim Ausatmen pfeifende Laute. Sie konnte nicht anders, sie musste ihm jetzt einfach helfen! Dann würde Derk eben auf diese Weise erfahren, was er sich mit ihr eingehandelt hatte.

Inse bedeutete Bruder Thomas, sich auf den einzigen Stuhl im Raum zu setzen. Hier konnte er aufrecht sitzen und sich dabei mit den Händen auf den Knien abstützen. Der so genannte „Kutschersitz“ brachte etwas Erleichterung.

„… glaube, es geht zu Ende mit mir. … Medikament hat nicht angeschlagen.“ Nur mühsam brachte Bruder Thomas diese Worte heraus.

Inse war in den Nebenraum gestürzt und kam mit ihrer Tasche zurück. „Nichts wird zu Ende gehen, wenn Ihr genau das tun werdet, worum ich Euch jetzt bitte. Bitte erschreckt nicht. Ich habe hier ein Gerät, das ein Medikament enthält. Es wird Euch Linderung verschaffen. Bitte vertraut mir.“

So war es auch. Das bronchienerweiternde Mittel half fast augenblicklich. Etwas später verabreichte sie ihm ein zusätzliches Medikament.

Bruder Thomas schaute sie mit großen Augen an. „Woher habt Ihr das?“

„Das würde ich allerdings auch gerne wissen!“ Derk hatte voller Verwunderung beobachtet, was sie tat. Mit aufgerissenen Augen und verwirrtem Blick schaute er sie an. Inse schluckte. Jetzt war es also soweit. Stockend zuerst, dann jedoch immer flüssiger begann sie zu erzählen. Ihr fiel nicht auf, dass sich ein winziger Hoffnungsschimmer in Derks Augen schlich. Es mochte sein, dass es doch das Schicksal oder die Vorbestimmung gewesen war, die sie zusammengeführt hatte.

Es wurde eine lange Nacht. Inse erzählt den beiden alles. Ihr entging immer noch, dass Derk sie begeistert ansah. Sie schaute ja kaum hoch. Bruder Thomas war zwar zugegebenermaßen etwas irritiert, aber er glaubte ihr und war begierig auf ihre Erzählungen aus der Gegenwart. Inse war sich sicher, dass sie ihm viel Stoff für seine künftigen einsamen Tage in diesem Gewölbe gegeben hatte.

Derk meldete sich jetzt zum zweiten Mal in dieser Nacht zu Wort. „Aus welchem Jahr, sagtet Ihr, seid Ihr gekommen?" Eine Spur von Gespanntheit lag in seiner Frage.

„Das habe ich noch nicht gesagt. Meine Zeit ist das Jahr Zweitausend."

Inse hörte, wie Derk spürbar aufatmete. „Fünf Jahre, das werde ich aufholen können."

„Was meint Ihr mit ‚aufholen können'?"

„Ja habe ich Euch denn noch nicht erzählt, dass ich auch nicht in diese Zeit hineingeboren wurde? Seit fünf Jahren befinde ich mich hier." Derk strahlte.

Das konnte doch nicht wahr sein! Inse schaute ihn fassungslos an, dann zeigte sich Begeisterung auf ihr Gesicht.

„Wenn das jetzt eine Lüge war, bringe ich Euch eigenhändig um, ob Ihr nun ein Ketzer seid oder nicht."

Tadelnd schaute Bruder Thomas sie an. „Mit so etwas treibt man keine Scherze."

Inse beschwichtigte ihn. „Wisst Ihr, was das für uns bedeutet? Wenn Derk gerade die Wahrheit gesagt hat, können wir gemeinsam in unsere Zeit, nein, in meine Zeit zurückkehren."

Sie bat Derk, nun seinerseits zu erzählen, wie er hier gelandet war.

„Es fing alles damit an, dass ich für mein Buch, das sich mit dem Schmuck der Ostfriesinnen beschäftigt, noch nähere Einzelheiten brauchte. Die Geschichtsprofessorin Dr. Petra Martens war damit einverstanden, sich bei ihrer Arbeit über die Schulter schauen zu lassen. Sie ist eine anerkannte Fachkapazität im Bereich ostfriesischer Geschichte, speziell Mode und Schmuck.

Die Zusammenarbeit mit ihr hat mir viel Spaß gemacht. Ich war allerdings nicht darauf gefasst, dass sie sich in mich verlieben würde. Der Altersunterschied von zehn Jahren hätte mir nichts ausgemacht, aber ich liebte sie leider nicht. Ich respektierte sie und würdigte ihre Arbeit. Wir haben auch privat ab und zu miteinander gegessen, wenn es sich so ergab, aber mehr nicht. Dann kam der Samstagabend, an dem sie mich zu einem Glas Wein einlud und mir ihre Liebe gestand. Ich versuchte so rücksichtsvoll wie möglich sie von meinen freundschaftlichen Gefühlen zu überzeugen, doch sie wollte meine Erläuterungen nicht hören. Nachdem der Abend nicht so gelaufen war, wie sie es sich vorgestellt hatte, warf sie mich einfach raus.

Mir gingen die Gefühle, die Petra für mich hegte, sehr nahe. Von meiner Wohnung aus versuchte ich sie zu erreichen – sie legte sofort wieder auf. Am nächsten Montag war sie wieder die alte. Sie tat meine Entschuldigungen mit einer Handbewegung ab und wir kamen überein, Freunde sein zu wollen. Ich war unendlich erleichtert.

Dann lud sie mich am darauf folgenden Wochenende zum Joggen ein. Ein reiner ‚Freundschaftslauf', wie sie mir versicherte. Begeistert sagte ich zu, froh, dass alles geklärt war. Meine Recherchen zu dem Fachbuch hatte ich abgeschlossen. Am Montag schon wollte ich wieder einmal auf Reisen gehen. Mir war selbst noch nicht so ganz klar, wo meine erste Station sein sollte. Das würde ich spontan entscheiden. Von meinen Freunden hatte ich mich schon verabschiedet. Sie kennen mich gar nicht anders als immer auf Reisen. Daher ist mein Freundeskreis auch eher klein.

Dieser Lauf also! Petra holte mich an der verabredeten Stelle ab und wir fuhren zum Wald. Keine Menschenseele war unterwegs. Wir scherzten noch darüber, wie man sich so den verdienten Wochenendschlaf verderben kann.

Beim Wald angekommen, bot sie mir ein neuartiges Sportlergetränk an. Schmeckte zwar nicht so besonders, aber ich trank es. Ich wollte mich gut mit ihr stellen. Dann drückte sie mir eine Perle in die Hand. Es sei ein Glückbringer. Ein wenig befremdet hat mich das Ganze schon, aber da es für sie wichtig zu sein schien, behielt ich den vermeintlichen Glückbringer in der Hand. Das war wohl – so habe ich im Nachhinein überlegt – ein Fehler! Irgendwann bin ich dann gestolpert. Mein Kopf schlug auf einer Wurzel auf und ich blieb liegen. Nach etlicher Zeit, ich kann nicht sagen wie lange, fand mich dann Marie als blauen Fleck am Waldrand. Sie half mir im wahrsten Sinne des Wortes hoch."

Derk erzählte, wie gefangen er sich gefühlt habe. „Meine Ansichten und Meinungen fanden oftmals keinen Zugang zu den Gedanken meiner Freunde und Mitmenschen. Es lagen ja auch 500 Jahre Entwicklung zwischen uns. Aber jetzt, wo du gekommen bist, habe ich wieder Hoffnung. Glaubst du, die Kräutermischung reicht für uns beide?"

Inse nickte. Sie war ja so glücklich! Es gab doch noch Wunder, und das Gefühl, diese Reise sei ihre Bestimmung, hatte sie nicht getrogen. Die Freude glühte in ihr, wie ein ganzer Weihnachtsbaum voller Kerzen.

Als Derk hörte, das Petra Martens tot war, schaute er Inse betroffen an. „Ich habe ihr zwar vieles an den Hals gewünscht, aber das nun auch wieder nicht."

Bruder Thomas nahm ihre Ausführungen gelassener hin, als Inse dies für möglich gehalten hatte. Er schien durch die Medikamente wieder sehr schläfrig zu werden. Inse führte ihn zurück zu seiner Bettstelle und er legte sich geduldig wie ein Lamm auf sein Lager. Leise schlichen sich Inse und Derk wieder aus dem Zimmer des alten Mönchs.

Derk schaute sie fragend an. „Ich liebe dich. Schon vom ersten Tag an. Ich werde dich nie mehr alleine lassen – und sei es auch nur in Gedanken. Hast du noch Vertrauen zu mir, obwohl ich dich in dieser Situation im Stich gelassen habe? Deine Antwort ist mir sehr wichtig, denn wenn du mir nicht mehr vertrauen kannst oder mir mein Verhalten nicht vergeben kannst, gibt es keine Basis für uns beide."

Statt einer Antwort schlang Inse die Arme um seinen Hals. „Du willst mich nie wieder alleine lassen? Kannst du auch gar nicht, denn du wirst mich nie wieder loswerden! Und jetzt werden wir keinen trüben Gedanken mehr nachhängen! Wenn du willst – schließlich sind wir ja verheiratet – dann kannst du schon jetzt damit anfangen, mich nicht mehr alleine zu lassen und mich mitnehmen in deine Höhle. Ich komme mir nämlich schon vor wie ein Höhlenmensch in diesem unterirdischen Gemäuer."

„Nichts lieber als das." Derk hob sie hoch und trug sie zurück zum Bett. Inse protestierte, sie wusste nicht, ob seine Wunden ihr Gewicht aushielten. Die Erleichterung ließ Inse summen und jubeln. Sie fühlte sich leicht wie eine Feder. Welche Wendung! Welch ein Glück! Sie konnte es noch gar nicht fassen.

„Da hast du es also geschafft mich zu heiraten, ohne dass ich ein Wort mitreden konnte! Ich habe zwar von der Hochzeit wenig mitbekommen, aber dass können wir ja noch einmal nachholen – in einer anderen Zeit vielleicht – wie denkst du darüber?"

Überglücklich gab Inse ihm einen Stups. Das war wieder der Derk, den sie kennen und lieben gelernt hatte. Sie würden es schaffen! Die gemeinsame Zukunft gab ihrer Hoffnung Flügel. Sie würde Derk mitnehmen in die Gegenwart – wo er hingehörte.

Und nun sehnte sie sich auch wieder in „ihre" Zeit zurück. Es war nur noch Derk gewesen, der ihren Körper und ihre Seele an die Vergangenheit gebunden hatte. Sie würde ihren neugewonnen Freunden nachtrauern, aber ihre eigentliche Aufgabe war erfüllt. Sie hatte es, natürlich nur mit Hilfe von guten Freunden – rechtschaffenen Menschen, die es, wie sie gelernt hatte, in jeder Zeit gab –, nicht nur geschafft das Kind vor dem Tod zu retten, sondern auch den Mörder von Hyma entlarvt.

Sie hatte außerdem, und das war für sie am wichtigsten, den Mann ihres Lebens gefunden. Jetzt bekam sie die Chance, diesen Mann aus dem Gefängnis der falschen Zeit zu befreien. Gleich morgen würden sie die Mönche davon in Kenntnis setzen, dass sie bereit wären zu gehen. Es musste ihnen nur noch einfallen, wie sie aus der Stadt kommen sollten.

Der Aufsässige

Als Bruder Bruno am nächsten Morgen nach Derk sehen wollte, staunte er nicht schlecht, als er ihn vollständig angezogen vorfand. Der Mönch schien erleichtert darüber zu sein, dass sie baldmöglichst wieder ihr Versteck verlassen wollten.

Derk und Inse hatte beschlossen, ihn nicht in ihr Geheimnis einzuweihen. Wozu ihn damit belasten? Sie würden einfach verschwinden.

Ihrer beider Wunsch war es aber, sich von Marie, Unico Manninga und Joost zu verabschieden. Die ganze Nacht hatten sie sich den Kopf darüber zerbrochen, wie es gelingen könnte, ungesehen aus der Stadt zu kommen. Die Torwachen waren beauftragt, keine Seele ohne genaue Kontrolle passieren zu lassen.

Graf Edzard hatte vergeblich versucht, seinem Bruder einen Strick aus der Sache mit der Kindesanerkennung zu drehen. In den Augen der Emder Bürger war Graf Johann nun ein Held. Solche Geschichten liebte das einfache Volk. Eine heimliche Romanze, ein nichteheliches Kind der Liebe, ein selbstmörderischer Bösewicht, die Eingestehung der Schuld durch den Grafen Johann und die Rettung eines unschuldigen Kindes. Nachdem sie diese Seite an ihm kennen gelernt hatten, liebte das Volk den Grafen noch mehr.

Bruder Bruno zerstreute Inses Bedenken, ungesehen fliehen zu können. „Das lasst nur meine Sorge sein. Was glaubt Ihr, wie viele Menschen wir schon auf unsere Art und Weise in die Stadt rein- und wieder rausgeschmuggelt haben? Wo und wie wir ein Treffen mit Euren Freunden einrichten können, dass werde ich mir noch durch den Kopf gehen lassen."

Als er sich seufzend auf den einzigen Stuhl im Raum niederließ, merkten sie, dass er noch etwas auf dem Herzen hatte.

„Würdet Ihr mir bitte noch einmal schildern, wie das Schmuckstück, das Euch den Ruf eines Ketzers einbrachte, ausgesehen hat?"

Als sie ihm die provozierende Art des Bildnisses geschildert hatten, wurde sein Gesicht noch sorgenvoller.

„Spranger und meine Wenigkeit sind die Einzigen, denke ich, die Euch vom Vorwurf der Ketzerei befreien könnten. Eure Unschuld würde allerdings vielleicht meinen Tod bedeuten!

Der Anhänger wurde von meinem Bruder gefertigt. Sein Name war Reemt Evers. Wir beide sind in jungen Jahren ins Kloster gekommen. Mir war dies recht, denn ich hatte schon sehr früh das Verlangen verspürt, mein Leben in den Dienst Gottes zu stellen. Mein Bruder dagegen konnte sich nicht mit seinem Schicksal abfinden. Er strebte schon früh ein Leben außerhalb der Klostermauern an, aber die Mönche wollten ihn nicht gehen lassen. Reemt war für sie eine unschätzbare Einnahmequelle. Er fertigte wunderbaren Schmuck – nicht nur für unser Kloster.

Eine Zeitlang schien Reemt ausgelastet. Seine Arbeit machte ihm Freude. Doch dann kam die Zeit, wo ihm ‚das Einfache' nicht mehr genügte. Heimlich erstellte er eine andere Art von Schmuck, der von besonderen Menschen in Auftrag gegeben wurde. Es waren Schmuckstücke, die nicht jedermann zu Gesicht bekommen durfte. Unzüchtige Szenen stellte er dar.

Ich war entsetzt, als er mir davon berichtete, aber Reemt lachte nur. Er machte sich lustig, über meine Moral. Wer glaubte ich denn, habe ihm den Auftrag zur Fertigung erteilt, fragte er mich. Von oberster Stelle habe er den Auftrag und die Genehmigung erhalten. Reemt lachte freudlos auf und sprach über die Gier, die auch vor Klöstern und Gottesmännern nicht Halt machte. Und über die Gläubigkeit, mit der es selbst bei so gewichtigen Persönlichkeiten nicht weit her sein könnte.

Es sprach es sich herum, dass mein Bruder ein besonderer Künstler war. Er konnte sich vor Aufträgen kaum retten. Immer unvorsichtiger ging er seinem waghalsigen Geschäft nach. Es begeisterte ihn, solche Werke anzufertigen. Von den Zahlungen hat er natürlich nie etwas gesehen. Die Bildnisse, die er herstellte, lebten. Seine Gefühle kamen in ihnen zum Ausdruck. Sie waren frei – er nicht. Das sah man auf jedem seiner Werke. Die Gesichter der dargestellten Personen zeigten Gefühle, die ein Mensch in unseren Tagen niemals zeigen darf, außer nachts in der Dunkelheit.

Viele Brüder und Schwestern verachteten Reemt für das, was er tat. Ich aber erkannte, dass es für Reemt die einzige Art war, in der er sich selbst ausleben konnte. Nur wenn er arbeitete war Reemt glücklich. Daher verbot ich es ihm nicht – ich hätte auch nicht die Macht dazu gehabt. Raffgier ist, wie gesagt, auch den Mönchen nicht fremd. Sie wären nicht bereit gewesen, diese Geldquelle zu schließen.

Eines Tages bekam er einen besonderen Auftrag. Als er mir schilderte, dass er Maria und Josef darstellen sollte, am Tage nach der Geburt Jesu, befürchtete ich Arges. Der Auftraggeber, der nicht genannt werden wollte, hatte ausdrücklich den Wunsch geäußert, dass die Vaterfreude Josefs zum Ausdruck kommen solle. Das Schmuckstück wäre ein Geschenk an seine Gemahlin, die kürzlich erst entbunden habe. Sie hinge, so hieß es, heimlich dem Glauben an viele verschiedene Götter an und daher war die unbefleckte Empfängnis für die Eheleute stets eine belustigende Vorstellung.

Als das Schmuckstück fertig war, konnte Reemt nicht umhin, es mir einmal zu zeigen. Ich war entsetzt. Eine solche Verhöhnung Gottes! Ich beschwor ihn, dieses Bildnis zu entfernen, den Schmuck zu vernichten. Er lachte nur. Dies würde dem Kloster viel Geld bringen.

Dieser Schmuck war unser Untergang! In Auftrag gegeben von Spranger selbst – unter dem Siegel der Verschwiegenheit natürlich und unter fremdem Namen –, um für die Gattin des Grafen Edzard die Rechtschaffenheit der Klosterbrüder zu prüfen. Ihr war zu Ohren gekommen, welche Art Schmuck Reemt herstellte. Reemt und das ganze Kloster waren in die Falle gegangen. Spranger selbst und seine Handlanger durchsuchten das Kloster. Sie fanden etliche Stücke, die Reemt für sich selbst oder für aufsässige Mitbrüder gemacht hatte und die dem Namen Gottes im herkömmlichen Sinne nicht gerade Ehre machten. Es war genug, um ihn als Ketzer anzuklagen.

Das in Auftrag gegebene Schmuckstück mit dem Bildnis Maria und Josefs allerdings blieb verschwunden. Es wurde auch nie als Beweisstück gegen Reemt verwendet. Es waren ja genug andere Beweise vorhanden, um ihn zu verurteilen.

Ich war der Einzige, der es je gesehen hatte. Nach Eurer Schilderung muss es der Schmuck sein, den Spranger Euch übergeben ließ. Daher gehe ich davon aus, dass er selbst dies Beweismittel bei der Durchsuchung an sich genommen hat. Ein solch wunderschönes Stück hat natürlich seinen Wert!

Als Spranger genug gegen Reemt in der Hand hatte, ließ er ihn sofort inhaftieren und am nächsten Tag verbrennen. Gräfin Katharina selbst wohnt diesem Akt bei. Es war ein Triumph für die Regentschaft, uns diese Verbrechen nachweisen zu können. Es bestärkte sie in der Vermutung, dem rechten Glauben anzuhängen.

Dass wir mit dem Geld aus dem Verkauf des Schmuckes viele Wohltätigkeiten begehen konnten, rechtfertigt natürlich nicht die Schuld meiner Mitbrüder. Auch ich lebe Zeit meines Lebens mit dieser Schuld, von dem Tun meines Bruders gewusst, aber nichts unternommen zu haben.

Wir sieben hier noch verbliebenen Klosterbrüder konnten als Einzige unsere Unschuld beweisen. Alle anderen wurden in Haft genommen, ihnen wurde der Prozess gemacht, das Kloster selbst uns genommen. Einzig das Sargrecht ist uns geblieben. Das auch nur, weil sich kein anderer darauf so gut versteht wir."

Betroffen hatten Inse und Derk seiner Geschichte zugehört. Das passte zu Spranger. Er wusste ja nicht, dass Bruder Bruno den Schmuck zu Gesicht bekommen hatte. Bruder Bruno könnte also Derks Unschuld beweisen, aber dann würde er sich selbst des Vorwurfs schuldig machen, den Schmuck gesehen und die

Herstellung geduldet zu haben. Vielleicht würde er sogar als Mittäter gelten.

Derk seufzte. Er hatte eine Entscheidung getroffen. „Macht Euch keine Sorgen. Belastet Euer Gewissen nicht auch noch damit, dass Ihr in der Lage wäret, mir die Freiheit zu erkaufen. Die Freiheit hier, in dieser Zeit, ist mir nicht mehr wichtig."

Als Bruder Bruno ihn verwundert anschaute, erzählte ihm Derk die ganze Geschichte. Der alte Mönch hörte staunend zu. Inse wunderte sich, dass auch Bruder Bruno, genau wie Bruder Thomas, sofort bereit war, ihnen die Geschichte zu glauben. Es war, als ob die Mönche solche Art von „Wunder" ohne weiteres für möglich hielten.

Bruder Bruno schien erleichtert zu sein, dass seine Unterstützung nun nicht mehr gefragt war. „Ich werde Euch aber zumindest helfen, aus der Stadt zu fliehen. Wir nehmen unsere Särge zu Hilfe. Montag haben wir drei Aufträge. Eine alte Schifferwitwe, die in den ‚Gotteskammern' gegenüber der Großen Kirche wohnte, ist gestorben und außerhalb der Stadt zwei Männer, Vater und Sohn. Sie sind beim Aufstand unter der Führung Ludwigs von Nassau schwer verletzt worden. Man brachte sie nach Emden und dort sind beide gestern ihren Verletzungen erlegen. Ihre Familie wohnt in Wolthusen. Bis dorthin können wir Euch mitnehmen. Was haltet Ihr von der Idee, verkleidet als wandernde Mönche Euren Weg bis zum Ihlower Wald fortzusetzen? Wandernde Mönche, die durch die Auflösung der Klöster ohne Heimat und Brot sind, gibt es viele."

Derk interessierte sich für den Kampf, an dem die beiden Männer beteiligt waren. Bruder Bruno berichtet ihnen Einzelheiten.

„Ihr habt erlebt, dass Ludwig von Nassau sein Heer durch niederländische Flüchtlinge vergrößert hat. Wie Ihr sicherlich wisst, zog das Heer von Emden aus am Dollart entlang in das Groningerland. Sie eroberten Wedde, einen Stützpunkt der Spanier, Winschoten und Appingedam. Bei Heiligerlee kam es zu einer Schlacht zwischen den Spaniern und dem Heer, den die Niederländer gewannen. Es gelang den Niederländern und ihren Anhängern die vordringenden, siegesgewissen Spanier in dem unübersichtlichen Gelände in einen Hinterhalt zu locken und vollständig zu schlagen. Unter den vielen Opfern waren nur wenige Niederländer. Einer davon, der Bruder Ludwigs von Nassau, Graf Adolf, war unter den Gefallenen. Die Leiche von Graf Adolf wurde nach Emden überführt. Er wird in der Familiengruft der Cirksena in der Großen Kirche beigesetzt.

Es ist sehr tragisch, dass es sich bei den beiden anderen Opfern um Vater und Sohn handelt, ehemals angesehene und vermögende Glaubensflüchtlinge, die mit ihrer Familie vor den Toren der Stadt sesshaft geworden sind.

Ich werde es einzurichten wissen, dass Eure Vertrauten zur ‚Gotteskammer' kommen. Ihr könnt Euch von Ihnen verabschieden und die Stadt mit uns verlassen."

Inse und Derk schauten den Mönch mit großen Augen an. Eine Flucht mittels Särgen! Welch eine Idee! Welch eine großartige Idee!

Die Flucht aus der Stadt

Der Abschied von Bruder Thomas fiel Inse besonders schwer. Er war ihr sehr lieb geworden. Über ihrer Kleidung trugen sie nun die Tracht der Franziskaner, braune Kutten mit Kapuzen. Inse überkam ein beklemmendes Gefühl, als sich der Deckel des Sarges über ihr schloss. Für die nötige Luftzufuhr sei gesorgt, hatte Bruder Bruno versichert. Die Mönche verfrachteten die Särge auf einer Pferdekarre.

Worum es sich bei den „Gotteskammern" handelte, hatte ihr Bruder Thomas in der noch verbleibenden Zeit in ihrem Versteck erzählt. Es waren Wohnungen für Bedürftige, die von einer Bruderschaft unterhalten wurden.

Während Inse noch ihren Gedanken nachhing, hielten die Pferde an. Es gelang Inse und Derk ungesehen in das Haus zu schlüpfen. Bruder Bruno führte sie in die Kellerräume des Gebäudes. Nach kurzer Zeit hörten sie Geflüster. Dann öffnete sich die Tür.

„Mein lieber Junge, wie bin ich froh, Euch gesund und munter vorzufinden. Da hab ich altes Weib doch mal wieder ein gottgefälliges Werk vollbracht – nicht war?“

Marie drückte Derk fest an ihren gewaltigen Busen. Er hob sie wieder einmal hoch, wobei Marie sich die Hand vor den Mund hielt, um nicht laut herauszuschreien. Die Freude, ihn so wohlbehalten zu sehen, zeigte sich auf ihrem Gesicht. Auch Inse wurde in ihre Arme geschlossen und versank fast. Eine mütterliche Wärme ging von Marie aus, der sich niemand entziehen konnte.

Hinter ihr erschien Joost. Marie hatte ihm von der Herkunft ihrer beiden Freunde erzählt. Er war die Ruhe selbst – wie immer. Seine Freude, seinen Freund bei guter Gesundheit und in Freiheit zu sehen, zeigte sich darin, dass er Derks Hände ergriff und sie einen Moment länger als gewöhnlich festhielt.

Unico Manninga bildete das Schlusslicht. Er trat als erstes auf Inse zu und schloss sie in die Arme. In der kurzen Zeit ihrer Bekanntschaft war sie ihm ans Herz gewachsen. Er bewunderte ihren Mut und ihre Entschlossenheit.

Derk war begierig darauf, Neuigkeiten zu erfahren.

„Graf Johann hat uns“, dabei zeigte Marie auf sich und Joost, „seine Tochter anvertraut. Nachdem sie und Josef wie Kletten aneinander hängen, hatte er nicht den Mut, die beiden wieder zu trennen. Josef, immer allein aufgrund seiner Blindheit, und Tetta, immer durch Johann von Oldenbokum unter Verschluss gehalten, einsam aufgrund ihrer Herkunft, scheinen wie zwei Teile eines Ganzen zu sein, die sich neu gefunden haben. Josef ist so glücklich wie nie in seinem Leben“, äußerte sich Marie. „Obwohl ich mich immer bemüht habe, bin ich ihm nie so nahe gekommen wie dieses Mädchen jetzt. Vielleicht ist es Gottes

Wille, dass diese beiden Menschenkinder sich gefunden haben. Ich werde weiterhin durch die Lande ziehen. Die beiden jungen Leute können sich entscheiden, ob sie lieber mit mir reisen, oder bei Joost in der Werkstatt bleiben wollen. Tetta erhebt keinen Anspruch auf ihr Erbe. Sie hat lediglich darum gebeten, endlich etwas lernen zu dürfen. Joost wird einen entsprechenden Gelehrten für sie anstellen."

Joost nickte zu Maries Worten. „Ich hoffe immer noch, Marie zum ständigen Verbleib in der Stadt, oder besser gesagt bei mir, zu überreden. Es wird mir auch noch gelingen. Spätestens wenn dieses hartnäckige Weib zu alt zum Reisen ist."

Marie schubst ihn.

Inse wandte sich an Unico Manninga. „Wenn es Euch wirklich ernst war mit den zehntausend Gulden, die in unserem Ehevertrag stehen, möchte ich Euch bitten, sie Marie auszuzahlen. Vielleicht bleibt sie bei Joost, wenn sie auf ein solches Vermögen für ihren Unterhalt zurückgreifen kann."

Marie wehrte ab, aber Inse bestand darauf, dass sie die Summe erhalten sollte.

Es war an der Zeit Abschied zu nehmen. Besonders Derk fiel es nicht leicht. Nur von diesen dreien konnte er sich persönlich verabschieden, viele andere ließ er ohne ein Wort zurück.

Marie schluchzte. „Es ist das Beste so – das halte ich mir immer wieder vor Augen." Sie, die bei der Gefangennahme Derks keine Träne vergossen hatte, weinte jetzt wie ein Kind. „Das ist, weil ich weiß, dass ich Euch nie mehr wieder sehen werde. Dies ist etwas Endgültiges. Aber ich will nicht unzufrieden sein. Für Euch und Inse ist es sicherlich wie ‚nach Hause kommen'. Richtig wohl habt Ihr Euch hier ja nie gefühlt. Aber verratet mir mal, wie Ihr es geschafft habt, aus all den Weibern, die hinter Euch her waren, das einzige herauszufinden, das Euch wieder in Eure Heimat zurückbringen kann?"

Derk lachte leise und schloss Inse in die Arme.

Inse wandte sich noch einmal an Marie. „Ihr könnte unter

dem Siegel der Verschwiegenheit sowohl Wilke als auch Josef und Tetta von uns erzählen."

Inse merkte, wie ihr die Tränen kamen, wenn sie an den alten Wilke dachte. „Wünscht Ihnen von uns alles erdenklich Gute. Und Euch", sie drehte sich zu Unico Manninga um, „Euch möchte ich um etwas bitten. Es ist wichtig, das Eure Nachfahren etwas über diese Zeit erfahren, in der Ihr jetzt lebt. Daher solltet Ihr alles Wissenswerte aufschreiben. Lasst Bilder zeichnen, von der Kleidung, die jetzt getragen wird. Durchforstet Euer Gedächtnis und zeichnet auch die Trachten vergangener Zeiten auf. Es ist wichtig, die Wurzeln zu kennen! Wichtig, auch für die nachfolgenden Generationen. Ohne Wurzeln hat man keinen Halt. Bitte schreibt kein Wort über Derk und mich. Im Gegenteil! Versucht, jeglichen schriftlichen Hinweis auf unser Vorhandensein zu vernichten. Es darf uns möglichst nicht gegeben haben!"

Unico hatte ihr aufmerksam zugehört. „Das will ich gerne tun. Unter den Flüchtlingen die ich augenblicklich beherberge, befinden sich zwei Künstler. Vielleicht sind sie bereit, mit einem Werk für die Nachwelt unter meiner Anleitung zu beginnen. Bleibt nur zu hoffen, dass sich die Aufzeichnungen bis in die Zeit, die Ihr erleben werdet, erhalten."

„Seid unbesorgt. Ich kann Euch versichern, dass die Nachwelt Euch dankbar sein wird. Euer Name wird nicht vergessen werden. In allen ostfriesischen Geschichtsbüchern wird er zu finden sein. Ihr werdet …"

Unico unterbrach sie. „Haltet ein. Ich möchte nicht wissen, was vielleicht noch auf mich zukommen mag oder welche Handlungen ich vornehmen werde. Es ist für mich schmeichelhaft, dass auch in den kommenden Zeiten mein Tun Beachtung findet, doch auch ohne dieses Wissen hätte ich nicht anders gekonnt, als so zu sein, wie ich bin."

Inse wandte sich an Marie. „Euer Name wird leider nirgends erwähnt."

„Was schert mich das? Glaubt Ihr, dass die Menschen, die nach mir kommen werden, mich sonderlich interessieren – mit Ausnahme von Euch beiden. Ich lebe heute. Hier und jetzt. Für mich ist viel wichtiger, dass die Menschen, die ich mag, mich in dieser Zeit lieben, als das, was Fremde in 500 Jahren über mich wissen oder nicht wissen."

Inse drückte sie an sich. „So ist es recht. Bleibt wie Ihr seid. Eines möchte ich Euch allerdings noch sagen. Haltet Euch in zwei Jahren zu Allerheiligen nicht in Küstennähe auf. Es gibt eine Flut, die viel Unheil anrichten wird."

Unico, Marie und Joost wollten gerade gehen, da hörten sie Stimmen. Unico stemmte sich gegen die Tür und legte einen Finger an den Mund.

„Bruder Bruno, findet Ihr, dass wir Blätter der Mohnblume in den Sarg legen sollten? Würden sie als Bruder des Schlafes unserer lieben Freundin nicht das Hinübergleiten erleichtern?" Eine der Frauen, die dafür zuständig waren, den Sarg zu schmücken, hatte wohl nach dem Mönch gesucht. Mit beruhigenden Worten geleitete Bruder Bruno die Frau wieder in die oberen Räume.

Marie stieß hörbar die Luft aus. „Lasst uns schnell verschwinden."

Von Eile getrieben blieb keine Zeit für einen tränenreichen Abschied.

„Einerseits bin ich traurig", dachte Inse, „das die Stricke, die mich mit dieser Zeit verbanden, gelöst sind, doch andererseits auch erleichtert. Jetzt sind Derk und ich frei. Frei zurückzugehen."

Sechstes Kapitel

Der lange Weg zurück

Rühme Dich nicht des morgigen Tages,
denn Du weißt nicht,
was der Tag bringt!
(Sprüche Salomo 27, Vers 1)

Fahrendes Volk

Nach Wolthusen war es nicht weit. Die Torwache hatte sie ohne Schwierigkeiten passieren lassen. Bei den vielen Menschen die in und um Emden herum wohnten, waren die Mönche mit ihren Särgen schon fast ein alltäglicher Anblick. Nach einiger Zeit hörte Inse keine Laute mehr um sich herum, nur das Klappern der Pferde. Die Mönche bogen ab und kurz darauf wurden die Sargdeckel geöffnet. Inse blinzelte im Licht der hellen Sonne.

„Ihr müsst jetzt gehen. Wir haben Euch noch Vorräte eingepackt. Ihr könnt diesen Weg weiter verfolgen und kommt dann vielleicht morgen bis zum Ihlower Wald. Wenn Ihr es heute nicht mehr schaffen solltet, überlegt, ob Ihr im Freien nächtigt, um nicht doch noch entdeckt zu werden.“

Die Mönche machten sich schweigend wieder auf den Weg. Inses Dank schoben sie mit einer Handbewegung beiseite.

Inse hob ihr Gesicht der Sonne entgegen. Wie lange war es her, dass sie deren Strahlen gespürt hatte?

„Nur wenige Tage“, dachte sie, „und doch kommt es mir vor, als ob ich eine lange Zeit in den Gewölben verbracht hätte. Es scheint ein ganzes Leben her zu sein, dass ich so frei in der Sonne stand.“

Wie selbstverständlich hatte sie bislang ihre Freiheit hingenommen. Was es bedeutete, gefangen zu sein, und sei es auch nur für begrenzte Zeit, dass war ihr jetzt erst bewusst geworden. Sie wäre am liebsten herumgesprungen wie ein junges Fohlen, so glücklich war sie.

„Du siehst nicht mehr so verführerisch aus wie in der letzten Nacht." Derk grinst sie an.

Inse blickte an sich herunter. Die lange Kutte und die Kapuze versteckten sie fast völlig. Warm war ihr auch in der Kluft. Aber es war eine gute Verkleidung. Das war das Wichtigste! Sie beschloss vorerst die Kutte anzubehalten. Zwei Mönche wollten sie sein, auf der Suche nach Arbeit und Brot. Zwei unauffällige Mönche, wie sie zu Dutzenden auf der Heerstraße zu finden waren.

Sie ließen den Mönchen einen Vorsprung und folgten dann dem Weg. Derk beobachtete aufmerksam die Straße. Eine lange Zeit liefen sie einträchtig nebeneinander her und hingen ihren Gedanken nach. Die innere Spannung wich und Inse spürte, wie erschöpft sie war. Sie fühlte sich jetzt nicht mehr himmelhoch jauchzend, sondern ausgebrannt und erleichtert. Diese Zeit in den Gewölben, die Angst um Derk und vor Entdeckung, die Flucht und der Abschied von den Freunden – dies alles hatte ihr viel Kraft abverlangt.

Immer wieder neigten sie ihre Köpfe zum Gruß. Ein wandernder Scherenschleifer begegnete ihnen. Ein Bauer auf dem Weg zum nächsten Markt. Etliche Menschen mit Handkarren. Ein müder Soldaten, wohl auf dem Weg zurück nach Hause, einen blutdurchtränkten Verband um den Kopf tragend. Eine Bettlerin mit ihrer Tochter, beide in erbärmliche Lumpen gekleidet.

„Es gibt so viele Bettler in dieser Zeit, dass die Regentschaft überlegt, ob in den Städten und Dörfern nur noch die dort wohnenden Mittellosen der Bettelei nachgehen dürfen. Alle fremden Bettler würden dann keinen Einlass mehr finden. Ob das der richtige Weg ist, der enormen Bettlerschar Herr zu werden, weiß ich auch nicht." Derk zuckte mit den Schultern.

Am Wegesrand unter einem Baum machten sie Pause und lobten die Mönche für all die guten Sachen, die sich im Beutel befanden.

„In jeder Zeit gibt es gute und schlechte Menschen", sinnierte Derk, „und es gibt schwache Menschen, die sich irgendwo dazwischen befinden."

„Und es gibt zwei Menschen, die sich auf dem Weg zurück nach Hause befinden", jubelte Inse.

Sie hatte jetzt nicht mehr den Eindruck, dass ihnen noch irgendetwas passieren könnte. Es durfte einfach nichts mehr schief gehen!

Inse war so müde von der Aufregung des heutigen Tages und der Wanderung, dass sie befürchtete, nach dem Essen einzuschlafen. Sie lehnte sich gegen den Baum und verschränkte die Arme hinter dem Kopf. An dem strahlend blauen Himmel zogen vereinzelte Wolken vorbei. Es war ein warmer, lauer Sommertag. Die Luft roch nach den verschiedensten Blumen und Gräsern. Die Bienen summten um sie herum. Zwei Schmetterlinge, Kohlweißlinge, ließen sich ganz in ihrer Nähe auf einer Blume nieder. Inse fühlte sich für einen Moment wie verzaubert.

„Wie wunderschön", sie drehte den Kopf zur Seite und schaute Derk an.

„Wunderschön", Derks Blick meinte allerdings nicht die Pflanzen und Tierchen um ihn herum, sondern sie. Er schien die Augen nicht wieder von ihrem Gesicht lösen zu können. Die Kapuze der Kutte hatte Inse vom Kopf genommen. Kein Mensch konnte sie hier an diesem heimeligen Fleck sehen. Die Sonne brachte das Kupfer in ihrem Haar zum Glänzen. Die Empfindung des Glücks ließ Inses Gesicht einen Ausdruck annehmen, den Derk noch nie bei ihr gesehen hatte. Es leuchtet förmlich von Innen heraus. Ihre Augen blitzten. Sie erschien ihm so wunderschön und vollkommen! Er liebte sie einfach. Niemals zuvor in seinem Leben hatte Derk etwas Derartiges empfunden. Inse hob die Hand und strich ihm eine widerspenstige Locke seiner unbändigen Haarpracht aus dem Gesicht.

„Versprichst du mir, dir niemals dieses wunderschöne Haar wieder abzuschneiden, auch wenn die Mode sich in den letzten fünfhundert Jahren verändert hat?"

„Ich verspreche dir fast alles. Würden sich deine Gefühle denn ändern, wenn ich anders aussähe? In der Gegenwart werde ich nicht mehr der allseits geachtete, erfolgreiche Ratgeber und Goldschmied sein, als den du mich hier kennen gelernt hast."

Er schien die Frage wirklich ernst zu meinen. Inse konnte es nicht fassen.

Sie packte Derk bei den Schultern und schüttelte ihn. „Ja weißt du Dummkopf denn nicht, dass ich dich lieben würde, selbst wenn du eine Glatze hättest und auch dann noch, wenn dein Beruf daraus bestünde, täglich zwanzig Schweineställe auszumisten? Ich liebe dich einfach, begreifst du das denn nicht? Egal, wer oder was du bist und was du tust. Egal auch, wie du aussiehst. Aber", Inse fasste mit beiden Händen in sein volles Haar, „wenn du nun schon mal so eine prachtvolle Mähne hast, dann könntest du sie doch auch behalten, oder? Wenn ich es mir recht überlege, dann solltest du momentan allerdings die Kapuze der Kutte lieber nicht abnehmen. Ohne Tonsur wird dir niemand glauben, dass du ein Mönch bist."

Sie zog ihn an den Haaren zu sich und küsste ihn. Er schloss die Augen.

Nach kurzer Zeit siegte die Vernunft und sie packten die Reste der Mahlzeit wieder ein. Inse zog die Kutte aus und legte sie in ihren Beutel. Sie rechneten damit, in drei Stunden beim Wald anzukommen. Immer wieder überlegte Inse, ob es ratsam sei, den Lauf schon hier und jetzt zu beginnen. Aber die einzige Laufstrecke, der sie ohne Schwierigkeiten folgen könnten, war der Weg, auf dem sie gingen. Da ein reger Betrieb hier herrschte, war es ihnen nicht möglich unauffällig zu verschwinden. Sie mussten also warten und hoffen, dass nicht gerade wieder eine Jagdgesellschaft den Wald bevölkerte.

Die Ortschaften, an denen sie vorbeikamen, ließen sie unbeachtet hinter sich. Inse atmete auf, als der Ihlower Wald in Sicht kam. Bald würden sie es geschafft haben.

Sie begann leise zu singen. „Country roads, take me home …"

Derk stieß sie an. „Du musst Musik der heutigen Zeit singen, sonst fallen wir tatsächlich noch jemandem auf."

Er erhob die Stimme und sang ihr einige geistliche Lieder. „Verleih uns Frieden gnädiglich" und „All Morgen ist ganz frisch und neu" konnte sie sogar ohne weiteres noch mitsingen. „Seltsam", dachte Inse, „diese Lieder haben sich in fünfhundert Jahren nicht verändert. Von nun an werde ich mich immer in diese Zeit versetzt und mit den Menschen verbunden fühlen, wenn eines dieser Stücke in der Kirche angestimmt wird."

Dann landete Derk bei einem zeitgenössischen Lied, das vom Frühling erzählte, der bei jedermann die Lebens- und Liebeslust weckt. Es wurde mit den fortschreitenden Strophen immer schlüpfriger, bis Inse „Genug!" schrie. Beide waren in einer albernen Laune, das Ende ihres Abenteuers schon vor Augen!

Sie hatten nicht bemerkt, dass etliche Menschen sich ihnen von hinten näherten. Einige ritten, andere hielten Pferde am Seil, die Karren hinter sich her zogen. Es waren wohl zehn Männer und Frauen. Etliche Kinder hingen den Frauen am Rockzipfel, die Säuglinge in Tüchern vor die Brust trugen. Ihr Aussehen war fremdländisch. Inse fielen fast die Augen aus dem Kopf, als sie sah, dass sie sogar ein Kamel bei sich führten.

„Fahrendes Volk. Zirkusleute", erläuterte Derk gedämpft.

„Ihr habt eine gute Stimme, liebes Mönchlein, wenn auch der Text nicht zu Eurer Tracht zu passen scheint."

Der Anführer der Gruppe, ein gewaltig großer Mann mit muskelbepackten Oberarmen gesellte sich zu ihnen. Er trug einen Mantel, der mit einer Spange unter dem Hals gehalten wurde.

„Seid Ihr Eures Amtes überdrüssig geworden und habt Euch ein fesches Weibchen gesucht?“ Der Kräftige besaß eine dröhnende Stimme und sein Lachen klang wie Gewittergrollen. Er wandte sich zu seinen Leuten um und schrie seine Vermutung zu ihnen herüber.

Derk fluchte innerlich darüber, dass er nicht besser aufgepasst hatte. Wie konnte er in der Verkleidung eines Mönches einen Gassenhauer singen?

Er beeilte sich, eine Ausrede zu erfinden. „Wir sind uns ganz zufällig auf diesem Weg begegnet. Beide auf der Suche nach Arbeit und Brot. Ich habe mich entschlossen, ein Auge auf dieses junge Weib zu halten, da sie alleine reist. Viele Unholde lauern, wie Ihr sicherlich wisst, auf den Wegen. Viele fromme Lieder habe ich zum Besten gegeben. Das Letzte sollte lediglich ein abschreckendes Beispiel sein, welch liederliche Gesänge es gibt.“

„Sehr inbrünstig gesungen für ein abschreckendes Beispiel.“ Der Kräftige lachte aus vollem Hals. Derk hatte ihn nicht überzeugt.

„Wollt Ihr Euch ein Abendessen verdienen?“ Er schaute sie fragend an.

Was sollten sie nur machen? Derk hatte ja behauptet, dass sie Arbeit suchten. Zähneknirschend nickte er. Wenn er jetzt weiterginge, würden sie wirklich auffallen. Ihr Chance, noch an diesem Abend den Lauf zurück zu wagen, schwand.

„Ihr habt eine beeindruckende Stimme. Schlaft diese Nacht unter unserem Schutz und tretet morgen zusammen mit meiner Truppe auf. Vielleicht solltet Ihr allerdings dann die Kutte gegen etwas Geeigneteres tauschen. Das Lied von vorhin war schon nicht schlecht. Gewiss kennt Ihr noch mehr solch liederlicher ‚Abschrecklieder‘. Das heizt die Stimmung an.“

Inse stöhnte. All dies nur, weil sie angefangen hatte zu singen. Derk schaute Inse resigniert an.

Er beugte sich zu ihr. „Wir versuchen, im Wald ihrer Aufsicht zu entkommen. Ich muss unbedingt das morgige Singen verhindern. Die Gefahr, dass jemand mich erkennt, ist zu groß."

„Wir reisen noch ein kurzes Stück. Im Wald gibt es eine Holzhütte. Dort lagern wir."

Ihnen blieb nichts anderes übrig, als sich der Gruppe anzuschließen.

Die Reiter der Truppe überholten sie. Auf einem der Pferde ritt ein sehr altes, in dunkle Farben gekleidetes Weib. Das zweite Pferd wurde von einem großen Jungen geführt. Es zog eine Karre, auf dem eine Frau saß, die Inse Schauer über den Rücken laufen ließ. Sie hatte keine Beine – jedenfalls sah es ganz so aus. Der letzte Pferdewagen beinhaltete wohl die gesamte Habe der umherziehenden Leute.

Inse und Derk schlossen sich den drei Frauen und vier Männern an, die barfüßig hinter dem Tross herliefen. Eine der Frauen und zwei Männer waren von sehr fremdländischem Aussehen. Sie hatten olivfarbene Gesichter und blitzende Augen. Ihr Haar war tiefschwarz und bläulich schillernd. Ihre Kleidung bestand fast nur aus bunten Tüchern. Bis auf den kräftigen Anführer und die alte Frau waren alle Mitglieder der Gruppe schlanke und biegsame Gestalten. Die Kinder konnte man schon fast mager nennen.

Der Anführer, den die anderen Baldur nannten, führte sie in den Wald hinein. Tief drinnen befand sich eine Lichtung, auf der die Holzhütte stand. Baldur stieg ab. Er musste sich bücken, um die Hütte zu betreten. Sein massiger Körper passte nur knapp durch die Tür. Derk und Inse folgten ihm.

Das Innere der Blockhütte war unbequem. Eine Feuerstelle befand sich mitten im Fußboden. An den Wänden entlang standen Bänke, die wohl auch als Betten benutzt wurden. Im Dach war eine Luke als Rauchabzug und als einzige Lichtquelle.

Die Mitglieder des Trosses arbeiteten geschäftig. Die Frauen legten Schafspelze auf die Bettstellen. Einige zogen in den Wald, wohl um frisches Wasser zu holen. Die Kinder tollten durch die Gegend und kletterten auf die Bäume. Ein kleines Mädchen lief jauchzend hinter einem bunten Schmetterling her.

Es wurde Abend. Inse fröstelte. Die Luft wurde schnell kühl. Nachdem der Anführer der Truppe sich vergewissert hatte, dass alles seinen geregelten Gang ging, wandte er sich an seine beiden Gäste. Seine Stimme dröhnte. Die Lautstärke schien bei ihm normal zu sein. Er fungierte, wie sie später erfuhren, auch als Ansager und als Marktschreier. Seine Stimme allein lockte die Menschen herbei. Seine Gestalt tat ein Übriges. Er bedeutete Inse und Derk sich auf eine der Bänke zu setzen.

„Ich hoffe, Ihr werdet Euch bei uns wohl fühlen. Wir sind eigentlich ein sehr gastfreundliches Völkchen und für einige Zeit Mitreisende zu haben ist für uns nichts Neues. Mein Name ist Baldur, wie Euch sicherlich schon zu Ohren gekommen ist. Die alte Frau ist meine Mutter Mechthild. Sie ist die Älteste und Verehrteste unter uns. Als weise Frau sagt sie den Menschen ihre Zukunft voraus. In letzter Zeit allerdings lassen wir sie nicht mehr auftreten, aus Angst, jemand könnte sie als Hexe ansehen."

Die alte Frau schien sich ihrer Stellung bewusst zu sein. Sie hatte es sich auf einem Fell bequem gemacht und ließ die anderen arbeiten.

Baldur hob den Arm und bat einen Mann und eine Frau zu sich. „Dies hier sind Hanna und Jakob. Hanna ist meine Schwester. Sie reitet bei den Vorstellungen auf einem der Pferde, freistehend und ein Tuch über sich schwenkend." Er blickte sie beifällig an. „Jakob ist der Jongleur unserer Truppe. Er arbeitet mit Schwertern und Degen."

Baldur zeigte auf das Paar draußen bei den Pferden. „Martin ist mein Bruder. Er tanzt auf dem Seil. Sein Weib, Anna, ist für unsere Einnahmen und das leibliche Wohl zuständig. Sie beaufsichtigt die Kinder und sorgt für die Tiere. Ihre besondere Leidenschaft ist das Kamel, das sie fast so heiß und innig liebt wie ihren Gemahl." Er lachte laut und dröhnend.

Als seine Rede auf die Frau ohne Beine kam, wurde er wieder ernst. „Lea hat sich uns vor zwei Wintern angeschlossen. Eigentlich nehmen wir auf Dauer nur Leute bei uns auf, die tatsächlich ein Kunststück vortragen können. Sie ist die Ausnahme. Eine Kutsche hat sie erwischt. Der Stümper von Bader war betrunken und hat ihr die Gelenke bis zu den Knien nicht fachmännisch abgenommen. Es hat sich Brand entwickelt und ein richtiger Medikus hat ihr dann die Beine abnehmen müssen. Danach wollte sie sich das Leben nehmen. Mein Bruder Martin hat sie gerade noch rechtzeitig gefunden und überredet, mit uns zu kommen. Lea hat gelernt, allerlei Kunststücke auf ihren Händen zu vollführen. Die Leute finden es beeindruckend und es ist besser als betteln zu gehen.

Jolanta, unsere schwarzäugige Maid, stammt aus wärmeren Gefilden. Sie ist am gelenkigsten von uns allen und fasziniert alle Leute durch ihren Schlangentanz. Eigentlich war sie als Geschenk für einen Grafen gedacht, doch sie konnte fliehen und schloss sich uns an.

Die beiden anderen Männer sind ehemalige Zigeuner. Einer ist für die Musik zuständig, der andere führt mit Jolanta Tänze auf und arbeitet mit Jakob als Luftakrobat."

Baldur machte eine Pause um Atem zu schöpfen. Inse und Derk hatten gefesselt zugehört. Eine völlig neue Welt erschloss sich ihnen.

„Und was ist Euer Kunststück?" Inse hatte ihre Scheu vor dem massigen Mann verloren. Er schien gutherzig und hatte ein ansteckendes Lachen.

„Meine Wenigkeit ist der stärkste Mann der Welt. Ich führe die Leute durch unsere Vorstellung und fordere dann nach jeder Runde Männer auf, ihre Kräfte mit mir zu messen."

„Seid Ihr jemals besiegt worden?" Inse war neugierig geworden.

Baldur schaute sie schelmisch an. „Bin ich der stärkste Mann oder nicht? Wollte Ihr meine Worte Lügen nennen?"

Mittlerweile hatten die Menschen die Karren entladen und machten sich für die Nacht fertig. Eine der Frauen entfachte die Feuerstelle in der Mitte der Hütte und kochte darauf eine Suppe. Brot wurde aus den Körben genommen. Bald versammelte sich die ganze Schar um die Feuerstelle. Sie saßen zusammen, redeten und lachten. Wie selbstverständlich erhielten auch Derk und Inse Suppe und Brot. Die Kinder balgten sich wie junge Hunde. Die alte Frau lachte wiehernd und öffnete dabei ihren zahnlosen Mund. Sie wurde von allen Seiten bedient. Als Ahnfrau dieser Gruppe genoss sie ein hohes Ansehen. Die Kinder krochen bei ihr auf den Schoß. Einige Säuglinge wurden gestillt und schliefen danach zufrieden auf den Armen ihrer Mütter.

Eine eigenartige Zufriedenheit ging von diesen Menschen aus. Inse staunte. Kam es vielleicht daher, dass sie alle nur wenig Besitz ihr Eigen nannten? Dass sie freigiebig alles teilten? Das jeder wusste, wie wichtig er für die anderen war?

Sie schienen sich geliebt und verstanden zu fühlen. Wie viel Vertrauen mussten sie zueinander haben, wenn sogar die Kinder Anna uneingeschränkt überlassen wurden?

Anna war es auch, die an diesem Abend aus ihrem Leben erzählte, dem Leben, bevor sie sich der Gauklergruppe anschloss. Die Pest und der Wahn, der damit einherging, hatten sie ihrer Familie beraubt. Lange schaute sie ins Feuer, bevor sie zu erzählen begann.

„Damals, als ich noch friedlich in meines Vaters Haus wohnte, kamen uns schon Gerüchte darüber zu Ohren, dass ganze Städte von einer fürchterlichen Seuche befallen waren und zu Geisterstädten wurden. Die Krankheit raffte viele dahin, aber ich dachte immer, wir wären sicher.

In meiner Heimatstadt traf man Vorkehrungen gegen die Pest. Nachdem bekannt geworden war, dass eine der Küstenstädte durch ein Geisterschiff mit toter Besatzung infiziert wurde, befragte man einlaufende Schiffe stets nach kranken

Besatzungsmitgliedern. War ein Erkrankter an Bord, sei es auch mit einem nichts sagenden Leiden, so durfte das Schiff nicht anlegen.

Mein Vater war ein gelehrter Mann. Er war Schneider, allerdings ausgeschlossen von der mächtigen Schneidergilde, da er Jude war. Nur Christen gab es in der Gilde. Uns ging es trotzdem nicht schlecht. Vater verstand sein Handwerk und wir hatten unter den Juden viele Freunde. Seit jedoch Nachrichten von der Pest zu den Menschen unserer Stadt gelangten, begann man uns zu meiden. Vater erhielt weniger Aufträge. Man schien uns die Schuld daran zu geben, dass es die Pest überhaupt gab. Nicht unserer Familie. Alle Juden! Vater versuchte es mir und meinem kleinen Bruder zu erklären. Die Christen behaupteten, die Juden hätten alle Brunnen in Frankreich vergiftet. Dort war die Pest wohl zuerst ausgebrochen. Wir hätten dies getan, um die Christen zu vernichten. Mit der entsetzlichen Angst der Menschen um uns herum wurden auch die Stimmen lauter, die glaubten, man bräuchte nur die Juden selbst zu vernichten, um von der Pest nicht ergriffen zu werden. Einige hielten die Krankheit allerdings auch für eine Geißel Gottes. Ausgeschickt als Strafe für Sünden, die sie oder andere begangen oder nur gedacht hatten. Viele wollten die Stadt am liebsten abschließen, bis die Pest vorbei gezogen war.

Was nur könnte Gott veranlasst haben, diesen bitteren Kelch über die Menschheit auszugießen? Viele misstrauische Blicke begegneten den Ausgestoßenen, den Menschen mit unehrenhaften Berufen wie Dirnen, Henker und Gaukler sowie dem fahrenden Volk. Und natürlich uns Juden.

Je näher die Pest sich an unsere Stadt heranschlich, desto mehr brodelte es unter der Oberfläche. Unsere Küstenstadt konnte keinen rechten Handel mehr treiben, weil ringsherum alle Städte und Dörfer mit der Pest infiziert waren. Der Unmut wurde immer größer. Wann würde unsere Stadt dran sein und wie könnte es verhindert werden – dieser Gedanke spukte den

Menschen unaufhörlich im Kopf herum. Flüchtlinge wurden abgewiesen und Bettler aus der Stadt geworfen.

Dann erschienen Menschen, die vorgaben den richtigen Weg zu wissen, um der Pest zu entgehen. Die Geißelbrüder standen vor den Toren der Stadt. Ihr wisst schon, sie peitschen sich, um durch Nachahmung der Leiden Jesu ihre Sünden zu büßen. Sie wurden natürlich eingelassen. Vielleicht kam von ihnen ja noch Hilfe, wenn selbst Ärzte und Priester die wahnsinnige Krankheit nicht verhindern konnten.

Mein Vater war skeptisch. Er hatte Angst und sprach davon, dass es Zeit wäre, die Stadt zu verlassen. Mutter aber hing an ihren Freunden und liebte ihren Heimatort zu sehr. Noch hatte er sie nicht überreden können.

Ich war dabei, als auf dem freien Platz vor der Kirche der Anführer eine Rede hielt. Wortgewaltig ließ er sich über die Pest aus. Schon in der Offenbarung des Johannes sei sie als eine Plage beschrieben worden. Bei einer der sieben Schalen, die Gott in seinem Zorn über die Menschheit ausgießen würde, handele es sich um die Pest. Es hieß ja auch: „Alle, die nicht Gott anbeten, sollen mit Geschwüren übersät werden!"

Die Zuhörer schienen angesichts dieser Rede beeindruckt zu sein. Jetzt war ihnen endlich ein Weg aufgezeigt worden, sich zu retten! Die siebte Geißel war zur Bekämpfung des Teufels ausgesandt worden. Jeder musste sich also bemühen, etwas gegen das Böse zu unternehmen. Die Kirche wetterte gegen die Hetze der Geißelbrüder, doch auf ihre Stimme hörte schon längst niemand mehr. Hatten sie etwa eine Lösung vorgeschlagen, als noch Zeit war?

Dann begannen die Mordnächte. Hunderte von Juden wurden grundlos getötet. Mein Vater war einer von ihnen. Er befand sich zu der Zeit bei seinem Bruder und dessen Familie. Der jüngste Sohn fühlte sich nicht wohl und wollte draußen etwas frische Luft schnappen. Er entkam als einziger dem Massaker. Wahllos hatten die Schlächter auf Weiber, Männer und Kinder eingeschlagen, bis sich keiner mehr regte. Sie brannten alle Häuser in der Nachbarschaft meines Oheims nieder und plünderten, was ihnen wertvoll erschien.

„Judensleger" wurden diese Männer später genannt. Die „Judensleger" hatten die Worte des Geißelführers, der eine Bekämpfung Christi Gegner – und dafür hielten sie die Juden – vorschlug, sehr wörtlich genommen.

Noch in der Nacht flüchtete meine Mutter mit uns, mit mir und meinem jüngeren Bruder. Den Sohn meines Oheims nahmen wir mit. Er schien nicht mehr er selbst zu sein, hatte sich angesichts des Grauens um ihn herum aufgegeben.

Wir hörten später, dass niemand, weder Rat noch Kirche, die Mörder zur Verantwortung zogen. Im Gegenteil: Sie stritten sich um die Erbschaft der Ermordeten. Die Plünderer wurden unter Androhung von Strafen aufgefordert, ihre Beute auszuliefern. Keinen „Judensleger" hängten sie! Dieses Handeln hat mir das Vertrauen in die Gerechtigkeit genommen.

Den Einzug der Pest in unsere Stadt hat das Blutbad nicht verhindern können. Im Nachhinein bin ich der Meinung, dass sie mit den Geißelbrüdern in die Stadt gekommen ist.

Obwohl wir eigentlich schon bestraft genug waren, verschonte sie auch uns nicht. Wir hatten den Tod meines Vaters noch nicht annähernd verkraftet, da erkrankte zuerst meine Mutter, dann die beiden Kinder an der Lungenpest.

Mutter hatte uns zu einem kleinen Häuschen geführt, das abgelegen und einige Tagesmärsche von der Stadt entfernt in einem Waldstück lag. Im Angesicht der Krankheit ließ meine Mutter allen Mut fahren. Sie wusste nicht mehr aus noch ein. Wir lebten die nächsten vier Tage dahin wie Vieh ohne einen Hirten. Mutter fühlte sich müde und schlapp. Immer wieder klagte sie über Kopfschmerzen. Leichtes Fieber trat auf. Am fünften Tag zeigten sich die typischen Symptome der Pest. Auch mein Bruder und mein Vetter waren betroffen. Nur ich selbst blieb unverständlicherweise verschont.

An diesem Tag kam ein wandernder Geistlicher in die Nähe unserer Hütte. Ich holte gerade Wasser aus einer nahe gelegenen Quelle, als er sich mir näherte. Der Gottesmann schien mir ein Retter in der Not zu sein. Ich war nur ein hilfloses, fast erwachsenes Mädchen, wohlbehütet aufgewachsen und von allem Unangenehmen fern gehalten worden.

Wie flehte ich den Mann Gottes an, uns zu helfen. Uns vielleicht einen Medikus zu schicken. Als der Geistliche hörte, dass die Pest unter den Meinen weilte, wandte er sich wie gehetzt ab. Ich weiß seine Worte noch genau: ‚Welch eine Geißel Gottes! Was habt ihr armen Sünder denn verbrochen, das Gott euch so straft?' Ich habe geschrieen, dass wir nichts verbrochen hätten, unbescholtene Bürger wären. Und mein kleiner Bruder, der noch nicht sechs Jahre zählte, habe gewiss noch keine Sünden begangen und sei trotzdem krank. Der Geistliche, der sich auf der anderen Seite des Wassers befand, floh, als ob der Teufel hinter ihm her wäre.

Als ich die Hütte wieder erreichte, bot sich mir ein erbärmliches Bild. Mein kleiner Bruder lag im Sterben. Mein Vetter, den seit dem Tod seiner Eltern und Geschwister jeglicher Lebensmut verlassen hatte, wartete nur noch auf seinen Tod. Die Hütte roch nach Schweiß, Erbrochenem und den Ausscheidungen der Menschen. Alle drei Kranken krümmten sich vor inneren Schmerzen. Sie schrieen in ihren Fieberkrämpfen. Ich hatte den Eindruck, einen bösen Traum zu erleben.

Meine Mutter schlug die Augen auf und befahl mir, die Kinder zu versorgen. Als sie sah, dass mein Bruder im Sterben lag, wurde sie irre. Die Ermordung meines Vaters, das Aufgeben ihres früheren Lebens und ihrer Freunde, die Furcht und dann die Krankheit – das war wohl zuviel für sie.

Ich selbst wurde von Panik erfasst, fühlte mich der Situation nicht mehr gewachsen. Wie von Furien gehetzt lief ich zurück in den Wald. Die Schreie meiner Mutter gellen mir heute noch in den Ohren. Ihr wirres Haar, ihr irrer Gesichtsausdruck. Die von Erbrochenem und Kot übersäten Kinder. Der Gestank.

Zwei Tage hielt ich mich im Wald versteckt, weit genug von der Hütte entfernt, um nichts mehr zu sehen und zu hören. Ich selbst wollte auch sterben, doch ein innerer Trieb zwang mich dazu, das Quellwasser zu trinken.

Als ich nach zwei Tagen völlig entkräftet und von schlechtem Gewissen getrieben wieder die Hütte betrat, waren alle tot.

Da ich nicht wusste, was zu tun war, hob ich unter großen Mühen ein Grab aus und begrub die Toten. Danach lief ich ziellos aus dem Wald heraus. Stunden später schon begegnete ich den Gauklern. Vielleicht hat es so sein sollen, denn ich verliebte mich auf den ersten Blick in Jakob. Ohne viele Worte erkannte Baldur, dass ich Hilfe brauchte, und nahm mich auf. Mein Glück liegt jetzt hier. Vielleicht ist das der Sinn, welcher hinter allem steckt, und ich wurde deshalb von der Krankheit verschont."

Nachdem sie geendet hatte, nahm Jakob Anna fest in die Arme. Das Feuer der Hütte war längst heruntergebrannt, die Nacht schon weit vorgerückt. Aus dem Wald drangen die Rufe von Tieren zu ihnen herüber. Eine atemlose Stille lag im Raum. Alle hatten wie gebannt gelauscht. Inse fröstelte. Die Geschichte war ihr nahe gegangen. Sie konnte das Grauen kaum abschütteln. Zu anschaulich hatte Anna die Pest und die Judenmorde geschildert.

Nur zögerlich erhoben sich die anderen und suchten ihre Schlafplätze auf. Die Kinder gaben nur leise Seufzer von sich, als sie auf die Felle gelegt wurden. Baldur schickte sich an, auf dem Boden zu nächtigen. Für Inse und Derk hatten sie einen Platz auf den Bänken in der Hütte übrig gelassen. Er war zwar hart, aber Inse so todmüde, dass sie sogar auf einem Stein geschlafen hätte. Sie legte sich, wie die anderen auch, mit ihren Kleidern auf die Bank.

Baldur hob noch einmal den Kopf. „Was für eine Art Mönch seid Ihr eigentlich, mein Guter?"

Derk gab Auskunft: Franziskaner, von der Gasthauskirche in Emden. Baldur sah ihn nachdenklich an. Sehr nachdenklich.

„Wisst Ihr, ich bin eigentlich gut Freund mit den Mönchen. Habe für die Franziskaner aus Emden sogar schon einige Heiligtümer, heimlich natürlich, aus entfernt gelegenen Klöstern herbeigeschafft. Es gibt noch sieben Mönche in Emden, aber Ihr seid keiner von denen."

Inse sah, wie es in Derks Kopf arbeitete. Ihm wollte keine Erklärung einfallen.

„Lasst gut sein, mein Freund. Ihr seid mir keine Rechenschaft schuldig. Wir haben alle unsere Geheimnisse. Ich bin ein guter Menschenkenner und habe Euch, denke ich, richtig eingeschätzt. Meine Neugierde bezüglich Eurer Herkunft hält sich in Grenzen. Zu gegebener Zeit werdet Ihr mich schon wissen lassen, wer Ihr seid. Schlaft nun wohl. Habt gute Träume, denn bei uns wird Euch und Eurer Begleitung kein Leid geschehen."

Nach einem nachdenklichen Blick auf Inses erschrockenes Gesicht fügte er hinzu: „Wir sind auch ein gutes Versteck, wenn es das ist, wonach es Euch verlangt. Im Laufe der Jahre stoßen immer wieder neue Gesichter zu uns. Es fällt nicht auf, ob einer mehr oder weniger bei der Gruppe ist. Eine gute Nacht Euch beiden. Sollte es Euch danach verlangen, die Bank zu teilen, tut Euch keinen Zwang an."

Inse errötete. Er hatte sie durchschaut. Sie sah, dass Derk grinste. Er vertraute Baldur.

In Gedanken ließ Inse noch einmal diesen ereignisreichen Tag an sich vorüberziehen. Bevor sie jedoch bei der Ankunft in der Blockhütte angelangt war, fielen ihr die Augen zu.

Kunststücke

Als Inse am nächsten Morgen erwachte, herrschte schon reges Treiben um sie herum. Inse fühlte sich furchtbar steif und reckte die Glieder. Wie sehr sehnte sie sich danach, wieder in ihrem eigenen Bett zu schlafen!

Derk schien schon geraume Zeit wach zu sein und hatte sie beobachtet. „Du streckst und reckst dich wie ein verschlafenes Kätzchen“, raunte er ihr zu. Seine Stimme und sein heiseres Lachen ließen ihr wohlige Schauer den Rücken herunterrieseln.

Inse wusch sich in dem Bach, der in der Nähe der Blockhütte floss. Von dort holten sie auch das Wasser. Die Frauen hatten Brot mit Schmalz anzubieten und Tee, der aus gekochtem Wasser, in das einige Kräuter gegeben wurden, bestand.

Nach dem Frühstück schienen die Artisten ein festes Übungsprogramm abzuspulen. Inse und Derk sahen fasziniert zu.

An einer Stelle der Lichtung probte Jakob. Er warf Speere in die Luft, die er dann mit der der Spitze in der Hand wieder auffing. Der Höhepunkt seiner Darbietung bestand darin, ein Wagenrad auf den Schultern tanzen zu lassen.

Anna fütterte das Kamel. Es war eine besondere Attraktion und dadurch eine gute Einnahmequelle. Anna erzählte, dass es täglich vier Flaschen guten Wein und eine Unmenge an Brot verzehre. Es wirkte recht munter und schien sich wohl zu fühlen.

Mittlerweile hatte sich einer der Zigeuner bei Jakob eingefunden. Beide Männer bauten ein Sprungbrett auf, das farbig bemalt war. Jakob nahm vor dem Brett Aufstellung, während der Zigeuner, dessen Name Solm war, sich zum Sprung bereit machte. Er nahm Anlauf und vollführte in der Luft einen Purzelbaum, bevor er auf den Schultern von Jakob zu stehen kam. Inse war begeistert und rief ihm anerkennende Worte zu. Solm ließ seine weißen Zähne blitzen.

Jolanta mutete wie eine Gestalt aus tausendundeiner Nacht an. Sie trug eine eng anliegende golddurchwirkte Hose, die bis zu den Knien reichte. Um den Oberkörper waren nachtblaue Tücher geschlungen, die einen Teil ihrer wundervoll getönten Haut sehen ließen. Breite Fußketten aus glänzendem Metall rundeten ihr Erscheinungsbild ab. Zu Inses Verwunderung war Jolanta sehr gelenkig. Sie konnte ihren Körper derart nach hinten biegen, dass ihre Hände die Fußgelenke umfassten. Vollkommen rund, wie ein Ball, begann sie sich zu drehen.

Martin hatte ein Seil zwischen zwei Bäumen gespannt. Eine Stange in den Händen haltend lief er zu Inses maßlosem Erstaunen furchtlos darauf hin und her.

Inse gestand sich ein, dass sie es bislang nicht bedauerte, diesem Zirkusvolk begegnet zu sein. Inmitten all dieser Menschen fühlte sie sich wie verzaubert.

Ein würziger Geruch entstieg dem Waldboden. Er legte sich belebend auf Inses Gemüt. So wohl wie heute hatte sie sich lange nicht mehr gefühlt!

Hanna hatte sich einen etwas größeren freien Platz ausgesucht und ritt auf dem ansehnlichsten Pferd, immer im Kreis und mit der freien Hand ein Tuch schwenkend.

Baldur gesellte sich zu ihnen. „Habt Ihr schon überlegt, was Ihr morgen vortragen werdet? Besprecht Euch doch mit dem Zigeuner. Es mag sein, dass er Euch begleiten kann."

Da es scheinbar keine Möglichkeit gab, unauffällig zu verschwinden, beschloss Derk, Baldur die Wahrheit zu sagen. Sie machten einen kleinen Spaziergang durch den Wald. Dabei unterhielten sie sich und Derk erzählte die ganze Geschichte. Baldurs Blick wurde immer ungläubiger. Wenn sie auch dem Publikum täglich ihre an Wunder grenzenden Kunststücke vorführten, so ging diese Geschichte doch über seinen Verstand.

„Ihr seht mich sprachlos, und das können wenige von sich behaupten." Nachdenklich strich sich Baldur übers Kinn. „Gerne würden wir Euch bei uns behalten, aber ich glaube es wird das Beste sein, wenn Ihr so schnell wie möglich die Heimreise antretet."

Derk hatte mit Spannung auf Baldurs Reaktion gewartet. Erleichtert atmete er auf. Baldur hatte sein Vertrauen nicht missbraucht. Es fanden sich Freunde, wo man es am wenigsten erwartete.

Wolfsjagd

Der Tag war noch nicht erwacht, als sie sich am nächsten Morgen auf den Weg tiefer in den Wald hinein machten. Heute würden sie die Rückkehr wagen. Baldur hatte sie geweckt und sich im Namen aller von ihnen verabschiedet.

„Seid vorsichtig. Ein Vögelchen hat mir geflüstert, dass etwas im Busche sein soll. Die Bauern in der näheren Umgebung sprachen von einem Räuber, einem Wolf, der sich über ihr Federvieh hergemacht habe. Daher haben die hohen Herren beschlossen, eine Wolfsjagd zu veranstalten. Mich würde es nicht wundern, wenn sie in nicht allzu ferner Zeit hier auftauchten. Verschwindet vorher. Wie auch immer Ihr das machen werdet."

Nachdenklich schaute er sie an. In einer überraschenden Geste schlug er die Arme um sie beide und drückte sie an seine breite Brust. Dieser mächtige Kerl hatte ein warmes, mitfühlendes Herz.

Baldur wandte sich abrupt ab. Ohne sich umzudrehen schlug er den Weg zurück zum Lager ein. Inse und Derk schauten ihm nach. Jetzt waren sie wieder auf sich allein gestellt. Einen kurzen Moment verharrten sie in der wohltuenden Zweisamkeit, die sie trotz der guten Freunde, die die Zirkusleute ihnen geworden waren, vermisst hatten. Fernab der Realität, in einer Atmosphäre jenseits von Raum und Zeit genossen sie die Stille und die Nähe des anderen in dieser Zeit vor Anbeginn des Tages. Derk streckte die Arme nach ihr aus. Inse schmiegte sich an ihn. Eng umschlungen hielten sie sich. Inse spürte Derk mit jeder Faser ihres Körpers.

Vereinzelt waren Vögel zu hören. Inse lehnte sich mit einem zufriedenen Seufzen gegen Derks festen Körper. Es tat gut, einen Menschen zur Seite zu wissen, mit dem man alles teilen konnte.

Nur widerstrebend löste sie sich dann aus seiner Umarmung und begann in ihrem Sack nach der Mixtur für die Rückreise zu suchen. Sie öffnete den doppelten Boden und nahm triumphierend die beiden Flaschen heraus.

Ihr fiel auf, dass Derk angestrengt auf etwas zu lauschen schien. Mahnend hob er einen Finger an die Lippen.

„Ich glaube, ich höre die Hörner einer Jagdgesellschaft. Wir müssen aufpassen, dass wir ihnen nicht über den Weg laufen."

Inse schüttelte den Kopf. „Glaubst du, das ist die Wolfsjagd, von der Baldur sprach? Vielleicht spielt dir dein Ohr einen Streich."

Doch dann hörte sie es selbst. Ein resigniertes Seufzen entstieg ihrer Kehle. Immer näher kamen die Geräusche von Jagdinstrumenten und Pferden. Hunde waren zu hören. Man konnte schlecht ausmachen, ob sich die Jagdgesellschaft näherte oder einen anderen Weg durch den Wald nehmen würde.

Jetzt waren die Schreie von Männern und das Bellen von Hunden deutlich zu hören.

Inse geriet in Panik. Was sollten sie zur Erklärung sagen, falls sie ihnen begegnen würden? Welche Geschichte konnten sie der Jagdgesellschaft auftischen? Sie hatte mittlerweile eigentlich auch keine Lust mehr auf irgendwelche Ausreden. Wo sollten sie sich verstecken? Die Hunde würden sie bestimmt entdecken.

Derk wies mit dem Finger auf einen Bachlauf, der sie vom anderen Ende des Waldes trennte.

„Die Hunde werden unsere Spuren nicht aufnehmen können, wenn wir das Wasser überqueren." Leise zog er sie mit sich fort. Inses Herz klopfte einen wilden Rhythmus. Sie wollte jetzt eigentlich nur noch fort aus dieser Zeit.

Während Derk für sie einen Weg durch das Dickicht bahnte, versuchte Inse angestrengt, ihm zu folgen ohne zu stolpern.

An den Händen halten konnten sie sich nicht. Zweige und Blätter schlugen ihr ins Gesicht. Die Angst vor Entdeckung trieb sie an.

Der Bach lag vor ihnen. Inse nahm Anlauf und setzte über. Derk wollte gerade springen, als ihn Inses Gesichtsausdruck zurückhielt. Verzweiflung und Furcht lag darin.

„Derk, ich habe meinen Leinenbeutel verloren."

Kaum hatte sie das letzte Wort ausgesprochen, da kehrte Derk auch schon um und lief los. Inses Herz schlug ihr bis zum Hals. Das Blut rauschte in ihren Ohren. Wie konnte ihr das nur passieren. Die Hunde kamen näher. Schon konnte Inse die Stimmen der einzelnen Tiere unterscheiden. Dann sah sie Derk kommen. Mit dem Leinenbeutel in der Hand rannte er durch das Gestrüpp. Zweige peitschten ihm ins Gesicht. Die Hunde waren ihm dicht auf den Fersen. Mit einem gewaltigen Satz sprang Derk über den Bach, ergriff Inses Hand und zog sie mit sich fort.

„Lauf! Ich weiß nicht, ob die Männer mich gesehen haben. Lass uns sehen, dass wir hier schnell verschwinden."

Im Laufen zog Inse die beiden Perlen aus ihrem Haar. Eine gab sie Derk. Dann hielten sie kurz, um das Getränk aus dem Beutel zu nehmen. Derk lehnte sich schwer atmend gegen einen Baumstamm.

„Das war knapp."

In großer Eile tranken sie. Inses Augen suchten nach einem geeigneten Weg. Sie lief voran. Immer noch raste ihr Herz. Doch dann, nach einer Weile, perlte alle Aufregung von ihr ab. Alles was sie belastete wurde bedeutungslos. Nichts war mehr wichtig, außer diesem Schritt, den sie gerade tat. Dieser Schritt, dieser Schritt, dieser Schritt. Wohltuende Stille fing sie auf. Jeglicher Gedanke flog ins Nichts. Inse wusste, dass alles um sie herum eins war, sie selbst eine Einheit mit allem. Der Raum und die Zeit nahmen sie auf wie ein Staubkorn zu einem Ganzen.

Als sie wieder festen Boden unter den Füßen spürte und auf den Weg achtete, kam ihr ein Jogger entgegen – mit gelber Mütze. Er grüßte freundlich und schaute etwas befremdet auf ihre Kleidung. Als Inse einen Jubelschrei ausstieß, schüttelte er den Kopf, setzte aber seinen Lauf unbeeindruckt fort.

Inse blieb stehen und stieß mit Derk zusammen, der dicht hinter ihr lief. Sie fiel ihm um den Hals.

„Wir haben es geschafft."

Derk hob Inse hoch und wirbelte sie durch die Luft. „Ich danke dir, dass du mich aus dem Gefängnis der Vergangenheit befreit hast."

Ohne darauf zu achten, wo genau sie sich befanden, nur in dem guten Gefühl, wieder zu Hause zu sein, ließen sie sich unter einem Baum fallen.

Nach einer kurzen Verschnaufpause orientierte Inse sich. Sie verließen den Ihlower Wald auf direktem Wege. Inse konnte es kaum erwarten, Sarah anzurufen. Die nächste Telefonzelle war die ihre. Ein wenig atemlos zerrte sie die Telefonkarte aus dem Geheimfach des Rucksacks.

Sarah meldete sich nach dem Freizeichen sofort. Es schien, als habe sie neben dem Telefon gesessen. Inse konnte den Luftsprung förmlich spürten, den Sarah machte. Sie schrie fast ins Telefon.

„Endlich, endlich bist du zurück. Ich dachte schon, ich müsste verrückt werden vor Sorge. Niemals wieder werde ich einen Menschen in die Vergangenheit schicken. Du kannst dir nicht vorstellen, welche Gewissensbisse ich hatte, welche Sorgen ich mir gemacht habe." Sarah überschlug sich. Die Erleichterung war fast greifbar zu spüren.

„Geht es dir gut? Hast du alles regeln können? Wo bist du?" Sie musste erst einmal Luft holen.

„Frag lieber, wo seid ihr. Du wirst mich nicht allein vorfinden.

Ich habe einen Gast, einen bleibenden Gast aus der Vergangenheit mitgebracht!"

Auf der anderen Seite war es still. Unheimlich still.

„Inse! Du wusstest, dass du dich nicht in die Geschichte einmischen darfst, jedenfalls nicht mehr als nötig ist. Du durftest keinen Menschen aus der Vergangenheit mit in die Gegenwart nehmen. Sag, dass das ein schlechter Scherz war!"

Inse beeilte sich, Sarah zu beruhigen. „Keine Sorge. Bei meinem Gast handelt es sich um ein besonderes Exemplar von einem Mann." Inse hörte Sarah am anderen Ende aufstöhnen. „Erinnerst du dich noch an die Geschichte mit dem Kerl, der unwillentlich in die Vergangenheit geschickt wurde? Ihn konnte ich ja wohl kaum dortlassen, oder?"

„Das kann doch wohl nicht möglich sein, dass du unter all den Menschen jener Zeit diesen armen Mann ausfindig gemacht hast? Na ja, wenn dir das gelungen ist, dann muss es ja wohl eher Schicksal oder Fügung gewesen sein, was euch zusammengeführt hat. Da habe ich wohl etwas voreilig reagiert. Nun sag mir schon, wo ihr seid, damit ich euch abholen kann."

Sarah hatte Inses letzte Worte gar nicht mehr gehört, denn kaum wusste sie, wo genau Inse auf sie wartete, da war sie auch schon unterwegs.

Keine halbe Stunde später hielt der Beetle vor den beiden Heimkehrern. Sarah sprang mit einem Satz aus dem Auto und umarmte Inse. Mit schlechtem Gewissen bemerkte diese, dass sie weinte.

„Nur Freudentränen." Sarah wich ihrem fragenden Blick aus und fuhr sich mit der Hand über die Augen. Dann erst nahm sie sich Zeit und musterte Derk. Er hielt ihrem Blick stand und Sarah nickte ihm zu.

„Herzlich Willkommen zu Hause. Darf ich die erst sein, die Ihren Bericht über die unfreiwillige Reise in die Vergangenheit hört?"

„Mit Vergnügen. Sie werden auch die einzige sein, der ich von meinem Abenteuer erzähle. Für die anderen werde ich, wie immer, überraschend wieder im Lande sein und die Recherchen zu meinem Buch abgeschlossen haben. Doch ich denke, heute Abend wird zuerst einmal Inse an der Reihe sein, Ihnen ihre Abenteuer zu erzählen. Aber keine Angst, über mich werden Sie dabei auch so einiges erfahren."

Inse fühlte sich mit einem Mal ungeheuer erschöpft. Derk schien dies zu merken und legte stützend den Arm um sie. Sarahs Augen beobachteten neugierig die kleine Szene – aha, so war das also!

Sie fuhren auf direktem Wege zu Inses Haus. Es war ihr, als ob sie nach einer langen Urlaubsreise zurückkehrte. Alles erschien so fremd, die Zimmer so groß im Gegensatz zu den kleinen Räumen der Hütten und Häuser, die sie kennen gelernt hatte. Ihre Hand strich über jedes Möbelstück. Wie froh war sie, dies alles wieder sehen zu dürfen! Manchmal hatte es ja doch auf Messers Schneide gestanden mit ihrer Heimkehr. Und zu Hause, egal ob von einer Urlaubsreise oder einer Reise in die Vergangenheit zurück, war es doch von jeher am besten.

Sie ließ sich in den bequemsten Sessel fallen, bedeutete Derk sich neben sie zu setzen und seufzte noch einmal wohlig auf. Sarah wirbelte herum, brachte Tee und machte Brote zurecht. Es gefiel Inse, sich so umsorgen zu lassen. Der Tee schmeckte Inse wie eine lang entbehrte Kostbarkeit. Sarahs neugierigen Blick ignorierte sie vorerst.

Nach der dritten Tasse konnte Sarah es dann aber nicht mehr aushalten. Sie hatte den Laden geschlossen.

„Ich kann es jetzt nicht mehr abwarten. Weiht mich ein! Was gibt es zu berichten? Erzählte mir alles, alles, alles!"

Den ganzen Nachmittag und den Abend erzählten Inse und Derk abwechselnd. So einige Details, die sie beide persönlich betrafen, streiften sie nur am Rande. Aber Sarah konnte auch zwischen den Worten und Blicken, die sie tauschten, genug lesen.

Dieser junge Mann gefiel ihr ungemein gut. Er hatte Sinn für Humor und für das Wesentliche im Leben. Er war bestimmt der Richtige für Inse.

Viele Tassen Tee später beschloss Sarah, dass es vorerst genug sei mit Fragen, Fragen, Fragen. Die beiden hatten nun zuerst einmal Ruhe nötig. Inse war dann auch froh, dass sie sich in ihr Bett fallen lassen konnte. Derk hatte sich mit einem Augenzwinkern von ihr verabschiedet. Er würde das Gästezimmer beziehen. Kaum, dass sie den Kopf aufs Kissen gelegt hatte, fielen Inse die Augen auch schon zu. Sie war ja so erleichtert, wieder zu Hause zu sein! Niemals hätte sie es zugegeben, nicht einmal vor sich selbst. Doch die Angst, es nicht zu schaffen, den Weg zurück nach Hause, zurück in die Gegenwart zu finden, hatte sich um ihr Innerstes gelegt wie ein eiserner Ring. Jetzt endlich war sie davon befreit.

Sarah blieb lange wach. Wie mutig diese beiden Menschen, die ihr so sehr am Herzen lagen, waren! Was hatten sie nicht alles riskiert für die nachfolgenden Generationen.

Und das Seltsamste war, dass niemals ein Mensch etwas davon erfahren würde, erfahren durfte. Niemand würde es ihnen danken. Die Menschen wußten ja nicht einmal, dass sie überhaupt von einer Gefahr bedroht waren. Wie mochte diese Gefahr aussehen, die ein Nachfahre oder eine Nachfahrin von Tetta bannen sollte? Wie würde sie sich darstellen? Als eine Krankheit, wie von Inse vorausgesehen? Und würden sie das noch in ihrem Leben erfahren?

Zum guten Schluss

Derks schwarzes lockiges Haar glänzte in der Sommersonne. Er trug es so, wie Inse es liebte, lang und offen. Die letzten zwei Sonnenmonate hatten seiner Haut einen noch dunkleren Teint gegeben. Seine weißen Zähne blitzten, als er jetzt in lautes Gelächter ausbrach. In dem dunklen Anzug mit weißem Hemd sah er unverschämt gut aus, strahlte eine unbändige Lebenslust und ungetrübte Freude aus.

„Nein, nein. Sie wird mich nicht versetzen, da bin ich mir ganz sicher. Inse hat sich bislang reichlich Mühe gegeben, mich in ihre Heimat zu holen. Da wird sie mich bei unserer Trauung nicht hängen lassen."

Die Kutsche wartete schon und eigentlich fehlte nur noch Inse, dann konnte die Fahrt zur Kirche losgehen. Die Freunde, Verwandten, Bekannten und Nachbarn würden hinter der Kutsche herfahren. Sie schienen aufgeregter zu sein als er.

Die letzten beiden Monate waren die glücklichsten in Derks Leben gewesen. Es war für ihn einfach nicht mehr vorstellbar, wie er es all die Jahre ohne Inse ausgehalten hatte. Derk freute sich auf ihr gemeinsames Leben so sehr wie auf nichts bisher. Und er hatte sich diese Hochzeit gewünscht wie nichts zuvor in seinem Leben. Sie beide waren wie zwei Teile, die bislang allein gelebt hatten, aber nur darauf gewartet hatten, eins zu werden.

Derk hatte seine Wohnung aufgegeben, um in Ostfriesland zu bleiben. Er, der sonst als Autor wochenlang zu Recherchearbeiten in alle Welt gezogen war, beschloss, sich an einem Roman über das Mittelalter zu versuchen. Wem sonst, wenn nicht ihm, könnte es gelingen, die Welt des späten Mittelalters realistisch darzustellen, den Zauber jener Zeit einzufangen! Ideen gab es genug, die ihm für einen Roman einfielen. Er brauchte eigentlich nur über die Menschen zu berichten, die er kennen gelernt hatte.

Ihr gemeinsames Abenteuer musste natürlich ihr beider Geheimnis bleiben. Alle Welt dachte, er habe Inse bei ihrer Urlaubsreise kennen und lieben gelernt. Die Nachbarn und alle, die Inse gern hatten, waren begeistert, dass sie nun doch noch den Mann fürs Leben gefunden hatte. Als sich dann noch herausstellte, dass er ihnen Inse weder in eine andere Stadt entführen noch der Bioladen geschlossen werden würde, waren alle gänzlich zufrieden.

Derk wurde aus seinen Gedanken gerissen, als sich endlich die Tür öffnete. Beifall wurde geklatscht, als Inse erschien.

„Sie sieht genauso glücklich aus, wie ich mich fühle", dachte Derk, „und schön!"

Inses Augen strahlten. Ihr langes Haar, das in der Sonne kupfern glänzte, trug sie offen. Es fiel ihr weit den Rücken herunter. Ihr Brautkleid war schlicht und lang – und weiß natürlich. Die Kette mit dem Herz, die sie trug, war ein Mitbringsel aus der Vergangenheit. Derks erstes Geschenk an sie!

Inses Augen suchten Derk in der Menge. Mit langen, schnellen Schritten lief sie auf ihn zu. Wie schon so oft zuvor fasste er Inse um die Taille und wirbelte sie durch die Luft. Ihr Haar hüllte sie beide ein wie ein Mantel.

Epilog

Aufseufzend ließ sich Tetiana hinter das Steuerrad fallen. Heute empfand sie es als Genuss, nur noch das Fahrziel eintippen zu müssen, sich entspannt und ohne eigene Anstrengung ans Ziel bringen zu lassen. Diese neue Technik funktionierte durch Induktionsschleifen, die in den Straßen verlegt worden waren. Sie übertrugen ihre Befehle durch magnetische Energie an das jeweilige Auto, hielten es in der Spur, beschleunigten, bremsten – je nach Bedarf.

Das Nachdenken über diese neue Errungenschaft der Technik lenkte sie einige Sekunden von der Aufregung des heutigen Tages ab. Niemals zuvor in ihrem Leben hatte Tetiana so sehr im Mittelpunkt des Interesses gestanden wie heute.

Selbst das von ihr organisierte Konzert mit Werken eines ihrer Vorfahren, Musikstücke aus dem Mittelalter, die Tetiana in den Zwischenräumen eines altertümlichen Holzwaschzubers entdeckt hatte, sorgte nicht für ein derartiges Aufsehen.

Der Musik im Allgemeinen, besonders aber der klassischen Musik galt ihre Liebe. Sie konnte alles um sich herum vergessen, völlig eintauchen in diese Zauberwelt der Musik.

Als es für Tetiana um die Entscheidung ging, zwischen einem Leben nur für die Musik oder als Wissenschaftlerin, fiel es ihr schwer, der Wissenschaft treu zu bleiben. Aber sie hatte von Anfang an intuitiv gewusst, dass ihr Schicksal, ihre Aufgabe nicht in der Musik zu finden war. Zeit ihres Lebens hatte sie einem Ereignis, einer Entdeckung – der heutigen Entdeckung, dem heutigen Tag – entgegen gelebt. Tetiana wusste mit Sicherheit, das heutige Geschehen war der Grund ihres Daseins. Zumindest der

Hauptgrund. Das war ihre Aufgabe gewesen – und sie hatte sie gemeistert!

Ihr Wagen bog von der Autobahn ab und jetzt lag die Steuerung wieder bei Tetiana selbst. Die wenigen Kilometer bis zu ihrer Wohnung konzentrierte sie sich auf das Autofahren.

Nachdem ihr Wagen in der Garage stand, steckte sie die Karte in den entsprechenden Türschlitz und mit einem Summton öffnete sich die Wohnungstür. Noch beim Ausziehen des Mantels schaltete Tetiana durch ein Codewort den Fernseher an.

Günstig! Wie immer um zwanzig Uhr begannen gerade die Nachrichten. Sie ließ sich in den alten, gemütlichen Sessel fallen und starrte gebannt auf die Mattscheibe.

Tetiana hatte stets von sich behauptet, am Aussehen ihres langen braunroten Haares könne ein Eingeweihter ihre jeweilige Verfassung ablesen. Waren sie eher glatt, dann befand sie sich in einem Stadium absoluter Entspannung. Jetzt, am heutigen Abend, ringelte sich ihr Haar in großen Locken um ihren Kopf. Den ungewöhnlichen Rufnamen „Tetiana" verdankte sie einer Vorfahrin mütterlicherseits, namens Tetta. Von der Statur her eher klein, aber zierlich gebaut, wirkte sie mit ihrer regenbogenfarbenen Jeans und dem ponchoartigen, erdbraunen Pullover wie eine zauberhafte Waldfee.

Sie fühlte sich heute Abend aber eher wie eine Zauberin. Denn einen Zauber, ein Wunder hatte sie bewirkt, mitten hinein in die Katastrophe und das Chaos der letzten Wochen.

Sie kroch fast in den Fernseher hinein. Jetzt, ja jetzt brachten sie es! Sogar in den Augen der sonst so neutralen Nachrichtensprecherin glaubte Tetiana ein triumphierendes Aufblitzen entdecken zu können, während sie die freudige Nachricht verlas:

> „Wie erst heute Nachmittag bekannt wurde, ist von einer bislang unbekannten Wissenschaftlerin ein Impfstoff gegen den Erreger der Grönland-Seuche gefunden worden.

Bei der so genannten Grönland-Seuche handelt es sich um ein tödliches Virus, mit dem sich in den vergangenen zwölf Wochen Tausende von Menschen infiziert haben. Die bislang unbekannte Krankheit, ein prähistorisches Virus, war aufgetreten, nachdem die erhöhte Erwärmung der Erdatmosphäre das Eis an den Polen vermehrt hatte schmelzen lassen. Das im Endstadium tödliche Virus hatte den eisigen Aufenthalt am Pol überlebt und war noch infektiös.

Wie eine Flutwelle rollte er auf Europa zu. In panischer Eile versuchte ein Heer von Wissenschaftlern aus aller Welt einen Impfstoff gegen die Krankheit zu entwickeln.

Erst der besonderen Entdeckung der Wissenschaftlerin Tetiana Freese ist es zu verdanken, dass die Seuche besiegt werden kann. Auch für die Infizierten bestehen gute Chancen auf Heilung."

Genüsslich hatte Tetiana den Ausführungen der smarten jungen Nachrichtensprecherin gelauscht. Im Hintergrund war ein Bild von ihr eingeblendet. Es zeigte sie mit einem triumphierenden Lächeln. Ihr langes Haar war von einem Gummiband gehalten und ihr Gesicht trug noch Spuren der Anstrengung und Anspannung der letzten Wochen.

Sie hatte es geschafft! Natürlich nicht nur sie – sie und ihr Team! Aber sie allein hatte die entscheidende Entdeckung gemacht.

Tetianas Gedanken flogen zu all den Menschen, für die diese Entdeckung neue Hoffnung bedeutete. Noch gestern galt jeder Mensch, der infiziert war, als hoffnungslos verloren.

Bundesweit waren ganze Krankenhäuser in Quarantänestationen umfunktioniert worden. So auch die große, erst vor drei Monaten fertig gestellte Klinik für Lungenerkrankungen. Der Stifter dieser Klinik, ein schwerreicher ostfriesischer Autor, hatte als Bauplatz ein seinem eigenen Haus gegenüberliegendes Grundstück zur Verfügung gestellt. Idyllisch gelegen im „Schutzgebiet Ostfriesland“ an einem wiederhergestellten Kanal. Tetiana hatte die Einweihungsfeier am Bildschirm verfolgt und sogleich Sympathie für Derk und Inse Raveling, die Stifter, empfunden. Das noch nicht belegte Krankenhaus war natürlich hervorragend geeignet, die vielen Infizierten aus der ostfriesischen Region aufzunehmen.

Tetiana atmete noch einmal tief ein. Ihre Gedanken wurden wieder auf die Nachrichtensendung gelenkt. Am Ende der Abendnews kam die Rede auf die Aufzeichnungen des heutigen Nachmittages.

> „Im Anschluss an die heutige Nachrichtensendung werden wir über die bisherigen Forschungsarbeiten der jungen Wissenschaftlerin und ihres Teams berichten.“

Tetiana schaltete den Kasten durch das entsprechende Codewort ab. Die Sondersendung hatte sie ja als Hauptperson mit gestaltet, da brauchte sie sich nicht alles noch einmal anzuschauen.

Mit der stets bereitliegenden Fernbedienung für die Stereoanlage bediente sie den CD-Spieler. Als sie mit einer Flasche trockenen Rotweins und einem bauchigen Glas aus der Küche kam, erklangen schon die ersten Töne ihres Lieblingsstücks von Mozart.

Nachwort

Mit diesem meinem ersten Roman hoffe ich, nicht nur eine spannende Story zu erzählen, sondern auch ein Stück der faszinierenden ostfriesischen Geschichte, wie ich sie sehe, den Lesern näher zu bringen.

Viel von der Atmosphäre und den tatsächlichen Begebenheiten im Ostfriesland des sechzehnten Jahrhunderts sind leider für immer verloren gegangen. Ich habe mich jedoch bemüht, mich in die Zeit und in die Menschen, die damals lebten, hineinzufinden. In Museen, Kirchen, Bibliotheken und Buchhandlungen bin ich fündig geworden.

Ein besonderer Dank gilt meinem Schwiegervater, Gerhard Oltmanns, der eine schier unerschöpfliche Quelle an ostfriesischer Literatur besitzt und mir zur Verfügung stellte. Bücher, Karten, Zeitschriften und Kalender wurden von mir gewälzt. Vieles über die damalige Zeit habe ich dabei erfahren, die Persönlichkeiten der einzelnen Figuren erahnt.

Wo ich keine näheren Angaben fand, nahm ich meine Fantasie zu Hilfe. Ich erhebe keinen Anspruch darauf, dass sich damals das Leben so abgespielt hat, wie ich es beschrieben habe, oder die Landschaft meinen Bildern entsprach.

Viele der von mir genannten Personen haben tatsächlich gelebt. Sicherlich Unrecht getan habe ich Johann von Oldenbokum. Allerdings geht aus dem Hausbuch des Unico Manninga hervor, dass auch dieser ihn für den Schuldigen am Tode seiner Frau hielt. Das Hausbuch des Unico Manninga ist eine Fundgrube für die Mode der damaligen Zeit. Die Kleidung und Frisuren meiner Romanfiguren sind teilweise an Abbildungen im Manninga-Buch angelehnt. Die Trachten wurden überwiegend im 15. Jahrhundert, aber auch noch bis weit in das 16. Jahrhundert hinein getragen.

Ludwig von Nassau hat versucht die Regenten zu überreden, von Emden aus seine Gegner angreifen zu dürfen, allerdings einige Monate früher. Die sich infolge aus seinem von Land aus stattfindenden Angriff der spanischen Besetzer ergebende Schlacht bei Jemgum ist in die ostfriesische Geschichte eingegangen.

Bei der „Brautschau" in Schweden hatte Graf Johann eine wilde Romanze mit der Schwester von Katharina. Ehelichen wollte er sie aus bislang ungeklärten Gründen jedoch nicht.

In meinem Roman spielt Inse die Rolle der Tochter des Grafen Johann. Der Graf wäre aber im Jahre 1568 zu jung gewesen, um eine Tochter in ihrem Alter zu haben.

Die Gesellschaft der englischen Kaufleute in Antwerpen, die sich die Adventuriers nannte, trafen während des englisch-niederländischen Handelskrieges im Jahre 1563/64 mit der Gräfin Anna eine Übereinkunft zur Verbesserung der Handelsbeziehungen zwischen Emden und England. Die Adventuriers errichteten eine englische Handelsniederlassung in Emden. Als im März 1564 vierundvierzig englische Schiffe den Emder Hafen erreichten, wurde ein rauschendes Fest gefeiert. Kein Jahr später allerdings versöhnten sich die Engländer mit der niederländischen Regentin und packten ihre Sachen. Diese ganze Geschichte ereignete sich etwa fünf Jahre früher als von mir beschrieben.

Die sechs Gemälde, die Katharina, die Ehefrau von Graf Edzard, für sich anfertigen ließ, können heute im Emder Museum bewundert werden.

Die Pest grassierte 1568 in Emden. Auch schon einige Jahre zuvor, 1559, wütete die Pest verheerend in Ostfriesland. Beispielsweise starben drei Norder Prediger innerhalb von fünf Wochen!

Eine Kassettendecke aus der Werkstatt des Holländers Floris in der Art, wie ich sie im großen Saal der Emder Burg beschrieben habe, befindet sich in Jever im Schlossmuseum. Ob die Burg eine derartige Decke besaß, ist ungewiss. Da die Gräfin Anna jedoch das Grabmal ihres Mannes von Floris oder seinen Mitarbeitern herstellen ließ, scheint es nicht abwegig, dass auch Arbeiten auf der Burg vorgenommen wurden. Auch die Tatsache, dass das „Fräulein von Jever" eine Kassettendecke einbauen ließ, kann als Hinweis gedeutet werden, dass sich auf der Burg eine ähnliche Decke befand. Die Jeveraner Regentin versuchte zur damaligen Zeit beständig, konkurrenzfähig zu den Emder Grafen zu sein. Die Schmach, dass weder sie noch ihre Schwester vom Vater der Regenten Johann und Edzard geehelicht worden waren, nagte nachhaltig an ihr. Immer wieder versuchte sie zu beweisen, dass sie es in allen Dingen „mindestens ebenso gut machen konnten" wie der Emder Graf und seine Familie.

Der von mir geschilderte Hexenprozess hat so oder in ähnlicher Form stattgefunden. Allerdings wurde Tyabbe trotz aller Versuche ihres Mannes und ihrer Familie nicht befreit. Nach etlichen Jahren qualvoller Kerkerhaft und Folter starb sie in ihrer Zelle in einer Winternacht – sie erfror. Zeitlich gesehen fand diese Geschichte allerdings erst einige Jahre später statt.

Der Geistliche Dietrich Spranger hat tatsächlich Hexen angeklagt und verurteilt. Ob er allerdings der Bösewicht war, als den ich ihn geschildert habe, vermag ich nicht zu beurteilen. Sein Charakter in diesem Roman ist meiner Fantasie entsprungen.

Das beeindruckende Schwert des Scharfrichters kann im Schlossmuseum Jever besichtigt werden.

Nach meinen Nachforschungen gab es ein altes Gesetz in friesischen Landen, das „Alte Recht“ genannt, wonach es heißt: „So das Richterschwert einem Mann harret, und es tritt vor allem Volke eine elternlose, unbescholtene Jungfrau zum Richter, die sich den Mann zum Ehegemahl erbittet, so sei ihm das Leben geschenkt und er seiner Strafe ledig!“

Die Legende existiert, dass in früherer Zeit ein unterirdischer Gang von der Klosterkirche Faldern (Gasthauskirche) zur Großen Kirche geführt haben soll. Die Gasthauskirche existiert heute leider nicht mehr. Sie brannte ab.

Die von mir beschriebene Madonnenfigur im unterirdischen Geheimversteck befindet sich in der Kirche Funnix. Ihre Herkunft ist bis heute ungeklärt.

Das von mir beschriebene Gemälde ist Teil des Altaraufsatzes der Lambertikirche in Aurich. Der Altaraufsatz wurde ursprünglich für die Kirche des Zisterzienserklosters in Ihlow von der Lukas-Gilde in Antwerpen geschaffen.

Wölfe wurden im Mittelalter unbarmherzig gejagt. Es galt als Besonderheit, einen Wolf erlegt zu haben. An die Wolfsjagden in Ostfriesland erinnert das so genannte „Wolfsbild“ von Meppe Schwitter, das im Schlossmuseum in Jever besichtigt werden kann.

Bei dem Weg vom Ihlower Wald bis nach Emden, den ich Inse gehen ließ, habe ich mich größtenteils an die alte Heerstraße gehalten. Sie führte von Aurich über Haxtum, Fahne, Bangstede, Ochtelbur nach Riepe, dann nach Uphusen, Wolthusen bis Emden, wobei ein Tief zu überqueren war.

Nicht nachweisbar ist, ob es den beschriebenen Weg vom Ihlower Wald bis nach Riepe gegeben hat.

Zu guter Letzt möchte ich noch besonders meinem Mann danken, der als Einziger von der Entstehung dieses Romans wusste. Er hat mir so manches Mal unaufgefordert die Kinder abgenommen, wenn ich unterwegs war, um Nachforschungen anzustellen oder Stunde um Stunde vor dem Bildschirm und über den Büchern saß!

Jutta Oltmanns, Dezember 2001

Quellennachweis

1. Ostfriesland Kalender.
   1926, 1927, 1929, 1930, 1931, 1933, 1934, 1937, 1938, 1939, 1940, 1942, 1943, 1952, 1953, 1957, 1961, 1962, 1963, 1964, 1965, 1968, 1974, 1975, 1979, 1980, 1981, 1983, 1987, 1988, 1992, 1993, 1995, 1998, 2001.
   Verlag Soltau-Kurier, Norden.

2. Ostfriesland Magazin.
   1984, Nr. 10
   1985, Nr. 12
   1986, Nr. 12
   1987, Nr. 4, 5, 6, 9
   1988, Nr. 1, 9
   1989, Nr. 8, 10
   1990, Nr. 2
   1992, Nr. 2, 4, 5, 8, 12
   1993, Nr. 1, 2, 7
   1994, Nr. 1, 4, 8, 10, 11, 12
   1995, Nr. 3
   1996, Nr. 3, 7
   1997, Nr. 9, 11, 12
   1998, Nr. 6, 7, 8
   1999, Nr. 2, 5, 8, 10
   2000, Nr. 4
   Verlag Soltau-Kurier, Norden.

3. Schlossmuseum Jever, Objekt des Monats Nr. 27, Mai 1990.

4. Schlossmuseum Jever, Objekt des Monats Nr. 29, Dezember 1990.

5. Ostfriesland, Geschichte und Gestalt einer Kulturlandschaft.

Herausgegeben von Karl-Ernst Behre und Hajo van Lengen, 3. Auflage 1998, eine Gemeinschaftspublikation der Ostfriesischen Landschaft in Aurich und des Niedersächsischen Instituts für historische Küstenforschung in Wilhelmshaven.

6. Frisia Orientalis, Daten zur Geschichte des Landes zwischen Ems und Jade, Dettmar Coldewey, Verlag Lohse-Eissing, Wilhelmshaven, 5. Auflage 1987.

7. Die Friesen. Das Volk am Meer, Franz Kurowski, Lizenzausgabe für Bechtermünz Verlag, im Weltbild Verlag, Augsburg 1996.

8. Das Mittelalter, Bilder aus dem Leben und Treiben aller Stände in Europa, Rudolf Kleinpaul, Stürz Verlag GmbH, Würzburg 1998.

9. Geo „Epoche“, Das Mittelalter. Ein Blick auf 1000 rätselhafte Jahre, Gruner und Jahr AG & Co, Druck- und Verlagshaus, Hamburg 1999.

10. Hexen und Hexenwahn, Band 97, 1994; Burgen, Band 106, 1998; „Was ist was“, Tessloff Verlag, Nürnberg.

11. Emdens Seefahrt, Reinhard Bruhn, Herausgeber: Stadtsparkasse Emden, Emden 1980.

12. Leben im Mittelalter, 3. Auflage 1999; Burgen, 5. Auflage 1999; „Sehen, Staunen, Wissen“, Gerstenberg Verlag, Hildesheim.

Fußnoten

1 Was die Frauen auf dem Lande an Gold oder anderem Geschmeide fertigen lassen, das sollen sie ohne Besteuerung tragen und gebrauchen.

2 Am Sonntag, am Sonntag, am Sonntag, da kocht meine Mutter Hering. Der Vater bekommt das Mittelstück, die Mutter bekommt den Kopf und den Schwanz, wir Kinder bekommen den Rogen (Fischeier).